KB253190

새미비평칼럼선 9

한국 현대시에 나타난 10대 명제

이승하 평론집

새미

국립중앙도서관 출판시도서목록(CIP)

한국 현대시에 나타난 10대 명제 / 이승하 지음. -- 서울 : 새미, 2004
    p. ;   cm. -- (새미비평칼럼선 ; 9)

ISBN   89-5628-103-3 93800

811.609-KDC4
895.7109-DDC21   CIP2004000365

한국 현대시에 나타난 10대 명제

제가 평문 비슷한 것을 쓰게 된 시발점은 월간 시전문지『현대시학』에 6개월에 걸쳐 연재한, 1970년대 시문학사의 성격을 띤「산업화 시대의 시인들」(1992)이란 글입니다. 연재가 끝나자 여기저기서 평문 청탁이 왔고, 글이 모임에 따라 몇 권의 책도 묶어낸 바 있습니다. 그런데 최근 3~4년 동안 제 마음속에 큰 고민이 하나 자리를 잡았으니, 현장비평과 원론비평 사이에서의 균형 잡기가 그것입니다. 그 계절과 그 달에 발표되는 수많은 작품 가운데 비평적 관심을 끈 작품에 대해 적절한 평가를 하는 것은, 문학평론가라면 소홀히 하지 말아야 할 본연의 임무입니다. 하지만 월평과 계간평, 신작특집 해설, 시집 해설과 서평 쓰기는 대개의 경우 제가 쓰고 싶어 쓰는 글이 아니라 안면을 무시할 수 없어 쓰는 경우가 많았습니다. 쓰고 싶은 글도 없지 않았건만 이런 글들에 치어 허우적대면서 '가장 관심 가는 몇 개의 명제를 염두에 두고 평문을 쓰자'고 내심 부르짖어온 세월이 바로 지난 3~4년이었습니다.

원론비평의 수준에까지는 다다르지 못하더라도 주제비평 정도는 되어야 한다고 마음을 다지며 한 편 두 편 글을 써 컴퓨터에 저장해두었습니다. '한국의 현대시'라는 텍스트를 무시하지 않으면서도 현장비평과는 다른 글을 쓰고 싶은 욕망이『한국 현대시에 나타난 10대 명제』를 이루었습니다. 청탁을 받으면 대개는 마감일자에 임박해서 글을 쓰게 되는데, 이 책에 실은 13편의 글은 대개 마감일자와 상관없이 도서관 열람실을 오르내리며 준비하면서 조금은 느긋한 마음으로 썼습니다.

명제에 대한 도전의식과 아울러, 이번에 내는 여섯 번째의 시론집은 이제껏 냈던 것과는 달리 확실한 의도를 갖고 쓴 글들을 모은 것입니다. '의도'를 갖게 된 것은 문학평론가로 살아온 제 형님 덕분이었습니다. 형님은 10년쯤 전부터 현장비평에서는 손을 완전히 떼었지요. 그렇지만 평론활동을 중단한 것은 아니었습니다. 특히 1999년 출간한 『한국문학 속의 도시와 이데올로기』를 기점으로 하여 그 후에 낸 4권의 문학평론집을 통해 어떤 하나의 주제에 초점을 맞춰 한 권의 책을 쓰는 주제비평 내지는 원론비평적인 작업을 계속해왔습니다.

저는 형님처럼 한 가지 주제를 놓고 깊고도 넓게 파들어 가는 식의 작업은 역부족이라 할 수가 없습니다. 다만 최근에 제일 관심이 가는 10개의 명제를 놓고 100장 안팎씩의 글을 써보았고, 그것이 모두 완성되었기에 이번에 책으로 묶고자 하는 것입니다. 통시적 의미에서 제 관심의 대상이 되었던 것으로는 바다·달마·귀신·역사·사투리였고, 공시적 의미에서 제 관심의 대상이 되었던 것으로는 성애·광고·외국 여행·폭력과 광기·이라크전쟁이었습니다. 대개 씌어진 순서대로 배열했습니다.

갑자기 지난 시절의 일들이 뇌리를 스쳐갑니다. 2개월 재학으로 고교생활을 중단하고 형님을 찾아갔을 때, 형님은 서울법대에 적만 두었을 뿐 문리대생으로 살아가고 있었습니다. 향토장학금이 오면 형님은 그날로 몽땅 책을 사 저는 쫄쫄 굶으며(?) 독서실을 전전했습니다. 말만 수험생이었지 형님이 학교 가고 안 계신 방에서 저는 형님이 사다놓은 『문학과 지성』이나 『창작과 비평』 같은 계간지를 읽으며 10대 후반기를 보냈습니다. 예비고사 성적이 형편없이 나와 중앙대학교 문예창작학과에 간 것이 결과적으로는 잘 된 일이겠지요.

저는 아직 비평의 '批'자도 모릅니다. 한국 현대시에 대해 여러 사람이 우려의 목소리를 낼 때마다 저는 극복의 방법을 찾으려 제 나름대로 애를 썼고, 특히 그 누구보다 성실한 독자의 입장에 서려고 했습니다. 그 결과 한 권의 시론집을 이제 비로소 소신을 갖고 펴내게 되었습니다. 저는 주제비평으로 글쓰기의 방향을 튼 형님의 영향을 받아 이 책을 펴냅니다만 현장비평을 도외시하지는 않겠습니다. 저의 확실한 결심은 현장비평의 양을 줄이고, 이런 식의 주제비평을 쓰기 위해 앞으로 심혈을 기울이겠다는 것입니다. 청탁을 거절하지 못해 쓰는 글들은 대개 사람을 지치게 하지요. 글쓰기도 신명이 나야 하는데, 저는 솔직히 의무감에 짓눌려 살아왔습니다.

학교 출판부의 사정으로 200부 한정판으로 찍은 『한국 시문학의 위기를 극복하기 위하여』에서 「한국 현대시에 나타난 '바다'」와 「한국 현대시에 나타난 '성애'」를 가져와 재수록했음을 이 자리에서 밝힙니다. 「한용운이 옥중에서 쓴 한시 읽기」는 구작을 수정, 보완한 글입니다. 쓰고 싶었던 글들만을 모아 책을 내니 기분이 참 후련합니다. 최서림 선생님의 격려와 안내가 없었다면 이 책의 출간은 한참 늦어졌을 것입니다. 새미의 정찬용 사장님과 편집부의 이인순·김경미 두 분께도 감사하는 마음을 전합니다.

2004년 새봄을 기다리며
경기도 안성 내리에서
저자 이승하

차　례

제 1 부

포로를 이송한 화물선도 이 길로 갔다.
비린내 풍기며 비 내리는 밤에
탈옥수를 실은 밀선도 이   리 갔다.
침략과 같은 기억은 뒤로 가는 것,
사랑의 추억은 앞에서 오는 것,
포옹하고 흐느끼는———, 선과 악이여.

위도를 가로지른 뱃머리의 각도 너머로
그리움이 둥그렇게 돌아가고,
하늘 가까이 또 하루가 물결을 이룬다.

고원의 「파도에 부쳐서」 끝 부분
본문 인용시 中에서

한국 현대시에 나타난 '바다'

—1908년~1950년대까지의 시를 중심으로

1. 고전과 근대문학 속의 바다

바다가 없었더라면 생명체는 이 지구상에 생겨나지 않았을 것이다. 바다는 모든 생명체가 탄생한 거대한 자궁이면서 죽어서 티끌이 되어 흘러 들어갈 거대한 무덤이기도 하다. 바다는 또한 인간의 삶과 죽음을 주관하는 신(용왕)의 영지이기도 하다. 인간은 땅에서 태어나 땅으로 돌아가지만 땅을 감싸안고 있는 더 거대한 존재가 바다이다. 그렇기 때문에 바다는 모든 생명체의 생성과 사멸의 역사를 기억하고 있다. 우리 민족은 국토의 삼면이 바다로 둘러싸여 있고 3200개의 섬을 거느린 한반도에다 수천 년 전부터 뿌리를 내리고 삶을 영위해왔다. 따라서 바다와 바닷가를 공간적 배경으로 삼은 수많은 문학작품을 갖고 있는 것은 당연한 노릇이다.

돛 달아 바다에 배 띄우니
멀리서 불어오는 바람 만 리에 통하네.
뗏목 탔던 한나라 사신 생각나고
불사약 찾던 진나라 사신들 생각나네.

—「泛海」 부분

살어리 살어리랏다
바ᄅ래 살어리랏다
ᄂᄆ자기 구조개랑 먹고
바ᄅ래 살어리랏다
(바ᄅ래 : 바다에, ᄂᄆ자기 : 나문재, 구조개 : 굴조개)

―「靑山別曲」 부분

　해상무역의 역사를 자랑해온 신라·고려·조선 어느 시대 가릴 것 없이 바다에 관한 노래가 불려졌다. 바다의 광활함을 노래한 최치원의 한시 「泛海」 이래 바다를 이상향으로 그린 고려가요 「靑山別曲」을 거쳐 어부들의 생활상을 낭만적으로 그린 윤선도의 「漁父四時詞」에 이르기까지 우리 고전 시가에 바다는 드물지 않게 펼쳐졌다. 「船上歎」 「日東壯遊歌」 「萬言詞」 같은 가사문학, 「별주부전」, 「심청전」 같은 고대소설, 그리고 수많은 전통무가에도 우리 조상이 바라보았던 바다와 목숨을 걸고 항해했던 바다가 펼쳐져 있었다. 표류의 고통을 여실히 그린 「漂海錄」은 성종 때의 최보, 영조 때의 장한철, 순조 때의 문순득이 쓴 것이 전해지고 있다.

　한국 현대시의 남상(濫觴)이라 할 수 있는 「海에게서 少年에게」가 또한 바다를 공간적 배경으로 한 시이다. 1908년 11월, 근대 잡지의 효시로 볼 수 있는 『少年』 창간호에 실린 신체시 「海에게서 少年에게」는 이전의 시들과는 확실히 달랐다.

터…ㄹ썩 터…ㄹ썩, 쏴…아.
싸린다, 부슨다, 문허 바린다.
泰山갓흔 놉흔 뫼, 딥태갓흔 바위ㅅ돌이나
요것이 무어야, 요게 무어야,
나의 큰 힘, 아나냐 모르나냐 호통ᄭ디 하면서,
싸린다, 부슨다, 문허 바린다.
터…ㄹ썩 터…ㄹ썩, 쏴…아.

외형율을 과감히 탈피함으로써 이전의 개화가사·창가와는 형식면에서도 많이 달라졌지만 내용도 참신하기 이를 데 없는 것이었다. 최남선이 한없이 펼쳐진 바다에 도전하는 젊은이의 씩씩한 기상을 예찬한 이유는, 기울어져 가는 국운에 비애를 느끼지 말고 용기를 내어줄 것을 당부하기 위해서였다. 이렇듯 격한 의성어를 구사한 바다 노래를 시발로 한국 현대시는 출발하였다.

2. 1920년대의 바다

형식상의 구태를 완전히 벗고 현대시가 본격적으로 씌어지기 시작한 1920년대의 문단을 지배한 분위기는 3·1운동의 실패에 따른 좌절감이었다. 한창 감수성이 예민한 20대의 청년들이 모여 만든 『창조』 『폐허』 『장미촌』 『백조』 등의 동인지에는 비탄과 좌절의 한숨이 배어 있었고, 울분과 자학의 눈물이 얼룩져 있었다. 음습한 퇴폐주의에 세기말적인 데카당스의 색채까지 덧씌워진 우리식 낭만주의의 파급은 그 당시의 수많은 시를 고뇌와 절망, 애상과 회한의 정조로 가득 차게 하였다. 그러나 바다를 다룬 정지용의 시 몇 편은 여명기의 우리 시단에 독특한 '자기 세계'를 일찍부터 가진 시인이 있었음을 증명하는 것이었다. 「바다」라는 제목으로 『朝鮮之光』 64호에 4편이, 65호에 1편이 발표되었다. 그때가 1927년이었으므로 「海에게서 少年에게」로부터 장장 19년 뒤의 일이었다.

외로운 마음이
한종일 두고

바다를 불러———
바다 우로

밤이
걸어온다.

─「바다 3」 전문

후주근한 물결소리 둥에 지고 홀로 돌아가노니
어데선지 그 누구 씨러저 울음 우는 듯한 기척,

돌아서서 보니 먼 燈臺가 반짝반짝 깜박이고
갈메기떼 끼루룩 끼루룩 비를 부르며 날어간다.

울음 우는 이는 燈臺도 아니고 갈매기도 아니고
어덴지 홀로 떠러진 이름 모를 스러움이 하나.

─「바다 4」 전문

현대적인 감각의 시를 선구자적으로 쓴 정지용이니 만큼 「바다 3」과 「바다 4」는 당시로서는 무척 새로운, 감각적인 시라고 할 수 있다. 정지용이 1920년대에 발표한 이러한 바다 소재의 시는 주제가 대동소이하다. 아름다운, 혹은 거칠기 짝이 없는 바다 풍경을 보고 느낀 감동과 흥분, 그리고 시간이 조금 지난 뒤에 느낀 외로움과 설움이 시의 내용 거의 전부를 차지한다. 시각적 이미지를 강조하고, 서정과 서경의 조화로운 만남을 이룩한 정지용의 바다 소재 시는 몇 편 더 찾아볼 수 있다.

바다 바람이 그대 머리에 아른대는구료,
그대 머리는 슬픈 듯 하늘거리고.

바다 바람이 그대 치마폭에 니치대는구료,
그대 치마는 부끄러운 듯 나부끼고.

그대는 바람 보고 꾸짖는구료.

별안간 뛰어들삼어도 설마 죽을라구요
빠나나 껍질로 바다를 놀려대노니,

젊은 마음 꼬이는 굽이도는 물구비
두리 함 굽어보고 가비얍게 웃노니.

—「甲板우」부분

갑판 위에서 바다 풍경을 보고 일어난 홍취를 다소 '가비얍게' 그린 시이다.
이밖에 「船醉 1」은 파도가 높은 날 배를 타는 고통에 대해 이야기한 시이다.
이처럼 1920년대에 정지용은 바다를 본 그대로, 느낀 그대로 그리는 한편,
때로는 이유 없이 서러운 내 감정을 바다에 이입하곤 하였다. 이 시기 정지용의
바다는 그 어떤 상징의 바다가 아니라 바다 그 자체였다. 아울러 "바다는 뿔뿔
이/달어 날랴고 했다.//푸른 도마뱀떼 같이/재재발렀다."(「바다」, 1935)와 같은
눈부신 이미지를 보여주기 이전의 시였다. 비슷한 시기에 김억과 김소월도
바다를 소재로 하여 시를 쓴 적이 있다.

모래밭 스며드는 하얀 이 물은
넓은 바다 동해를 모다 휘돈 물
저편은 원산 항구 이편은 長箭
고기잡이 우리 님 들고나는 길.
사륵사륵 모래밭 스며들다가
다시금 이내 몸을 씻어가는 물
이 물에 몇 번을 어리었을까
드나들제 우리 님 검은 그 얼굴.

—「해변 小曲」전문

뛰노는 흰 물결이 일고 또 잦는
붉은 풀이 자라는 바다는 어디.

고기잡이꾼들이 배 위에 앉아
사랑노래 부르는 바다는 어디.

파랗게 좋이 물든 남빛 하늘에
저녁놀 스러지는 바다는 어디.

곳 없이 떠다니는 늙은 물새가
떼를 지어 쫓니는 바다는 어디.

건너서서 저편은 딴 나라이라
가고 싶은 그리운 바다는 어디.

—「바다」 전문

　　김억의 「해변 小曲」과 김소월의 「바다」는 정지용의 시와는 판이하게 다르다.
민요조 서정시여서 시의 외양도 많이 달랐지만 바다 그 자체를 묘사한 정지용
의 시와는 달리 고기잡이들이 그려져 있다. 사제지간이었던 이 두 사람의 시는
연가풍임에도 현실감을 충분히 지니고 있다. 김억의 시에서 보이는 "우리 님
검은 그 얼굴" 같은 구절도 그렇거니와 소월의 시에는 그 좋았던 바다가 어느덧
사라지고 말았다는 뜻이 내포되어 있으므로 현실 부정의 마음을 은근히 드러낸
작품이라고 여겨진다. 어부들이 목숨을 내놓고 바다와 싸우는 절박한 현실이나
어촌 생활의 궁핍상 같은 것이 그려져 있지는 않지만 현실을 배제한 시는 분명
히 아니었다. 아무튼 정지용의 바다가 관조의 바다였다면 김억과 소월의 바다
는 노동의 바다였다. 정지용의 바다가 자의식과 상상력의 산물이었다면 김억과
소월의 바다는 생체험과 관찰력의 산물이었다. 한편 한용운은 하늘과 바다의
의미를 형이상학적인 관점에서 짚어본 시를 『님의 침묵』에 남겨놓은 바 있다.

손이 자라서 오를 수만 있으면
情하늘은 높을수록 아름답고

다리가 길어서 건널 수만 있으면
恨바다는 깊을수록 묘하니라.

만일 情하늘이 무너지고 恨바다가 마른다면
차라리 情天에 떨어지고 恨海에 빠지리라.

아아, 情하늘이 높은 줄만 알았더니
님의 이마보다는 낮다.
아아, 恨바다가 깊은 줄만 알았더니
님의 무릎보다는 얕다.

―「情天恨海」 부분

　'情하늘'은 높아야 하고 '恨바다'는 깊어야 한다는 말은 무슨 뜻인가. 정은 하늘처럼 높아야 아름답고 한은 바다처럼 깊어야 묘하니, 정과 한이 다 인생의 깊이를 더해주는 요소라는 것이다. 그런데 情하늘이라 하는 것도 님의 이마보다는 낮고 恨바다라 하는 것도 님의 무릎보다는 얕으니 님의 정과 한은 얼마나 높고 깊은 것인가. 하늘과 바다를 동원해 님의 정한을 한껏 고양시킨 이런 시도 1920년대의 우리 시단은 지니고 있었다.

3. 1930년대의 바다

　문학청년들이 좌지우지하던 동인지 시대는 종합지 『개벽』과 문예지 『조선문단』이 자리를 잡아가고, 일간지의 학예면이 확충되면서 마감되었다. 금방금방 사라진 것이 대부분이었지만 종합지와 문예지도 우후죽순처럼 등장하여 발표지면을 늘여줌으로써 우리 문단은 이 시기에 시인과 시작품의 수에 있어서나 시의 질과 양 등 모든 면에서 비로소 진일보하여 흥성한 분위기가 마련되었다. 한편으로는 카프의 결성(1925)과 두 차례 방향전환 및 해산(1935)의 진통을

근 10년에 걸쳐 겪는 과정에서 우리 시단 전체가 사회적인 시각을 획득함으로써
한층 성숙해졌다고 할 수 있다. 게다가 우수한 신인이 신문사 신춘문예(1920년
『매일신보』가 시작)과 문예지 추천제(1924년『조선문단』이 시작)로 속속 등장,
기성과 신인이 조화를 이루어 우리 현대시는 1930년대에 첫 개화기를 맞이하게
된다. 그 시절, 우리 시문학 속에 '바다'는 어떻게 그려져 있었던가. 정지용은
『詩文學』 2호(1930. 5)와 『詩苑』 5호(1935. 12)에도 「바다」를 발표한다.

    고래가 이제 橫斷한 뒤
    海峽이 天幕처럼 퍼덕이오.

    ……힌물결 피여오르는 아래로 바둑돌 자꼬 자꼬 나려가고,

    銀방울 날리듯 떠오르는 바다종달새……

    한나잘 노려보오 홈켜잡어 고 안살 빼스랴고.
—「바다 1」 부분(『詩文學』)

    바다는 뿔뿔이
    달어 날랴고 했다.

    푸른 도마뱀떼 같이
    재재발렀다.

    꼬리가 이루
    잡히지 않었다.

    힌 발톱에 찢긴
    珊瑚보다 붉은 슬픈 생채기!
—「바다 2」 부분(『詩苑』)

정지용이 탁월한 이미지스트로서의 면모를 과시한 2편의 시이다. 푸른 물결이 출렁이는 모양을 "천막처럼 퍼덕이오"라고 했고, 바다종달새가 나는 모습을 "銀방울 날리듯 떠오르는"이라고 묘사했으니 비유의 참신함은 가히 혁명이었다. 파도가 해변에 몰려왔다 쓸려나가는 모습을 묘사한 뒤편 시의 서두 부분은 "사물의 시각적 동태를 청각화하여 들으려는 표현기교"(김학동)로서, 바다의 이미지화는 서구 상징주의 시인들의 기상천외한 비유법에 뒤지지 않는 것이었다. 하지만 이런 시에는 일제강점기라는 어두운 시대상이 거의 반영되어 있지 않았다.

> 안옥한 이 항구─ㄴ들
> 손쉽게야 버릴거냐
> 안개같이 물어린 눈에도 비최나니
> 골잭이마다 발에 익은 뫼ㅅ부리모양
> 주름ㅅ살도 눈에 익은 아─사랑하든 사람들
>
> 버리고 가는 이도 못 잊는 마음
> 쫓겨가는 마음인들 무어 다를거냐
> 돌아다보는 구름에는 바람이 회살짓는다
> 앞대일 어덕인들 마련이나 있을거냐
>
> ─「떠나가는 배」 부분

박용철이 김영랑과 함께 발간한 『詩文學』 창간호(1930)에 발표한 시 「떠나가는 배」는 이상향을 찾아서 떠나겠다는 희망의 노래가 아니다. 급하게 쫓겨가는 마음이었으며, 앞대일 언덕, 즉 기항지조차 마련되어 있지 않다는 절망적인 출발 선언이었다. 식민지 지식인의 비애가 듬뿍 배어 있는 1930년대 바다 소재의 시는 이 작품만이 아니다.

아 밤바다에 외치고 가는 詩의 새여
그대의 길은 어둠에 차서 方向 없거늘
悲哀의 詩人 苦惱를 안고
또한 그대로 더불어 밤의 大洋으로 가라.

―「憂愁」 부분

오― 어지러운 心臟의 무게 위에 풀잎처럼 흩날리는 머리칼을 달고
이리도 괴로운 나는 어찌 끝끝내 바다에 그득해야 하는가.
눈 떠라. 사랑하는 눈을 떠라…… 청년아.
산 바다의 어느 東西南北으로도
밤과 피에 젖은 국토가 있다.

알라스카로 가라!
아라비아로 가라!
아메리카로 가라!
아프리카로 가라!

―「바다」 부분

　　1938년에 발간된 김광섭의 시집 『憧憬』에 실려 있는 「憂愁」는 물론이고 1941년에 발간된 서정주의 시집 『花蛇集』에 실려 있는 「바다」도 창작 연대는 1930년대로 여겨진다. 박용철이 "나 두 야 간다"며 스스로 탈출을 꾀해 보았다면, 김광섭은 갈까 말까 우수에 차서 망설이고 있다는 점에서, 서정주는 뭇 청년에게 바다 저 먼 곳으로의 탈출을 시도해보라고 채근하고 있다는 점에서 바다를 보는 세 시인의 시각은 다 달랐음을 알 수 있다. 하지만 이 나라에서는 아무런 희망이 없으므로 배를 타고 어디인가로 가지 않으면 안 된다는 당위성을 제시한 점에서 세 편 시는 비슷한 바가 있다. 바다 저쪽에는 도대체 무엇이 있을까. 바로 이 생각에서 사람들은 뗏목을 만들고 범선을 만들고 무역선을 만들어 뱃길을 개척해왔던 것이리라. 임화도 1938년에 시집 『玄海灘』을 내면서 청년들을 향해 이렇게 외친다.

청년들아!
그대들은 조약돌보다 가볍게
현해의 큰 물결을 걷어찼다.
그러나 관문해협 저쪽
이른 봄바람은
과연 반도의 북풍보다 따사로웠는가?
정다운 부산 부두 위
대륙의 물결은
정녕 현해탄보다도 얕았는가?

오오! 어느 날
먼 먼 앞의 어느 날
우리들의 괴로운 역사와 더불어
그대들의 불행한 생애와 숨은 이름이
커다랗게 기록될 것을 나는 안다.

―「玄海灘」 부분

한반도와 일본 사이에 있는 현해탄은 조선의 일본 유학생들에게 대단히 감회
어린 해협이다. 이 해협을 건너가 공부하는 조선 유학생들이 민족적 자존심을
버리지 말 것을 요망하는 내용이 「현해탄」의 인용한 부분에는 담겨 있다. 일제
의 검열과 자기 자신의 검열이라는 2중고에 시달리던 그 시절, "우리들의 괴로
운 역사"와 "그대들의 불행한 생애와 숨은 이름"을 시 가운데 적어 넣는 데는
보통 이상의 용기가 필요했을 것이다. 이 시에서 바다는 '풍랑'의 바다, 혹은
'수확'의 바다가 아니다. 부산과 시모노세키 사이에 있는 '거리'의 바다였다.
조선과 일본 사이의 거리, 식민지와 내지 사이의 거리, 우리 역사와 그들 역사
사이의 거리. "나는 슬픈 고향의 한밤,/해보다도 밝게 타는 별이 되리라./청년의
가슴은 바다보다 더 설레었다."고 노래했던 임화의 「해협의 로맨티시즘」에는
선진 세계에 대한 동경심과 현실적 어려움 사이의 첨예한 모순에서 비롯된
비애의 정조가 잘 나타나 있다. 하지만 이렇게 애국자연했던 임화도 그 다음해

에 '황국위문작가단'의 일원이 되어 친일문인의 대열에 가 선다. 대열에 선 정도가 아니라 친일문학의 선봉장이 되어 맹활약을 펼친다. 한편 김기림은 「바다와 나비」(1939)를, 박세영은 「바다의 마음」(1938)을 발표한다.

아모도 그에게 수심을 일러준 일이 없기에
흰 나비는 도모지 바다가 무섭지 않다

청무우밭인가 해서 나려갔다가는
어린 날개가 물결에 절어서
공주처럼 지쳐서 돌아온다

삼월달 바다가 꽃이 피지 않아서 서거픈
나비 허리에 새파란 초생달이 시리다

―「바다와 나비」 전문

바다여 바다,
고왔든이 만치 사나운 알 수 없는 바다여!
시꺼먼 물 속은 무슨 罪의 深淵이냐,
무슨 秘密을 그리도 많이 숨키고 있느냐.
나는 그래도 배를 저어 저 언덕으로만 가려 했지요,

…(중략)…

나는 어리석은 者는 사랑의 꼬이는 말만 듣고,
그래도 또 저어만 가지요,
나의 작은 배는 다시 風浪을 만나 大地에 채 닿기도 전에,
나는 물결에 얻어맞고,
나의 작은 배는 깨어지고 말았지요.

―「바다의 마음」 부분

김기림은 1930년대에 들어 제목에 '바다' '항구' '항해' '동해' 등이 들어가는

시를 숱하게 발표할 만큼 바다 이미지에 사로잡혀 있었는데 「바다와 나비」도 그 가운데 하나이다. 잔잔할 때의 바다를 나비의 유연한 비행에 견준 이 시에는 선명한 시각적 이미지와 함께 감정을 절제하려 애쓴 모더니스트의 풍모가 어려 있다. 하지만 김기림에게 있어 바다는 '새것'을 들여오는 무역항로 같은 것이었다. 현대적인 것, 혹은 서구적인 것을 포함한 새것에 대한 콤플렉스를 1930년대 내내 벗어버리지 못한 김기림 시의 공과를 따지는 것이 이 지면에서 할 일이 아니므로 그의 '바다'에 대해서는 언급을 줄여야겠다. 박세영의 시도 잔잔한 바다에 내 마음의 배를 한 척 띄우는 것으로 시작되지만 바다의 본질을 이야기하기 시작하면서 시적 전환을 꾀한다. 바다의 광대함과 유구함에 비해 나란 존재는 얼마나 덧없고 무가치한 것인가에 대한 성찰이 이 시의 주제라고 할 수 있다. 바다는 누대로 어부들의 생계를 잇게 하는 생활의 터전임에 틀림없지만 때로는 무자비하게 폭력을 휘두르는 악한임을 박세영은 「바다의 마음」에서 여실히 들려준 것이다.

　1930년대 시단이 보여준 또 하나의 바다 풍경은 김억·김소월의 바다보다 훨씬 사실적이다. 그 무렵 일본의 독점자본들이 경화유사업에 참여하게 되었는데, 그 부산물로 나오는 지방산으로 세탁비누를 생산하기 시작한다. 비누공업에 있어서는 다량으로 소요되는 각종 동식물 유지(油脂)의 확보가 가장 큰 문제였다. 마침 강원도 이북의 동해안에서 정어리가 풍부하게 잡힘으로써 정어리 어업의 출현은 일제하 비누공업뿐만이 아니라 화학공업 전반에 획기적인 생산혁명을 몰고 온다. 바로 이러한 시대적 배경을 알아야 이해가 쉽게 되는 시가 있다.

　　몇이나 통대로 얽어 세운 이깔棧橋는
　　그 끝마다 山積한 정어리떼
　　그것은 쉼 없이 一條의 밀구루마ㅅ길을 달려
　　工場으로 工場으로……

실로 砂場 一面에 즐비한 鹽油工場
工場마다 數十의 蒸魚釜여 十油臺여
거기 기계처럼 매 바빠 움직이는 기름투성이들
걸검은 옷 검누른 얼골들에 눈알만 반짝

오 반짝이는 눈알들은 무엇을 생각는고

—「素描·北國漁港」 부분

1910년 함경남도 북청 출생의 시인 이찬이 1937년『待望』지에 발표한 시의
일부분이다. 이 시에는 바닷가에 자리잡은 정어리 기름 공장에서 일하는 우리
인부들의 모습이 더없이 사실적으로 그려져 있다. 바다를 처절한 삶의 터전으
로 그린 시는 우리 현대 시문학사상 이 작품이 처음이 아닌가 한다. 우리 시는
이렇게 이상의 바다, 혹은 몽상의 바다에서 가혹한 현실의 바다로 서서히 나아
가고 있었던 것이다.

4. 1940년대 후반기의 바다

1945년의 8·15광복은 우리 시의 흐름을 일거에 바꿔놓는다. 일단 1940년대
전반기 내내 죽어 있던 모국어 문학이 순식간에 부활한다. 하지만 문단은 1945
년 그해에 곧바로 우익(조선문필가협회)과 좌익(조선문학가동맹)으로 나뉘어지
고, 찬탁이다 반탁이다 용공이다 반공이다 하며 이데올로기 투쟁의 회오리바람
속으로 빨려든다.

대다수의 국민이 창씨개명까지 하는 고통을 겪은 일제말기에는 간행할 수
없었던 시집들, 예컨대『青鹿集』『하늘과 바람과 별과 詩』『陸史詩集』『生命의
書』『寄港地』『歸蜀道』등이 상재되었으나 평가작업은 뒷전으로 미룬 채 처절
한 투쟁의 대열에 휩쓸려드는 것이 이른바 '해방공간'이다. 다수의 문인이 월남

하고 월북하는 해방공간에서 씌어진 설정식·심훈·김영랑·이용악의 시에
나타난 바다는 우리 민족의 아픔을 그대로 말해주고 있다.

  미군정 공보처의 여론국장으로 있던 설정식은 1946년 9월 조선공산당에 입
당하면서 문학세계도 완전히 바뀌어진다. 속세 일탈의 관념적인 시를 쓰던
설정식은 1947년 시집 『鍾』을 펴내면서 남한의 현실을 비판하고 고발하는
데로 초점을 돌리는데, 그 시집에 수록되어 있는 시 「바다」도 예외가 아니다.

> 물에 종일
> 피를 기다리는 칼소리 높은
> 잔치가 벌어져도
>
> 잠자코 돌아갔다가
> 다시 오는 바다
>
> 항상 미역줄기와 같은
> 敗北를 실어다 주곤 하는 바다
>
> 닫힐 門도 없었거니와
> 바다는 또한 너희들의 피비린내도
> 씻어주었다

—「바다」 부분

  바다가 인간의 모든 투쟁을 정화시켜주는 곳이라는 것이 이 시의 주제인
듯하다. 하지만 그 세부적인 묘사를 위해 동원된 시어는 피·칼소리·패배·피비
린내 등으로 살벌하기만 하다. 특히 '패배'라는 시어는 그가 모종의 투쟁을
전개했음을 암시하고 있다. 아니나 다를까 설정식은 1947년 8월 조선문학가동
맹 외국문학위원장이 되고, 6·25전쟁이 일어나자 인민군에 입대하여 월북한
다. 그런 그의 시에 1930년대 시의 바다 이미지와 의미가 나오지 않는 것은

당연한 일이었다. 귀환 동포들의 참상을 담은 심훈의 「玄海灘」은 임화의 「玄海灘」과는 10년의 거리가 있는데, 내용이 판이하게 달라진다. 시대 상황이 그 사이에 완전히 바뀌어버린 것이다.

> 甲板 위에 섰자니 시름이 겨워
> 船室로 내려가니 '漫然渡航'의 白衣群이다,
> 발가락을 억지로 째어 다비를 꾀고
> 상투 자른 자리에 벙거지를 뒤집어쓴 꼴
> 먹다가 버린 벤또밥을 엉금엉금 기어다니며
> 강아지처럼 핥아먹는 어린것들!
>
> 同胞의 꼴을 똑바로 볼 수 없어
> 다시금 甲板 위로 뛰어올라서
> 물 속에 시선을 잠그고 맥없이 섰자니
> 달빛에 明鏡 같은 玄海灘 위에
> 朝鮮의 얼굴이 떠오른다!

—심훈, 「玄海灘」 부분(『그날이 오면』, 1949)

'白衣群'은 귀환 연락선에 승선한 흰옷 입은 우리 동포이다. 입성이며 신발이며 하나같이 엉망인데 어린것들은 먹다 버린 밥을 강아지처럼 핥아먹고 있다. 그 꼴을 차마 볼 수 없어 갑판으로 뛰어올라가 보니 달빛 교교히 흐르는 조용한 한밤, 현해탄이 눈앞에 펼쳐져 있어 심훈은 "明鏡 같은 玄海灘 위에/朝鮮의 얼굴이 떠오른다!"고 소리를 지른다. 그런데 당시 조국의 상황은 어떠했던가. "눈 둘 곳 없어 마음 붙일 곳 없어/이슥토록 하늘의 별 數만 세노라"는 마지막 문장은 해방공간의 어지러운 상황을 잘 말해주고 있다. 해방이 되었으므로 벅찬 희망의 바다로 다가왔을 법한 현해탄을 이렇게 암담하게 그린 것은 심훈의 현실파악 능력이 남달랐음을 증명하는 것일까. 그런 면도 있겠지만 임화가 「玄海灘」을 쓴 11년 전 상황과 너무나 많이 바뀌어버린 아픈 현실이 이 작품에 잘 반영되었기 때문일 것이다.

우리는 바다 없이 살았지야 숨막히고 살았지야
그리하여 쪼여들고 울고불고하였지야
바다 없는 항구 속에 사로잡힌 몸은
살이 터져나고 뼈 튀겨가고 넋이 흩어지고
하마터면 거꾸러져 버릴 것을
오! 바다가 터지도다 큰 바다가 터지도다

—김영랑, 「바다로 가자」 제2연(『永郎詩選』, 1949)

김영랑은 전남 강진 지방의 사투리를 포함해 우리말의 조탁에 있어 그 누구보다 뛰어난 예술적 성취를 이루었던 서정시인이다. 그러나 어지러운 해방공간에서는 「바다로 가자」 같은 격정적인 시를 쓴다. 이 시에서 영랑은 우리 민족이 일제시대에 겪었던 수난을 형상화하는 데 있어 "바다 없는 항구 속에 사로잡힌 몸은/살이 터져나고 뼈 튀겨가고 넋이 흩어지고" 같은 대단히 거친 표현을 쓰고 있다. 광복의 감격도 "오! 바다가 터지도다 큰 바다가 터지도다"와 같이 자신의 감정을 거침없이 분출하면서 노래하고 있다. 같은 시인의 작품이라고 믿기 어려울 정도로 『永郎詩選』은 시어 동원 등 그 표현에 있어 『永郎詩集』(1935)의 세계와는 하늘과 땅의 차이가 있다.

하늘이 너무 푸르러
갈매기는 쭉지에 흰 목을 묻고
어느 옴쑥한 바위틈 같은 데 숨어버렸나 본데
차라리 누구의 아들도 아닌 나는 어찌하야
검붉은 흙이 자꾸만 씹고 싶습니까

—이용악, 「다시 항구에 와서」 부분(『조선문학전집』, 1949)

김영랑은 6·25 때 유탄에 비명횡사하였으나 이용악은 전쟁 중 월북의 대열

에 합류하였다. 남에 그대로 있을 것인가 북으로 올라갈 것인가 하는 고민의
일단이 드러나 보이는 시가 이용악의 「다시 항구에 와서」이다. 시인은 누구의
아들도 아니고 싶은데 양자택일의 갈림길에서 방향을 결정해야 했고, 그렇게
하려니 길에서 검붉은 흙이 자꾸만 씹고 싶어지는 것이다. 40년대 후반기에
와서 바다의 의미는 이처럼 지난 연대와는 확연히 구분될 정도로 달라진다.

5. 1950년대의 바다

1950년에 발발한 6·25전쟁은 바다 이미지를 또 한번 완전히 바꿔놓는다.
이제는 북으로 올라갈 것인가 남으로 내려갈 것인가를 놓고 망설이게 하는
바다가 아니다. 분단이 기정사실화 된 것은 물론이고, 육지와 바다에서 전투가
벌어지고 살육이 행해진다. 설창수의 바다 소재 시는 '수장'을 다루고 있다.

> 歷程 없는 生涯의 歸航地에서
> 내 운명은 擇一될 것이다.
> 亡骸를 地上에 드러내기보다는
> 고동하는 심장을 지닌 채로
> 深海에 葬事될 일이었다.
>
> —설창수, 「老朽船 6601호」 부분(『개폐교』, 1950)

「老朽船 6601호」에서의 바다는 죽음의 바다, 비극의 바다이다. "(내 운명은)
亡骸를 地上에 드러내기보다는/고동하는 심장을 지닌 채로/深海에 葬事될 일이
었다" 하니, 6·25전쟁 전에 벌어진 일련의 학살극(대구 10·1폭동사건, 여수순
천반란사건, 제주도 4·3사건 등)을 떠올리지 않을 수 없다. 또한 6·25 직후
보도연맹 가입자들이 욕지도 앞바다에 수장된 사건을 떠올리면 이 시의 시사성
은 충분히 의미를 지닌다고 하겠다. 운명의 갈림길에서 시적 화자는 심해에

수장되는 최악의 선택을 하게 되는 것이다. 1950년대 바다 소재의 시에서 마침내 '피의 능선'과 '포로를 이송한 화물선'이 나타난다.

> 楊口는 '피의 稜線'
> 흰 눈에 덮이어 숨은 듯
> '斷腸의 高地'조차 알아보지 못하니
> 구름이 쉴새없이 발아래 놓임이라.
>
> …(중략)…
>
> 太白山脈을 다 지나 넘어서면서
> 눈 아래 열린 곳 저기가 東海
> 오! 그리웁든 너 東海
> 내 눈앞에 항상 있어라!
>
> —김기진, 「東海」 부분(『戰線文學』, 1953)

카프를 결성한 장본인이었지만 뒤에 전향하였고, 특히 서울이 공산치하가 되었을 때 인민재판에서 즉결처분을 당해 죽을 고비를 넘기고 살아난 이가 팔봉 김기진이다. 9·28수복 후 대구로 피난을 가 육군 종군작가단에 가입, 부단장을 한 김기진은 「동해」를 6·25전쟁의 격전지였던 양구 '피의 능선'과 '단장의 고지' 저 너머에 있는 바다로 묘사한다. 이 시에서 바다는 포화로 초토가 된 땅과 대비된 자연 그대로의, 옛 모습 그대로의 동해이다. 임화와 심훈에게 현해탄은 역사의 바다이지만 김기진에게는 역사의 질곡을 거부하는 시원(始原)의 바다이다.

> 포로를 이송한 화물선도 이 길로 갔다.
> 비린내 풍기며 비 내리는 밤에
> 탈옥수를 실은 밀선도 이리 갔다.
> 침략과 같은 기억은 뒤로 가는 것,

사랑의 추억은 앞에서 오는 것,
포옹하고 흐느끼는―――, 선과 악이여.

위도를 가로지른 뱃머리의 각도 너머로
그리움이 둥그렇게 돌아가고,
하늘 가까이 또 하루가 물결을 이룬다.

―고원, 「파도에 부쳐서」 끝 부분

1960년에 출간된 고원의 시집 『눈으로 약속한 시간에』에도 전쟁의 흔적은 여실히 묻어 있다. 고원에게 바다는 "포로를 이송한 화물선"이 지나간 바닷길, 그리고 "탈옥수를 실은 밀선"이 지나간 바닷길로서 의미가 있는 것이었다. 포로는 반공포로가 아니면 이북포로일 것이다. 전쟁의 상처가 어느 정도 아물어간 시점에 씌어진 시인지라 "침략과 같은 기억은 뒤로 가는 것"이며, "사랑의 추억은 앞에서 오는 것"이라는 표현을 얻었을 법하다. 선과 악이 포옹한 채 흐느끼는 바다, 그 파도에 부친 이 시가 씌어진 연대는 아마도 1950년대 말엽이었을 것이다.

6. 바다 이미지의 변화

20세기의 전반기의 우리 시만 살펴보더라도 바다 이미지는 이처럼 변화무쌍하였다. 1908년 "텨…르썩 텨…르썩, 쏴…아."라는 힘찬 의성어로 시작된 바다 소재의 시는 1920년대에 들어 시각적 이미지의 바다(정지용), 노동의 바다(김억·김소월), 형이상학적 깊이의 바다(한용운)로 그 모습이 바뀐다. 1930년대에 접어들어 바다는 어디론가 하염없이 떠나고 싶은 동경의 바다(박용철·김광섭·서정주), 어두운 역사의 바다(임화), 새것을 들여오는 무역항로가 뚫린 바다(김기림), 힘든 생활 터전의 바다(이찬) 등으로 그려진다.

창씨개명과 국어(일본어) 상용으로 인해 1940년대 전반기는 모국어 말살의 시대였다. 엄혹한 일제 암흑기는 1945년 8월 15일의 광복으로 마감된다. 후반기에 접어들어서는 이념 투쟁의 바다(설정식), 귀환 동포들이 건너온 바다(심훈), 남북을 가른 바다(이용악)로 그 의미가 많이 달라진다. 1950년대 초에는 6·25전쟁을 겪었기 때문에 죽음의 바다, 비극의 바다(설창수)이기도 했지만 역으로 역사를 거부하는 시원의 바다(김기진)이기도 했다. 1950년대 말에 나온 고원의 시는 "하늘 가까이 또 하루가 물결을 이룬다."로 끝이 나 내일을 향한 희망의 메시지를 담고 있다.

이와 같이 약 50년 동안 이 땅에서 씌어진 바다 소재의 시를 살펴보면 우리 민족이 그리 길지 않은 반세기 동안 험난하기 짝이 없는 파도를 헤아릴 수 없이 많이 넘어왔음을 알 수 있다. 전체적으로는 관념의 바다에서 구체성으로 바다로, 이미지의 바다에서 현실의 바다로, 동경의 바다에서 비극의 바다로 그 의미가 바뀌어왔다고 본다. 1960년대부터 바다 이미지가 어떻게 바뀌게 되는가를 알기 위해서는 다른 지면에서의 논의가 필요할 것이다.

한국 현대시에 나타난 '성애'
—1980~90년대의 외설적인 시를 중심으로

1. '성'을 다룬 문학은 반체제적 성향을 띤다

발정기가 따로 없는 인간에게 '성'이 생식 본능의 의미를 넘어선 것은 이미 오래되었다. 하지만 근대 사회로의 돌입 이전까지만 해도 성이란 신분의 차이나 경제적 능력의 차에 따라 완전히 다른 방식으로 다루어졌다. 조선조의 유교적 가치관 속에서 남녀의 성 풍속이나 성애는 노출되지 않고 숨겨지는 것이 통례였다. 예컨대 양반은 첩을 둘 수 있었지만 과부는 재가하는 것이 불가능했다. 국가 체제를 공고히 하기 위해 유교적 가치관이 정치 이념으로 채택된 이후 남녀와 반상의 구분이 꽤 오랫동안, 엄격히 지켜졌기 때문이었다. 남존여비·부부유별·여필종부·일부종사 등의 한자 성어에 잘 나타나 있듯 여성의 성은 전혀 인정받지 못했고, 남녀칠세부동석이란 한자 성어에 잘 나타나 있듯 미성년의 성도 인정받을 수 없었다. 남성, 그중에서도 소수의 양반만이 성의 자유를 어느 정도 누릴 수 있었다. 조선조 양반의 문학은 이러한 유교 이념의 범주를 넘어서기 어려웠다.

그러나 평민의 문학은 '성애'를 터부시하지 않고 오히려 자유롭게 다루었다. 성 담론의 자유를 허락하지 않는 양반 세계의 허위에 대해 평민이 외설스러운 문학을 통해 도전했다고 볼 수 있다. 특히 신라의 향가 「처용가」가 보여준 농밀한 외설적 전통은 고려속요 「서경별곡」, 「쌍화점」, 「이상곡」, 「만전춘」으로 이어졌고, 조선 후기에 가서는 사설시조·평민가사·잡가·한글소설·한문소설·판소리 사설·민속극 등을 통해 폭발적으로 분출되었다. 「열녀춘향수절가」의 첫날밤 장면이나 「변강쇠가」의 정사 장면은 성행위 묘사가 보통 적나라한 것이 아니다. 이러한 고전문학 작품들에 있어 성이란 것은 오로지 호기심 충족의 측면에서만 탐구된 것일까. 물론 성에 대한 인간의 본능적인 욕구를 대리 만족케 하는 측면이 틀림없이 있었을 것이다. 하지만 여기다 한 가지 덧붙여야 할 것이 있으니, 성을 다룬 문학의 반체제적 성향이다. 양반의 허위의식에 대한 공격은 「통영오광대놀이」, 「양주 별산대놀이」, 「봉산탈춤」 등 민속극치고 없는 것이 없다. 양반 계층에 부와 권력이 집중되는 유교 사회의 신분 질서에 대해 평민 이하의 계층이 도전하고 비판하고자 했던 것은 당연한 일이었다.

우리 현대 시문학사에 있어 외설이 반체제의 정신과 불가분의 관계를 갖는 것은 1950년대이다. 송욱과 전영경의 날카로운 현실 풍자는 이승만 정권에 대한 비판을 우회적으로 하기 위한 일종의 장치(덫)였던 셈인데, 송욱은 언어유희(pun)를 통한 체제 비판의 정신을, 전영경은 욕설과 육담을 통한 풍속 비판의 정신을 유감없이 보여주었다.[1] 이것이 재현되는 연대가 1980년대이다.

2. 제5공화국 체제를 반대하는 시인의 성 담론

1980년대는 박정희 대통령 시해 사건 이후 민주화를 위한 포석이 하나하나 잘못 놓여지면서 시작된다. 첫 번째 잘못 놓인 돌이 1979년의 12·12사태였고, 권력의 자충수는 광주에서의 대량학살, 사회정화사업, 사회악사범 군부대 순화

---

1) 이 글은 졸고 「한국 현대시에 나타난 '성'(1)」의 속편격으로 쓴 것이다. 전편인 그 글은 1950~70년대의 시 가운데 서정주·전영경·김수영·이정기·강우식의 외설스러운 시를 다뤘다. ─『한국 현대시 비판』, 월인, 2000, 137~162쪽.

교육, 출판사 등록취소, 제5공화국 출범, 언론사 대숙정 등으로 이어진다. 통일주최국민회의를 통한 전두환 대통령 당선 8일 전인 1980년 8월 19일에 전국 2597개 출판사 중 문학과지성사·뿌리깊은 나무·창작과비평사 등 617개 출판사의 등록이 취소되었으니, 이는 현대판 분서갱유라 할 수 있는 것이었다. 바른 언로는 완벽하게 봉쇄되었고, 곡필과 아첨의 글이 판을 치게 되었다. '순수'를 표방한 자연 친화적인 작품은 그 시대에도 양산되고 있었다. 이러한 때 몇 명의 시인이 나타나 읽으면 낯이 뜨거워지는 시를 썼다.

생각해보면
꺼지지 않는 이 잠들지 않는 성욕의 한가운데
서울역 도동 어느 여관방 고마운 일이다
그녀가 그토록 늦게 나를 천장 끝까지 물고 늘어져준 일은
아이구 찢어져요 그녀는 나의 어깨를, 윽, 덥썩 깨물면서
(성욕은 이미 두 번째 거세되어 버린 우리들 선량한, 윽, 하루살이들의
하릴없는 자기 검열의, 윽, 비명) 더, 더, 더, 더 깊이요, 나는 그녀에게
만 원짜리 한 장밖에는 더 주지 못했지만

[이하 생략—자기 검열에 의함]

　　　　　　　　　　　　　　　—「우리들의 변태성욕」 전문

　박남철의 이런 시는 고딕체로 된 마지막 연이 없다면 포르노그라피에 지나지 않을 것이다. 서울역 근처 여관방에서 매춘부와 한 성행위의 장면을 시로써 재연하다가 시인은 문득 펜을 멈추고 자기 검열에 의해 이하는 생략한다고 한 뒤 정말 시를 끝마친다. 시인은 왜 이런 엉뚱한 장난(?)을 한 것일까. 하고 싶은 말을 할 자유를 빼앗긴 채 살아가는 처지에 성에 대한 담론도 예외일 수 없다는 뜻이 아니었을까. 성욕은 식욕·수면욕과 더불어 인간의 3대 원초적 본능이다. 돈으로 사람을 몇 시간 사서 성욕을 충족시킬 수 있는 우리 사회에서 유일하게 자기 검열을 해야 하는 것이 있는데, 그것은 바로 '글쓰기'이다. 박남

철은 외설적인 표현을 하다 말고 문득 멈추면서 말을 함부로 할 수 없는 이 땅의 비참한 현실을 이런 엉뚱한 방법을 통해 꼬집어본 것이다. 황지우의 음란하기 이를 데 없는 시도 그 창작 의도가 박남철의 경우와 크게 다르지 않았다.

> 길중은 밤늦게 돌아온 숙자
> 에게 핀잔을 주는데, 숙자는
> 하루 종일 고생한 수고도 몰
> 라주는 남편이 야속해 화가
> 났다. 혜옥은 조카 창연이
> 은미를 따르는 것을 보고 명
> 섭과 자연스럽게 이야기를 나
> 누게 된다. 이모는 명섭과
> 은미의 초라한 생활이 안쓰
> 러워…….
>
> 어느 날 나는 친구집엘 놀러
> 갔는데 친구는 없고 친구 누
> 나가 낮잠을 자고 있었다.
> 친구 누나의 벌어진 가랑이
> 를 보자 나는 자지가 꼴렸다.
> 그래서 나는…….
>
> —「숙자는 남편이 야속해」 전문

이 시는 '—KBS 2TV·산유화(하오 9시 45분)'라는 부제가 없다면 이해하는 것이 불가능하다. 즉, 시의 제1연이 텔레비전 드라마를 소개한 신문 기사이고 제2연은 공중변소 벽에 적혀 있는 음란한 내용의 낙서이다. 시인은 아마도 이렇게 생각하며 이 시를 썼을 것이다. '公器로서 정론을 펴야 할 신문이 시시한 텔레비전 드라마의 그날치 내용을 소개하는 데 지면을 허비하고 있다. 이러한 신문의 값어치란 것이 화장실 벽에 적힌 낙서와 무엇이 다르단 말인가.' 언론

자유에 대한 희구가 깔려 있는 시이므로 외설은 일부 독자의 눈을 가리기 위한 교묘한 장치였다. 제5공화국 초기에 발표된 시이니 만큼 독자는 시인의 체제비판의식을 엿볼 수 있어야 한다. 이성복의 시도 정치적 의도를 어렴풋하게나마 지니고 쓴 것이 몇 편 있지만 사회사적 의미보다는 현실초월의 내면세계로 침잠한 시풍이었고, 특히 가족사적 의장을 두르고 있어 이 자리에서는 생략한다.

한편 고정희는 너무나도 뚜렷한 페미니즘 시각으로 80년대 우리 사회의 성문화를 비판하였다. 성이란 것이 오로지 남성 중심으로만 다루어지는 현실에 대한 비판의식이 워낙 강하다 보니 시도 거칠기 짝이 없었다.

아득히 솟는 여자의 유방과
아련히 빛나는 강남의 누드 위로
당당하게
말좆 같은 뱀이 기어올랐다
소름을 번쩍이며
좆 같은 뻣뻣함으로
여자의 젖무덤을 어루만지고
강남의 모가지를 잡아 흐느적거리고
여자의 입에 혀를 날름거리고
강남의 등허리를 기어내리고
태초의 낙원
여자의 무성한 아랫도리에 닿아
독재자처럼 치솟은 대가리를
강남의 아름다운 자궁에 박았다

―「뱀과 여자」 부분

고정희 시인이 비판의 대상으로 삼은 것은 술집이 즐비한 강남에서 화대를 뿌리며 여자를 찾는 남자들만이 아니다. 강남 일대를 홍등가로 만든 우리 사회, 혹은 향락산업의 번영에 대한 비판까지 아울러 하고 있다. 하지만 "좆 같은 뻣뻣함", "여자의 입에 혀를 날름거리고", "독재자처럼 치솟은 대가리", 여기에 한술 더 떠 그 대가리를 자궁에 박았다는 등 표현이 워낙 거칠어 애초의 의도는 잘 잡히지 않는다. 시인이 몹시 분노한 상태에서 시를 써서 그런 것인지는 모르겠지만 성 묘사가 오히려 역효과를 내는 시가 아닌가 여겨진다. 아무튼 타락한 사회에 대한 진단을 각종 음란한 성행위 묘사를 통해 한 작품으로 「뱀과 여자」만큼 노골적인 것도 없었다.

80년대 전반기의 시들에 나타난 이러한 외설적인 표현에는 정치적인 함의가 담겨 있는 것이 많았다. 제5공화국 정권에 대해 노골적으로 반대 의사를 표시할 수는 없고, 순수서정시를 쓸 수도 없었던 그들은 '외설'이라는 방법을 동원해 체제 반대의 의지를 표출하였다. 이 시기의 이런 작품에 대해 시적 형상화를 꾀하지 않았다고 비난을 하기 어려운 것이, 이른바 무소불위의 권력을 휘두르던 제5공화국 정권 아래서 태어난 시들이었기 때문이다.

3. 무서운 아이들의 성에 대한 자유로운 담론

80년대 후반에 오면 외설은 조금 다른 각도에서 구사된다. 성이란 남녀의 자유로운 의사소통의 과정에서 이루어지는 것인데 왜 꼭 체제 부정을 위한 도구로 사용되어야 한단 말인가 하고 생각한 시인들이 나타난 것이다. 여전히 체제에 대한 비판을 자유롭게 할 수 없던 시대이기는 했지만 후배가 선배의 창작 방법을 그대로 답습하고 있을 수는 없었다. 그래서 훨씬 노골적인 성 묘사가 이 시기에 이루어진다. 사회의 성풍속도 이 무렵에 접어들어 많이 바뀐다. 포르노 테이프가 널리 유통되고, 퇴폐 이발소와 룸살롱이 성업을 하고, 에이즈 환자가 대폭 늘어나고, 성전환 수술을 한 사람과 동성애자가 제 목소리를 내기 시작한 것이 80년대 후반이다. 제5공화국 정권은 출범하자마자 프로야구에 온 국민의 관심이 쏠리게 하더니 스포츠 신문의 포르노 화를 용인한다. 시에 있어서도 외설적 표현이 정치의 굴레로부터 벗어나게 된다.

> 입을 맞춰 줘… 음… 됐어… 이젠… 내… 보×를 핥아… 아… 기분
> 이 좋아… 이리 와… 너의 성기를 빨고 싶어… 냄새가 좋아… 이젠 너
> 의 것을 내 항문으로… 집어넣어… 그렇게… 아… 이번엔… 가죽 혁띠
> 를 가져와… 나의 등을 때려… 더 세게… 세게… 세게… (중략) 끔찍이
> 도 사랑하고 있다면… 내가 말한… 모든 것들을… 너는… 맛볼려고…
> 들 거야… 해… 하라니까…
>
> —「늙은 창녀」 부분

장정일의 이런 시는 어떻게 해석해야 될까. 늙은 창녀는 시적 화자에게 오럴 섹스와 항문 섹스를 요구하더니 급기야 매저키스트가 되어 폭력을 요구한다. 작품 자체만을 놓고 보면 「늙은 창녀」는 저질 포르노그라피에 불과하다. 작품의 질적 성취도를 따지기 이전에, 서구에서는 18세기에 사드 후작이 깨뜨려버렸던 것들을 금과옥조처럼 지키고 있는 우리 문학의 '거짓 점잖음'을 스물다섯 살 청년 장정일이 깨뜨렸다는 데 의미를 부여하고 싶다. 아마도 시인은 은밀한 장소에서만 행해지는 변태적인 섹스를 백일하에 드러내 보여주고 싶었을 것이다. 또한 우리 문학의 금기 영역에 침범해 난장판을 만들고 싶었을 것이다. 수음에 열중하는 남자가 나오는 「나, 실크 커튼」, 카섹스를 다룬 「심야특식」, 항문에 대한 집착을 보여주는 「프로이트식 치료를 받는 여교사 2」, 불륜 관계를 다룬 「붉은 신호에 걸린 여자」, 강간을 다룬 「미국 고전」, 여행길의 정사를 다룬 「길 잃은 사람들」 등도 인용한 시에 비해서는 외설의 정도가 약하지만 '성'이 결코 에로틱하게 다뤄지지 않는다. 음란할 따름이다. 하지만 창작 의도를 곰곰이 따져보면 시인은 인간이 얼마나 성에 집착하는 동물인가를 독자가 알 수 있게 한다. 김영승 역시 추호의 거리낌도 없이 성 담론을 펼치며 시를 썼다.

──WXY 그려진 W.C 入口
非常口 같은 膣口
都市는, 아 고녀석 자지도 굵다
까만 데만 25㎝네, 이젠, 凱旋門도
疥癬, 改善, 개, 個個, 砲門도 이젠
이젠 揷入 以前에 끝났단다, 少女야
찢어지지 않아서 좋겠다, 좆 컸다
美童들아

―「반성 784」 부분

결혼 안 하세요?
여자가 묻는다.
킥킥, 결혼?
나는 딸딸이에 도가 튼 놈이요.

―「반성 699」 부분

형이상학적 사고 체계가 완벽한
나는 가끔 여자의 성기를 가리키는
우리나라 말 <보지>를 발음했을 때의
그 전무후무한 공명을 숙고해 본다.

생각해 보았는가
아무도 몰래 묵묵히
<보지>를 발음해 보며
고개를 끄덕거리고 있는
불타나 예수의 모습을

―「반성 563」 부분

　　김영승의 시적 전략 역시 장정일과 크게 다르지 않았다. 시인은 이렇게 생각
했을 것이다. '일상적인 대화 중에는 어떤 음담패설도 다하는 사람들이 문학
작품을 읽을 때는 점잖은 것을 요구하니 이 얼마나 우스꽝스럽고 이율배반적인

가. 점잔을 빼고 다니는 기성세대 사람들이여, 너 자신을 반성하라.' 시인은
화장실에서의 자위행위에 대해서도(「반성 784」), 시적 화자의 잦은 자위행위에
대해서도(「반성 699」) 거리낌 없이 말할 수 있다. '보지'를 발음하며 고개를
끄덕거리고('끄덕이고'가 아니다) 있는 불타와 예수를 상상하는 데 그치지 않고
활자화한 행위는 혹자의 눈에 신성 모독으로 비쳐질 수 있을 것이다. 시인의
시작 의도가 '반성의 촉구', 즉 일종의 현실 풍자에 있음을 감안한다면 신성
모독으로 몰아붙일 필요가 없었을 텐데, 『반성』은 외설 시비에 걸려 오랫동안
판매 금지가 된 시집이다. 어쨌거나 김영승은 성의 즐거움을 이렇게 표현하기
도 했다.

   내가 그대의 性器를 처음 본 것은
   지리상의 발견처럼
   淸敎徒的인 淸貧한 기쁨이었다

   그곳에 살았던 인디언을 몰아내고
   나는 아마도 즐거워했을 것이다

—「반성 676」 부분

 90년대에 들어서서 장정일은 소설 장르로 방향 전환을 한 뒤 훨씬 더 노골적
이고 치밀한 성 묘사 작업에 들어간다. 『너에게 나를 보낸다』나 『내게 거짓말
을 해봐』가 불러일으킨 사회적 파장을 여기서 재론할 필요는 없을 것이다.
한편 김영승은 90년대에 들어서서도 아무렇지 않게 '좆'과 '씹'을 입에 담는다.
아니, 그의 시는 더욱 거칠고 난폭해진다. 시로 행한 사디즘이라고나 할까?
1994년에 간행된 시집 『권태』에서 몇 편 골라본다.

  어제는 1992년 10월 28일 수요일. 시한부 종말론자들이 믿는 소위
  '휴거' 예정일.

양념통말자지(씹)구이나 통말자지(씹)소금구이를 해서 내면 잘 팔릴 텐데.

―「권태·882」 부분

꼿꼿이 세우고, '게'의 안병(眼柄)처럼 부글부글 '게'처럼 거품을 물
며 구멍에 들락날락 수음(手淫)을 하던.

슬슬슬슬슬슬…… 매맞아 버릇한 숫, 똥개처럼, 나는 아내, 그 화상
(和尙)의 눈치를 살핀다. 아내는 무섭다. 아내는, 거안(擧案), 제미(諸未),
십(十)이다.

―「권태·7」 부분

여인이여, 생선회칼 든, 스타킹 뒤집어쓴 알몸의 비너스여, 살인자
여, 여인이여, 색정광이여, 광란의 색골 신사임당이여, 거머리 같은 음
핵, 낼름거리는, 혓바닥만한 새빨간 음핵의 사탄이여……

―「권태·548」 부분

이런 시들은 외설스러운 표현을 하고 있다기보다는 여운이 불쾌한 음담패설
에 가깝다. 마음에 들지 않는 이 세상의 온갖 것들에 대한 비판이 종횡무진
행해지는 가운데 수시로 튀어나오는 음담패설인 것이다. 시인이 시한부 종말론
자들을 비웃는 것은 충분히 이해가 가지만 「권태·7」과 「권태·548」에 나타난
여성 비하의 시각은 비난받을 소지가 있다. "아름다운 여인"이여 하고 부르짖
다가 "실제로, 엉덩이를 까고, 내 야윈 두 다리를 타고 앉아 헥헥,//나로 인하여
기분 좋으소서."(「권태·501」) 하고 여성을 놀려대거나, "남이 조터지는데 잠들
어 있지 말자. 내가 조터지고 있는데 아내는 잠들어 있다. 좆, 터질 맛도 안
난다."(「권태·18」) 하고 아내를 비하하는 표현은 외설치고도 저급한 편에 속한
다. 권태를 강요하는 이 땅의 권태스런 현실을 비판하려 나섰다가 오히려 역효
과를 낸 경우가 아닌지 모르겠다.

장정일과 김영승 외에도 80년대에 외설스런 성 담론을 행한 시인으로 김수

경·장경린·정남식·하재봉 등을 꼽을 수 있는데, 이들의 시에 대한 평가를 지면 관계상 줄일 수밖에 없는 것이 안타깝다.

4. 자본주의 사회에서의 성 담론 양상

90년대로 접어들면서 성애에 대한 개념은 또 조금 달라진다. 마광수와 장정 일이 구속되었을 때, 많은 문학인이 성 담론에 대한 자유가 없는 한국의 현실을 개탄하였다. 두 사람의 노력(?)이 아니더라도 벌써부터 성은 상업광고의 가장 중요한 전략이 되었고, 영화예술의 가장 중요한 모티브가 되었으며, 일상적 대화의 가장 흔한 소재가 되었다. 성 담론이 외설의 영역에 머물지 않고 생활의 일부가 된 것이다. 거의 모든 금기가 깨어진 셈이며, 문학은 영상매체에 비해 그 정도가 훨씬 약하다고 할 수 있다. 문제가 있다면 성희롱과 성추행의 범위가 어디까지냐, 대학과 직장에서의 성희롱이 처벌 대상이냐 아니냐 하는 것이었 다. 퍼스널 컴퓨터의 광범위한 보급으로 마음만 먹으면 인터넷 음란 사이트, 그 엄청난 나신들의 축제를 아무나 볼 수 있게 되었다. 몇 명의 시인이 행한 외설적인 표현은 사회의 엄청난 변화 양상에 비한다면 약과라고 해야 할 것이 다. 이 시기의 대표자 함민복은 문명 비판에, 유하는 사회 풍자에 집중한다. 이들 외에 김요일·채호기·강정 등도 이 범주에 넣을 수 있지만 지면관계상 두 시인만 다루도록 한다.

> 잘 벗겨지지 않아요
> ——— 제비(?)표 페인트
> 알아서 빨아줘요
> ——— 대우 봉(?) 세탁기
> 구석구석 빨아줘요

　　　　——삼성(?) 세탁기
　　빨아주고 비벼주고 말려주고
　　　　——금성(?) 세탁기
　　우리는 그이가 다 빨아줘요
　　잘 빨아주니 새댁은 좋겠네
　　　　——럭키 슈퍼타이

　　　　　—「내 귀가 섹스 쪽으로 타락하고 있다」 부분

　　광고가 규정하는 세계 속에 넘쳐나는 성 담론을 예리하게 포착하여 쓴 함민복의 시이다. 그는 첫 시집 『우울氏의 一日』과 두 번째 시집 『자본주의의 약속』에서 성(섹스)을 원자폭탄 같은 것으로 간주했던 듯하다. 자본주의 사회에서 사는 한 인간은 성의 무차별적 공격 속에 무방비 상태로 노출될 수밖에 없다고 진단하는데, 아닌게아니라 성은 우리의 의식·무의식 속에 끊임없이 파고들고, 눈과 귀 속으로 시시때때로 뛰어들며, 상업광고와 언론매체에 차고 넘친다. 너무나 자연스러운 생활의 일부인 성을 두고 외설 시비를 벌이는 것은 크게 잘못된 일이라고 시인은 생각했을 법하다. 성을 향유하더라도 완전한 자유를 누릴 수 없는 자본주의 체제 아래서의 모순을 그는 여러 시에서 거론한다. 시인은 성의 기쁨마저 빼앗아가는 문명(자본주의) 사회를 향해 다음과 같이 질타하기도 한다.

　　비닐 장갑 낀 그분의 팔뚝이
　　자궁 속으로 어깨까지 들어가자
　　소는 어금니에 침을 물고
　　당구공만한 눈동자를 꿈벅꿈벅
　　자궁 속에 넣은 손을 움쩍거리던
　　그분은 라디오 안테나 같은 기구를 삽입했습죠
　　　　숫놈의 눈동자도 모르는 채
　　　　숫놈의 체취도 못 느껴본 채

숫놈의 몸무게도 견뎌보지 못한 채
…쓸 쓸 하 게…
숫놈에 대한 그리움이 희석되며
소는 성스러운 섹스를 마칩니다

—「인공수정」 부분

사람이 소의 자궁 속에 라디오 안테나처럼 생긴 기구를 넣어 인공수정을 하는 과정이 묘사되어 있는 이 시에는, 자본주의가 성의 자유를 마음껏 구가케 하는 것이 아니라 오히려 구속한다는 것이 암시되어 있다. "성욕의 나무에 올라가 목을 맸네/성욕의 나뭇가지 부러지고"가 첫 연과 끝 연인 「우울氏의 一日·11」도 현대인에게 많은 부하(負荷)를 주는 성의 모순된 속성을 논한 시이다. 자본주의 사회에서의 성 담론이 그저 생각나는 대로 말하면 되는 농담 같은 것이 아님을, 아니어야 함을 함민복의 시를 보면 알 수 있다.

유하는 잘 알려져 있다시피 영화 사회학 연작시를 써 시와 영화의 만남을 주선한 시인이다. 그의 시도 외설스러운 것이 많은데, 대개 영화 장면과 관련이 있다. 영상 속의 외설스런 장면을 시로 재현함으로써 시인이 얻고자 한 것은 무엇이었을까.

장작불 타오르는 페치카 옆,
백마에게 짓눌린 애마부인의 교성 디퍼 디퍼!
깊숙이, 더 깊숙이라 정확히 번역된 한글 자막은
올드 팬에게, 그 옛날 청계천 구루마 장사가 팔았던
빨간 책, 마분지 소설의 추억을 한아름 선사한다

—「파리애마」 부분

제시한 부분만 읽으면 영화감상문도 아니고, 어설픈 낙서 같은 시다. 유하의 렌즈는 은막을 향해 있는 듯하지만 뒤에 가서는 반드시 우리 사회의 어두운 구석을 비춘다. "포르노엔 지배자들이 살포하는/포르말린 냄새가 배어 있다"에 이르면 「파리애마」의 색깔은 사뭇 달라진다. 그래서 '영화 사회학'이다. 시인의 외설스런 농담 속에 담겨 있는 비판의식이 조금은 도식적이라 할지라도 우리 사회의 문제점을 정확히 파악하고 있었기에 음담패설의 수준을 훌쩍 뛰어넘을 수 있는 것이다.

> 외롭거나 쓸쓸한 사람은 누구라도 한 번쯤은 찾아드는, 저곳을
> 그 누가 낮씹하는 곳이라 부르겠는가 오예스 오예스 호텔 그린그래스
> 골프장의 잔디 위에서 단련된 허리, 푸른 잔디처럼 출렁이는 물침대
> 완곡하여라 호텔 그린그래스 어느새 저 불야성이
> 누에 같은 나마저 유혹한다 강력한 언어의 뽕을 먹인다
>   ―「바람 부는 날이면 압구정동에 가야 한다 5」 부분

자본주의의 제 요소가 결집된 주거 공간인 호텔을 시인은 "낮씹하는 곳"이라 부르고 있다. 그린그래스라는 이름의 호텔에서 벌어지는 성의 향연을 은근히 비꼬기 위한 시적 장치이다. 하지만 도덕적 판단에 입각한 시인의 외설 취미는 오히려 보수적인 데가 있다고 본다. 바람직한 사회의 모델이 시인에게 늘 그리운 감정을 불러일으킨 고향 '하나대'였기 때문은 아닐까. 우리 사회, 특히 우리 사회의 정치 형태에 대한 비판도 외설적인 표현을 통해 행해질 때가 많았으나 시의 부분 제시와 설명은 생략한다.

5. 외설도 얼마든지 아름다울 수 있다

외설적인 시를 쓴 여성 시인으로는 누가 있을까. 80년대의 시인으로는 앞에서 다루었던 고정희 외에 "절망하기 위해 밥을 먹고/절망하기 위해 성교한다"

고 했던 최승자가 있다. 90년대의 시인 중에는 박서원과 이연주, 혹은 최영미와 신현림을 들 수 있겠고, 네 시인보다 훨씬 과격한 김언희도 있다. 이들 시에 나타난 여성성 혹은 페미니즘적 요소에 대한 탐색은 이 글의 범위를 넘어서는 것으로 다른 자리에서 이루어지면 좋겠다. 나는 이제부터 성의 아름다움과 건강함을 노래한 시를 찾아보고 싶다. 외설도 얼마든지 아름다울 수 있는 것이 아닌가.

> 한여름, 햇볕에 바싹 달군 홑이불을 덮었다. 태양의 맨살이 나를 받아 안는다. 달콤한 살내음, 태양의 흑점 한가운데로 빨려 들어간다. 계란 노른자위처럼 말랑한 그곳으로 기분 좋게 눈을 감으며 내 알몸을 맡긴다. 풀 먹인 햇살이 까칠까칠 가슴께를 더듬는다. 봉싯 솟아오른 봉우리. 서서히 온몸이 달아오른다. 감이 부풀고, 대추 열매가 부풀고, 사과가…… 머지않아 나의 정원엔 태양을 닮은 자식들 쑥쑥 쏟아져 나오겠지? 두둥실 떠오르는 한낮.
>
> —「동침」 전문

문학작품 속의 사랑 치고 불륜 아닌 것이 있던가. 애틋한 사랑도 없지는 않지만 순탄한 사랑과 갈등 없는 맺어짐은 일단 재미가 없으므로 잘 다루어지지 않는다. 처녀 총각의 사랑일지라도 갈등이 아니면 파멸이요, 혼전관계가 아니면 삼각관계이다. 부부간의 정상적인 사랑이 작품의 소재가 되는 경우는 거의 없다. 그런데 김주혜의 「동침」은 부부지간의 운우지정을 더없이 아름답게 그린 시이다. 가슴께를 더듬는다, 봉싯 솟아오른 봉우리, 온몸이 달아오른다, 대추 열매가 부풀고……. 성행위의 과정임에 틀림없는데, 이 시에서는 '음란'과 '쾌락'이 연상되지 않는다. 감이며 대추, 사과 같은 것들이 햇볕을 한껏 받고 여물 듯이 내가 오늘 누리는 이 성적 기쁨이 결국 새 생명을 탄생케 할 것이라니 "기분 좋게 눈을 감으며 내 알몸을" 맡기겠노라고 시인은 성을 노래한다. 인공수정도 가능해진 시대이지만 동침을 해야 자식들이 태어난다는

것은 불변의 진리이다. 평이하고도 진부한 성을 갖고 시를 썼는데 오히려 신선
하게 느껴지는 것은 무슨 이유에서일까. 정상적인 성관계를 문학이 도무지
다뤄오지 않았기 때문에 역설적으로 '진부함'이 '신선함'을 준 것이 아닐까.
　성을 상업화하게 되면 외설에서 퇴폐로, 퇴폐에서 변태로, 변태에서 엽기로
이어진다. 더욱 거칠고 난폭해지는 것이다. 하지만 성 그 자체는 생명체의 생명
력 발휘이며 그것은 또한 종족의 유지를 가능케 한다. 성행위는 그렇기 때문에
인간의 행위 중 참으로 신성하고 아름다운 것이라고 볼 수 있다. 젊은 시인들의
시가 대체로 불쾌한 성을 다루고 있는 데 반해 중견 이상의 시인들은 유쾌한
성, 건강한 성, 생명력 넘치는 성을 다루고 있다. 유쾌한 성의 예로 오세영의
「情事」를, 건강한 성의 예로 이수익의 「그리운 密林」을, 생명력 넘치는 성의
예로 임영조의 「여름 산행」을 든다.

> 打樂音인지도 몰라
> 두드려서 울려내는 신음소리,
> 絃樂音인지도 몰라
> 간지려서 울려내는 웃음소리,
> 管樂音인지도 몰라
> 성대에서 떨려나는 목소리.
>
> …(중략)…
> 오랜 기다림 끝에 맨몸이 하나로 아우러
> 웃음과 울음과 신음이 범벅된
> 한밤의
> 情事.
>
> ―「情事」 부분

> 더위먹은 수캐처럼 헐떡거리며
> 내가 여름 산에 당도하니
> 산은 이미 막달 찬 임부였다

간밤에 내린 비로 뒷물 막 끝낸
서늘하고 향긋한 몸내
홀리듯 계곡으로 몸 들이민다
(그럼 이내   시한 허리 꿈틀
아무나 덥석 받아줄 줄 알았지?)

—「여름 산행」 부분

나는 밤마다 날개를 치며 날아간다,
누렇게 뜬 조갈의 들판과 江을 건너
힘없이 지쳐 누운 산맥들을 지나
맑고 푸른 공기 청정한 샘물처럼 용솟음치는
젊은 육체의 땅으로, 숲으로
나는 날아간다, 환희에 떠는 내 심장의 피가
솟고 꺼꾸러지며 폭발하는 하늘에서,
보다 더 멀리.

—「그리운 密林」 부분

오세영의 「情事」은 사람이 성교할 때 내는 소리, 곧 교성을 소재로 하여 쓴 시이다. 교성을 인간이 낼 수 있는 무척 아름다운 소리의 하나로 간주한 발상도 새롭지만 한자어 '合歡'의 의미를 너무나 실감나게 그린 시가 아닌가 한다.[2]

임영조의 「여름 산」은 소리가 아닌 냄새에 시상이 집중되어 있다. "막달 찬 임부"와 "뒷물", "향긋한 몸내" 등이 시사하는 것도 새 생명 탄생을 위한 준비이고, 여름 산에 올라간 "조루증의 사내들 대여섯"이 "식은땀 뻘뻘 개고기를 뜯는다"는 표현도 마찬가지이다. 산과 나와의 교감은 '쾌감'과 '열락'을 가능케 하고, 그것은 결국 회임을 위한 준비 행위인 것이다. 여름 산의 식물들이 뿜어내는 냄새, 그 산에 오른 사람의 몸에서 나는 땀내, 그리고 개고기의 냄새가

---

2) 오세영의 「情事」에 대해서 2000년 1월호 『현대문학』 월평을 통해 소감을 밝힌 바 있어 이 자리에서는 다루지 않기로 한다.

이 시에서 어울려 진동을 하는데 이 모든 것이 새 생명의 탄생을 예견케 한다.

이수익의 시 「그리운 密林」에서 '밀림'이 인간 신체의 어느 부위를 가리키고 있는 것인가는 어렵지 않게 파악된다. "젊은 육체의 땅"에 그 해답이 있지 않은가. "환희에 떠는 내 심장의 피가/솟고 꺼꾸러지며 폭발하는 하늘"은 오르가즘의 순간을 그린 것이라 여겨지는데, 그만큼 이 시는 역동적이다. 흡사 「변강쇠가」에서 강쇠와 옥녀가 성행위하는 장면을 묘사한 대목을 보는 듯한 느낌이 들지만 조금도 음탕하거나 퇴폐적이지 않다. 원시적이면서도 원초적인 생명력의 발산을 노래한 시이기 때문에 젊음의 건강한 힘이 충만해 있다.

금기를 깬 것도 아니고 자극적인 언어를 동원한 것도 아니지만 이들 시에서 성행위를 연상하지 않을 수 없다. 하지만 섹스를 진·선·미를 추구하려는 성스러운 행위로 간주하였기에 조금도 추하게 느껴지지 않는다. 변태적인 성행위는 인간의 추악함을 드러낼 뿐이지만 원초적인 성행위는 생명의 위대함을 드러내기 때문일 것이다. 이 앞의 시들이 어떤 목적을 염두에 두고서 씌어진 데 반해 세 시인은 성 그 자체의 아름다움과 건강함을 추구하고자 했으므로 어찌 보면 이런 시들이야말로 이 시대의 진정한 외설시라고 할 수 있을 것이다. 21세기 우리 사회에서 성 개방은 거의 무한대로 확장될 것임에 틀림없다. 이 땅의 시인들이 성 무방비의 시대에 어떤 자세로 성을 그려나갈까 궁금히 여기는 사람은 나만이 아닐 것이다.

한국 현대시에 나타난 '광고'

1. 광고는 현대의 신인가?

지나간 20세기를 3등분해본다면 어떻게 나눌 수 있을까? 초반은 19세기 후반에 이념의 기치를 높이 세운 공산주의가 영토를 확장해간 시기로 잡을 수 있을 것이다. 공산주의 종주국인 소련은 피의 혁명을 전파하여 수많은 위성국가를 거느리게 되었다. '코뮤니즘'이라는 이념은 순식간에 중국을 비롯하여 아시아 일대로 퍼져갔다. 뒤이어 남미와 쿠바 등으로 확산되어 영토 면에서도 인구 면에서도 공산주의 국가는 세계의 절반 이상을 차지하게 되었다. 20세기 중반은 양극 이데올로기 대립의 시기로, 흔히 말하는 냉전시대다. 이 시대에 서방세계의 언론은 '철의 장막', '죽의 장막', '쿠바 봉쇄', '도미노 이론', '베를린 장벽' 등의 시사용어를 자주 썼다. 한반도, 인도차이나반도, 캄보디아, 아프가니스탄 등은 양극 이데올로기의 각축장이었다. 한편 20세기 종반은 공산주의가 하루아침에 몰락하고 자본주의가 극성기로 돌입했다고 보아야 할 것이다.

자본주의의 극성은 광고시장의 눈부신 성장이 증명한다. 중국을 보면 금방 알 수 있다. 정치체제는 여전히 공산주의지만 경제구조는 완전히 자본주의로서 거리거리마다 온통 광고의 물결이다. 1999년의 경우 중국 광고시장의 규모는 캐나다나 오스트레일리아에 비해 갑절에 가까웠다.[1) 아마도 2003년 현재 그

격차는 더 벌어져 있을 것이다. 광고는 자본주의 문화의 생명이고 광고 없이 자본주의는 살아갈 수 없다는 말이 나올 정도로 광고는 소비자본주의의 꽃이다.[2] 미국 마케팅협회에서는 1963년에 광고(advertising)에 대해 이렇게 정의를 내린 바 있다.

> 광고는 이름이 밝혀진 광고주가 아이디어, 제품 및 서비스의 촉진을 위해 어떤 형태이든 유료로 하는 비개인적 제시(nonpersonal presentation)이다.[3]

쉽게 말해 광고는 상업적 의도를 갖고 하는 선전이다. 공익광고는 공공의 이익을 위한 것이므로 광고의 정의에는 부합되지 않는다. 국제광고협회(IAA)는 공익광고를 "공중의 지배적인 의견을 수용하여 사회·경제적으로 공중에게 이익이 되는 활동을 지원하거나 실행할 것을 권장하는 광고의 한 형태"로 정의를 내리고 있다.[4] 사익이 아닌 공익을 추구하므로 상업적 의도가 배제되어 있다.

광고와 조금 다른 PR(public relations)은 관청·단체·기업 등에서 주요 시책이나 사업 내용을 일반인에게 이해시키고 협조를 얻고자 널리 알리는 것이다. PR과 비슷한 선전(propaganda)은 주의·주장이나 어떤 사물의 존재와 효능 따위를 사람들에게 설명해 이해와 공감을 얻고자 적극적으로 알리는 것이다. 비슷한 뜻을 지닌 다른 것들과 견주어볼 때 광고는 '유료'라는 특징이 있다. 광고주가 돈을 들여서 알리는 것이기 때문에 이익 창출을 하려고 애를 쓰게 된다.

---

1) 1999년 중국의 광고비(경상가격)는 95억 2600만 달러였고, 캐나다는 46억 3200만 달러, 오스트레일리아는 54억 4700만 달러였다. 이것을 국민 개인당 광고비로 환산해보면 캐나다가 146.2달러고 오스트레일리아가 258.8달러인데 중국은 4.1달러에 지나지 않는다. 즉, 중국은 앞으로 엄청나게 큰 광고시장을 갖게 될 것이다. ―신인섭 외 2인, 『광고학입문』, (주)나남출판, 2002(개정 3판), 40, 44쪽 참조.
2) 이득재, 「광고, 욕망, 자본주의」, 『광고의 신화, 욕망, 이미지』, 현실문화연구, 1993(2쇄), 9쪽.
3) 신인섭 외 2인, 위의 책, 14쪽.
4) 이현우·김병희, 『광고 발상과 전략의 텍스트』, 북코리아, 2002, 33쪽.

광고는 나폴레옹 군대가 이집트 원정을 가서 발견한 돌덩이 하나(로제타스톤)에서 그 기원을 삼는다. 이 돌은 기원전 196년, 이집트 푸톨레미 왕의 즉위 1주년을 기념하기 위해 전국에서 모여든 승려들의 총회 의결을 기록한 것이다. 그 내용이 왕의 업적을 칭송한 선전문이었기 때문에 광고는 그때부터 시작된 것으로 본다.[5] 우리나라 최초의 근대적 광고는 1886년에 창간된 <한성주보>에 실렸다. 조선에서 무역업을 하던 독일 회사 세창양행에서 '덕성세창양행광고'라는 제목으로 <한성주보>에 실은 24행의 광고를 우리나라 광고의 효시로 친다.[6] 역사가 길든 짧든 간에 그 어떤 말이나 이미지, 소리 등으로 인간의 오감을 자극하여 구매충동을 불러일으키려고 한 집요한 노력이 광고의 역사를 이루었다.

광고는 흔히 제품의 장점을 부풀려서 말한다(針小棒大). 소비자를 감언이설로 현혹시키지 않으면 약점은 은폐하고 장점만 부각시킨다. 프랑스의 사회학자 장 보드리야르(Jean Baudrillard)는 부어스틴(D.J. Boorstin)이 광고업자들의 무죄를 증명하고자 노력한 사람이라고 하면서 그가 "유행이 미추(美醜)를 초월해 있는 것처럼, 또 현대적인 사물의 기호기능이 유용무용(有用無用)을 초월해 있는 것처럼, 광고는 진위(眞僞)를 초월해 있다"는 말을 했음을 상기시킨 바 있다.[7] 광고는 결코 진실 게임일 수 없다는 말이다. 광고가 진실이든 거짓이든 자본주의 세계에서 최고의 권력자는 미국 대통령이 아니라 광고다. 어딜 가나 넘쳐나는 광고는 이제 예언자나 신의 위치에까지 다다라 있다. 보드리야르가 "광고는 무엇을 이해하게 하거나 배우게 하는 것이 아니라 기대하게 한다는 점에서 예언적인 말"이라고 한 것은 광고가 갖고 있는 엄청난 힘을 '어쩔 수 없이' 인정했기 때문이다. 광고라는 신을 교주로 삼은 종교는 엄청난 전파력까지 갖고 있다.[8] 광고는 소비자에게 복음을 방불케 하는 메시지를 끊임없이

---

5) Frank Presbrey, *The History and Development of Advertising*; New York : Doubleday, Doran & Co., 1929, p.3.
6) 『브리태니커 세계 대백과사전』, 한국브리태니커회사, 1996(초판 7쇄), 211쪽.
7) 장 보드리야르, 『소비의 사회』, 이상률 옮김, 문예출판사, 1991, 187쪽.

전한다. 소비자는, 아니, 광고교의 신자는 그 메시지를 무조건적으로 믿는다. 광고는 또한 '이 제품은 어때서 어떻다' 하면서 선언하고 명령한다. 각종 매체를 통해 같은 광고가 계속 반복해서 나옴으로써 우리의 의식과 무의식 깊숙이 파고든다. 저것이 정말 그렇게 좋은 것인가 하고 처음에는 회의하다가도 결국은 믿게 되는 것이다. 이제는 광고를 하지 않으면 제품에 대해 신뢰를 하지 않으므로 일종의 필요악이 되었다. 제품의 좋은 점만 말해주므로 위선자라고도 할 수 있다. 광고를 함으로써 제품의 허점을 숨기는 것도 광고의 중요한 전략이다. 게다가 광고는 자꾸만 강요한다. 바꿔 써라, 우리 회사 것만 사용해라, 우리가 최고이니까 하면서. 광고는 공존공영의 세계에서는 살아남지 못하고 적자생존의 세계에서만 살아 숨쉰다.

우리나라는 1960년대 중반부터 경제개발에 본격적으로 착수, 산업화 사회로 진입할 수 있는 기틀을 마련하였다. 60년대에는 일본으로부터의 무상 원조, 외자 도입, 베트남전 참전을 통해, 70년대에는 중동 건설 붐, 종합상사들의 약진, 석유화학공업의 발전 등을 발판으로 삼아 '한강의 기적'을 이룩하였다. 80년대에는 3저의 호황[9] 속에 아시안게임과 올림픽을 유치하여 국가의 위상을 세계에 드높이기도 했다. 광고는 이 시기에 어마어마하게 몸을 부풀려 제일기획·금강기획·대홍기획·엘지에드 등 굴지의 광고회사들이 고속성장을 꾀하게 된다. 광고가 상품 선전을 하는 차원이라면 문제될 것이 없다. 광고의 문제점[10]에 대해 이것저것 따져본 시인이 80~90년대에 몇 사람 있었으므로 그들 시의 공과를 따져보는 것이 이 글을 쓰는 작은 이유가 된다.

---

8) 1984년을 100(100만 달러)으로 두었을 때 1999년도 북미주의 광고비 성장률은 201, 유럽은 299, 아시아·태평양은 365이다. 15년 만에 2배 이상씩 성장한 것이다. ─신인섭 외 2인, 앞의 책, 38쪽.
9) 달러화의 평가절하, 국제 원유가의 하락, 국제금리의 하락이 동시에 이루어져 1980년대의 국내경제는 이례적으로 안정 속에 지속적인 성장을 이룩할 수 있었다.
10) 광고의 문제점을 짚어본 책으로는 다음과 같은 것들이 있다.
하우크, 『상품미학 비판』, 김문환 옮김, 이론과실천, 1991.
마정미, 『광고, 거짓말쟁이』, 살림, 1997.

2. 오규원―현실 반영과 비판

광고가 우리 시의 문맥에 본격적으로 등장하는 것은 오규원의 『가끔은 주목
받는 생이고 싶다』(1987)에서부터이다. 오규원은 언어로써 언어를 초월하려는
현대시의 정신을 잘 보여준 시인이다. 언어에 대한 기존관념을 줄기차게 파괴
해온 시인은 독특한 유머 감각을 구사하여 기존의 모든 질서의식을 파괴하려고
부단히 애를 썼다. 한때 시인은 초현실주의 시 창작 방법론에 입각, 이드와
에고의 세계를 자유롭게 넘나들기도 했다. 그러던 그가 이 시집을 내면서 물신
이라는 거대한 괴물이 우리 사회를 덮치는 것에 주목하게 된다. 이 시집에
수록되어 있는 몇 편의 시를 보자.

> ―― 근육질의 男 리차드 기어
> 섬유질의 女 킴 베신저
>
> (14 : 20분. 광고회의는 아침 10시부터 계속된다. 출입문 구석에 놓인 중화요
> 리 그릇 더미 틈사귀로 짜장면 방향이 탁자 위에 구겨진 이불처럼 몸을 포갠 키
> 스 신들 위로 덮친다. 男女 주인공을 暗刻한 문안을 낸 朴氏는 일찌감치 지친 尹
> 氏의 귓속으로 아리랑의 열반 무늬를 들여보낸다. 李部長은 거 뭐 짜릿한 거 없
> 어를 연발하며 두 다리를 탁자 위로 올린다. 건대 학생 데모 사건에 연루된 아들
> 소식이 궁금한 朴氏는 집으로 전화를 또 한다. 띠리리, 띠리리리, 띠리, 띠리리
> 리…… 男女가 껴안고 뒹구는 사진을 한눈으로 보며 다이얼을 돌리던 그는 문득
> 아득히 손을 멈춘다. 띠리리, 띠리, 띠리리, 띠리리리…… 部長은 朴氏의 메모를
> 보고 껄걸 웃는다.
>
> ―― 관능의 모르스 부호 타전 시작!
>
> ―「NO MERCY」 앞 3연

영화수입사의 의뢰를 받은 광고회사의 카피라이터 몇 사람이 영화 카피를
뽑는 회의를 여는데, 그 광경이 시가 되었다. 그런데 시 속의 현실을 보면

근육질의 남우 리처드 기어와 섬유질의 여우 킴 베신저가 나오는 할리우드 영화의 세계와는 딴판으로 건대 학생 데모사건(보다 정확히 말하면 건국대 애학투련 사건이다)[11]에 연루된 박씨의 아들과 장티푸스에 걸린 화자의 아내가 나온다. 박씨와 나는 지금 광고 문안을 만들고 있지만 마음은 완전히 가족한테 가 있다. 또 다른 카피라이터 윤씨는 증권시장에서 막차를 탔다가 본전을 축내 기분이 영 안 좋다. 하지만 어찌할 것인가, 정해진 날까지 광고를 만들어야 하는데. 근육질의 남우와 늘씬한 몸매의 여우의 스틸 사진을 보며 회의를 계속해 이 팀은 결국 "운명의 사슬에 엮어진/체온 37도 8부의 男女"를 광고 헤드라인으로 결정한다. 시의 제목이 의미심장하다. 신은 없는 것인가. 오오 신이여, 왜 우리 민족에게는 자비를 베풀지 않으시나이까. 이런 생각을 하며 제목을 붙였을 것이다. 광고 그 자체를 소재로 한 시라기보다는 한국이 처한 상황을 미국 영화와 대조하여 절묘하게 그린 시이므로 현실을 풍자한 일종의 정치시라고 여겨진다. '광고 그 자체'를 소재로 한 시도 있다.

선언 또는 광고 문안

단조로운 것은 生의 노래를 잠들게 한다.
머무르는 것은 生의 언어를 침묵하게 한다.
人生이란 그저 살아가는 짧은 무엇이 아닌 것.
문득 ── 스쳐 지나가는 눈길에도 기쁨이 넘쳐나니
가끔은 주목받는 生이고 싶다 ── CHEVALIER

개인 또는 초상화

벽과 벽 사이 한 女人이 있다. 살아 있는 몸이 절반쯤만
세상에 노출되고, 눌러쓴 모자 깊숙이 감춘 눈빛을 허리를

---

11) 1986년 10월 28일 건국대에 전국 29개 대학의 학생 2천여 명이 모여 '전국 반외세반독재 애국학생투쟁연합'(애학투련)을 결성하였다. 경찰은 대회가 진행되는 중간에 기습적으로 8천여 명의 병력을 투입, 1,525명을 연행하여 1,259명을 구속했다. 단일사건으로 정부수립 이후 최대의 구속자였다.

받쳐들고 있는 한 손이 끄을고 가고.

빛 또는 물질

짝짝이 여자 구두 한 켤레가 놓여 있다
찍짝이 코 끝에 영롱한 스포트라이트의
구두 발자국.

―「가끔은 주목받는 生이고 싶다」 전문

프랑스의 제화회사 슈발리에가 내세운 "가끔은 주목받는 생이고 싶다"는 세계 광고시장에 널리 알려져 있는 카피이다. 시인은 어느 날 신문지상에서 이 회사의 광고를 보았던가 보다. 제1연의 소제목은 '선언 또는 광고 문안'인 바 제목 그대로, 광고 문안을 그대로 옮겨놓았다. 제2연은 광고 모델의 모습을 문자로 형상화해놓은 것이다. 제3연은 구두와 구두 발자국 사진을 문자로 형상화해놓은 것이다. 신문의 광고 중 문자는 문자 그대로, 사진은 문자로 바꿔놓았을 뿐, 의식의 개입은 거의 없어 보인다. 즉, 소재는 확실하나 주제는 불확실하다. 주제는 아마도 '광고 있는 그대로 보여주기'가 아닐까. 구두만 잘 신어도 주목을 받을 수 있는 자본주의의 속성을 다룬 시로 볼 수도 있겠지만 그런 거창한 주제를 담은 것 같지는 않다. 주제의식이 보다 확실한 시가 있다.

1. '양쪽 모서리를
　함께 눌러주세요'

　나는 극좌와 극우의
　양쪽 모서리를
　함께 꾸욱 누른다

2. 따르는 곳
　　　⇩
　극좌와 극우의 흰

고름이 쭈르르 쏟아진다

3. 빙그레!

　　── 나는 지금 빙그레 우유
　　200ml 패키지를 들고 있다
　　빙그레 속으로 오월의 라일락이
　　서툴게 떨어진다

　　　　　　　　　　─「빙그레 우유 200ml 패키지」 전반부

　시의 전반부를 보면 곽에 든 우유를 개봉하여 마시는 광경이 나온다. 그런데 과연 시인은 무엇을 이야기하고자 이 시를 쓴 것일까. 우유를 마시기 위해 소비자는 이쪽이나 저쪽 가운데 하나를 택해야 한다. 극좌나 극우 중 하나를 택해야 했던 것은 우리 민족의 운명이 아니었을까? 6·25전쟁 및 그 전쟁을 전후해서는 극우와 극좌 중 하나를 택해야 했었고, 권위주의적 정치가 행해지던 시절에는 보수와 진보세력 중 하나를 택해야 했었다. 우리는 오랫동안 흑백논리를 벗어나지 못했는데, 다양성을 인정하지 않는 상태에서의 양자택일이란 사실 얼마나 무모한 것인가. 시인은 마지막 연에 가서 "오월의 음지"와 "오월의 라일락"을 이야기함으로써 이 시를 쓴 의도를 암시한다. "⇧ 따르는 곳을 따르지 않고/거부한다"는 것은 전쟁포로 중 남이나 북이 아닌 제3국을 택한 이들과, 광주민주화운동 당시의 희생자들을 떠올리게 한다. 흑백논리의 세계에서는 한쪽을 택하면 영원히 다른 세계로는 갈 수 없다. 회색인은 용납되지 않으며 두 세계의 접합점은 없다. "⇨를 따라/한 모서리를 돌면//빙그레가 없다//다른 세계이다"는 한쪽을 택하면 '빙그레'(이것은 회사명인 동시에 상표명이다), 즉 웃을 일이 없게 됨을 말해준다. 절묘한 현실풍자가 아닐 수 없다.

　　해태 들菊花──
　　해태 들菊花──

꿀벌이 껌을 껴껴 씹으며
날아간다

들菊花 만발한 안산 동부지구

監視哨의 그늘을 파랗게 뚫으며
풀들
침을 영혼에 넘기는 소리

―「해태 들菊花」 전문

「해태 들菊花」는 껌 선전을 끌어와 분단 상황의 아이러니를 들려준 재미있는 시다. 그 당시 이 껌을 선전하는 텔레비전 광고가 있었음 직한데, 그 내용은 알 수 없다. 아무튼 제1연의 들국화는 껌 선전에 나오는 들국화지만 제3연의 들국화는 안산 동부지구에 피어 있는 들국화다. 꿀벌이 껌을 껴껴 씹고, 풀들이 침을 영혼에 넘기는 소리를 내는 세계는 상상의 세계다. 하지만 자유로운 세계다. 껌 하나가 초병으로 하여금 잠시 자유를 누리게 한 것일까. 마지막 연의 난해함 때문에 시 전체의 내용 이해가 쉽지 않은데, 광고와 현실이 뒤섞여 있는 것임에 틀림없다. 외양은 광고의 시적 수용임에 틀림없지만 「NO MERCY」 「빙그레 우유 200㎖ 패키지」 「해태 들菊花」에는 모두 우리 민족이 처해 있는 '현실'이 투영되어 있다.

> 1. 어깨가 사관생도의 제복처럼 볼록한
>   흰 투피스를 입고, 가수 이은하가
>   흰 빵모자를 쓰고 오른손 검지를 빳빳하게 세우고
>   말한다――입맛이 궁금할 때 맛있는 게 무어냐
>   이은하의 눈과 귀는 웃고, 왼손에 쥔
>   뭉텅한 마이크의 오렌지색 대가리가 E하다

―「롯데 코코아파이 C.F.」 부분

텔레비전 CF의 전 과정이 시가 되었다. 사실적으로 묘사하고 있는 듯하지만 어조는 상당히 냉소적이다. 마지막 연의 "롯데 코코아파이에 들어 있는/희망소비자/가격 100원"이 특히 그런 인상을 준다. 희망소비자가격이 100원이 아니라, 유치하기 짝이 없는 코코아파이 광고를 보고서 사먹는 희망 소비자들 각각의 가격이 100원에 지나지 않음을 시인은 말하고 싶었던 것이리라. 이와 같이 오규원은 광고를 끌어들여 현실의 이런저런 문제에 접근하고, 광고 세계로부터의 극복을 시도해본 시인이다. 그런데 시집『가끔은 주목받는 生이고 싶다』에는 광고 관련 시가 그리 많지 않다. 아무래도 본격적인 '광고 응용 시'는 1990년대에 가서 나오게 된다.

3. 함민복—광고에 휩싸여 사는 현대인

함민복은 첫 시집『우울氏의 一日』(1990)에서 현대인의 소외의식을 주로 다루었고, 가난했던 성장기와 학창시절을 형상화하기도 했다. 건전하고 건강한 성 대신 거세공포, 에이즈에 대한 공포 등을 다루어 성에 대한 고정관념을 파괴하려고도 들었다. 이 시집에서 함민복은 광고에 대해 관심이 있음을 다음과 같이 피력한다.

> V자 안테나를 머리에 이고 있는
> 흑백 텔레비전을 철커덕 틀면
> 돈까스를 먹을까, 아냐. 설렁탕을 먹을까,
> 아냐. 아냐. 소화가 안 되니 굶지 뭐.
> (이때 모델은 회전의자를 휙, 돌려 등을 보인다
> 그리고 텔레비전 화면에 가득 차는 음식들)
> 꼴깍.
> 굶주린 나에겐 좀처럼 소화가 안 되는

88올림픽 공식 소화제 선전을 보고 있노라면
내 속에서 김동인이 꿈틀거린다.
숟가락이 닮았다.

―「흑백 텔레비전을 보는 저녁」 부분

컬러 텔레비전 시대에 시적 화자(아마도 시인 자신이)는 흑백 텔레비전을 보고 있다. '88올림픽 공식 소화제'라는 타이틀을 붙인 소화제를 선전하는 텔레비전 광고 화면에는 기름진 음식이 잔뜩 나오는데 화자에게는 그림의 떡일 뿐이다. 아니, 굶주린 화자에게 그 음식들은 먹어본들 소화가 제대로 되지 않을 것들이다. 화자는 김동인의 소설 「발가락이 닮았다」를 생각해내고는 "내 속에는 김동인이 꿈틀거린다//숟가락이 닮았다."고 자조적으로 뇌까린다. 텔레비전 화면에 가득한 음식은 화자가 처해 있는 현실과는 아무 관련이 없다. 그것을 화자는 먹을 수도 없고 먹어본들 소화도 안 된다. 광고선전의 세계와 화자의 세계 중 공통분모는 고작해야 숟가락이다. 닮은 것은 숟가락이다.

잘 벗겨지지 않아요
　　―― 제비(?)표 페인트
알아서 빨아줘요
　　―― 대우 봉(?) 세탁기
구석구석 빨아줘요
　　―― 삼성(?) 세탁기
빨아주고 비벼주고 말려주고
　　―― 금성(?) 세탁기
우리는 그이가 다 빨아줘요
잘 빨아주니 새댁은 좋겠네
　　―― 럭키 슈퍼타이
무엇이, 무엇을 의도적으로 빼는 이 광고에
우리는 무엇을 꼭 집어넣으라고 욕해야 할지

―「내 귀가 섹스 쪽으로 타락하고 있다」 전문

절대로 성적인 이미지를 제공하지 않았을 페인트와 세탁기 광고를 줄기차게 듣던 시인은 어느 날부터인가 그것들이 성적 이미지로 다가오는 것을 경험했을 것이다. '내 귀가 섹스 쪽으로 타락하고 있다'는 제목은 분명히 자성의 목소리이지만 시의 제2연은 인간의 성적 호기심을 자극하는 현대의 광고전략에 대한 은근한 비꼼의 뜻이 들어 있다. 목적어를 생략함으로써 성적 이미지로 환기해도 무방한 광고가 우리 주변에 즐비하기 때문에 페인트와 세탁기 광고도 그런 식으로 생각해볼 수 있는 것이다. 광고는 '빨래를'이라는 목적어를 '의도적'으로 뺐을 것이라고 시인은 생각했던 것이고, 우리는 목적어를 꼭 집어넣으라고 욕해야 할지[12) 말아야 할지 판단이 잘 서지 않는다. 시인이 이 시를 쓴 의도는 무엇일까. 아마도 광고가 인간의 성적 호기심을 끊임없이, 끈질기게 일깨우는 데 주목했기 때문일 것이다. 광고는 여성의 육체를 집요하게 노출시킨다. 소비의 가장 아름다운 대상이 에로티시즘이기 때문이다. 미국의 배우 겸 모델인 신디 크로포드가 하는 체조를 보며 이 땅의 여성은 살을 빼야겠다고 생각한다. 한국여성의 평균 신장과 평균 몸무게는 고려의 대상이 되지 않는다. 육등신이나 칠등신인 한국 여성들로 하여금 타고나기를 팔등신으로 타고난 서구 여성들의 몸매를 동경하게끔 하는 것이 광고다. 여성의 육체에 대해 열등감을 조장하여 다이어트 열풍을 일으키는 것은 신디가 체조하는 비디오테이프만이 아니다. 아름다워지려고 하는 여성의 욕망을 자극하는 화장품·액세서리·의복·신발·가방 등을 여성용 제품뿐만이 아니라 남성용 제품과 온갖 가전제품·승용차·휴대폰 광고에 동원되는 것이 여성의 육체이다. '늘씬한', '육감적인', '잘빠진' 등 여성의 몸을 가리키는 말 속에는 인간의 성적 호기심이 담겨 있는데, 광고는 그것을 적절히 이용하려고 한다. 시인의 귀가 섹스 쪽으로 타락하고 있는 것이 아니라 광고가 소비자의 귀를 그쪽으로 기울이게끔 유도하는 것이다.

---

12) '말해야 할지'가 아니라 '욕해야 할지'이다. '집어넣으라고'가 빈곳을 채워 넣으라는 뜻이 아니라 '성기 삽입'을 뜻할 수 있기 때문이다.

시인은 두 번째 시집 『자본주의의 약속』(1993)에서 자본주의를 쥐락펴락하는 광고에 대해 본격적으로 탐구한다.

> 그는 음식의 영웅
> 세계적인 주방장
> 기름 닭 타고 한국을 상륙한 맥아더
>
> 열한 가지 특제 양념과
> 정성으로 여러분을 요리하겠다고
> 티브이 광고까지 하는
> 지팡이 들고, 안경 쓰고, 가늘고 검은 넥타이 MAN
>
> …(중략)…
>
> 그 누구의 전신상도 조선팔도에
> 저리 번식력 있게 세워지지는 않았다
> 저렇게 높은 빌딩을 횃대로, 밤마다,
> 네온사인으로 빛나는, 닭벼슬 쓴,
> 저 노인의 교묘한 웃음 띤 얼굴
>
> 쳐라
> 치지 못하면 우리가 닭대가리다
> ―「켄터키후라이드 치킨 할아버지」 앞 2연, 끝 2연

세계적인 패스트푸드점인 켄터키후라이드 치킨 가게 앞에는 창업주 할아버지의 전신상이 서 있다. 미국 켄터키주에 사는 인심 좋게 생긴 그 할아버지가 특별한 양념을 써 만든 닭튀김이 너무너무 맛있어 이웃 마을에 소문이 났고, 이웃 주에, 온 나라에, 온 세계에 소문이 나 지금 지구촌 곳곳에 켄터키후라이드 치킨 체인점이 생겨났으니, 닭튀김 요리의 맛에 관한 한 추종을 불허한다는 자부심이 그 전신상에는 담겨 있다. 그런데 그런 유명한 패스트푸드점은 거의

다 미국에 본사를 둔 다국적기업이고, 고기를 좋아하는 미국인의 입맛을 세계에 강요하고 있고, 미국에서 생산되는 육류를 전 세계인이 소비하게끔 한다. 함 시인이 그런 것까지 고려하여 이 시를 썼을 리는 없을 것이다. 시인은 다만 그 할아버지의 전신상이 여간 얄밉지 않다. 왜냐? 그 할아버지가 인천상륙작전을 감행한 맥아더처럼 한국에 상륙하여 "외가로 유전하던" 조선닭의 맛을 끊어버렸기 때문이다. 그래서 외친다. "저 노인의 교묘한 웃음 띤 얼굴"을 치라고. 시는 아주 재미있게 끝난다. 함민복 시인과는 절대로 KFC에서 만날 약속을 해서는 안 된다.

> BYC로 시작된다는 지구촌의 아침
> 도깨비방망이를 휘두르는 주부들
> 맛배기 문제 네 문제를 풀고
> 자 예술과 동화와 무엇과 장소와
> 화제에 대해 내리쳐라
> 남보다 빨리
> 당신의 지식과
> 당신의 눈치 통박이 즉시 물건화 되는
> 자본주의의 게임
>
> ―「자본주의의 게임」 부분

　이 시는 "자본주의의 위대한 아침을 여는 sbs 알뜰살림 장난퀴즈"로 끝난다. 아마도 주부들을 대상으로 한 아침 퀴즈 프로를 SBS에서 했었던가 보다. 주부들이 순수한 실력이 아니라 주로 눈치와 통박 내지는 지식과 상식, 순발력으로 퀴즈 프로에서 이기는 것을 보고 시인은 이것이 곧 자본주의 체제 아래서의 게임의 법칙인 것을 알아차린다. 직접 토로하지는 않았지만 시인으로서는 이런 게임의 법칙이 지배하는 자본주의 사회가 영 한심한 것이다. 그래서 '알뜰살림 장만퀴즈'로 하지 않고 "알뜰살림 장난퀴즈"로 한 것이 아니랴.

그녀가 광고하는 비싼 침대에 누워
침대 광고하는 그녀를 보고 있는 사람들은
또 그녀가 광고하는 차를 타고 다니는 사람들
에 비하면 나는 그녀의 아주 작은 사랑밖에
받을 수 없다는 생각이 들었지만
나는 당당하게 그녀의 사랑을 받고 싶어
그녀와 잠시 같은 삶을 살고 싶어

―「자본주의의 사랑」 부분

광고가 화려한 것은 인간의 잠재의식 속에 신분상승의 욕구가 있기 때문이
다. 저 물건을 사서 내가 쓰면 저 사람처럼 우아하게 보일 수 있을 것이라고
소비자는 생각하지만 그것은 대개의 경우 허상이거나 환상이다. 미인이 화장을
하니까 미남이 꽃을 보고 온 나비처럼 다가서지만 현실이 그렇다면 대혼란이
야기될 것이다.

두 장의 광고지가 시의 전문이 된 작품이 「양 공주」이다. '공주·1'을 소제목
으로 취한 시의 전문은 마약에 취한 미군 병사에 의해 참혹하게 살해된 미군
클럽 종업원 윤금이 씨 사건 내용을 담은 전단이다. '공주·2'를 소제목으로
취한 시의 전문은 코카콜라 광고 포스터이다. 두 광고지를 동시에 보여줌으로
써 시인이 노린 것은 한두 가지가 아닐 터이다. 윤금이 씨 사건을 상세하게
알리고 있는 전단의 내용이 이미 많은 것을 이야기하고 있다.[13] 이 땅에 미군이

---

13) 아래는 전단의 일부.
　　발견 당시 죽은 윤금이 씨의 자궁에는 콜라병이 박혀 있었고,
　　우산대가 항문에서 직장까지 27cm까지 꽂혀 있었으며,
　　온몸에는 피멍과 타박상을 입은 차마 눈뜨고는 볼 수 없는
　　참혹한 모습이었습니다.
　　…(중략)…
　　주한미군범죄 발생건수―년평균 1,720건, 하루 평균 5건
　　이중 한국정부가 재판권을 행사한 것은―평균 6건(0.4%)에 불과(81-87년 기준)
　　범죄유형―강간, 살인, 마약밀수, 사기, 폭행 등 다양
　　특히 강도강간이 많으며, 강간의 경우 가장 간악한 형태인 집단윤간이 대부분.
　　…(하략)…

주둔한 이래 수많은 여성이 미군의 노리갯감이 되어 온갖 수모를 다 당했고 그들은 '양공주'라고 하여 사회의 질시까지 받아야 했다. 미군 병사와 결혼하여 미국으로 간 경우도 많았지만 행복한 커플이 된 건수보다는 불행을 자초한 케이스가 훨씬 많은 것으로 알고 있다. 일반 부녀자까지도 종종 미군범죄에 희생이 되었지만 한국이 재판권을 행사한 경우는 거의 없었다. 여기에 대해 시인은 우리 모두의 분노를 일깨우고 있다. 코카콜라 광고 포스터인 '공주·2'에는 두 명의 젊은 여성이 코카콜라를 앞에 두고 활짝 웃고 있다. 두 여성 위로는 "난 느껴요, 코카·콜라."와 "그 언제나 상쾌한 맛!"이란 카피가 적혀 있다. '양공주'라는 말은 비하의 뜻이 포함되어 있지만 '공주'라는 말에는 귀하게 큰 양가집 규수라는 뜻이 들어 있다. 그래서 시의 제목이 「양 공주」가 되었다. 같은 하늘 아래 어떤 공주는 우산대가 27㎝나 박힌 참혹한 시신으로 발견되고 어떤 공주는 코카콜라를 마시며 너무나 밝게 웃고 있다. 게다가 코카콜라는 미국산 음료의 대명사이다. 시인은 독자의 반미감정을 유도하고 있는 듯하지만 그보다는 우리 자신의 성찰을 꾀하고자 이 시를 '만든' 것 같다. 광고를 역이용하고 광고를 비트는 수법이 집중적으로 시도된 예는 「광고의 나라」이다.

> 광고의 나라에 살고 싶다
> 사랑하는 여자와 더불어
> 아름답고 좋은 것만 가득 찬
> 저기, 자본의 에덴동산, 자본의 무릉도원,
> 자본의 서방정토, 자본의 개벽세상──
>
> ─「광고의 나라」부분

이렇게 시작되는 「광고의 나라」는 제2연에 들어가면 현대인이 얼마나 많은 광고를 보고 듣고 느끼며 살아가고 있는지를 한눈에 알 수 있다. 광고에 관한 재미있는 통계가 있다. 미국인 4~5명 가족이 하루에 접하게 되는 광고 메시지의 수는 1000개 안팎이라고 한다. 이 가운데 각자의 뇌리에 남는 것은 8개 정도이고, 그 가족의 구매 충동에 이르는 것은 고작 1개라고 한다. 1000개 광고 중에 물건을 구입케 하는 것은 1개이니 우리는 매일 얼마나 많은 광고를 보고 듣고 느끼고 있는 것인가. 불필요한, 아니, 필요악인.

    인간을 먼저 생각하는 휴먼테크의 아침 역사를 듣는다, 르네상스 리모콘을 누르고 한쪽으로 쏠리지 않는 휴먼퍼니처 라자 침대에서 일어나 우라늄으로 안전 에너지를 공급하는 에너토피아의 전등을 켜고 21세기 인간과 기술의 만남 테크노피아의 냉장고를 열어 장수의 나라 유산균 불가리~스를 마신다 …(중략)… 재미로 먹는 과자 비틀즈와 고래밥 겉은 부드럽고 속은 질긴 크리넥스 티슈가 놓여 있는, 승객의 안전을 먼저 생각하는 제3세대 승용차 엑셀을 타고 보람차고 알찬 주말을 함께하자는 방송을 들으며 출근한다.

아침에 침상에서 눈을 떠 출근하기까지 우리가 이렇게 많은 광고에 노출되어 있지는 않을 것이다. 시인은 조금은 과장되게, 광고에 둘러싸여 살아가는 현대인의 일상을 이런 식으로 재미있게 그려 보이고 있다. 시는 제3연에 이르러 광고의 나라로 진입한다.

> 제1의 더톰보이가 거리를 질주하오
> 천만번을 변해도 나는 나
> 제2의 아모레 마몽드가 거리를 질주하오
> 나의 삶은 나의 것
> 제3의 비제바노가 거리를 질주하오
> 그 소리가 내 마음을 두드린다
> 제4의 비비안 팜팜브라가 거리를 질주하오
> 매력적인 바스트, 살아나는 실루엣
> 제5의 캐리어쉬크 우바가 거리를 질주하오
> 오늘 봄바람의 이미지를 입는다

　　…(중략)…
　　제13의 피어리스 오베론이 거리를 질주하오
　　살아 있는 것은 아름답다

　이상의 연작시 중 「오감도 제1호」의 외양을 흉내내면서 전개되는 이 부분은 고딕체가 주목을 요한다. 모두 그 광고의 대표적인 카피이다. 언뜻 보면 시 같다. 그만큼 창의적인 문안이요 풍부한 내포를 지니고 있다. 하지만 그럴듯한 이 문안들을 유심히 생각하면 허망하기만 하다. 궁극적으로 상품을 하나라도 더 팔려는 속셈이 들어 있기 때문이다.

　1886년 이래 우리나라의 광고는 성장만을 계속해왔다. 그런데 광고란 것이 제품을 소개하고 판매고를 올리는 데만 기여해온 것이라면 문제될 것이 없다. 광고 중 상당수가 허위광고 내지는 과장광고였고, 120년이 채 안 되는 기간이었지만 광고는 예언자나 신이기에 이 땅의 모든 것을, 모든 인간을 변화시켰다. 일단 우리의 언어생활을 변화시켰다. '순간의 선택이 10년을 좌우한다.' '우리 것이 좋은 것이여.' '엄마! 나 물고기 맞아?' '아버지, 난 누구예요?', '못생겨도 맛은 좋아', '음— 그래, 이 맛이야.' '남자는 여자 하기 나름이에요.', '사람들이 좋다 OB가 좋다', '내가 물로 보이니?', '선영아 사랑해!'…… 광고 카피가 유행을 하면 일상적인 대화가 단문 위주로 흐르게 된다. 아이들은 광고 유행어를 상용하게 되고, 오문과 악문을 거부감 없이 사용하게 된다. '깨끗한'이라는 형용사를 우리는 맛을 나타내는 데 쓴 적이 없는데, "마일드 세븐, 깨끗한 맛!"이란 광고를 듣고 '음, 그런 뜻으로도 쓰네' 하고 생각한다. '명품'이란 어휘는 뛰어난 물건이나 작품을 가리킨다. 그런데 "보험에도 명품이 있습니다. 삼성화재의 천만인 운전자 보험"이란 광고 카피를 듣고 우리는 잘못 쓰고 있다고 생각하지 않는다. 시는 이런 식으로 끝난다.

　　…(상략)… 미련하게 생긴 사람들이 광고하는 소화제 베아제 광고가

나오는 대우 프로비젼 티브이를 끄고 백년도 못 살면서 천년의 고민을
하는 중생들이 우습다는 소설 김삿갓 고려원을 읽다가 많은 분들께 공
급하지 못해 죄송하다는 썸씽스페샬을 한잔하고 그의 자신감은 어디서
오는가 패션의 시작 빅맨을 벗고 코스모스표 특수형 콘돔을 끼고 잠자
리에 든다.

아아 광고의 나라에 살고 싶다
사랑하는 여자와 더불어
행복과 희망만 가득 찬
절망이 꽃피는, 광고의 나라

이 시에는 광고를 무비판적으로 수용하여 비판력을 상실한 현대인이 재미있
게 풍자되어 있다. 성욕·식욕·명예욕·물욕 등 인간의 원초적 욕망을 광고를
통해 투사한 것도 이 시인의 뛰어난 능력이다. 그런데 시를 거듭해서 읽어보면
시인의 광고에 대한 인식이 반드시 나쁘다고만 할 수가 없다. 시인은 일단
광고를 철저히 이용하고 있다. 뿐만 아니라 현대인은 궁극적으로 광고에 완전
히 빠져서 살기 때문에 제대로 비판할 수 없다는 인식을 밑바탕에 깔고 있다.
부어스틴이 "광고의 기술은 진실도 거짓도 아닌 설득력 있는 분안을 만드는
것"14)이라고 한 이유는 광고의 순기능에 많은 점수를 주었기 때문일 것이다.
광고의 순기능이란 자사의 제품을 팔기 위한 정보 전달이라는 측면이다. 하지
만 광고는 상품의 장점 소개에 그치지 않고 소비자를 현혹하는 허위광고로,
기만하는 과장광고로 나아가기가 십상이다. 이런 데 대한 비판의식이 시집
『자본주의의 약속』에 안 보이는 것이 아쉽다. 광고를 비웃는 듯하지만 실상은
광고의 마력에 걸려든 것은 아닐까? 그 많은 광고의 카피와 주된 내용을 연결하
여 시를 쓰기란, 광고에 대한 집요한 관심이 없이는 불가능한 일이다.

---

14) 장 보드리야르, 앞의 책, 187쪽.

4. 여타 시인들의 광고 이용

80년대를 대표하는 시인 가운데 한 사람인 장정일은 자본주의 사회의 허상에 지나지 않는 텔레비전 샴푸 광고 모델에 반해 혼을 팔고 살아가는 한 사내의 이야기를 들려준다. 고독한 현대인을 대표하는 사내에게 광고 속의 그녀는 위안의 대상이었다가 점차 쾌락의 대상이 되어간다.

> 그녀는 인사를 잘한다. 안녕하셔요
> 그녀는 미소 띠며 속삭인다.
> 파란 물방울 무늬 잠옷을 입고
> 그녀는 머리를 감아 보인다. 무지개를 실은
> 동글동글한 거품이 티브이 화면을 완전히
> 매운다. 그러면 샴푸의 요정이 속삭이는 거지.
> 새로 나온 샴푸, 당신이 결정한 샴푸라고
> 향기가 좋은 샴푸, 세계인이 함께 쓰는 샴푸
> 아마 당신은 사랑에 빠질 거예요
> 라고 속삭이는 것이지.

―「샴푸의 요정」 부분

광고 속의 모델은 광고회사에서 만든 허상임에도 불구하고 사내는 그 광고 모델에 완전히 넋을 판다. 저녁마다 단 15초 동안 만나는 광고 모델에 매혹되어 그녀의 수영복 사진과 승마복 사진을 모으다가 결국 환각의 상태에서 그녀를 만나기도 한다.

> 옷을 벗는 요정. 담뱃불 자국이 송송한 자리에
> 비스듬히 눕는 요정. 신비스레 신비스레
> 가라앉는 요정. 뜨거운 입술로
> 이리 오세요 예쁜 아기, 속살거리는 요정

환영이 들끓는 밤 열두 시, 이윽고 샴푸의 요정은
그의 머리를 끌어당겨
냄새를 맡아본다. 제가 권한 것을 쓰셨겠지요.

　모델은 요정 정도가 아니라 이 사내에게는 여신 같은 존재다. 사내는 광고의
세계와 현실의 세계를 혼동하는 데까지 이르는데, 다소 과장되게 그려내기는
했지만 장정일은 우리 사회를 쥐고 흔드는 광고의 위력을 이와 같이 실감 있게
보여주었다. 오정국은 웬 여인의 자태를 다음과 같이 세밀하게 묘사하였다.

검은 팬티스타킹을 입고 등을 돌린 여자의 가랑이 사이로
서울의 야경이 펼쳐진다. 검은 하이힐을 신고
언덕에 선 여자의 가랑이 사이로
서울의 빌딩들이 솟아오른다.
남산 타워인가,
송신탑의 피뢰침이 보이지 않는다.
송신탑의 피뢰침은 검고 짧은 가죽치마 속으로 사라지고
빌딩의 불빛들은
여자의 다리를 부드럽게 감싼다.

―「람바다의 밤」 부분

　22행이 지속되는 제1연은 "여자의 가랑이 사이로/서울의 밤은 깊어간다"고
끝난다. 여기까지 읽어도 독자는 시인의 의도를 알아차릴 수 없다. 제2연이자
마지막 연을 읽어야 알 수 있다.

컬러 광고지의 밤, 선데이서울의 밤, 가면무도회의 밤, 람바다의 밤.

　시인은 컬러 광고지를 한 장 주웠던가 보다. 아마도 어느 카바레에서 광고지
를 만들어 뿌렸는데 "여자의 가랑이 사이로/서울의 야경이 펼쳐진" 사진을

이용했던 모양이다. 그 광고지가 보여주는 세계는 멋진 세계, 환락의 세계, 익명으로 즐기는 가면무도회의 세계다. 광고지에 담겨 있는 그 세계에 빠져 허우적대는 현대인은 실상을 놓치고 가상의 세계를 즐긴다. 아마도 시인은 동급의 세계인 컬러 광고지와 선데이서울과 가면무도회와 람바다의 밤이 얼마나 허망한 세계인가를 말하고 싶었을 것이다.

　　1983년 6월 30일부터 KBS에서는 '이산가족 찾기 TV 생방송'을 실시하였다. 여의도 KBS 사옥 일대에는 엄청난 수의 벽보가 붙어 거대한 물결을 이루었는데 황지우는 그 벽보를 수집하여 시를 쓴 적이 있다(「벽·3」). 신문의 심인 광고와 예비군 훈련일자 벽보를 가져와서 시의 전문이 되게 한 황지우의 일련의 콜라주 기법은 상업광고를 이용한 것이 아니어서 이 글의 주제와는 동떨어진 느낌이 들지만 훌륭한 광고 응용 시임에는 틀림없다. 광고의 힘이 얼마나 대단한가를 알려준 시인은 유하다. 인기 연예인의 광고모델료는 천문학적인 숫자이며, 광고로 유명해져도 금방 인기 스타의 반열에 오를 수 있다. 광고는 유행을 낳고 말을 만들고 스타를 만든다. 그 모든 것을 가능하게 하는 것이 자본의 힘이다.

　　　　톡 쏘는 맛처럼 떠오르는 것이 있다 코카콜라 씨에프에서
　　　　팔꿈치로 남자를 때리며 앙증맞게 웃는 여자, 그 몇 프레임 안 되는
　　　　장면 하나가 방영되자마자 연예가 일번지 압구정동 일대가
　　　　술렁였댄다 그것 땜에 애인 있는 남자들의 옆구리가 순식간에 멍들
　　　　었다는데……
　　　　왜 그 씨에프가 히트했는가에 대한 항간의 썰들은 분분하다
　　　　가학으로 상징되는 남자와 피학으로 상징되는 여자의 쏘살 포지션
　　　　을 자극적으로 뒤튼 것이 주효했다는 친구도 있고

　　　　　　　　　　　　　　　　　　―「콜라 속의 연꽃, 심혜진論」 부분

　　유하는 영화배우 심혜진 혹은 탤런트 심혜진을 논하고 있지 않다. CF 모델

심혜진의 매력을 논하고 있다. "단 십 초의 미소로 바보상자의 관객들과 쇼부를 끝낸 여자"가 바로 심혜진이다. 아무도 그녀의 미소를 무시할 수 없다. 세상의 소비자들은(화자까지 포함해서) "그녀만 보면 파블로프의 개처럼 코카콜라를" 마시고 싶어진다. 발랄하고 상냥하고 적극적인 여성의 대명사였던 최진실이 CF에서 귀엽게 웃으며 "남편 사랑은 가끔 확인해봐야 해요", "피, 안 이쁜 신부도 있나 뭐" 하는데 어느 누가 그녀의 매력을 외면하랴. 시인조차도 최진실의 '미학'을 다음과 같이 논한다.

> 할리우드 미학, 브룩 실즈 미학으로부터 벗어나 한국의 수제비 미학을
> 독자적으로 완성시킨 이 시대의 自然스런 얼굴, 노자적 얼굴 최진실이
> 톡 쏘는 앙중맞음으로 그 진실을 이미 지적한 바 있지 않은가
>
> ——피, 안 이쁜 신부도 있나 뭐
> —「수제비의 미학, 최진실論」부분

이런 시에 광고에 대한 비판적인 의식은 보이지 않는다. 이미 광고가 우리 생활의 일부가 되어 있고 광고 스타의 영향력을 알고 있기에 유하는 CF 스타의 매력을 이런 식으로 논해본 것이리라.

아마도 보다 폭넓게 조사를 해본다면 광고는 한국 현대시에 제법 깊게 삼투되어 있을 것이다. 광고는 번개처럼 오고 폭우처럼 오고 홍수처럼 온다. 분명한 것은 광고가 자본주의의 꽃이 아니라 만추의 거리에 휩쓸려 다니는 낙엽이며, 상품에 대한 정보가 넘쳐 그 상품을 덮고 있는 거품이라는 것이다. 광고는 우리 사회가 물신(物神)이 지배하는 사회로 이행되게끔 이끄는 메피스토펠레스가 아닐까.

광고는 우리의 사고방식을 변환시킬 수 있다. 편리한 세상, 즐거운 세상이 우리가 나아가야 할 사회라고 계속 강조하는 광고는 대중(민중)의 행복보다는

가진 자들의 천국을 지향한다. 지금 세계 광고비는 연간 1조 달러가 넘는다고 하는데 그 수치는 감이 잡히지 않는다. 광고는 생활 패턴을 바꿀 수도 있다. 즉, 광고는 소비의 쾌락을 끊임없이 강조하여 과소비를 조장한다. 또한 소품종 대량생산에서 다품종 소량생산으로, 즉 상품의 고급화 시대로 바꾸고자 애를 쓴다. 의도야 그렇지 않을 테지만 소비란 쓰레기를 남기게 마련이다. 다시 말해 자연과 인간이 함께 망하는 세계로 가게끔 유도하는 것이 바로 광고다. 광고에 대해 비판적인 시각과 날카로운 성찰이 요구된다. 21세기는 분명히 광고의 세기가 될 터이니 말이다.

한국 현대시에 나타난 '달마'
―최동호·이정우의 시를 중심으로

1. 글머리―달마는 누구인가

보리달마[1]는 6세기경에 중국에서 활동한 인도 출신의 승려로 중국 선종의 초조(初祖)이다. 비종교인에게 달마는 이런 인물로 의미를 지니는 것이 아니라 초상화인 달마도로 말미암아 친숙하다. 한·중·일 3국의 불화 가운데 달마의 화상은 나한·관음보살·보현보살 등 그 어떤 보살보다 더 많이 그려진 인물이다. 전국 사찰 어디를 가도 그 사찰 근처의 기념품 가게에서 달마도를 살 수 있을 만큼 우리와 친숙한 인물이기만 정작 달마는 생몰년도 확실하지 않고(470년경~536년경) 1500년 전 사람이라 그와 관련된 일화[2]도 신빙성 있는 것은

---

1) 보리달마(菩提達磨)는 산스크리트 'Bodhidharma'를 소릿말로 적은 것이다. 보디(bodhi)는 깨달음을 뜻하고 다르마(dharma)는 법(法)을 뜻한다. 보리달마를 줄여서 흔히 달마로 칭한다. 일본의 세계적인 불교학자 세끼구찌(關國眞大) 박사에 의하면 역사적 인물로서의 달마는 '達摩'로 표기하고 선종의 초조로서 신격화되자 '達磨'라고 썼다고 한다. 송대에 출간된 『景德傳燈錄』을 비롯해서 송대 이후의 선종사(禪宗史)에 관한 전적(典籍)은 모두 '達磨'로 표기했으나 당나라 때의 문헌, 특히 돈황 자료는 모두 '達摩'로 표기했다. 본고에서는 그의 이름을 '달마'로 통일하여 표기한다. ―김나미, 『그림으로 만나는 달마』, 시공사, 1998, 27쪽과 야나기다 세이잔(柳田聖山), 『달마』, 김성환 옮김, 민족사, 1991, 16쪽 참조.

2) 보리달마는 남인도 마드라스 근처 칸치푸람 출신으로 520년에 포교를 위해 중국 광저우[廣州]에 갔다. 그해 10월에 선행으로 이름높았던 양나라 무제(武帝)와 만났는데, 보리달마는 선한 행위를 쌓는 것으로는 구원에 이를 수 없다고 해 황제를 당혹케 했다. 그 뒤 보리달마는 뤄양[洛陽]으로 가서 사오린 사[少林寺]의 동굴에서

거의 없다. 그렇지만 불교사에 있어 선종은 거대한 법맥이기에 그에 대한 관심은 수많은 달마도를 통해 재현되어 왔고 지금도 재현되고 있다. 우리나라의 문헌 기록에 처음으로 나타나는 달마도는 고려 말기 공민왕이 손수 그렸다는 「達磨折蘆渡江圖」이며, 가장 오래된 달마도는 1636년과 1643년 두 차례에 걸쳐 화가 김명국이 조선통신사의 일원으로 일본에 갔다가 그곳에서 그려 지금까지 남아 전해지고 있는 몇 점이다.[3] 아마도 그 당시 일본에 달마 그리기가 유행하는 것을 보고 모방하여 그린 것이 아닌가 여겨진다.

달마에 대해 기록한 현존하는 최초의 문헌은 양현지(楊衒之)라는 동위(東魏) 때의 사람이 저술한 『洛陽伽藍記』이며, 그 책의 「永寧寺條」에는 다음과 같은 기사가 실려 있다.

> 그즈음 서역에서 온 보리달마라는 사문이 있다. 페르시아 태생의 호인(胡人)이다. 멀리 변경지역에서 중국에 막 도착하여, 탑의 금반이 햇빛을 받아 빛나고, 광명이 구름을 뚫고 쏟아지며, 보탁이 바람에 울려 허공에 메아리치는 것을 보면서, 그는 성가를 읊조려 찬탄하고 분명히 신의 조화라고 칭송했다.[4]

하지만 이 글에 나온 보리달마가 선종의 초조 달마와 동일인인지는 확실하지 않다. 달마에 대해 여러 가지 정보를 전해주는 가장 오래된 문헌은 돈황의 석굴에서 나온 『二入四行論 長卷子』라는 책이다. 달마에 대한 이미지와 그의

매일 벽을 향해 앉아 9년 동안이나 좌선을 했다고 한다. 이에 대해 학자들은 오랜 기간 깊은 선정을 닦았음을 말해주는 설화일 뿐이라고 믿고 있다. ―『브리태니커 세계 대백과사전』 9, 1996(초판 7쇄), 585~6쪽.

3) 김나미, 앞의 책, 53~54쪽. 최승호는 바로 이 사실을 갖고 시를 쓴 적이 있다. "거칠고 활달하게/달마도를 그린 사람이 있다/조선 화가 김명국이다/그는 눈썹 없는 달마의 눈썹까지 그렸다/그런 다음 달마도 뒤로 사라졌다//달마도 뒤에서/김명국과 달마는 만나는 걸까/서로 얼굴 없이 만나서/하나 되는 걸까//달마도의 한쪽 눈에 달마의 눈알이/다른 쪽 논엔 김명국의 눈알이 박혀/뚫린 허공을 뚫어지게 보고 있다". 시집 『눈사람』(세계사, 1996) 실려 있는 「달마도」의 전문이다.

4) 야나기다 세이잔, 앞의 책, 42쪽.

사상은 거의 전부 이 책으로 말미암아 형성된 것이다. 이 책에서 달마는 이렇게 설명되고 있다.

> 법사는 남천축 출신의 서역인으로 위대한 바라문왕의 셋째 왕자이다. 명석한 두뇌를 갖고 있어 무엇을 배우든 간에 곧바로 통달했다. 오로지 대승의 진리를 구하고자 속복(俗服)을 버리고 흑의(黑衣)의 동아리에 들어 성자의 혈통을 번성케 했다. 마음을 허적(虛寂)의 경지에 둠과 동시에 세속의 일을 꿰뚫어보고, 내외 학문에 통달하여 그 덕망이 일세에 드높았다. 변경나라의 불교가 쇠함을 유감스럽게 생각하고, 자진해서 멀리 바다를 건너고 산을 넘어서 한위(漢魏)의 땅으로 교화하기 위하여 왔다.5)

이러한 전기적 사실 가운데에서도 믿을 만한 것은 마지막 문장 정도이다. 자기 나라에서 불교가 쇠해짐을 유감스럽게 생각해 중국 땅으로 와서 포교를 한 사실은 그래도 인정해줄 만하다. 『二入四行論 長卷子』를 번역한 야나기다 세이잔도 선종의 시조로 간주되는 달마의 전기와 사상이 모두 후대에 생겨난 '전통으로부터의 요구'에서 나온 것으로 보았다. 야나기다는 달마라는 사람에 대해서는 거의 아무것도 판별할 수 없는 실정이며, 유명한 양무제와의 회견과 숭산 소림사에서의 9년 동안의 면벽, 제자 혜가(惠可)의 단비구법(斷臂求法), 보리류지(菩提流支)와 광통율사(光統律師)의 질투를 사서 독살되어 관 속에 한 짝의 신발만 남겨둔 채 서천으로 돌아간 일화 등은 모두 허구로, 어디까지나 선종 시조로서의 사명을 짊어진 이상형의 모습일 뿐이라고 주장했다.6)

후대의 선 관련 문헌인 『조당집』에 보이는 달마 역시 일개 서역승이 아닌 천축국 왕자의 신분으로 나타난다. 이 책에서 달마는 인도 남천축국 국왕의 셋째 아들로 태어났으나 석가모니처럼 왕위를 버리고 출가한 비범한 인물로

---

5) 위의 책, 73쪽.
6) 야나기다 세이잔 지음, 추만호·안영길 옮김, 『선의 사상과 역사』, 민족사, 1989, 163쪽.

묘사되고 있다. 달마 이전에도 서역승이 없지 않았으나 신분은 확실히 달랐던 것으로 보인다. 아무튼 달마는 중국 불교 개척의 사명을 띠고 정통 불교의 전도사로서 중국 땅을 밟은 최초의 인도인이며, 불교 법통에 있어 28대 조사로 간주되어왔다. 달마는 4~5세기를 더 거치며 점점 신비화되어 현재 전해지는 정형화된 모습으로 정착되었다. 이런 것들은 모두 달마를 중국 선종의 시조로 하는 선종의 계보를 만들기 위해서 달마를 이상화할 수밖에 없었음을 시사하고 있다.[7] 달마에 이르기까지의 인도 조사를 나열한 명단이 최종적으로 확정된 시기는 10세기쯤으로 보인다. 그래서인지 심재룡 같은 이는 달마를 역사적 인물로 보기보다는 선종의 권위가 확립되었을 때 그것을 밑받침하기 위해서 만들어낸 전설적인 인물이라고 보는 것이 좋을 듯하다고까지 했다.[8] 달마가 누구인지 확실히 말해주는 역사적 자료는 없지만 분명한 것은 인도의 승려가 중국에 와서 중국 선종의 초조가 되었다는 것이다.

2. 한국 시인의 시에 나타난 달마

불교를 크게 교종과 선종으로 나눈다면 한국 불교는 보조국사 지눌 이후 선종의 세력이 교종을 압도했다고 할 수 있다. 중국 선종의 초조였기 때문에 달마가 한국 시인의 시 속에 '예수'나 '성모 마리아' 혹은 '원효'나 '춘향'처럼 자주 나타났을 것이라는 나의 예단은 조사 과정에서 여지없이 무너지고 말았다. 아무리 찾아도 '달마'라는 인물이 두세 번 이상 등장하는 시집이 없었는데 겨우 찾아낸 것이 최동호의 시집 2권, 이정우의 시집 1권이다. 앞으로 시간을 두고 찾아보면 좀더 나오겠지만 '달마 연작시'를 쓴 시인은 이 두 사람이 전부

---

7) 김나미, 앞의 책, 28쪽.
8) 심재룡, 『동양의 지혜와 禪』, 세계사, 1991, 17쪽.

인 것 같다. 1백년을 이어온 한국 근·현대 시사를 통해 '달마'라는 인물이 어느 시인의 시적 대상이 되었던 적이 거의 없었다는 것은 의아스러운 일이다.

최동호는 1995년에 시집 『딱따구리는 어디에 숨어 있는가』(민음사)를 발간했는데 제일 앞에 수록된 9편의 연작시에는 모두 '달마는 왜 동쪽으로 왔는가'라는 부제가 붙어 있다. 그리고 2002년에 낸 시집 『공놀이하는 달마』(민음사)에 수록된 77편의 시에도 빠짐없이 '달마는 왜 동쪽으로 왔는가'라는 부제가 붙어 있다. 달마라는 인물에 대한 시적 탐색이 아니라 달마가 왜 동쪽으로 왔는가가 이 시인의 주요 관심사였고, 그것에 대한 의미 규명이 이 글의 초점이 될 것이다.

천주교 사제인 이정우는 『현대시학』과 <대구매일신문> 신춘문예로 등단한 시인이다. 1999년에 『내 생애의 바닷가』(문학수첩)라는 시집을 냈는데 「달마 1」, 「달마 2」 하면서 제목을 붙여 「달마」 연작시 10편을 발표하였다. 이 시인에게는 달마라는 인물이 관심의 대상이었다. 달마가 최근에 이렇게 집중적으로 다뤄진 점에 주목하여 인간 '달마'와 그의 사상이 두 시인의 시세계에 어떻게 투영되었는지 살펴보고자 한다.

3. 달마는 왜 동쪽으로 왔는가

바로 앞에서도 말했지만 최동호의 제3시집 『딱따구리는 어디에 숨어 있는가』의 제일 앞머리를 장식하고 있는 시 9편의 부제는 동일하게 '달마는 왜 동쪽으로 왔는가'이다. 흡사 불가의 화두 같은 이 명제만을 놓고 보면 9편의 시가 선시나 게송 같은 느낌을 준다. 그러나 불교적 상상력에 입각해서 쓴 시나 선시풍의 시는 보이지 않는다. 이들 시편은 세속도시에서 일상적 삶을 살아가는 자신을 줄기차게 일깨우고자 쓴 강인한 정신력의 산물이다.

붉은 살덩어리
어린애가 막 울고 있는데
달마는 왜 동쪽으로 오는가

구름은 산 아래를 굽어보고
빗방울 길을 따라 바다로 흘러간다
오고 갈 것이 본래 없는데

어린애는 왜 목이 붓도록 울고
눈썹 짙은 달마는
왜 먼길을 찾아왔는가

—「새벽 빛」 앞부분

달마가 갓 태어난 어린애의 울음소리를 듣고, 그것을 확인코자 온 것처럼 묘사된 연작시 제1번의 앞부분이다. 이 부분은 예수의 탄생을 별자리를 보고 알아차린 동방박사가 말구유간으로 찾아온, 성경 누가복음과 마태복음의 장면을 연상시킨다. 달마는 최동호의 시에서 이렇게 출현한다. 달마는 그림자 없는 길을 걸어 동으로 동으로 간다. "달빛을 쓸어내니/캄캄한 어둠을 머금었던 하늘이/새벽 빛을 푸른 산에 내뱉는다."는 이 시의 마지막 연은 달마의 도래로 말미암아 새로운 세계가 열리게 되었음을 암시한다. 아래는 새로운 세계가 열리는 장엄한 광경에 대한 묘사가 62행에 걸쳐 펼쳐지는 시 「어린 솔나무에게」의 끝 부분이다.

희게 빛나는 산봉우리들의
눈이 녹아내린다.
계곡을 타고 흐르는
물들이 나지막한 웅얼거림을 시작한다.
들판에선 아지랑이가 일어난다.
누가 참으로 진실을 말했던가.

던져지고 부서지면서 저 근원에의
뿌리를 굳게 가지라.
등 뒤에서 운명을 굳세게 할 바람이 불어온다.

　이렇듯 이 시는 천지창조나 개벽의 신화를 방불케 하는 긴 호흡을 지니고
있다. 시인에게 도봉산은 달마선처럼 높게 솟구친 하나의 경지이다. 높은 곳에
있기에 범접하기 어렵다. 달마의 제자인 담림(曇林)이 기술한 『略弁大乘入道四
行論書』를 보면 도에 들어가는 데에는 많은 방법이 있지만, 결국은 이(理)로부
터 들어가는 것[理入]과 행(行)으로부터 들어가는 것[行入]의 2가지[二入]로
귀결된다고 하였다. 행으로부터 들어가는 것은 다시 보원행(報怨行), 수연행(隨
緣行), 무소구행(無所求行), 칭법행(稱法行)의 4가지로 구분된다. 이것이 달마의
가르침이라고 알려져 있는 ‘二入四行論’인데 쉽게 말해 두 가지 입장과 네
가지 실천이다. 이입이란 이 세상의 중생, 즉 범부와 성인이 모두 착한 성품을
갖고 있음을 알고, 무릇 살아 있는 모든 것의 평등한 본성을 믿는 일이다.
범부의 마음이란 늘 객진(客塵)에 뒤덮여 있으니, 망상을 버리고 참된 마음을
갖고자 늘 정신통일을 하지 않으면 안 된다. 참선은 그래서 하는 것이다.[9]
바로 이러한 경지에 이르기까지의 힘든 과정을 노래한 시가 있다.

　　丁丁한 겨울 나무 속의
　　벌레처럼 꿈틀거릴 때
　　딱딱한 부리가 가슴을 쳤다.
　　햇살 푸르게 되살아나는
　　구정 연휴 첫날,

---

9) 라즈니쉬 강의, 류시화 옮김, 『달마』, 정신세계사, 1994, 12~43쪽, 야나기타 세이
　　잔 주해, 양기봉 옮김, 『달마 어록』, 김영사, 1993, 48~63쪽 참조. 다른 책은 ‘柳
　　田’을 ‘야나기다’로 표기했는데 이 책에서는 ‘야나기타’로 했다. 『달마 어록』은 달
　　마가 한 말을 기록한 책이 아니라, 돈황에서 발견된 『二入四行論 長卷子』라는 책이
　　달마의 어록이라고 생각하여 야나기타가 주해를 붙여 발간한 것이다.

딱따구리는 어디에 숨어 있는가.
흰 눈 맞으며 함께 쓴 白雲과 道峰이
서로를 비추며 빙긋이 마주보고 서 있었다.

—「딱따구리는 어디에 숨어 있는가」 마지막 연

왜 그러했는지 알 수는 없지만
우리들의 주위에 퍼져 있던 서늘한 빛은
끓어오르던 마음을 다독이듯
울퉁불퉁한 계곡의 돌멩이들을 끌어당겨
둥글고 아름답게 감싸고 있었다.
언제나 나은 곳으로 흘러내리는 물길을 흘려 보내고
겹겹한 어둠 위로 솟아오른 여름 道峰,
정정한 나무 그림자들과 함께
어둡고 차가운 길에서 山頂을 우러러보며
나는 지상의 길을 찾아 힘차게 살고 싶었다.

—「여름 道峰에서」 마지막 연

　연작시 8, 9번의 마지막 연이다. 이런 작품은 일단 자연과 인간을 대립의
관계가 아닌 공존 공영의 관계에 두고 자연과의 친화를 노래한 것 같다. 하지만
자세히 보면 딱따구리는 내 정신을 쪼고, 나는 산정으로 난 길을 힘겹게 걸어가
고 있다. 그 길은 구도의 길이며 구법의 길이다. 도봉산을 달마처럼 고매한
정신의 사표로 설정해놓고, 부단히 자신을 벼리고 깎아 그 높은 경지에 오르고
자 각고의 노력을 기울이고 있는 것이다. 시인은 "끓어오르던 마음을 다독이
듯" 사물을 탐내지 않는 실천의 길로 나선다. '무소구행'은 가치를 밖에서 추구
하는 집착을 그치고 욕망 추구를 없애는 데 철저하고자 하는 행동양식이다.
시인은 인간의 고통이 자기 밖에서 구하기 때문에 오는 것임을 직시하여 밖으
로만 치닫는 집착을 멈추려고 한다. 알고 보면 이 세상은 구해서 얻어지는
것도, 가졌다 잃을 것도 없는 공의 세계라는 주제가 2편 시에는 숨어 있다.

시인은 이와 같이 현실세계에서 일상적 삶을 살아가면서 수시로 달마가 동쪽으로 온 까닭을 궁금히 여기며 그 의미를 탐색한다.

시집 『공놀이하는 달마』에서 달마가 직접 등장하는 시는 딱 두 편이다. 앞서 언급한 바 있는 '제자 혜가(惠可)의 단비구법(斷臂求法)'을 갖고 쓴 시가 시집의 앞쪽에 있고 개미떼 몰고 바람 속을 가는 달마는 뒤쪽에 나온다. 시인은 「눈 그친 날 달마의 차 한 잔」의 각주에서 단비구법 설화를 "혜가는 어깨 높이로 눈 내린 날 밤 스승에게 법을 물었다. 스승 달마는 대답하지 않았다. 팔을 자르고 난 다음 혜가는 달마의 법을 얻었다."고 설명하였고, 시의 본문은 이렇게 썼다.

은산철벽 마주한 달마에게
바위덩이 내려누르는 졸음이 왔다
눈썹을 하나씩 뜯어내도
졸음의 계곡에 발걸음 푹푹 빠지고

마비된 살을 송곳으로 찔러도 졸음이 몰아쳐왔다
달마는 마당에 나가
팔을 잘랐다 떨어지는 선혈이 살아
하얗게 솟구치는 뿌연 벽만 바라보았다

졸음에서 깬 달마가 마당가를 거닐었더니
한 귀퉁이에 팔 잘린 차나무가
촉기 서린 이파리 햇빛에 내보이며
병신 달마에게 어떠냐고 눈웃음 보내주었다

눈썹도 팔도 없는 달마도 히죽 웃었다
눈 그친 다음날
바위덩이 졸음을 쪼개고 솟아난 샘물처럼
연푸른 달마의 눈동자

(여보게! 차나 한 잔 마시게나)

―「눈 그친 날 달마의 차 한 잔」 전문

신광(神光)이라는 이름의 승려가 달마의 제가가 되는 과정은 과장이 꽤나 심하다. 신광은 소림사에서 면벽 수도하는 달마에게 찾아가 가르침을 구하는데 마침 눈이 펑펑 내려 쌓인다. 시인은 "어깨 높이"로 눈이 쌓였다고 했지만 『선종이야기』에 따르면 무릎까지 쌓였다고 되어 있다. 달마는 한참 말이 없다가 이렇게 물어본다. "그대는 오랫동안 눈 속에 서 있으니, 대체 무엇을 구하고자 함인가?" 신광이 "스님의 자비로 감로[10]의 법문을 열어 널리 중생을 구제하기를 원하옵니다."라고 대답하자 달마는 꾸짖듯이 이렇게 말한다. "불법은 무상의 묘한 도이거늘, 네가 이처럼 미약한 수고로움으로 대법을 취할 생각이란 말이냐!"라고. 그러자 신광은 즉시 날카로운 칼로 왼쪽 팔을 잘라 대사의 앞에 내려놓는다. 달마는 이 사람이 불법을 전할 만한 인재임을 알고는 그에게 혜가라는 이름을 지어주었다고 한다.[11]

설화의 내용은 대충 이상과 같다. 이런 설화를 밑바탕에다 깔고서 시인은 일단 면벽수도의 어려움에 대해 이야기하고 있다. 설화에서는 팔을 자른 이가 혜가이지만 시에서는 달마로 설정되어 있다. 팔을 자름으로써 졸음(졸음은 '집착', '욕망', '유혹'의 다른 이름이리라)에서 벗어난 달마가 마당에 나가 팔 잘린 차나무를 보는데, 차나무는 촉기 서린 이파리를 햇빛에 내보인다. 태풍이 불었는지 가지가 잘린 차나무를 보고 달마가 한 깨달음을 얻었다는 것이 이 시의 후반부 내용이다. 달마는 신체의 일부를 자르는 고행이 있은 다음에야 어떤 경지에 이르렀고, 시인은 그것을 마지막 연을 통해 독자에게 넌지시 알려주고 있다.

---

10) 감로(甘露) : 하늘에서 내리는 불사의 단 이슬, 혹은 도리천에 있는 달콤한 영액.
11) 홍희 엮음, 『선종이야기』, 동문선, 1996, 9~10쪽 참조.

벽을 향해 앉아 도를 닦는 것은 선 수행에 있어 핵심이자 깨달음으로 나아가는 구체적인 실천 방법으로, 예로부터 널리 행해져왔다. 선사상의 핵심은 안심법문(安心法門)인데 이것을 가능케 하는 것이 벽관법(壁觀法)이다. 안으로 마음의 근심을 지우고 모든 번뇌나 망상이 들어갈 수 없도록 마음의 긴장과 통일을 유지하는 수행방법이다. 미혹을 모두 떨치고 진리를 얻으려는 사람에게 벽을 보는 것만큼 좋은 수행은 없다고 한다. 벽관법은 단지 벽을 바라보는 것이 아니라 나의 내면세계를 반영하고 있는 그 벽을 통해 나를 들여다보는 것으로, 은산철벽(銀山鐵壁)을 뚫을 수 있는 힘을 길러주는 가장 좋은 수행방법이다. 벽은 밖으로만 치닫는 우리의 마음을 잡아서 묶어주므로 일단 외부 경계에 의한 시달림을 차단시켜준다. 마주하고 있는 그 벽이 무너지는 순간 벽 뒤에 숨어 있던 진정한 나의 진면목을 볼 수 있다.[12] 시인은 「눈 그친 날 달마의 차 한 잔」에서 '실천하기'의 어려움과, '실천'을 통해 깨달음을 얻었을 때의 기쁨을 함께 들려주고 있다. 이러한 실천적인 가르침을 기반으로 한 달마선의 출현은 중국 불교의 구조와 형태를 새로운 양식으로 변화시키며 진정한 깨달음을 체험케 하는 계기를 만들어주었다.

> 산등성이에 오르며 개미가 된다
> 자연에 배설한 인간의 향기로운
> 진흙덩어리에서 왱왱거리는 왕파리가
> 햇빛과 바람의 주인이다
>
> 무의 세상을 연주하는 무궁한 향연에
> 금빛 풍뎅이와 푸른 부챗살 날개를 가진
> 왕파리가 한 세상을 뒤바꾸고
>
> 이삿짐에 실려 다니는 세상살이

---

12) 김나미의 앞의 책 21쪽을 참조하여 재정리함.

산등성이 등에 진
달마가 머나먼 서역에서
개미떼 몰고 바람 속을 걸어간다

—「달마와 개미」 전문

왕파리는 인간의 배설물 주변을 맴도는 미물이지만 시인이 보건대는 햇빛과 바람의 주인이며 한 세상을 뒤바꿀 수 있는 영물이다. 우선 왕파리는 더할 나위 없이 자유롭다. 한편 인간의 삶이란 "이삿짐에 실려 다니는 세상살이"로 비유된다. 수많은 인간 중 하나인 달마는 산등성이를 등에 짊어지고 있다. 그만큼 힘겨운 삶을 살아가는 존재이다. 그 달마가 머나먼 서역에서 개미떼를 몰고 바람 속을 걸어 어디로 가는가. 새롭게 교리를 전할 동쪽으로 간다. 번뇌의 개미떼를 몰고서. 그 개미떼는 중생일 것이다. 달마는 부처로부터는 스물여덟 번째의 조사로 여겨졌고, 부처의 가르침을 배우는 방법으로 선을 가르쳤기 때문에 그의 일파를 선종이라고 하게 되었다. 선은 형이상학적 사색에 반대하고, 이론을 싫어하며, 추론을 없애려고 했다. 난해한 사상들을 상세히 설명하기보다는 적절한 직관을 훨씬 더 소중히 여겼다. 진리는 추상적이고 일반적인 용어로 진술되는 것이 아니라, 최대한 구체적으로 진술된다는 것이다.[13] 이러한 생각이 응축된 것이 글로 표현된 경전에 구애받지 않는다는 불립문자(不立文字)이다. 시인은 중국 불교사에 있어, 아니 세계 불교사에 있어 선의 역사가 펼쳐지게 된 연유를 이 시를 통해 고찰해보려 한 것이다. 미물에 지나지 않는 왕파리도 직관에 따라 자신의 삶을 영위하거늘 머나먼 서역에서 달마가 중국으로 온 이유가 있으니, 바로 '달마선'의 전파를 위해서였다.

불상을 부처의 모습으로 본다는 것은 어불성설이고 불성이 반드시 사찰에만 있는 것도 아니다. 그럼 시인은 어떤 경우에 달마가 현현함을 느끼는 것일까. 『딱따구리는 어디에 숨어 있는가』에서 「어린아이와 산을 오르다」란 제목으로

---

13) E. 콘즈, 『한글세대를 위한 불교』, 한형조 옮김, 세계사, 1990, 271쪽.

발표된 시는 대폭 손질되어 「어린 달마와 산을 오르다」란 제목으로 발표된다.

> 우리집 어린아이와 단둘이 일요일 오후 산에 올라갔다 계곡에 쌓인 낙엽 속으로 종종거리는 발걸음을 빠뜨리며 우리는 가을산의 향기를 들이키며 하얀 입김을 토했다
> 산등성이에 올라 발을 뻗고, 바라보니 멀리 시가지가 굽어보이고, 가까운 등성이의 바윗돌을 껴안고 저만치 서 있는 솔나무가 앙당해 보였다
> 바윗돌은 나무를 기르려고 스스로 가슴을 열어 조금 갈라져 있었고, 흩어지려는 돌 부스러기 하나도 놓치지 않으려고 실뿌리는 왕모래를 움켜쥐고 있었다 부드러운 흙의 향기로움에는 오랜 빗방울이 다져놓은 정갈한 고요가 있었다
> 발갛게 상기된 아이가 짙어가는 정적을 깨뜨리며 소리내어 산을 부르자, 저녁 어스름 계곡의 한 구석에서 산울림이 옹알이처럼 웅얼거렸다 초저녁 푸른 별이 반짝 어둠을 켜들 무렵, 돌 부스러기마저 껴안고 마침내 흙이 되는 바위를 껴안은 작은 애솔나무처럼 어린 달마의 손을 잡고 산등성이를 내려왔다.

―「어린 달마와 산을 오르다」 전문

시인은 '우리집의 어린아이'를 데리고 일요일 오후에 산에 올라간 적이 있나 본데, 저녁에 산을 내려오면서 보니 아이는 '어린 달마'가 되어 있다. 산에서 무슨 일들이 있었던 것일까. 시인은 등산길에 산등성이에 있는 소나무가 바윗돌을 껴안고 있는 것을 보았다. 그 나무의 실뿌리가 흩어지려는 돌 부스러기 하나도 놓치지 않으려고 왕모래를 움켜쥐고 있었다. 즉 산에는 바윗돌과 소나무의 힘겨운 '버팀'이 있었던 것이다. "돌 부스러기마저 껴안고 마침내 흙이 되는 바위를 껴안은 작은 애솔나무"가 시인이 말하고 싶어 한, 이 시의 주제인 셈이다. 바윗돌은 대단히 크기 때문에 늘 그 자리를 지키고 있는 듯이 보이지만 그 바위를 흙으로 만드는 것이 어린 소나무의 힘이다. 둘은 싸우면서도 공존하고 있다. 그 현장을 본 어린아이는 어느덧 어린 달마가 되어 있다. 아니, 시적

화자가 아이를 달마로 인식하고 있다. 여기서 달마는 어떤 존재인가. 달마선은 불립문자를 종지(宗旨)로 하는 만큼 글자나 언어에 의존하지 않고 세상을 등지지도 않으며 일상생활 속에서 '깨어 있는 사람들'을 만들어낸다. 선은 종교와 생활을 분리시키지 않는다. 다시 말해 선을 일상생활 속의 일거수일투족으로 끌어들여, 자아의 인격 완성과 더불어 시시각각 평상심 속에서 유희하며, 현재의 내가 있는 곳인 이곳 차안(此岸)에서 새로운 감동과 자극을 주며 삶 속에서 진리를 체험케 한다.[14] 시인은 바로 이런 식으로 달마를 인식했던 것이다. 시집의 제목이 된 시를 보자.

> 저물녘까지 공을 가지고 놀이하던 아이들이
> 다 집으로 돌아가고, 공터가 자기만의
> 공터가 되었을 때
> 버려져 있던 공을 물고
> 개 한 마리가 어슬렁거리며
> 걸어나와 놀고 있다
>
> …(중략)…
>
> 공놀이하던 개는 푸른빛 유령이 된다 길게 내뻗은 이빨에
> 달빛 한 귀퉁이 찢겨 나가고
> 귀신 붙은 꼬리가 일으킨 회오리바람을 타고
> 공은 하늘로 솟구쳤다 떨어지기도 한다
> 어둠이 빠져나간 새벽녘
> 이슬에 젖은 소가죽 공은 함께 놀아줄
> 달마를 기다리며 버려진 아이처럼 잠든다
>
> —「공놀이하는 달마」 첫 연, 끝 연

아이들이 놀다가 집으로 돌아가 텅 빈 공터에 개 한 마리가 나와 공을 물고

---

14) 김나미, 앞의 책, 23쪽 참조.

놀고 있다. 사람인 양 "땀에 젖은 먼지를 일으키며" 놀고 있는 광경은 자못 환상적이기까지 하다. 이윽고 새벽이 오고, 개도 사라져 공터에는 아무도 없게 된다. 이슬에 젖은 소가죽 공이 함께 놀아줄 달마를 기다리며 버려진 아이처럼 잠든다. 이렇듯 이 시에서 달마는 공터의 개다. 왜 시인은 달마라는 존재를 이런 식으로 해석했을까. 견공에게서 불성을 느낀 이유가 도대체 무엇일까. 시인은 낚시꾼들에 의해 얼음 구멍에서 잡혀 올려지지만 프라이팬을 후려치는 은빛 빙어를(「은빛 빙어가 프라이팬을 후려칠 때」), 여름의 흔적처럼 벽지에 점 박혀 있는 파리 몇 마리를(「겨울파리」), 거미줄에서 퍼덕이다 부서진 나비(「거미줄」)를 예사롭게 보지 않는다. 모두 하나의 생명체로서 한때는 이 세상에 왕성한 생명력을 갖고 존재했던 것들이다. 심지어 "天地四方에 날리는 有情한 나뭇잎"(「가을 하늘 움켜쥔 물방울」)이라고 하여, 나뭇잎조차도 하나의 생명체로 인식한다. 윤회설이나 인연설에 입각해서 보면 일체중생은 우주의 일부분이며 결코 완전히 소멸하는 법이 없다. 단지 모습을 바꿔 거듭해서, 새롭게 태어날 뿐이다.

최동호는 이 시 「공놀이하는 달마」를 통해 원리적 방법[理入]을 말하려 한 것이 아닐까. 야나기다는 원리적 방법을 "경전에 말미암아 불교의 대의를 아는 것[藉教悟宗][15]인데, 살아 있는 모든 생물은 범부거나 성자거나 모두 평등한 진실의 본질[眞性]을 가지고 있는 것이며, 다만 외부적인 망상[客塵 : 번뇌]에 가로막혀, 그 본질을 나타내지 못함을 확신하는 것"[16]으로 보았다. 시인은 무릇 살아 있는 것 모두의 평등한 본성을 믿어, 나와 개가 둘이 아님을 깨닫고, 적연무위(寂然無爲)하게 되었음을 말하려 이 시를 썼다고 여겨진다. 유일의 진실한 실체는 각자의 마음속에 있는 불성이라고 교시한 선종의 종지는 여기에

---

15) 자교오종 : "경전에 말미암아 뜻 줄거리를 알다". '종'은 근본정신을 말한다. 이제까지의 불교학과 같이 글자 자체에 대한 훈고에 말미암지 않는다는 뜻. 이 구절은, 『宗鏡錄』 제99권에 나오는 복타(伏陀) 선사의 말이라고 한다. ─야나기다 세이잔 주해, 앞의 책, 54쪽.
16) 위의 책, 48~49쪽.

도 나타나 있다.

　이 땅의 승려 중 원효는 대궐 안에서 믿던 귀족불교를 민중불교로 탈바꿈시
킨 혁명가였다. 시인은 원효를 등장시킨 몇 편의 시를 통해 생로병사에 따른
'꿈'의 문제에 접근해본다.

　　　　벙어리 친구 사복의 어미가 죽자
　　　　원효가 보살계를 주었다

　　　　"살지 말자니 그 죽음이 괴롭구나!
　　　　죽지 말자니 그 삶이 괴롭도다!"

　　　　벙어리 사복이 한 마디로 잘랐다
　　　　"사설이 복잡하도다!"

　　　　원효는 문득 깨닫고 말을 고쳤다
　　　　"죽고 사는 것이 다 괴롭도다!"

　　　　　　　　　—「벙어리 사복 원효를 가르치다」 전문

　『삼국유사』「의해」편에 나오는 설화를 그대로 시로 옮긴 것이다. 내용을
가감한 것이 없으므로 시라고 하기에는 부족함이 있다. 제3연은 직접 말한
것이 아니라 손짓일 것이다. 「어미와 극락 간 사복」 역시 설화를 재구성한
것이다. "달마가 왜 동쪽으로 왔는가"가 부제이면서 시의 한 행인 「애비 없는
사복」은 제대로 시적 형상화가 이뤄진 작품으로, 시인의 달마에 대한 집념을
파악할 수 있다.

　　　　남편 없이 잉태한 과부의 아들 사복은
　　　　열두 살이 되어도 일어나지 못하고 제대로 말 못했어도

그가 남긴 간단한 말씀 우레의 숲과 같으니
삶과 죽음이 괴롭다 하되 원래 괴로움이 아니렷다

달마는 왜 동쪽으로 왔는가
오고 감이 없는데 이 무슨 연고인가

해골바가지 물 마시고, 문득 돌아볼 그림자도 없나니
그대와 내가 옛날 불경을 함께 싣던 암소 죽었구나

이를 어찌할꼬 어찌할꼬
오고 감이 없다면 삶과 죽음이 없도다.

—「애비 없는 사복」 전문

　앞의 두 연에서 『삼국유사』 소재 설화를 들려주던 시인은 느닷없이 "달마는
왜 동쪽으로 왔는가/오고 감이 없는데 이 무슨 연고인가" 하고 달마의 동천(東
遷)에 의문을 표시한다. 사실 여부에 대한 의문이 아니라 왜 동쪽으로 왔는가가
문제이다. 제4연은 『삼국유사』에 나오는 내용 그대로이고, 마지막 연에 가서
답을 구한다. 오고 감이 없다면 삶과 죽음이 없는데, 오고 감이 있어 비로소
삶과 죽음이 있고, 삶과 죽음의 뜻을 이해할 수 있고, 삶과 죽음을 초월할
수 있게 되었다는 것이다. 네 가지 실천 중 수연행에 대한 설명이 이 시에
담겨 있다. 수연행이라 하는 것은 모든 중생이 자아가 없이, 하나같이 연분의
힘에 의해 좌우되고 있으며, 고락을 함께 감수하는 것도 모두가 연분에 말미암
아 일어난다고 생각하는 것이다.[17] 모든 것은 잠시 인연을 따라서 일어났다
사라질 뿐이니 인연에 역행하지 말 일이고, 아무리 좋거나 나쁜 일이라도 그때
뿐, 곧 사라지고 마는 것이니 무엇이 정말 고통스럽고 슬프겠는가 하고 달마와
원효는 말했던 것이다. 시인은 그들의 말을 독자들에게 들려주고 싶었던 것이
리라. '고'로부터 벗어나는 방법이 이 수행법에 담겨 있는데, 바로 그것을 원효

---

17) 야나기타 세이잔 지음, 앞의 책, 50쪽.

의 설화에 빗대어 시인은 독자에게 전해주고 있다.

선종의 또 하나의 특징은 순간의 깨우침이다. 당나라 선사들은 수수께끼같이 난해한 문장과 기묘하고 독창적인 행동으로 유명하다. 해탈은 일상생활의 평범한 일들 속에서 발견된다. 덕산(德山)은 그의 스승이 '촛불을 끄는 순간'에 깨달았다고 했고, 어떤 선사는 '벽돌이 떨어지는 순간'에, 또 어떤 선사는 '다리가 부러지는 순간'에 깨달음을 얻었다고 했다.[18] 대승불교가 경전을 버린 적이 없는 데 반하여 선종은 『금강경』불사르기를 서슴지 않았다. 이런 점에서 선종은 도가에 가깝다고 할 수 있다. 달마 동천 이전의 중국 고유사상에는 해탈이란 것이 없었는데 달마선의 전래 이래 해탈이 중시되었다.

> 은은한 산자락
> 내려앉은 그림자 드리우고
> 평생 한구석을 지키며
>
> 이름짓지 않는 사람이 실문 닫고
> 한 칸 어둠 속에서 내다보는 세상살이
> 은자의 꽃

―「은자의 꽃」 3, 4연

시인이 이 시의 각주에서 밝힌 대로 무명(無名)과 무위(無爲)는 노장사상의 근본이다. 하지만 도를 닦는다는 것은 점수(漸修)에 가깝고, 달마선은 돈오(頓悟)를 바탕으로 한다. 돈오는 남종선(南宗禪)의 독특한 표어였다. 혜능[19]과 그의 계승자들에 따르면, 깨달음은 점차적으로 이루어지는 것이 아니라 '순간적으로' 실현되는 것이다. 그런데 사람들은 종종 이 가르침의 의도를 오해했다. 선사들이 말하려고 한 것은 깨달음에 준비가 필요 없다거나 깨달음은 짧은

---

18) E. 콘즈 지음, 앞의 책, 271~2쪽.
19) 중국 선종의 제6대 조사. 남종선의 창시자.

순간 안에 얻어진다는 뜻이 아니었다. 그들이 강조한 것은 다만 깨달음이 '초시간적인 순간', 즉 시간을 초월한 영원 속에서 일어나며, 그것은 우리 자신의 행동이 아니라 절대자 자신의 행동이라는 일반적인 신비적 진실이었다.[20] 아무튼 도를 닦는 과정이나 깨달음을 얻는 과정에 고통이 없으면 안 된다. 그 무엇에 앞서 큰 고통 중의 하나인 외로움부터 이겨내야 한다.

> 혼자의 외로움은 외로움이 아니다
> 둘의 외로움이
>
> 마지막 그림자도 없이
> 망치를 내리쳐 호도 속 같은 외로움을 깬다
>
> 혼자의 외로움은
> 그림자 비치는 자기의 외로움이다
>
> 둘이 하나가 되어
> 마지막의 혼자도 없는 無의 외로움은
>
> 쇠망치를 내리쳐 가을 호도 속에 가득 찬
> 우주의 외로움을 스스로 깬다
>
> ―「호도 속 마음의 우주」 전문

호도 속 같은 외로움을 깨뜨림으로써 해탈을 얻는 과정이 참 재미있게 묘사된 시이다. 혼자의 외로움과 둘의 외로움이 종국에는 혼자도 없는 무의 외로움이 되는 것인데, 화자는 호두를 쇠망치로 내리치는 행동을 하다가 우주의 외로움을 스스로 깬다. 돈오는 바로 이런 것이다. 제자가 불성을 확인하는 극심한 훈련으로 몸과 마음이 지쳐 있을 때 스승의 말 한마디, 하찮은 몸짓, 또는 천둥치듯 한 고함소리[喝]는 그 제자의 마지막 장애를 한꺼번에 날려버리는

---

20) E. 콘즈, 앞의 책, 272쪽.

충격요법으로, 선종이 아니면 개발할 수 없다.[21]

이 작품은 또한 사행 가운데 칭법행을 다룬 시라 여겨진다. 칭법행은 일체 중생이 모두 본래 청정하다고 하는 이법을 믿고 그 이법에 맞도록 끊임없이 육바라밀(六波羅密)을 닦아나가되, 육바라밀을 닦는 것에 머무르지 않고 더 이상 얻을 바 없는 무소득에 가까운 생활을 하는 것이다. 다시 말해 일체 중생이 모두 본래 청정함을 믿고 끊임없이 자리이타(自利利他)의 행을 구체적으로 실천하는 것이다. 우선 육바라밀과 같은 수행으로 자기를 닦은 후 남을 위하는 보살의 정신으로 깨달음을 향한 도를 닦아나가는 생활을 하면 된다. 선은 공(空)에 대한 집착이 아니라 구체적인 현실에서의 착실한 행동을 지시하는 것임을 가르치고 있다.

시집의 마지막 시가 인상적이다. 선승이지만 자신의 사상을 현실에서 실천하고자 애쓴 티베트의 지도자이며 독립운동가인 달라이 라마를 다룬 시가 시집의 끝을 장식하고 있는 데는 무슨 이유가 있을 것이다.

　　　망명정부를 세우기 위해 인도 국경에 다다른 달라이 라마에게 한 국경수비군이 물었다.

　　　"그대는 어디서 오는 누구인가"
　　　"나는 티베트의 승려다"
　　　"그렇다면 구원자 불타인가"
　　　"나는 그분의 그림자일 뿐이다"

　　　짧고 급박한 침묵이 한 모금 스쳤다.

　　　"나는 다만 내 모습을 빌어 세상 사람들에게 그들 본래 모습을 보게 할 뿐이다"

　　　　　　　　　　　　　　　　　　－「그림자의 스승 달라이 라마」 전문

---

21) 심재룡, 앞의 책, 19쪽.

달라이 라마의 생애를 다룬 영화 「쿤둔」의 마지막 장면이지만 달마를 달라이 라마와 은근히 동일시하고 있음을 알 수 있다. 시인과 동시대인인 달라이 라마가 한 말은 그대로 달마가 한 말로 간주할 수 있다. 달마는 스스로 깨달은 자라고 말한 적이 없고 다만 석가모니의 가르침을 전하려고 중국에 왔던 사람이다. 그것도 선종이라는 완전히 새로운 종법을 갖고서. 두 사람 모두 승려이면서 법을 전한 사람이고 참선의 중요함을 누구보다 잘 알고 있었던 사람이다. 달마는 기존의 중국 불교에 생동감과 활력을 불어넣고 직접 진리로 들어가는 길을 제시해주었다. 달마가 가져온 선의 씨앗이 깨달음의 체험과 실천적인 수행으로 바뀜으로 인하여 경전 해석에 치우쳐 있던 당시의 불교에 균형이 잡혔고, 비로소 진정한 자각의 종교로서 불교의 면모가 갖추어지게 되었다. 이것이 바로 달마가 서쪽에서 동쪽으로 온 까닭이었다. 시인은 이처럼 '달마는 왜 동쪽으로 왔는가'란 부제를 단 일련의 시를 통해 생활불교와 실천철학의 중요성을 이야기하였다.

4. 달마를 찾으려는 노력

앞에서도 말했지만 이정우 시인은 '신부님'이다. 1976년에 사제서품을 받았고, 문학수첩을 통해 시집을 낸 1999년에는 천주교 대구대교구 자인성당 주임신부로 있었다. 그런 그가 「달마」 연작시 10편을 쓴 이유는 도대체 어디에 있는 것일까.

    달마는 또 어디로 갔을까.
    그는 이 세상 어느 마을에 살며
    오늘은 누굴 만나러 나들이라도 갔을까.
    초여름 저녁바람을 쐬러, 나는

아픈 다리로 동구 밖을 나서면서
"달마, 달마."라고 입 속으로 불러본다.
그러면, 저무는 산마루 저쪽 노을녘에
바지랑대를 맨 채 뒷모습으로 서 있는
달마가 좀 보인다.

…(중략)…

―요즘 나는 달마를 자주 생각한다.
어쩌면 내가 본 게 달마일까.
달마로 보인 게 정말 달마일까.

―「달마 1」 부분

시인은 달마 생각에 머무르지 않고 달마 찾기에 나섰으며, 도처에서 달마를 본다. 바지랑대를 맨 달마의 뒷모습을 보기도 하고 호리술병을 쥔 채 꾸벅이고 앉아 있는 달마를 목격하기도 한다. 달마는 까마득한 6세기경의 인도인 선승이 아니라 지금 이 땅에서 만나볼 수 있는 존재이다. 거리에서 간혹 보게 되는 탁발승이나 부랑자의 모습에서 시인은 달마의 얼굴을 보는 것이다. 고행 길에 나선 사람이라면 누구나 달마 같은 존재로 받아들일 수 있음을 이 시는 시사하고 있다. 두 번째 시는 달마를 또 다른 측면에서 인식하고 있음을 보여준다.

두타(頭陀)여,
달마는 죽었는가, 살았는가.
살아 있다면 그게 다행일까, 불행일까.

두타여, 내 마음 안쪽에서 만난 달마는
일곱 해 또는 여덟 해를 숨어서
나와 함께 나이만 먹고, 하릴없이.

두타여, 달마는 달마일 뿐이다.

달마 이상도 이하도 아닌
그저 달마로서 생사(生死)가 무상임을….

-「달마 2」 전문

두타의 다른 말은 행각승이다. 떠돌면서 온갖 괴로움을 무릅쓰고 불도를 닦는 승려이므로 바지랑대를 매고 뒷모습으로 서 있는 앞 시의 달마와 비슷하다. 그런데 이번 시의 달마는 "내 마음 안쪽에서 만난 달마"이다. 일곱 해 또는 여덟 해를 숨어서 나와 함께 나이를 먹은 달마는 바로 나 자신이다. 시인이 달마를 자신과 동일시한 이유는 무엇일까. 이것은 제일 마지막 행에 설명되어 있다. 생사의 무상함을 깨닫고자 달마를 찾았고, 달마라는 존재에 내 감정을 이입했던 것이다. 이어지는 시는 달마의 여행기인 동시에 자신이 걸어가는 인생행로의 모습이다. 시인이 곧 두타이며 달마이다.

달마가 노래를 한다.
성냥 한 개비를 켜 들고
해 저문 들녘에서 노래한다.

달마가 저기 서 있다.
밤하늘의 어둠 한 자락에서
그는 잠자지 않고 서 있다.

-「달마 3」 후반부

달마가 여자를 만나러
토담집 찻집엘 간다.
마담이 피아노를 치는데,
혼자 사는 여자의 서러움이
피아노 소리에 묻어난다.
달마는 또 심심해서
그 여자 옆에서 붓글씨를 쓴다.

'불비불명(不蜚不鳴)―날지 않고
울지 않으리라.'라고 쓴다.
그건 달마가 그 여자보다
자신에게 하는 말<言說>이기도 하다.

―「달마 4」 전문

비오는 날 (오후 서너 시쯤),
나는 다락방에 앉아서
엊그제 사 온 CD 재즈를 듣는다.
창 밖으로 젖어 내리는
그 빗소리 속에서
달마가 독경(讀經)을 하고 있다.

―「달마 5」 후반부

시인에게 달마가 동쪽으로 온 이유 같은 것은 궁금중의 대상이 아니다. 스스로 달마가 되어 세속도시에서 나날을 살아가고 있을 뿐이다. 시에서 달마는 독거노인처럼 외롭기는 하지만 생활인으로 충실히 자기 나름의 삶을 꾸려간다. 「달마 6」은 달마라는 이름을 가진 자기 자신의 일과를 아주 상세히 그린 시이다. 언뜻 보면 무위도식 같지만 텃밭도 둘러보고 두보의 시도 읽는다. 시의 본문에서는 특별히 인용할 만한 내용이 없지만 시의 마지막 행 "<오늘은 달마의 공휴일(公休日)이다>"에 붙인 각주가 이 시를 쓴 이유를 짐작케 한다.

　　**공(空) : 모든 현상은 우연적이고 변하는 것임.(偶然·無常) 이는, 하느님(혹은 법<法>, Dhama, 도<道>, Logos) 외에 모든 피조물은 필연적인 것이 아니므로 변화무쌍하다는 뜻과 통한다. '空'에 대한 깨우침은 선정(禪定)의 요체임.

시인은 공에 대해 나름대로 설명하면서 하느님에 대해 독특한 해석을 하고 있다. 하느님을 법과 도와 로고스와 동궤에 놓고 본 것이다. 불가에서 법이란

3보(佛·法·僧)의 하나로, 야나기타 세이잔이 주해한 『달마 어록』에 따르면 "마음은 이법 그대로 일어나지 않으며, 마음은 이법 그대로 소멸하지 아니하기 때문에, 그러므로 법이라 한다"고 되어 있다. 즉 마음이 부처요 법이라는 것이다. 시인은 궁극적인 진리 혹은 진리의 실체를 하느님이요 법이요 도요 로고스로 보았다. 참으로 독특한 시각이다. 각주를 통해 공을 설명하면서 모든 현상이 우연적이고 변하는 것이며, 피조물은 필연적인 것이 아니기 때문에 변화무쌍하다는 것도 독특한 시각이다. 공이 텅 빈 상태가 아니라 변화무쌍하게 움직이고 있다는 시각은 프리조프 카푸라가 『현대물리학과 동양사상』에서 말한 바로 그 내용이다. 카푸라의 선에 대한 이해는 달마선의 내용 바로 그것이다.

> 禪에 있어서 깨달음[覺]은 만물의 佛性을 직접 체험하는 것을 뜻한다. 이러한 것들 가운데서 무엇보다 먼저 꼽을 수 있는 것은 일상생활 속에 섞여드는 대상과 凡事와 사람들이다. 이처럼 생활의 실제성을 강조하는 반면에 그럼에도 불구하고 禪은 깊은 신비성을 띠고 있다. 현재에 전심전력으로 살고 일상사에 충분한 관심을 가지면서 開悟를 얻은 사람이면 그 어떠한 단순한 행위 하나에도 생의 경이와 신비를 체험하게 되는 것이다.[22]

카푸라의 이 말은 그대로 이정우 시인이 달마 연작시를 쓴 이유가 된다. 선종 문헌에 나오는 달마는 보통 보리달마를 지칭하지만 달마는 문헌에 따라 동명이인일 가능성이 많은, 신비의 베일에 싸인 인물이다. 시인은 그런 인물을 하나의 실체로 느끼고자 했으며, 자신을 달마로 인식하는 모험을 시 창작 행위를 통해 해본 것이다.

> 두타(頭陀)여,
> 집 떠나면 설워라.

---

22) F. 카푸라, 『현대물리학과 동양사상』, 이성범·김용정 옮김, (주)범양사 출판부, 1987(9판), 144쪽.

수행길 남루한 바리떼기 옷 위에
폭설이 내려 쌓인들
털어낼 생각도 없어라.

두타여,
이 겨울 여행길에 눈이 오면
하늘도 간 곳이 없구나.
천애(天涯)의 즈믄 날을
가고 또 감이여,
오고 감도 없음이여.

―「달마 7」 전문

사람들은 다 어딜 갔는공?
사나흘 아픈 다리품을 좀 쉬고자
어느 마을 당산나무 밑에 앉아서
한식경을 지켜봐도
아무도 지나가지 않는당.

'인간'들은 다 어딜 가고
'나'만 여기 있는공.

―「달마 10」 전문

　「달마 10」은 서술형 종결어미에 ㅇ을 붙인 것과 연 구분을 하면서 2행을
뗀 것이 재미있는데, 내용은 「달마 7」과 대동소이하다. 앞의 시는 수행의 어려
움을, 뒤의 시는 그 과정에서의 외로움을 토로한 시이다. 신부라는 직업을 갖고
살면서 느끼는 외로움을 달마라는 인물에 대한 감정이입을 통해 달래보고자
한 시인의 의도는 '겨울 나그네·3/두타행 ②'란 부제가 붙어 있는 「달마 8」이나
'겨울 나그네·4/무설고(無說考)'란 부제가 붙어 있는 「달마 9」를 봐도 마찬가지
이다. 특히 「달마 8」에는 '마음의 눈'을 이야기함으로써 직지인심(直指人心)이

무엇인가를 들려주고 있다.

저어기 희미한 불빛이 보이네.
어릴 적 기억 속의 등잔이나 호얏불 같은 게 보이네.
보이는 건 실은 보이는 그대로가 아니지만
이 눈발 속에서 어지러운 마음으로도 보건대,
옛마을 사람들의 인정 같은 것이 두엇 눈에 어리네.
아아, 저처럼 자그만 불빛을 봐도
밍크옷을 사 입은 듯 언 몸이 따뜻해지고
벼슬을 하지 않아도 그저 위안이 많이 되네.

─「달마 8」 전문

이정우는 이 시에서 중요한 메시지를 하나 전해준다. 보이는 것은 실제 보이는 그대로가 아니지만 사람은 어지러운 마음으로도 볼 수 있으니, "어릴 적 기억 속의 등잔이나 호얏불" 같은 것이나 "옛 마을 사람들의 인정" 같은 것이다. 시인은 사람들이 모여 사는 마을의 희미하거나 자그마한 불빛에서 인정을 느끼고 힘을 얻는다. 달마가 전한 선가의 종지는 뜻밖에도 간단하다. 절대적 진리와 해탈의 원천인 불성이란 것이 누구에게나 있다는 것이다. 그런데 불성을 실현하려면 이미 깨친 스승의 가르침에 따라 참선하고 정진해야 한다. 단도직입적으로 사람의 마음을 가리켜야지[直指人心], 또 본래의 불성을 뚜렷이 인식함으로써 부처가 될 수 있는 것이지[見性成佛], 글로 표현된 경전에 구애받을 필요가 없다는[不立文字] 것이다. 따라서 정통 교리와는 동떨어진 전통[教外別傳]을 수립한 것이 선종이었다. 이것을 이어서 표현하면 다음과 같다.

不立文字　말이나 문자를 세우지 않으며
教外別傳　정통 교리 밖에서 따로 전하며
直指人心　사람의 마음을 똑바로 가리켜
見性成佛　본성을 모아 부처를 이루리라.

달마가 중국에 전한 종교로서의 선종이 갖는 뚜렷한 종지, 즉 선종의 메시지는 이 네 구절로 귀결된다. 오로지 깨달음 하나로 향하는 달마의 수행법은 경전에 크게 의존하지 않으며 문자를 풀이한다고 해서 깨달음이 오지 않는다. 타인의 마음속으로 단번에 들어간다는 것, 자신의 본래 모습을 본다는 것, 그것이 곧 부처가 되는 길이다. 달마가 되고자 한 시인의 마음이 이러할진대 궁극적인 진리가 천주교와 불교가 영판 다를 수는 없다. 단지 깨달음을 얻는 과정에서 절대자를 믿고 스스로 부처가 되려는 것이어서 다를 뿐이다.

5. 결론—왜 달마인가

달마가 과연 실존인물이었나 하며 의심하는 시각도 있지만 달마의 중국 도래가 없이 중국 선종의 법통은 세워질 수 없었다. 달마의 선이 중국에서 화려하게 꽃을 피울 수 있었던 것은 달마의 사상과 가르침이 그 시대 누구의 사상과 가르침보다도 뛰어났으며, 중국인의 심성과 맞아떨어지는 부분이 있기 때문이다. 이색적인 면을 지니고 있었던 선의 전래에 중국인들은 크게 자극을 받았고, 달마의 선사상은 시대가 바뀌어도 쇠퇴하지 않고 계속해서 그 가르침을 이어갈 수 있었다. 석가모니의 마음을 갖기 위한 실천의 방법으로 제시된 것이 두 가지 수행법으로, 앞서 언급한 '벽관법'과 '이입사행론'이다. 한국의 두 시인은 달마를 일종의 화두로 삼아 연작시를 썼다. 최동호는 '달마는 왜 동쪽으로 왔는가'란 부제를 단 일련의 시를 통해 생활불교와 실천철학의 중요성을 이야기하였다. 이정우는 달마라는 인물을 불교계의 신비로운 선사가 아니라 하나의 실체로 느꼈고, 자신을 구법 수행하는 달마로 인식하는 모험을 시 창작 행위를 통해 해보았다. 1500년 전의 사람인 달마는 이처럼 우리의 생활 가운데 아직도 살아 있는 인물이다.

한국 현대시에 나타난 '귀신'

1. 실마리

한국 현대시가 100년의 역사를 갖게 되는 동안 '귀신'은 얼마나 많이 나타났던 것일까? 1920년 우리 시단을 주도한 『폐허』『백조』『금성』 등의 동인지를 보면 죽음·시체·관·지하·임종·조종·영혼·사망·무덤 등의 시어를 심심찮게 만날 수 있다. 국권 상실과 3·1운동의 실패에 따른 좌절감은 그 시대 젊은 시인들로 하여금 죽음의 세계에 집착하고 동경하게 했다. 회월 이장희(1900~29)와 소월 김정식(1902~34)의 자살은 그 집착과 동경이 실행에 옮겨진 것이리라. 20년대에 귀기 어린 시가 적지 않았던 것은 그 시대 우리 시인들의 마음이 그만큼 비탄에 잠겨 있었기 때문이 아닐까. 1924년에 발간된 박종화의 시집 『黑房悲曲』에는 다음과 같은 시가 나온다.

보낸다 나는
조고마한 흰 棺桶에
어린 깨끗한 屍體를 담어
멀고 먼 永遠의 죽엄의 나라로

무서운 暴風이 지나간 뒤에,

地上에 가난한 弔鐘이 울니고
不淨의 흐린 날에 困한 얘기는
暴貪의 苦惱의 이 '삶'이 실타하야
귀여운 허물업는 깨끗한 얼골에
永訣의 눈물을 흘니랴 한다.

검은 하늘에 춤추는 별들은
죽엄의 頌을 드려줌이냐
어린이의 殞命을 직히고 잇는
소리업시 소슨
열흘 달님은
地下에 고요히 물결만 친다.

―「輓歌」 전반부

어린아이의 죽음을 애도하고 있는 이 시는 죽음, 혹은 사후세계에 대한 집착으로 말미암아 그 시적 분위기가 대단히 암울하고 시에 그려진 정황이 암담하기만 하다. 그 당시 우리 민족이 처한 상황은 아마도 어린아이의 죽음 앞에 망연자실하고 있는 부모의 마음과 진배없었을 것이다. 시집 제목의 '흑방'이란 것 자체가 죽음의 세계이며 허무와 좌절, 퇴폐와 절망의 세계다. 죽음의 세계는 또한 귀신의 세계다.

枢車를 따르며 葬式의 哀曲을 듣는 護喪客처럼―

―「二重의 死亡」 부분

오 차라리 죽음― 죽음이 내 길이로다

―「極端」 부분

아― 문둥이의 송장 뼉다구보다도 더 더럽고
毒蛇의 썩은 등성이보다도 더 무서운 이 骸骨을

태워버리자! 태워버리자!

―「오늘의 노래」 부분

　예시한 이상화의 3편 시를 보더라도 20년대 시인들의 공통분모를 유추할 수 있다. 공교롭게도 그 시대를 풍미한 노래는 윤심덕의 「死의 찬미」였다. 아마도 자세히 찾아보면 이 시대의 시에 귀신이 등장하는 시도 여러 편 될 것이다.

　한국 현대시 100년 역사에 있어서 '귀신'이란 존재는 그것이 원령(怨靈)이든 객귀(客鬼)든, 천신(天神)이든 신령(神靈)이든 꽤나 자주 등장하였다. 안병국은 『귀신설화연구』의 제6부 「說話文學과 怨恨·怨鬼 모티프」에서 김소월의 「招魂」, 박목월의 「傳說」, 조지훈의 「石門」, 서정주의 「新婦」, 박두진의 「墓地頌」, 구상의 「敵軍墓地」, 이광수의 「三千의 怨魂」 등의 시가 원한 내지는 원귀를 직접적인 모티프로 삼았다고 언급한 바 있다. [1] 그런데 안병국의 책은 한국 현대시에 대한 연구서가 아니어서 개별 작품에 대한 분석과 평가까지는 이르지 못하였다. 한국 현대시인의 작품 가운데 고전시가를 배경설화로 갖고 있는 것들을 전반적으로 연구한 오정국은 『시의 탄생, 설화의 재생』에서 수십 편의 시를 연구 분석하였다.[2] 200쪽밖에 안 되는 책인데 무려 30편이 넘는 시를 연구해놓고 있어 작품에 대한 정치한 분석 작업에는 다다르지 못했다는 느낌을 준다.

---

1) 안병국, 『鬼神說話研究』, 도서출판 규장각, 1995, 336~346쪽. 제4부 「怨鬼鎭魂과 民間祭儀」에서는 김해강의 「가던 길 멈추고」, 김동환의 「영월기행」 「조천명녀」를 간단히 다룬다.

2) 오정국은 『시의 탄생, 설화의 재생』(청동거울, 2002)에서 설화의 재구술이 인물을 통해 행해지는 시의 예로 김소월의 「접동새」, 김영랑의 「春香」, 서정주의 「처용훈」, 조지훈의 「石門」을 들었다. 사건이 재구술되는 시의 예로는 서정주의 「水路婦人」 시편, 박재삼의 「흥부夫婦像」을 들었다. 설화의 인과적 확장의 예로는 서정주의 「無題」, 서정주와 김춘수의 '志鬼說話' 시편, 박재삼의 '春香' 시편, 전봉건의 「春香戀歌」, 송수권의 「춘향이 생각」을 들었고, 비유적 확장의 예로는 김소월의 「春香과 李道令」, 박재삼의 「葡萄」, 서정주의 「小子 李 생원네 마누라님의 오줌기운」, 신동엽의 '백제계 설화' 시편, 이승하의 「遇賊歌를 읽는 밤」을 들었다. 이밖에 설화 모티프의 변용과 인물 패러디, 모형 해체의 예로 15편 남짓 되는 시를 다루었다.

더구나 오정국은 "이 시비평집을 쓰면서 못내 아쉬웠던 점은 1990년대 시와 젊은 시인들의 작품을 면밀하게 살피지 못했다는 것"이라고 머리말에서 미진한 부분에 대한 소회를 밝힌 바 있다. 80년대의 시도 사실상 황지우의 「徐伐, 셔블… SEOUL」, 이하석의 「처용의 딸」, 문정희의 「처용 아내의 노래」, 이승하의 「遇賊歌를 읽는 밤」, 정일근의 「취재수첩·16」, 윤석산의 「처용의 노래」 등 10편 안쪽이다.

안병국은 설화문학에서 다뤄진 원한과 원귀가 현대시인의 작품에 어떤 식으로 나타났는가를, 모티프 활용의 측면에서 다루었기에 시작품에 대한 연구라고는 볼 수 없다. 오정국은 한국의 시인들이 설화를 밑그림으로 하여 쓴 시를 폭넓게 발굴하여 재연·확장·전환의 세 가지로 분류, 연구하였다. 하지만 '귀신'이 등장하는 현대시를 연구한 것이 아니어서 본고를 쓰기 위한 직접적인 참고문헌이 될 수는 없겠다.

이른바 '산업화시대'라고 일컬어지는 70년대 이후, 즉 최첨단과 초스피드의 시대, 혹은 정보화와 세계화의 시대에도 귀신이 우리 시에 등장했다면 그 이유는 무엇일까. 또 시인은 귀신을 어떤 식으로 형상화했을까. 이것이 이 글의 집필 동기이다.

2. 우리 민족과 함께했던 귀신

일본의 종교학자 무라야마 지쥰(村山智順)이 조선총독부의 명을 받아 간행한 『朝鮮의 鬼神』의 번역본을 보면 귀신의 종류가 엄청나게 많음을 알 수 있다.[3] 무속에서는 흔히 1만 8천의 신이 있다고 한다.[4] 귀신의 종류가 엄청나게 많지

---

3) 村山智順, 『朝鮮의 鬼神』, 노성환 옮김, 민음사, 1990. 이 책의 제3장은 귀신의 종류를 설명해놓은 부분인데 우리 조상은 귀신과 더불어 살았다고 해도 과언이 아닐 정도로 104쪽에 걸쳐 실로 엄청난 수의 귀신을 설명해놓고 있다.

만 크게 두 종류로 나눌 수 있는데, 하나는 죽은 사람의 넋이고 다른 하나는 사람에게 화복을 가져다주는 정령이다. 민간신앙이나 무속신앙에서 귀신은 사람의 능력을 초월하여 기이한 조화를 부리는 경외의 대상이었다. 어른들이 우는 아이를 달래거나 겁줄 때 옛날부터 '귀신이 잡아간다'는 말을 해온 것은 귀신이 두려움의 대상이기도 했지만 늘 우리 곁에 있는 친숙한 대상이었기 때문이다. 우리가 쓰는 말과 속담 가운데 귀신이 들어가는 것이 대단히 많은 것에서도 친숙함의 정도를 알 수 있다. 귀신도 모른다, 귀신 들린 사람이다, 귀신이 씌다, 귀신같이 알아맞힌다, 귀신이 곡할 노릇이다, 귀신 씨나락 까먹는 소리다, 귀신 잡는 해병이다…….5) 이러한 표현은 우리 조상이 귀신을 무서워하여 배척의 대상으로 여기기도 했지만 한편으로는 귀신이 민간의 생활 깊숙이 들어와, 우리 민족과 더불어 살아왔음을 반증하는 것이다. 다시 말해 한민족에게 귀신은 '두 얼굴의 사나이'로서 서양의 드라큘라처럼 께름칙한 존재이기도 했고 도깨비처럼 친숙한 존재이기도 했다.

  본래 '귀'와 '신'은 다르다고 한다. 전자는 사사스럽고 악한 마귀를 뜻하고, 후자는 공변되고 착한 신을 뜻한다.6) 귀신은 우리나라 사람의 신앙행위와 신비체험의 대상들 가운데서 가장 중요한 위치를 차지하고 있으며, 신앙이나 민속 현장에서 그 개념이 매우 다양하다.7) 하지만 우리 조상은 께름칙함과 친숙함이란 두 가지 속성으로 이해해왔다고 보아 크게 틀린 말은 아닐 것이다. 일단 께름칙한 뜻으로 쓸 때, '귀신'은 귀(鬼)이다. 원귀(寃鬼), 원령(怨靈), 객귀(客鬼)라고 일컬어지기도 하는 귀신은 저주와 재앙, 질병의 원인으로서 공포의 대상

---

4) 현용준·이부영, 『제주도 무혼굿』, 열화당, 1985, 79쪽.
5) 이밖에도 귀신 듣는데 떡소리 한다, 귀신도 빌면 듣는다, 귀신도 속이겠다, 귀신 씹이다, 귀신은 대관절 무얼 먹고 사는지?, 귀신은 속여도 핏줄은 못 속인다, 귀신이 따로 없다, 귀신이 하품하겠다 등의 말이 민간에서 널리 사용되었다.
6) 한국문화상징사전편찬위원회, 『한국문화 상징사전』, (주)동아출판사, 1992, 83쪽.
7) 한국정신문화연구원, 『한국민족문화대백과사전 4』, 웅진출판주식회사, 1996(11쇄), 42쪽.

이 되어왔다. 귀신을 깨름칙한 대상으로 여겨 귀신의 세상인 영계와 산 사람의 세상인 인간계를 분리하고자 하는 노력은 민간신앙의 긴 역사와 궤를 같이한다. 한국 민간신앙의 기원은 선사시대로 거슬러 올라가는데, 민간신앙이란 제사의식을 가진 무속신앙과 제사의식이 없는 점복·풍수지리·금기 등을 합친 것이다. 흔히 '굿'으로 일컬어지는 무속신앙은 한국에만 있었던 것이 아니라 동북아시아 일대에 널리 퍼져 있던 원시종교의 일반적인 형태에 속한다. 무속신앙은 노래와 춤으로써 귀신을 섬겨, 귀신의 힘을 빌려 재앙을 없애고, 궁극적으로는 귀신을 영계로 돌려보냄으로써 현세에서의 복을 구하려는 원시종교의 한 형태이다. 이때의 귀신은 사령신(死靈神)이다. 유사 이래 우리 조상은 죽은 자의 혼인 귀신을 무서워했지만 외경심을 갖고서 그 귀신이 갖고 있는 불가사의한 힘을 빌리려고 부단히 애를 썼다. 무당은 귀신과 산 사람을 잇는 영매였다.

 귀신이 좋은 뜻으로 쓰일 때도 있는데, 신(神)·천신(天神)·천지신명(天地神明)·신령(神靈) 등의 이름으로 호칭되는 자연신으로 쓸 때이다. 우리나라의 건국신화에서는 천신과 조상신, 그리고 무속신의 개념을 추출할 수 있다. 고조선·고구려·가야·신라의 신화는 모두 하늘에서 인간세계로 내려와 비로소 나라를 세운 신들에 관해 묘사하고 있다. 신에게서 신인(神人) 또는 인신(人神)이라는 개념을 추출할 수 있는 것은, 하늘에서 내린 신이 곧 지상 왕국의 통치자 노릇을 한다고 생각해왔기 때문이다. 이때 신은 하늘의 원리로 지상을 다스릴 수 있는 권능을 의미하게 된다. 그와 동시에, 왕국을 창시한 문화 영웅이자 왕국의 시조신이라는 성격도 갖추게 된다.[8] 제정일치사회에서 신에 가장 가까운 자는 무당이었다. 그래서 귀신은 받들어 모셔야 할 분이었고 숭배의 대상이었다. 한국의 무당들이 역사상 원통하게 죽었다고 알려져 온 임경업·단종·최영·정몽주 등을 신으로 모신 경우가 많았던 것은 이런 맥락에서이다. 또한 '귀신 씨나락 까먹는 소리'라는 말 속에 나타나 있듯, 꽤 친숙한 대상이기도

---

8) 한국문화상징사전편찬위원회, 앞의 책, 83쪽.

했다. 아무튼 '귀'는 마귀의 뜻을, '신'은 신령의 뜻을 지니고 있었고, '귀신'이
란 말을 할 때 어떤 경우는 전자를, 어떤 경우는 후자를 뜻하고, 어떤 경우에는
이 모두를 포함해 사용하기도 했다.

3. 귀신들의 축제인 굿판을 다룬 네 시인

3-1. 귀신이 산 사람들과 함께 노는 굿판

제목에 '굿'이 들어간 여러 편의 시를 쓴 시인이 있다. 신경림의 제3시집
『달 넘세』(1985)에는 「씻김굿」「열림굿 노래」「허재비굿을 위하여」 등 굿을
제목으로 취한 시와, 무당을 소재로 한 「진도의 무당」 등 굿 관련 시가 여러
편 나온다. 이 시집에서 신경림은 망자의 극락 천도를 빌어주기 위해 여러
차례 굿판을 벌임으로써 한 명 강신무가 된다.

> 되돌아왔네, 피멍든 눈 부릅뜨고 되돌아왔네,
> 꺾인 목 잘린 팔다리 끌고 안고
> 하늘에 된서리 내리라 부드득 이빨 갈면서.
>
> 이 갈가리 찢긴 손으로는 못 잡아,
> 피묻은 저 손 나는 못 잡아,
> 골목길 장바닥 공장마당 도선장에
> 줄기찬 먹구름 되어 되돌아왔네,
> 사나운 아우성 되어 되돌아왔네.

—「씻김굿」 뒷부분

억울하게 죽어간 이들의 넋을 달래려는 의도는 각 시에 '떠도는 원혼의 노
래', '휴전선을 떠도는 혼령의 노래 1', '두 원혼의 주고받는 소리'라고 붙인

부제를 보면 곧바로 드러난다. 「씻김굿」은 광주민주화운동의 과정에서 죽은 이들의 넋을 달래기 위하여 쓴 시이다. 계엄군의 총칼에 "꺾인 목 잘린 팔다리"가 되고 만 이, "피멍든 두 눈"과 "피 묻은 저 손"으로 죽은 이들은 저승에도 못 가고 떠돈다. 그들 원혼이 씻김굿판에 나타나 한을 푼다. 아니, 시인이 시로써 한 판 씻김굿판을 벌여 그때 그렇게 죽어간 원혼들을 달래준다.

> 내가 쏜 괴로움에 네게 찔린 아픔에
> 아흔아홉 고비 황천길
> 되돌아오기 몇만 밤이던가
> 울고 떠돌기 몇만 날이던가
>
> 이제는 형제들 모여 붙안고 울 때
> 네 바스라진 머리통에 내 혀를 대고
> 내 깨어진 어깨에 네 입술을 대고
> 마음 활짝 열어제껴 통곡할 때
>
> 못나고 어리석었던 한세월을 우는구나
> 우리를 갈라놓고 등져 세우고
> 갈가리 찢은 자들 찾아 길 나서는구나
> 너를 쏜 총과 나를 찌른 칼을 버릴 때
>
> ―「열림굿 노래」 부분

> 잡아주오 내 손을 잡아주오.
> 흙 속에 묻힌 지 삼십 년
> 원통해서 썩지 못한 내 손을 잡아주오.
> 총알에 으깨어지고 칼날에 찢어진
> 내 팔다리를 일으켜주오.
>
> ―「허재비굿을 위하여」 부분

「열림굿 노래」와 「허재비굿을 위하여」는 6·25전쟁 때 죽은 남쪽 사람과 북쪽 사람, 즉 이데올로기가 갈라놓았던 동족을 한자리에 불러 쌍방의 한을 풀어주기 위하여 쓴 시이다. 동족상잔의 전쟁 중에 죽어간 이들을 따뜻이 위로하기 위하여 쓴 시에는 남북한 간 동질성의 회복과 통일에 대한 강한 염원이 담겨 있다. 서로 용서하고 화해하지 않았던 긴 분단의 세월은 "못나고 어리석었던 한세월"이었다. 신경림은 마치 무당처럼 생자와 사자를 연결, 서로 화해를 시키는 시도를 이상 몇 편의 시에서 해본 셈이다. 즉, 시인은 시집 『달 넘세』에서 여러 번 무당이 된다. 특히 무당이 신지핀 상태에서 늘어놓는 말의 형식을 취해 시를 쓴다. 시의 화자가 망자의 넋이 되고, 공수9)의 내용이 시가 되는 것이다. '떠도는 이의 노래'라는 부제가 붙은 「소리」나 '춤추는 원혼의 소리'라는 부제가 붙은 「병신춤」도 마찬가지이다. 이들 시에 나타난 굿은 죽은 사람의 영혼을 저승으로 천도하려는 넋굿10)의 일종이다. 마을 단위의 굿이 아니라 개인 단위의 굿이며, 당연히 이들 시에 나오는 무당은 강신무가 아니라 세습무이다. 그래서인지 이들 시에서는 굿판의 신명을 거의 찾아볼 수 없다. 한풀이의 의도가 강하게 드러나 있어 애절하고 비장하다. 시적 화자를 망자의 넋이 아니라 굿판의 구경꾼으로 한 시에서도 분위기는 영 바뀌지 않는다. 「진도의 무당」에서 시인은 굿판의 성격을 "신명나는 굿판"이라고 했지만 실상 이 시에 등장한 무당은 "육신만 남아/흐느적거리며 춤을 추고 있다". 이 무렵 신경림은 굿판을 신명나는 살판이 아니라 귀신이 원한을 푸는, '한풀이'의 장으로 생각하고 있었던 듯하다.

『달 넘세』에는 시적 화자로 무당을 내세운 「소리」나, 망자의 넋을 내세운 「새벽」 「병신춤」 등이 보여 이 무렵 시인이 굿에 대해 관심이 많았음을 짐작케 한다. 하지만 앞에서 인용한 몇 개의 연에 잘 드러나 있듯 이들 시편에서는

---

9) '공수'는 무당이 원한을 품고 죽은 사람의 넋을 달랠 때, 죽은 사람의 뜻이라고 하여 전하는 말이다.
10) 넋굿은 경기도와 황해도에서는 진오귀굿이라고 하고, 평안도에서는 수왕굿 혹은 다리굿, 함경도에서는 망묵굿, 경상도에서는 오구굿, 전라도에서는 씻김굿, 제주도에서는 시왕맞이굿이라고 한다.

무가의 신성성이나 주술성, 오락성 같은 것이 느껴지지 않는다. 또한 청배(請拜)나 축원(祝願), 혹은 바리공주와 제석본풀이·군웅본풀이 같은 풀이의 형식을 포함한 서사무가를 전혀 원용하지 않았다. 굿 가운데서도 가장 신성한 공수에 치중해 있는데, 공수는 노래로 불려지기보다는 대화체의 형식으로 구연되는 경우가 대부분이다. 「달 넘세」에 나오는 굿 소재의 시에서 무가의 가락이 배어 있지 않은 이유는 여기에 있다고 본다. 그러나 세 편의 장시 「세재」「남한강」 「쇠무지벌」을 모은 시집 『남한강』(1987)의 세 번째 시 「쇠무지벌」의 한 소제목인 '열림굿'을 보면 그렇지 않다. 굿판을 신명나는 살 판으로 인식하고 있다. 개인 단위의 굿이 아니라 마을 단위의 굿이다. 한풀이의 차원이 아니라 마을의 축제이며 내일을 향한 집단의 몸부림이다.

> 열어라 열어라 대문 활짝 열어라
> 열어라 열어라 안방문 뒷방문 열어라
> 일만 가지 복 들어오고
> 일만 가지 액 나간다.
> 열어라 열어라 고쟁이 활짝 열어라
> 지나던 손도 들어오소
> 단속곳 속속곳 열어라.

「쇠무지벌―열림굿」의 제1연을 보면 이전 시의 애절함과 비장함은 완전히 사라지고 굿판의 흥겨운 가락이 시종일관 충만해 있다. 제5연에 가면 다음과 같이 귀신이 대거 등장한다. 시인은 "이십 년 만에 벌어지는 열림굿"을 어느 마을의 크나큰 축제로 받아들인다.

> 창병 터져 죽는 귀신
> 토막돌림에 죽는 귀신
> 되놈 창에 찔려 죽은 귀신

왜놈 칼에 맞아 죽은 귀신
양반귀신 한데 얼려 날뛰는 둥쌀에
대들보 서까래 문드러진 아흔아홉 간

―「쇠무지벌―열림굿」 제5연

　　이렇게 억울하게 죽은 귀신을 달래기 위해서 시인이 준비한 것은 장송곡이
아니었다. 마을의 주민이 무당과, 어울려 한바탕 춤추고 노는 굿이었다. 산
사람과 사자의 영혼, 즉 귀신이 어울려 노는 굿이었다. 무당이 귀신에게 재물을
바치는 한편 노래 부르고 춤을 추며 치성을 드리면 귀신은 산 사람의 몸에
실리기도 하고 집단무의식으로 나타나기도 해 산 사람의 길흉화복에 '간섭'한
다. 귀신을 잘 먹이고 잘 놀게 하여 원한을 달래면 인간세계의 일에 해코지를
하지 않고 오히려 도움을 준다는 민간신앙은 굿의 역사가 저 멀고먼 선사시대
부터 지금 이 시대까지 이어지게 해 신경림의 시에서 이렇게 꽃봉오리를 맺었
다. 굿은 일제시대 때에는 혹세무민하는 미신으로 치부되어 민간신앙 전반이
뿌리 뽑히는 과정에서 궤멸되다시피 하였고, 박정희 정권 때에는 새마을운동의
여파로 문화와 종교의 한 축으로 인정받지 못하였다. 그런 과정을 거쳤지만
굿은 사라지지 않았고, 80년대에 들어 이 땅 시인들의 시작품 속에서 종종
묘사되었다. 「쇠무지벌―열림굿」의 제2번에 가면 마을 사람들이 한판 신바람
나게 길굿 가락을 치고, 새 제관이 구성지게 제문을 읊는다. 그런 연후에 마을은
완전히 다음과 같이 축제 분위기에 휩싸인다.

개개앵 개개앵 개애개
상쇠가 칠채 가락으로 치면
외상모 양상모가
신바람 나게 상모를 돌리고,

이때쯤이면 쇠꾼 구경꾼 따로 없어

　　모두 한 덩어리 되어 돌아가며
　　손발에 엉덩이 마구 내젓는구나.

　　그런데 해방 직후를 시대적 배경으로 하여 황밭들이란 농촌을 무대로 삼아 전개한 1,661행의 장시 「쇠무지벌」의 주제는 그렇게 흥겹기만 한 것이 아니다. 시인은 이 시에다 농촌토박이와 해외이주민, 친일지주와 공산주의자, 사회지도층과 일반서민, 그리고 진주한 미군까지 등장시켜 그 당시의 복잡한 사회 상황을 그리고 있다. 미군정기의 남한은 친일파의 재등용, 좌우익의 첨예한 대립, 미군정이 행한 토지 분배의 불공정 등으로 혼란스럽기 이를 데 없었다. 이런 어지러운 상황에서 농민들이 자각·자립·자결하여 원래 자기 소유였던 땅을 되찾는 과정이 「쇠무지벌」의 기둥 줄거리이다. 이 가운데 「열림굿」은 농촌공동체 실현을 위한 황밭들 농민의 한마당 풍물의 기록이다. 이 작품에는 해방 직후 몇 년간 농민들이 그들 공동의 소유였던 땅을 되찾기 위해 벌이는 눈물겨운 투쟁의 과정이 압축되어 있다. 작품의 내용은 비장하기 이를 데 없지만 시는 「열림굿」에 이르러 굿판의 흥겨움을 보여줌으로써 죽음의 세계를 살림의 세계로 전환시킨다. 윤영천은 이 작품을 평가하면서 전반적인 구도가 지배·피지배계급 간의 첨예한 대립과 갈등의 양상을 띠고 있고, 그 시적 주제의 비중이 ‘나라’보다 ‘땅’에 쏠리고 있다고 했다. 또한 이 작품에 농민들의 집단적 노동과 놀이(두레·풍장·굿) 장면이 자주 눈에 띄고, 민요·무가 등이 부쩍 늘어난 것도 전적으로 이와 직결된 것이라고 했다.[11] 농민들의 집단적 노동과 놀이, 민요와 무가의 사용을 농민의 땅에 대한 집착과 연관지은 시각이 무척 독특하다. 아무튼 신경림은 「쇠무지벌—열림굿」의 마지막 부분에 가서 이 땅의 민중과 더불어 희로애락을 함께 해온 굿판의 마지막을 다음과 같이 묘사하면서 굿을 긍정하는 발언을 한다.

---

11) 윤영천, 「농민공동체 실현의 꿈과 좌절」, 『신경림 문학의 세계』, 창작과비평사, 1995, 190쪽.

남은 음식 남은 술 풋바심이라 햇과일
모조리 강물에 부어버려라,
용왕님도 먹고 잉어님도 먹고
눈치님도 먹고 쏘가리님도 먹고.

열어라 열어라 천 가지 복이 들어온다.
강물에선 재물복 나루에선 돈복.
열어라 열어라 만 가지 액이 나간다,
강물 따라 나간다 병도 탈도 나간다.

젊은이 늙은이 할 것 없이
모래밭 돌밭에서 덩기덩
쇠가락에 맞추어 춤추며 돌아가고,
물오리떼 갈대밭으로 쫓겨가
웬 소동이냐 숨어서 구경만 하고 있다.

굿을 하고 남은 음식과 술을 강물에 버림으로써 용왕과 온갖 물고기와 나눈다. 다시 한번 말하거니와 굿을 통해 신과 인간이, 생자와 사자가, 인간과 다른 생명체가 어울릴 수 있다. 이 굿판의 귀신은 결코 무서운 귀신이 아니며 더더구나 사람을 해치는 귀신이 아니다. 원혼들도 굿판의 흥겨움에 동화되어 한을 풀고 저승으로 간다. 신경림은 장시 「쇠무지벌」에서 이렇듯 굿판의 의의를 기복과 액막이로, 놀이와 화합의 장으로 인식했기 때문에 그의 시에 나오는 귀신은 20년대 시인들이 인식했던 허무와 절망의 세계를 나타내는 귀신과는 성격이 많이 달랐다고 할 수 있다.

3-2. 광주에서 죽은 사람들의 넋을 달래는 굿판

광주민주화운동의 희생자들을 위해서 굿의 형식으로 쓴 시는 신경림의 「씻김굿」만 있는 것이 아니다. 하종오는 1986년에 『넋이야 넋이로다』라는 굿시집[12]을 낸다. 특히 1980년 5월 광주에서 죽은 많은 사람들의 넋을 달래주려 쓴 「오월굿」에는 시인의 굿에 대한 인식이 특히 잘 드러나 있다. 일단 광주 일원에서 죽은 이들의 "원통한 넋"을 달래려 쓴 이 시의 한 부분을 보자.

> 넋이야 넋이로다 원통한 넋이로다
> 목 잘린 넋 팔 잘린 넋 다리 잘린 넋
> 고향집 바라봬도 못 가던 우리 누이
> 거리에 나와 돌을 날라주던 넋이로다
> 이 세상에 생사가 하나 된 나라 못 섰으니
> 목 찾아 눈물자국마다 우시오
> 팔다리 찾아 핏자국마다 뒤척이시오
> 아직도 이 땅은 저문 날이로다
> 넋이야 넋이로다 억울한 넋이로다
> 눈 찔린 넋 귀 터진 넋 입 찢어진 넋
> 맨몸으로 제 몫 삶을 뒹굴던 우리 누이
> 주먹 쥐고 어깨동무하며 앞서던 넋이로다

시인은 그때 죽어간 '우리 누이'를 이 부분에 등장시켜 광주에서의 항쟁을 증언하는 한편 원통하고 억울하게 죽은 이들의 넋을 달래준다. 여기서 '넋'은 귀신이다. 눈 찔리고 귀 터지고 입 찢어진 누이들인지라 그들의 넋은 원귀 내지는 객귀이다. 하지만 이 시에서 저주와 재앙의 귀신이 아닌 것이 무척 이채롭다. "머릿골 빠개진 넋 샅 후벼파진 넋 젖 도려진 넋"이기에 자기네를 그렇게 만든 진압군에 대해 저주를 퍼붓고 재앙을 내릴 법도 한데 이 시에서는 누이 귀신은 그런 해악을 범하지 않는다. 시인이 보건대 누이 귀신은 "금남로에 힘 부려놓고 사내들 독려하던 넋"이다. 귀신에 대한 한량없는 사랑과 하염없는 그리움, 무한정한 동정심을 보여주고 있다. 공포와 외경의 대상으로 간주되어

---

12) 창비시선 58권으로 나온 이 시집은 책표지에 '河鍾五 굿시집'으로 명명해놓고 있다. 굿시집이란 굿이라는 의례와 굿판의 노래, 즉 무가의 형식을 취한 시집이라는 뜻으로 이해할 수 있다.

왔던 귀신이란 불가사의한 존재가 하종오의 시에서는 이렇게 너무나 인간적인 모습으로 나타난다. 5월 그날 누이들은 질질 끌려가고, 부서지고, 처박히고, 허물어졌다(49쪽). 그런 누이 귀신의 입을 빌려 시인은 이렇게 세상 사람들에게 하소연한다.

> 아이고지고 능지처참 이 송장으론 못 떠난다
> 삶과 죽음 사이 오도가도 못하지만
> 죽어도 이 백성 살아도 이 백성인데
> 무덤 없는 세상에 생사람은 어디 있나
> 새 살 돋고 새 피 돌아 몸 성해지면 가겠다

　신경림처럼 하종오도 스스로 강신무가 되어 공수를 하는 것이다. "새 살 돋고 새 피 돌아 몸 성해지면 가겠다"는 말은 사실 억지이다. 귀신이 이런 억지를 부리는 이유가 있다. 광주에서의 희생자들은 대개 시신 자체가 심하게 훼손된 경우가 많았다. 시신 수습을 끝내 못하여 생사 여부를 알 수 없는 경우도 많았다. 이 모든 원통하고 억울한 희생자들이 원귀가 되어 이 나라 산천을 떠돌아다니지 않게끔 시인은 한마당 굿판을 열어준다. 그리하여 「오월굿」의 끝 부분에 이르면 굿 행사에 죽 참가했던 넋들은 안심하고 황천으로 간다.

> 저 청산 풀 끝에서 안식이 올 때까지
> 눌린 가위 풀어서 잠긴 목소리 틔워서
> 대대로 몸부림하고 오래오래 아우성치거라
> 잘 가마 잘 가마 황천길 잘 가마
> 하루하루가 지금 이곳 캄캄한 세월이건만
> 어느 날도 싸움 없이 잠드는 날 없으니
> 주검은 흙 속에 꽁꽁 묻어주려무나
> 잘살아라 잘살아라 이 나라에 잘살아라
> 황토에서 목숨이 떨구는 게 눈물이면

풀꽃들은 그 힘 받아 향기를 피운다
이 땅은 모든 이들 아름다워지는 곳이잖냐

「오월굿」의 대미이다. 굿이 끝날 무렵 귀신들은 모두 다 "잘 가마 잘 가마 황천길 잘 가마" 하고 산 자들을 안심시킨다. 살아남은 자들과 광주의 희생자들이 이 시, 아니 「오월굿」을 통해 화해를 이룩하는 감격적인 장면이다. 물론 시에서는 계엄군과 시민군의 화해도 함께 이루어진다. 혹자는 시 한 편으로 화해가 될 턱이 없다고 말할 수도 있겠지만 시인이기에 시로써 화해를 청할 수밖에 없다. 굿이 개인적인 한풀이를 넘어서 공동체의 위안으로 부상할 수 있는 이유가 이 시에도 어느 정도 나타나 있다고 본다.

하종오는 이 시집에서 수많은 넋(귀신)을 달랜다. 「시인굿」에서는 신동엽 시인의 넋을, 「통일굿」에서 끝내 못 만나고 죽은 이산가족의 넋을, 「반핵굿」에서는 원폭 피해자들의 넋을, 「반공해굿」에서는 직업병으로 죽은 노동자들의 넋을 달랜다. 「열사굿」에서는 YH공장 노조 결성의 희생자였던 김경숙과 운수노조 결성의 희생자였던 박종만의 넋을 달랜다. 특히 「열사굿」에서는 생자와 사자가 대화를 나누는 식으로 전개되는 부분이 있어 굿의 분위기를 한껏 살린다. 「의병굿」에서는 구한말 항일의병으로 죽은 이의 넋을 달랜다. 불교에서는 천도(遷度) 의례가 있다. 하종오는 일련의 굿시를 씀으로써 한국 근·현대사의 질곡 속에 죽어간 수많은 사람들의 넋을 황천으로 보내는 천도 의례를 행한 것으로 보아도 무방할 것이다.

3-3. 역사 속의 희생자들을 달래는 굿판

무덤 없는 산이 어디에 있으랴. 인간의 죽음은 모체의 자궁에서 나와 고고의 울음을 터뜨린 이래 매순간 진행되고 있고, 매일 아침 펼쳐드는 신문지상의 부고란에도 죽음은 있다. 주검은 어디에 가도 있으며, 지상의 수많은 먼지는 뭇 생명의 흔적, 곧 주검의 흔적일 것이다. 죽음이 생명체의 끝이기는 하되 그 끝이 단순한 끝이 아니라는 생각에서 모든 종교는 시작한다. 세계 3대 종교(기독교·불교·이슬람교)는 물론이거니와 무속도 기원 이전인 아득한 옛날, 죽음이 생명체의 최종적인 결론이 될 수 없다는 생각에서 출발하여 오늘에 이르고 있다. 그리하여 첨단 과학문명의 시대인 오늘도 사람 사는 마을의 안과 밖에서는 크고 작은 굿판이 벌어지고 있다. 기독교인이었던 고정희 시인조차도 민중의 생활사에 뿌리내린 굿의 의미를 소홀히 할 수 없었던지 2권의 굿시집을 낸다.

고정희는 장시만 모은 2권의 시집 『초혼제』(1983)와 『저 무덤 위에 푸른 잔디』(1989)에서 우리 민족사 전개에 있어 무당이 해온 역할과 굿의 의미를 다시 한번 고찰한다. 특히 『저 무덤 위에 푸른 잔디』에서는 한반도 역사 전체를 민중 수난의 역사로 간주하여 각양각색의 죽음과 온갖 형태의 주검, 그리고 엄청난 수의 귀신을 등장시킨다.

매맞아 죽은 어머니 들어오시고
칼맞아 죽은 어머니 들어오시고
총맞아 죽은 어머니 들어오시고
원통해 죽은 어머니 들어오시고
시국 난리에 죽은 어머니 들어오시고
칠년 대한 왕가뭄에 죽은 어머니 들어오시고
구년 치수 물난리에 죽은 어머니 들어오시고
약 한 첩 못 쓰고 죽은 어머니 들어오신다

시집 『저 무덤 위에 푸른 잔디』에 나오는 귀신은 대개 어머니 귀신이다. 어머니는 시가 진행되면서 "이역 만리 공출당한 고려 어머니", "원나라/수나라/오나라로 공출당한 우리 어머니", "약지 잘라 혈서 쓰던 독립군 어머니", "옥고 객사 당하시고/억새풀로 나부끼던 우리 어머니"로 설명된다. 또한 "일제치하 정신대 우리 어머니", "육이오 난리통에/부역 나가 처형당한 우리 어머니",

"반동으로 총살당한 우리 어머니", "일사후퇴 때 죽은 어머니"가 된다. 이밖에도 "자유당 부정에 죽은 어머니", "민주당 부패에 죽은 어머니", "삼일오 약탈 선거 때 죽은 우리 어머니"는 사일구혁명·오일륙 쿠데타·부마사태·옥바라지 화병을 거쳐 광주민주화운동으로 이어진다. 어머니들이 그때 그렇게 죽었기에 고정희 또한 무당이 되어 무가를 목놓아 부른다.

넋이야 넋이로다
이 넋이 뉘신고 하니
광주민주항쟁 때 죽은 우리 어머니 아니신가
애기 낳다 칼맞은 우리 어머니
피 뽑다가 총맞은 우리 어머니
숨겨주다 곤봉맞은 우리 어머니
밥 나르다 불퇴맞은 우리 어머니
아들 시체 묻어주다 몰매맞은 우리 어머니
말리다가 따발총에 쓰러지신 우리 어머니
저놈들이 짐승이지 인간말종 내 못 본다

이 대목에 나오는 따발총은 6·25 때 사용된 소련제 총이 아니라 연발로 난사된 M16을 가리킨다. 5월 광주의 현장에 있지 않은 필자로서 이런 부분이 사실인지 아닌지 그 여부는 장담할 수 없지만 과장이 심하다는 느낌이 든다. 또한 지속적인 반복으로 시는 아주 재미없게 전개되지만 무가라는 것이 원래 반복과 과장을 특징으로 한다. 시인은 무가의 가락을 차용하여 우리 역사의 크나큰 비극 중의 하나인 광주민주화운동 현장에서 죽은 이 땅의 어머니들을 한 분 한 분 거론하며 그들의 넋을 달래고자 한다. 5월 광주에서 죽은 어머니의 넋은 그대로 이 나라의 산천이 된다.

백두산 연봉에 굽이치는 어머니
한라산 백록담에 내려앉은 어머니

금강산 일만이천봉에 숨쉬는 어머니
지리산 능선에 흐르는 어머니
구월산 골짜기에 누워 계신 어머니
묘향산 응달에 서성이는 어머니

급기야 시인은 죽은 어머니의 넋(귀신)이 되고, 귀신이 되었기 때문에 죽은
아들딸들의 목소리를 들을 수 있다. 이렇게 되면 생과 사의 경계가 없어진다.

자나깨나 앉으나 서나
애간장 찢는 호곡소리
음산한 구천에 비길 바 아닌지라
태어나는 목숨에
피를 주고 살을 주는 어머니여,
에미 가슴속에 묻어둔 시체
육탈도 안 되고 씻김도 안 된 시체
살아 있는 등짝에 썩은 살로 엉겨붙어
　어머니 원 풀어주세요,
호령을 했다가
육천 마디 모세혈관에 검은 피로 얼어붙어
　어머니 우리 진실 밝혀주세요,
구곡간장 찢는 소리에 세월 이웁니다

죽은 아들딸은 죽은 어머니에게 호소한다. 또한 살아 있는 무당(무당 자신이
어머니이다)에게도 호소한다. 이 원한을 풀어달라고. 이렇듯 귀신이 시적 화자
가 된 희한한 예를 보여주면서 이 시는 전개된다. 육신으로부터 이탈된 영혼,
즉 귀신이 사체를 보면서 외친다. 뒷부분에 가서는 이 세상 부모 귀신이 아들딸
귀신의 이름을 외쳐 부른다. 귀신들의 일대 아비규환이랄까, 그 애끓는 호곡(號
哭)은 귀신의 울음소리이다.

내려놓을 수도
벗어놓을 수도 없는 시체
도망갈 수도
외면할 수도 없는 시체
시체 썩는 냄새로 일월성신 기웁니다
열 손가락 깨물어 안 아픈 데 없는
부모 심정, 에미 심정으루다
비명횡사당한 아들 이름 부르며
억울하고 불쌍한 어린 혼백 이름 부르며

광법아……
재수야……
…(하략)…

　시인은 이렇듯 귀신을 부를 수 있는 존재인 무당이 된다. 무당의 존재 의의는
자신의 몸에 신령(신과 망자의 넋)을 실어 생자와 망자를 만나게 해주는 매개자
라는 데 있다. 그러나 우리나라의 무당을 생자와 망자를 만나게 해주는 매개자
인 샤먼과 동일한 뜻으로 쓸 수는 없다. 샤먼은 신들린 사람을 중심으로 형성된
시베리아 지역의 신앙 형태를 주관하는 사람이다. 우리나라 무당의 일부가
그들과 흡사하고, 또 무속에서 신들림의 현상이 중요하기는 하지만, 무속이
샤머니즘 속에 포함된다거나 무속이 곧 샤머니즘이란 것은 명확한 인식이 아니
다. 무속을 가리켜 '무당이라는 사제자가 신에게 신도들의 소원을 빌어주는
역할을 춤과 노래를 통해 행하는 일종의 종교'라고 한다면 샤머니즘의 일부일
수도 있다. 물론 샤먼의 특성으로 논의되어온 신병 체험·탈혼 상태·접신 현상·
빙의(憑依) 상태 등 불가사의한 현상을 무시할 수는 없지만 무속의 생명력은
신명에서 연유한다. 무속은 제의와 축제의 양면성을 갖고 있으므로 축제의
측면을 소홀히 한 샤머니즘과 동의어일 수는 없다. 바로 이런 이유로 무속은
'굿'이라는 다른 이름 하나를 갖게 되는 것이다. 무속이 신명의 감정을 바탕으

로 하여 신분의 구별 없이 질탕한 놀이를 벌임으로써 얽히고 설킨 감정을 마음
껏 발산하고 생자와 망자를, 생자와 생자를, 망자와 망자를 화해케 하는 종교체
험일 때, 그 이름은 '무속'이라는 이름을 버리고 '굿'이라고 해야 한다.[13]

『저 무덤 위에 푸른 잔디』는 시집 전체가 일종의 무가이다. 여자는 역사의
회오리바람 속에서 들어가 있을 때만 귀신이 되는 것이 아니다. 시인이 보건대
"큰 집에 갇혀 죽은 마님귀신/외양간에 갇혀 죽은 마누라귀신/닭장에 갇혀 죽은
과부귀신/철창에 갇혀 죽은 열녀귀신/궁전에 갇혀 죽은 아씨귀신/상여집에 갇
혀 죽은 처녀귀신/술집에 갇혀 죽은 창녀귀신"이 다 불쌍하다. 이 땅의 불행한
여인은 모두 다 죽어서 귀신이 된다. 귀신이 되었으니 저승세계에 가지 못하고
떠돌고 있다. 그래서 시인은 그들의 넋을 달래주고 싶다. 이들 여자 귀신이
꿈꾼 것은 여성해방의 세상이었다고 시인은 힘주어 말한다. 그 세상은 달리
말해 '자유세상' '민주세상' '해방세상' '통일세상'(95쪽)이다. 시인은 자유와
민주, 여성해방과 통일을 같은 가치기준을 갖고 보았던 것이다.

3-4. 산 사람과 귀신이 함께 노는 굿판

신경림·하종오·고정희 세 시인은 무속의 세계를 다루건 무당을 등장시키건
귀신을 내세우건 모두 역사적인 문맥에서 이것들을 다루었다. 세 사람 모두
확실한 주제의식을 갖고 있었고, 그 주제를 보다 효과적으로 전달하기 위하여
'굿'과 '귀신'을 이용했다고 본다. 그런데 1994년에 나온 장인성의 시집 『굿』은
제목이 무슨무슨 굿만으로 된 61편의 시를 모은 것으로서, 굿의 본질을 깊이
있게 다룬 한 권의 시집으로 볼 수 있다.[14] 61편의 시 가운데 귀신이 등장하는

---

13) 이 부분 굿에 대한 설명은 주강헌과 이상일의 저서에 나와 있는 것을 참고하였다.
　　주강헌, 『굿의 사회사』, 웅진출판, 1992.
　　이상일, 『놀이문화와 축제』, 성균관대학교출판부, 1998.
　　______, 『굿, 그 황홀한 연극』, 도서출판 강, 1991.
14) 장인성의 시집 『굿』은 1994년 길출판사를 통해 나왔다. 시인은 1990년에 정체를
　　알 수 없는 곳으로 등단한 뒤 1993년 서정주의 추천으로 『시와 시학』으로 재등

시를 중점적으로 다뤄보기로 한다.

> 어서 오라
> 네 이름이 무엇이든
> 이 동네 귀신이면
> 모두 오라
> 그리움은 부려놓고
> 빈손으로만 오라
>
> 나는 살아서 육자배기나 부르고
> 너는 죽어서 날라리나 불어라
>
> 우리네 가락이야
> 이승과 저승의 구분이 없어서
> 나는 살아서 날라리나 부르고
> 너는 죽어서 육자배기를 불러라.

—「고풀이굿」 전문

굿 가운데 고풀이굿이란 것의 특징이 무엇인지는 모르겠으나 사자의 한을 풀어주는 뜻을 담은 굿이라고 여겨진다. 시인은 어떤 특정한 귀신을 지목하지 않고 동네 귀신을 다 불러 모은다. 그런 후에 같이 육자배기나 부르자고 한다. 우리네 가락에는 이승과 저승의 구분이 없으니 누가 살아 있든 누가 죽어 있든 상관없다, 같이 어울려 날라리 장단에 맞춰 육자배기를 부름으로써 화해의 장을 마련하자고 한다. 이런 시도(試圖), 그 본연의 뜻이 고풀이 굿에 담겨 있다고 시인은 생각해본 것이리라.

이 세상 사람 사는

단했다. 이 시집이 세 번째 출간한 시집이었지만 원체 시인이 무명이었고, 출판사도 이름이 없는 곳이라 문단의 주목을 받지 못하고 묻히고 말았다.

마을 마을
얽히고 설킨 그 소리들
돌멩이를 추스르며 천리를 뻗어가서
어기야
어기야
바닷가에 부딪히면 바다 귀신 되고
하늘가에 부딪히면 하늘 귀신 되고.

—「상여굿」 마지막 연

얽히고 설킨 그 소리들이란 사람 소리, 짐승 소리, 꽃 피는 소리, 해 뜨고 지는 소리, 별 뜨고 지는 소리 등 지상의 소리와 천상의 소리, 혹은 이승의 소리와 저승의 소리를 합친 것이다. 사람 사는 마을엔 사람 소리가 있게 마련이지만 그 소리는 천리를 뻗어가서 바닷가에 부딪히면 바다 귀신이 되고 하늘가에 부딪히면 하늘이 귀신이 된다고 한다. 여기서도 이승과 저승의 경계가 확실하지 않다. 시인은 귀신이 굿판의 가락을 들으면 얼마나 신나 하겠느냐고 말하기도 한다. 「무혼굿」 같은 시에서 시인은 굿을 완전히 신명의 세계로 파악하고 있다. 해한도 물론 중요하기는 하겠지만 굿의 본질을 유희의 정신으로 본 결과이다.

우리 죽어 땅 속으로 들어가
두어 해쯤 지내면
저런 신바람도 나겠지

땅 위에는 아직도
바쁜 걸음들
북소리
장고소리
뒷매김 소리

—「무혼굿」 전반부

이 시에서 '우리'는 지금 산 사람이지만 훗날 귀신이 될 것을 가정하고 쓴 시이다. 시인은 무덤 속에 들어가 있는 시신과 귀신을 동일시한다. 그래서 땅 속에서 귀신이 들으니 땅 위에는 바쁜 걸음 소리와 북소리, 장고소리, 뒷매김 소리가 들린다. 완전히 잔칫집 분위기다. 이처럼 장인성의 시에서는 굿과 더불어 귀신도 시인의 작품 속에서 되살아난다. 굿 부활의 가장 큰 이유는 무당이 귀신을 데리고 노는 자이기 때문이다. 여기에서 굿의 종교적인 기능이 발휘된다. 굿의 본질은 '개인'을 '집단의 일원'으로 만들어주는 신명의 정신에서도 찾을 수 있다. 춤추고 노래하는 무당들만 신명이 나는 것이 아니라 신명난 무당들을 보고 있던 구경꾼들도 그 주술성에 말려들어 집단적인 빙의의 상태가 된다. 무당이 하는 가무오신(歌舞娛神)과 도신오유(禱神娛遊)를 보고 즐기고, 직접 참여하는 과정에서 온 마을 사람들의 잠재적인 종교적 심성과 예술적 심성은 고양되고, 흥을 못 이겨 마침내 황홀경의 절정에 선다. 황홀경의 절정에서 사람들은 신령과 융합하는 체험을 한다.

서너 자 깊이의
한가로운 낮과 밤을
모과향내 나도록
뼈마디를 분질러서
來生에 쓰고 나갈
탈바가지 다듬으면

신명나게
신명나게
눈물도 나겠구나.

―「상여굿」 후반부

귀신은 서너 자 깊이에 묻혀 있는 시신과 지금 함께 있다. 시신의 뼈마디를 분질러서 내생에 쓰고 나갈 탈바가지를 다듬으면 얼마나 좋으랴. 마지막 행

"눈물도 나겠구나"는 궁극적으로 저승세계를 혐오하고 이승을 긍정하는 시인의 사상이 응축되어 있다. 이런 사상이 바로 무속의 사상이다. 인간의 죽음과, 죽음 이후의 세계를 동경한 20년대의 시인들과는 이런 점에서 확연히 다르다.

저것 봐
해마다 상달이면
이 세상 비껴간 모든 소리와
죽음들이
하늘 위에 땅 위에 모여들어
지징-지징-징-징-
한바탕 늘어지게 취해가지고
서럽지 않게 서럽지 않게
저승까지 비껴가는 저 발걸음들
지징-지징-징-징

—「뒤풀이굿」 후반부

산 사람들이 벌이는 신명나는 축제에 초대된 이들이 바로 귀신이다. 귀신들도 한바탕 늘어지게 취하고, "저승까지 비껴가는" 저들의 갈지자걸음이다. 귀신이란 원한이 있기에 저승에 못 가고 이승 언저리를 떠도는 이들인데 뒤풀이를 할 때까지 산 자들과 어울려 신나게 놀았기에 이제는 서럽지 않다. 여기서 굿의 의미를 다시 한번 살펴본다.

제정(祭政)이 분리되고 지배계층과 피지배계층이 분화되면서 굿은 외래종교인 유교·불교·도교와는 다른 자리에서 피지배계층이 향유한 민간신앙으로 자리잡는다. 일제의 민족문화 말살 정책에 의한 조직적인 탄압과 새마을운동을 전개한 정권의 미신 타파 정책에 훼손되고 주눅들어 한동안 지극히 이기적인 목적을 지닌 개인 단위의 굿으로 그 명맥을 유지하게 되었다. 즉, 마을굿이나 대동굿이 행해진 숫자에 비해 월등 많은 단순한 푸닥거리로서 그 명맥을 유지

했던 것이다. 굿은 신성한 의례의 장에서 갱생의 자리, 생활의 마당으로 바뀌어
진다. 굿판은 종교적 엄숙성을 벗어버리고 유희의 장소, 놀이의 장소, 예술의
장소로 바뀌어진다. 굿판에서 신과 인간을 동시에 즐겁게 하여 일체를 이룰
수 있게끔 하는 것이 춤과 무가이다. 오신(娛神)을 위한 가무에서 가(歌)는 무가
이며 무(舞)는 무용이다. 무가는 합창이 될 수 없지만 무용은 종종 군무가 된다.

오동나무 귀신의 똥구멍 속엔
몇 백년 쩔어붙은 구린내말고도

열두 발 상모 줄에 패랭이도 들어 있지
그것도 꺼내 쓰고 돌려보시지

―「도당굿」 부분

　도당굿은 마을 굿이다. 동네가 클수록 오래 걸리는 도당굿은 온 동네가 축제
로 출렁이게 했다. 줄 타는 광대가 오고 명창 국창이 와서 흥겹게 해줬고,
씨름도 하는 난장(亂場)이었다.15) 마을 사람들은 굿판에 처음에는 엄숙한 마음
으로 참가했지만 군무를 추며 굿판을 신명난 난장판으로 만든다. 마을 사람들
은 굿이 끝나 굿판을 정리하면서 이승과 저승을 다시 분리시키고, 본연의 생업
으로 돌아간다.

무덤 속 귀신들아
토종의 한 뿌리는
우리네 지상의 종족이 거두고
나머지 한 뿌리는
너희네 종족이 거두어 가거라

―「제석굿」 부분

---

15) 신찬균, 「서민의 염원이 응결된 '도당굿'」, 『민속의 고향』, 진문출판사, 1978, 94쪽.

장인성은 이 땅에서 행해져온 온갖 굿에 대해 나름대로 해석을 해본 셈이다. 그런데 그 어느 시에도 굿에 대한 부정적인 인식이 없다. 마을 공동체의 화합의 장이 아니면 놀이의 장으로 인식하고 있다. 우리 조상은 귀신을 잘 달래며, 귀신과 더불어 살아왔다고 그는 보았던 것이다. 과학문명이 우리네 삶의 양식을 각종 첨단 정보통신기기에 의지하게끔 하는 21세기인 지금도 무속이 명맥을 유지하고 있는 이유가 여기에 있다. 미신의 요소가 분명히 많이 있지만 공동체 의식이 굿에는 여전히 담겨 있기 때문이다.

4. 마무리

『삼국사기』 고구려 본기 제1 유리왕편에 무당에 대한 얘기가 나와 있으므로[16] 굿의 연원은 기원전과 후의 경계 부분으로 거슬러 올라간다. 흔히 열두 거리라고 하는 긴 과정에서 행하는 무용이며 무가가 우리 문학, 특히 시에 수용된 예는 그리 흔히 발견되지 않는다. 2천 년 이상의 역사를 갖고 있는 굿이 우리 시에서 되살아나 있을 것을 보기란 쉽지 않지만 신경림·하종오·고정희·장인성 네 시인은 나름대로 굿을 눈으로 '보고' 연구하여 자신의 시에 수용하였다. 굿을 보았다는 것은 어렸을 때 보았거나 자료를 찾아보았거나 시를 쓰기 위해 현장에 가서 직접 본 경우를 다 포함하는 말이다. 이들 시인이 굿을 어떻게 생각했으며 시 속에다 굿에 담긴 신명의 정신과 굿의 주제자인 무당을 어떻게 형상화했는지를 살펴보는 일은 2천 년 동안 우리 조상들의 숨결과 손길로 만들고 전승시킨 굿의 의의를 재고해보는 일만큼이나 소중한 일이라고 생각

---

16) "(…) 九月에 王이 편치 못하자 무당이 말하기를, 託利·斯卑가 준 병환이라 하였다. 왕이 그를 시켜 사과케 하니 병환이 곧 나았다."(『三國史記』 國譯篇, 이병도 역주, 을유문화사, 1977, 222쪽.) 『三國史記』에는 이밖에도 신라본기 제1 남해차차웅, 고구려본기 제3 차대왕, 고구려본기 제4 산상왕, 고구려본기 제5 동천왕, 고구려본기 제9 보장왕, 백제본기 제6 의자왕편에 무당이나 무속행위가 나온다.

한다. 굿과 시의 결합을 시도한 이들의 작품은 개별 시인에 대한 연구에서도 소홀히 취급되어왔으며, 현장비평의 자리에서도 거의 다루어진 바가 없다. 굿이 오늘 우리네 삶의 자리에서 차지하는 공간이 그리 크지 않음을 부인할 수는 없다. 하지만 그들의 시에 나타난 굿이 시 본연의 정신인 노래와 어떤 관계가 있는가를 살펴볼 필요가 점차 커지고 있는 이유는 오늘날 시의 지나친 산문화로 시 본연의 정신을 많이 잃어가고 있기 때문이기도 하다. 굿은 귀신들의 한판 신명나는 놀이이며 귀신들을 황천으로 보내는 제례 행위이다. 네 시인이 미신으로 치부되어온 굿을 현대시와 접목시킨 이유도 여기에 있을 것이다.

한국 현대시에 나타난 '역사'

—시로 읽는 한국 현대사

1. 글머리에

한국 시문학사는 남북한 시문학의 역사를 통합시켜 새롭게 기술될 필요가 있다. 그 전초작업으로 나는 8·15광복 이후 우리 정치사를 개략적으로 훑어보면서, 시가 이 땅의 정치와 어떤 상관관계를 맺어왔는지, 다시 말해 시인이 시대상황을 어떻게 읽고 대응해왔는지를 살펴보고자 한다. 20세기의 55년은 분단시대였지만 21세기에는 통일이 이루어지기를 간절히 소망하면서 이 글을 쓴다. 문학사를 쓴다는 마음으로 쓴 글이 아니므로 극소수 시인의 이름만 명기되어 있다. 그래서 한국 현대시의 주인공인 대부분의 시인이 논의에서 제외되고 말았다.

『시와 정치 *Poetry and Politic's* ; 1900~1960』라는 책을 쓴 영국 옥스퍼드대학 C.M. 바우라 교수의 명언이 생각난다. "공적인 사건을 다룬 시는 다른 어떠한 제재를 취급한 시에도 뒤지지 않는 존재 이유를 갖고 있다." 우리 근·현대사를 살펴보면 공적인 사건은 얼마나 많았으며, 그 사건을 다룬 시 또한 얼마나 많았던가. 일제 강점기 시대는 그렇다 치고, 분단 이후라도 우리 역사가 그리 험난하지 않았더라면 시의 모습은 현저히 달라졌을 것이다. 이 글의 핵심은 부제로 붙인 '시로 읽는 한국 현대사'이다. 독자는 이 글을 읽으면서 어떤 시인의 시사적인 위치보다는 역사의 격랑 속에서 문학이 어떻게 헤엄쳐 나왔는가를 살펴주기를 바랄 뿐이다. 작품에 대한 심도 있는 분석이나 시인에 대한 평가는 가급적 배제하고 시인들이 시대상황을 작품 속에서 어떻게 다루었는지를 중점으로 살펴볼 것이다.

2. 8·15광복과 분단 시대의 개막

1945년 8월 15일, 우리 현대사와 현대문학사는 이 날을 기점으로 비로소 새롭게 씌어지는 듯했다. '해방' 혹은 '광복'이라는 말에는 감옥생활과 다를 바 없었던 36년간의 식민지 지배에서 벗어났다는 물리적 석방의 뜻 외에, 나랏말을 되찾았다는 정신적 광복의 뜻이 함께 들어 있었기 때문이다. <동아일보>와 <조선일보>가 복간되었고, 숱한 신문과 잡지가 창간되었다. 1946년 5월 당시에 발간된 14개 중앙일간지와 36개의 지방지, 28개의 주간지 수는 무엇을 말하는가. 36년 동안 막혀 있던 언로가 한꺼번에 터져 활화산의 위용을 보였다고 할 수 있다. 당연히, 아주 많은 시인이 조국을 되찾은 기쁨을 노래하였다.

> 눈물 거두고 쳐다보아라 형제들아
> 산맥과 거리와 마을마다
> 독사처럼 서렸던 사슬도 돌벽도 쇠창살도
> 민족의 핏줄에 깊이 박혔던 표독한 이빨도 발톱도
> 갑갑하던 화약 연기와 함께 하루아침에 스러졌다
> 화려한 아침
> 고대하던 태양이다
>
> ─김기림, 「파도소리 헤치고」 부분

그러나 이런 감격은 그리 오래 가지 못한다. 해방 이후 몇 년은 '친일문학'이라는 산성비를 맞고 시들었던 서정시가 화려하게 꽃을 피울 절호의 기회였지만 상황은 무서운 폭풍우를 몰고 온다. 36년 동안의 식민지 시대를 마감하고 해방의 감격을 누린 1945년 8월 15일 당시의 3천만 조선인 가운데 강대국에 의해 나라의 운명이 좌우되리라고 짐작한 사람은 거의 없었다. 그해 12월 27일, 미·영·소 3국 외상이 모인 모스크바 3상회의에서는 조선을 신탁통치하겠다는 결의안이 채택되었고, 조선 독립에 관한 미·소 공동위원회가 결렬되자 그것은 곧 분단의 시작이었다.

1948년 2월 12일 제3차 유엔총회에서는 대한민국정부를 한반도 내 유일한 합법정부로 인정하겠다고 결의하였고, 유엔조선위원회에서는 남한의 단독선거 실시를 가결하였다. 국제사회에서 인정을 받지 못한 북한은 무력으로 남한을 차지함으로써 통일을 이룬 뒤, 한 개 국가로서 인정받을 결심을 하고는 전쟁 준비에 박차를 가한다.

이렇게 분단이 현실화되는 동안 문단도 좌·우로 나뉘어 치열한 공방전을 전개하게 된다. 좌익 문단이 1945년 12월에 '조선문학가동맹'을 결성한 뒤 전국문학가대회를 YMCA 회관에서 개최하여 세력을 과시하자 우익 문단도 '조선문필가협회'를 결성, 같은 YMCA 회관에서 대회를 열어 그에 대항한다. 우익 진영에서는 '조선청년문학가협회'라는 또 하나의 단체가 생겨나 좌익의 문단 세력화를 견제한다. 아무튼 그 당시의 문인은 남과 북, 두 갈래 갈림길에서 어느 쪽인가를 택해야만 했다.

> 남북으로 양단되고 사상으로 분열된 나라일망정
> 나는 종처럼 이 무거운 나라를 끌고 신성한 곳으로 가리니
>
> 오래 닫혀진 침묵의 문이 열리는 날
> 고민을 상징하는 한 떨기 꽃은 찬연히 피리라
>
> —김광섭, 「나의 사랑하는 나라」 부분

김광섭은 1947년에 이런 시를 써 내가 사랑하는 나라가 처한 비극적 상황에 대해 고뇌하였다. 김광섭의 고뇌와는 무관하게 1948년경부터 남과 북은 38선이라는 인위적인 장벽에 의해서도 분단이 되지만, 문단의 양분에 의해서도 뚜렷이 나누어지게 된다. 홍명희·임화·김남천·안회남 등은 이념을 갖고 북을 택하였고, 이태준·정지용·김기림 등은 좌경 색채가 없었음에도 월북하여 40년 동안 남쪽 문단에서 매장되는 비극을 감수하게 된다. 아니, 더 큰 비극은 북으로 간 대다수 월북 문인의 비참한 말로일 것이다. 한편 사상 검열을 피해, 또는 지주 집안이나 기독교 집안이어서 월남한 문인은 구상·김동명·안수길·황순원·최태응·오영진 등이었다. 이와 같이 광복의 감격이 채 가시기도 전에 국토의 분단은 문단의 분열을 가져오고, 우리 민족은 곧바로 전쟁이라는 더욱 큰 회오리바람의 한가운데에 서게 된다.

3. 6·25전쟁이 준 상처

6·25는 끔찍하고 기이하고 미묘한 전쟁이었다. 세계전사에는 '100년 전쟁'도 있고 '30년 전쟁'도 있지만 1950년 6월 25일 한반도에서 발발한 6·25전쟁은 3년 1개월 만에 종결된 그리 길지 않은 전쟁이었다. 하지만 그 상처는 세계전사상 유례가 드물 정도로 깊은 것이었다. 남북한군·UN군·중공군을 망라한 군인 사망자는 1백70만 명이었지만 민간인 사망자는 이보다 훨씬 많은 2백80만 명이었으니 실로 '끔찍한' 전쟁이었다. 6·25전쟁은 국지전이면서 세계대전의 연장이었고, 내전이면서 강대국을 등에 업은 대리전이었다. 최첨단의 무기와 함께 낫과 죽창 같은 전근대적인 무기가 동원되었고, 피리와 꽹과리와 더불어 운송 수단으로 소달구지까지 동원된 '기이한' 전쟁이었다. 또한 동족간의 전쟁이면서 십여 민족이 함께 피를 흘린 전쟁이었고, 이념간의 전쟁이면서

계급간의 투쟁이기도 한 '미묘한' 전쟁이었다. 포성을 들으면서도 시인은 시를 썼다.

> 激戰의 날—
> 마침내 최후 승리를 결판지워야 할
> 돌격의 신호가 오를 제,
>
> 銃아!
> 너는 네 몸이 불덩어리로 녹을 때까지
> 원수들의 피를 마셔라.
>
> 劍아!
> 검아 너는 네 몸이 은가루로 부서질 때까지
> 원수들의 살을 삼켜라.
>
> —장호강, 「銃劍賦」 부분

남한의 시인 장호강은 소련제 탱크를 앞세운 북한군의 남침에 대해 격분에 사로잡혀 이런 시를 썼다. 이 시에서 북한군은 "불구대천의 원수"일 뿐 동족이 아니었다. 「銃劍賦」가 잘 보여주듯 1950년대에 발표된 시 가운데 분단 현실에 대한 뼈아픈 성찰을 담은 시는 그리 많지 않았다. 전쟁 수행기에 남한에서는 종군작가단에 의해 『戰線文學』이 일곱 권 발간되기는 했으나 그 지면에 수록된 작품은 국군의 사기 앙양 차원에서 창작된 작품이 대종을 이루고 있었기 때문이다. 북한도 사정은 마찬가지였다.

> 아버지와 한날 한시에 군당에서
> 당원이 되여 돌아오며 기뻐하시더니,
> 지금은 밤마다 녀맹원들을 데리고
> 다리 복구에 나가신다더니,

이제 더는 이 아들을 보지 못하고
원쑤의 폭격에 돌아가셨단 말입니까

아, 가슴에 피가 끓어
복수의 피가 끓어
총을 쥐고 전보를 나서는 이 아들의 마음

—박호범, 「어머니에게 보내는 편지(3)」 부분

북한 시인 박호범은 폭격을 퍼부은 미군에 의해 돌아가신 어머니의 혼령에게 띄우는 편지 형식으로 시를 쓰면서 분노를 터뜨렸다. "원쑤의 폭격에" 돌아가신 어머니를 생각하면 복수의 피가 끓어오를 뿐이었고, 그런 시인 앞에서 동질성 회복 운운은 불가능한 일이었다. 남한의 시건 북한의 시건 제목부터 선전 선동 내지는 전쟁 독려의 뜻을 담고 있었다. 유치환의 「아름다운 군병」, 조지훈의 「이기고 돌아오라」, 모윤숙의 「국군은 죽어서 말한다」, 장호강의 「묘비명」 등이 남한 시인의 작품이고, 조기천의 「죽음을 원쑤에게」, 리정구의 「이겨서 오시라」, 양운한의 「전선에 련닿는 모내기 대열」 등이 북한 시인의 작품이었다. 전쟁은 국토의 대부분을 폐허로 만들었고, 남과 북이 서로 무자비한 학살극을 연출토록 했으며, 서정시가 씌어질 수 없게 하였다. 서정시는 비록 씌어지지 못했지만 적이 되어 총부리를 겨눈 이웃과 형제의 시신 앞에서 목이 멘 시인도 있었다.

조그만 마을 하나를 자유의 국토 안에 살리기 위해서는
한해살이 푸나무도 온전히 제 목숨을 다 마치지 못했거니
사람들아 묻지를 말아라 이 황폐한 풍경이 무엇 때문의 희생인가를—
고개 들어 하늘을 외치던 그 자세대로 머리만 남아 있는 군마의 시
체를

—조지훈, 「多富院에서」 부분

쌍방 모두 수많은 인명 피해를 낸 낙동강 방어선 전투 중에서도 최대의 격전이었던 다부동전투를 소재로 한 이런 시는 전쟁이 누구를 위한 것이었으며 무엇을 얻기 위한 것이었던가를 생각하게 한다. 조지훈의 또 다른 시 「戰線에서」나 유치환의 「온정리에서」, 구상의 「난중시초」 연작시 등이 이 시대를 대표할 만한 작품이긴 했지만 종군시의 한계를 크게 벗어나지 못하였고, 작품에 따라서는 반공의 기치를 내세운 것도 있었다. 전시에 창작된 시 가운데 분단 극복의 의지가 제대로 구현된 작품으로는 김규동의 것을 꼽아야 할 것이다.

탄환에 쫓긴 사슴 모양
생활의 막다른 골목에서
불현듯 그대 손길을 더듬어 봅니다.

북에 갔던 항공기의 편대들이
푸른 공간 위에 폭음을 굴릴 적마다
그대 모습을 어루만집니다.

다섯 해의 세월이 지나갔어도
꿈에 뵙는 당신의 그림자는
항시 환히 밝아……

육십오 세의 흰머리 날리시며
어머니
돌아가시면 안 됩니다.

—「열차를 기다려서」 부분

김규동은 고향 함북 온성에 어머니와 동생을 두고 1948년에 월남한 시인이다. 그러므로 이 시에 나오는 "다섯 해의 세월"로 미루어보아 아직 전쟁이 한창일 때 씌어진 시인 것 같다. 북으로 항공기 편대가 날아갈 때마다 시인은 애간장이 타서 어머니를 외쳐 불러본다. "어머니/돌아가시면 안 됩니다."는 더할 수 없이 절박한 부르짖음이다. 그리고 제목에는 북의 어머니가 아들이 타고 달려갈 열차를 기다려서 제발 살아 계시기를 바라는 간절한 소망이 담겨 있다. 즉, 이 시에는 어머니에 대한 사무치는 그리움과 아울러, 전쟁의 종결과 남북한 통일이라는 보다 큰 주제가 깔려 있다.

4. 전후, 그 긴 회복기

6·25가 그리 길지 않은 전쟁이었다고는 하지만 남북한이 입은 상처는 너무나 컸다. 남한 산업시설의 거의 절반과 주택의 3분의 1이 완전히 파괴되었고, 북한의 피해는 이보다 훨씬 컸다. 수많은 사람이 피를 흘리며 죽어간 보람도 없이 전쟁의 끝은 영구적인 평화가 아니라 휴전협정 조인이었다. 1953년 7월 27일 판문점에서 협정이 조인됨으로써 전쟁은 일단 끝이 났지만, 이는 분단의 고착을 의미하는 것이었다. 휴전협정 조인은 강대국 간의 영구 분단 놀음이었고, 이에 희생양이 된 것은 우리 한민족 전체였다. 고등학생이던 구석봉은 당시 중·고등 학생들에게 인기가 높았던 『학원』지에 전쟁이 남긴 상처를 심도 있게 묘사한 시를 투고해 당선된다.

시멘트 벗은 부엌이 서러워 돌아가는 아줌마, 펌프ㅅ대 우뚝 우뚝 묵묵한 공허가 있었다고, 젖내 풍기는 고사리 손을 놀려 어영차 밥도 짓고 국수도 썰고, 내 아우랑 여섯 살짜리 계집애랑 각시 신랑 혼례식 장 꾸미던 그 회상의 담장 아래로, 아 탄피가 있었고, 해골이 히쭉 웃고 있었다.

거기 슬프게 억센 아이들의 입다문 눈빛에서 무한히 겹쳐간 밤의 살생과 야만을 읽을 수 있었다. 뼈가 녹아날 태양의 투시처럼 읽어나 갈 수 있었다.

위도와 경도는 깊은 잠에서 깨어나고 있었다. 그리하여 만물은 다시
바위의 꿋꿋한 위치로 돌아가고 있었다.

우리들의 뒤로 미망인의 울음소리가 들려오고, 시가지엔, 죄인 같은
고아와 불구자의 행렬이 밀려가고 있었다.

—「백년 후에 부르고 싶은 노래」 부분

밤의 살생과 야만, 그리고 탄피가 남긴 것은 해골과 미망인과 고아와 불구자
들이었다. 해골은 땅에 묻혔지만 미망인과 고아, 불구자들은 미군 부대에서
나오는 꿀꿀이죽으로라도 허기진 배를 채우며 목숨을 부지해야 했다. 미군
상대 접대부를 가리키는 '양갈보'는 송병수의 소설 「쇼리킴」에도, 구상의 연작
시 「焦土의 시」에도 등장한다.

행길 위에 머슴애들이 우 몰려가 수상한 양장 차림의 여인 하나를
에워쌓는다. 돌팔매를 하는 놈, 소똥 말똥을 꿰매단 막대질을 하는 놈,
"양갈보" "양가ㄹ—보" "양갈보"
더럽혀진 모성을 향하여 이들은 저희 나름의 율법으로 다스리려는
것이다.
"내가 늬들 에미란 말이야, 양갈보면 어때? 어때!"
거품까지 물어 발악하는 여인을 지나치던 미국 찝이 싣고 바람같이
흘러간다. 아우성 소리만 남고.

—「焦土의 시 6」 부분

전후에 미군이 주둔하면서 야기된 우리 사회의 윤리의식 마비를 미군 대상
접대부와 아이들 사이의 실랑이를 통해 묘사한 작품이다. 구상이 그린 '초토'에
는 파괴된 도시, 붕괴된 전통사회, 좌절감에 사로잡힌 인간 군상이 다 포함되어
있었다.

분단 시대 문학의 대표작으로 가장 많이 거론된 작품은 아마도 박봉우의

「休戰線」일 것이다. "산과 산이 마주 향하고 믿음이 없는 얼굴과 얼굴이 마주 향한 항시 어두움 속에서 꼭 한 번은 천둥 같은 화산이 일어날 것을 알면서 요런 자세로 꽃이 되어야 쓰는가."가 첫 연이면서 마지막 제5연인 이 시는 반공 이데올로기가 맹위를 떨치던 1956년에 발표되었다는 선구자적인 인식으로 말미암아 그 가치가 더욱 고양된 작품이다. 또한 외세에 대한 은밀한 비판과 아울러 민족적 동질성을 휴전선 일대에 핀 '꽃'으로 확인하고자 한 시인의 안목도 뛰어나 1950년대에 발표된 시 가운데 분단 극복의 의지를 담은 최고의 작품으로서 손색이 없다. 시인 이기형에 의해 발굴된 임수생의 「반도의 꽃노을」도 「열차를 기다려서」와 「休戰線」의 주제의식과 크게 다를 것이 없는, 분단 문제를 정공법으로 다룬 작품이다.

> 허리 잘라진
> 두 개의 반도 조국아
> 서쪽으로 강물은 흐르고
> 오늘도 남쪽의 나는
> 역사의 꽃구름 피우는
> 노을을 바라보며
> 북쪽의 너를 생각한다.
>
> 우리는 언제쯤
> 한 어린 동무가 되어
> 산보하던 그날을 노래 부를까.
> 조선의 어른들 눈이 무서워
> 울타리 밖에서
> 아, 우린 이렇게 서로 불러야 한다.

―「반도의 꽃노을」 부분

50년대 후반기의 남쪽은 '후반기' 동인으로 대표되는, 모더니즘의 충실한 학습기라고 할 수 있다. 절망감에 사로잡힌 전후의 남쪽 시인들이 실존주의의 영향을 지대하게 받은 것까지는 좋았으나 작품마다 서툰 관념과 어설픈 감상이 넘쳐흘렀다. 오세영의 말대로 '후반기' 동인은 "한국문학에 대한 반전통의식, 도시문명에서의 소재 차용, 도시적 서정의 표현, 이국 동경, 20세기 물질문명에 대한 불안의식과 염세주의적 세계관" 등으로 말미암아 분단 상황을 다룰 여지가 거의 없었다. 이들의 시를 포함하여 50년대 후반기의 시를 보면 상당수의 작품에 외래어와 한자어가 난무하였고, 난삽하기 짝이 없는 관념적인 표현이 속출하였다. 한마디로 국적 불명의 시가 많았다.

북한 역시 민족의 화합을 모색하는 분단 극복의 문학과는 거리가 멀어져갔다. 사회주의적 사실주의의 창작 방법에 기초하여 사상성과 예술성이 결합된 인민적·혁명적인 사회주의 문학으로 나아간 북한의 문학은 근로대중을 사상미학적으로 교양하고, 사회주의적 민족문화를 건설하는 데 이바지하는 교조주의적 문학관을 목표로 내세웠다. 이는 남쪽과는 완전히 다른 문학관이었다. 「반도의 꽃노을」은 이러한 분단 심화의 시대에 나온 작품이었으니, 임수생의 시대적 소명의식은 대단한 것이었다. 1959년 6월에 발표된 이 작품을 그는 검열에 걸려 첫 시집에는 싣지 못했다가 1986년에 낸 제2시집에 비로소 실었으므로, 전후 남한 사회의 분위기가 얼마나 경색되어 있었는지 단적으로 말해주는 사례가 될 것이다. 시대를 잠시 거슬러 올라가 휴전 직후로 가본다.

전쟁이 타의에 의해 중단된 이후 남한에서는 몇몇 국제기구의 원조로 산업시설이 복구되고 전국 각처에 가건물과 천막촌이 세워지면서 건설의 메아리가 울려 퍼진다. 그러나 이승만 대통령은 전쟁 중에도 몇 번이나 드러냈던 독재자의 면모를, 한반도에 주둔한 미군을 후견자인 양 여기고는 반공 이데올로기를 내세워 더더욱 노골적으로 드러낸다. 휴전이 된 후 북쪽의 김일성 수상은 곧바로 소련과 중국을 방문해 경제·문화 협력 협정을 조인하고서 조총련 결성, 천리마운동 전개, 농업의 협동농장화 완료, 재일교포 북송 개시 등으로 재기의 기틀을 튼튼히 다져나간다. 반면 남한의 이승만 대통령은 사사오입 개헌 파동이며 진보당 사건, 장충단 시국강연회 정치깡패 난동사건 등의 악수를 계속 두는 바람에 국민의 원성이 끊이지 않았고, 날이 갈수록 원성은 고조되어 간다. 특히 1958년 1월의 진보당 사건은 사회민주주의의 선구자 조봉암을 간첩으로 몰아 사형까지 시킨 사건으로, 이승만 정권의 전횡을 단적으로 드러낸 사건이었다. 물가는 한 해에도 몇 번씩 폭등과 폭락을 되풀이하여 국민을 불안하게 했다. 그래서 깊은 신앙심을 시로 표현하던 김현승 같은 생래적인 서정시인마저도 반정부적인 참여시를 쓰게 된다.

> 싸늘한 蒸溜水의 시대여,
> 나는 나의 우울한 혈액순환을 노래하지 아니치 못하련다.
>
> 날마다 날마다 아름다운 항거의 고요한 흐름 속에서
> 모든 약동하는 것들의 선율처럼
> 모든 전진하는 것들의 수레바퀴처럼
> 나와 같이 노래할 옹호자들이여,
> 나의 同志여, 오오, 나의 진실한 친구여!
>
> ―「擁護者의 노래」(1955. 1) 부분

> 모든 것은 연소되고 취하여 등불을 향하여도,
> 너만은 물러나와 호올로 눈물을 맺는 달밤……
>
> 너의 차거운 금속성으로
> 오늘의 武器를 가져가도 좋을,
>
> 그것은 가장 同志적이고 격렬한 싸움!
>
> ―「良心의 金屬性」(1958. 12) 부분

"싸늘한 蒸溜水의 시대"는 전형적인 경찰국가로 이끄는 자유당 정권에 대한 반감이 노골적으로 드러난 구절이었다. 김현승으로 하여금 이런 '격렬한' 시를 쓰게 할 만큼 이승만 정권의 실정은 다수 국민을 분노케 하였다. 특히 1959년 1월의 4선 출마 의사 표명과 그 이듬해 3월의 제4대 정·부통령 선거, 이른바 3·15부정선거는 자유당 정권 부정부패의 결정판이었다.

5. 4·19혁명 뒤의 5·16쿠데타

국민을 두려워하지 않고 거침없이 부정을 일삼던 자유당 정권의 말기적 증상은 3·15부정선거로 극한상황을 향해 치닫는다. 자유당은 민심이 이미 떠난 것을 알고 선거전에서의 승리를 위해 사전 투표, 공개 투표, 야당 참관인 축출, 투표함 바꾸기 등 온갖 비열한 방법을 다 동원하기로 한다. 자유당은 이런 갖은 불법 탈법 선거를 자행하여 대통령에 이승만을, 부통령에 이기붕을 압도적인 표 차이로 당선시키고 만세를 부르지만 승리의 감격은 오래 가지 못한다. 선거에서는 승리를 거두었지만 국민의 분노까지 제압하지는 못했기 때문이었다.

혁명의 직접적인 발단은 2월 28일에 있은 대구의 학생시위에서 비롯된다. 그날은 마침 일요일이었는데 민주당의 장면 박사가 대구에서 유세를 하기로 되어 있었다. 그런데 민주당의 선거 연설을 듣지 못하게 할 방편으로 일요일임에도 등교하라고 각 중·고등학교에 명을 내리자 대구고등학교와 경북고등학교 학생들은 스크럼을 짜고 "민주주의를 살리자"는 구호를 외치며 시가행진에 나선다.

선거일자인 3월 15일에 마산에서는 개표가 진행되는 도중에 수천 명의 군중이 구호를 외치며 부정선거 규탄 시위를 벌인다. 이때 경찰관의 발포로 10명이 사망하자 내무부장관은 공산분자의 소행으로 데모가 발생했다고 발표한다.

4월 11일에 제2차 시위가 벌어지는데 이 시위는 3월의 규탄 시위 때 죽은 김주열 군(마산상고 학생)의 시체가 끔찍한 모습으로 발견되었기에 시민들이 분노하여 들고일어난 것이었다. 수장되었던 김주열의 시체는 오른쪽 눈에 최루탄이 깊숙이 박힌 채로 중앙동 앞 바다에서 떠올랐고, <동아일보>는 그 사진을 17일자 사회면 톱으로 게재한다.

4월 18일은 고려대학교 전체 신입생 환영회 날이었다. 이 사진을 본 고려대학의 간부 학생들은 신입생 환영을 위해 운동장에 전 학생이 운집한 것을 호기로 삼아 데모 대열에 참가해줄 것을 호소, 대다수 학생이 교문을 박차고 시내로 진출한다. 경찰은 조직폭력배를 동원하여 시위에 참가한 학생들을 곤봉과 쇠갈고리 등으로 무자비하게 테러, 종로 4가를 피로 물들인다.

4월 19일, 마침내 전국의 학생과 시민은 독재정권 타도의 구호를 외치며 거리를 내달린다. 참고 참다가 폭발한 학생과 시민의 함성은 서울에서만 울려 퍼진 것이 아니었다. 전국 방방곡곡에서 "정·부통령 선거 다시 하라!", "데모가 이적이냐 폭정이 이적이냐!", "경찰국가 배격한다!" 등의 구호를 목이 터져라 외친다.

> 이제야 들었다. 그대들 음성을,
> 그대들 가슴 깊은 청정한 부분에
> 고이고 또 고였다가
> 서울에서 부산에서
> 인천에서 대전에서도
> 강이 되고 끓는 바다가 되어
> 넘쳐서는 또한
> 겨레의 가슴을 적시는 것을,
> 1960년 4월 19일
>
> ―김춘수, 「이제야 들었다 그대들 음성을」 부분

> 자유를 위하여
> 비상하여본 일이 있는

사람이면 알지
노고지리가
무엇을 보고
노래하는가를
어째서 자유에는
피의 냄새가 섞여 있는가를
혁명은
왜 고독한 것인가를

—김수영, 「푸른 하늘을」 부분

  시위의 물결에 가담한 것은 남녀노소가 따로 없는, 온 국민이었다. 곧바로
주요 도시에 비상계엄령이 선포되고, 경무대 사수의 명령이 하달됨과 동시에
시위대를 향한 경찰의 무차별 사격이 실시된다. 이 날 서울 시내 곳곳에서
울려 퍼진 총성은 199명의 목숨을 순식간에 앗아가고, 그보다 훨씬 많은 사람
을 병상에 눕게 한다. 시민의 분노는 극에 달하였고, 분노의 물결은 그야말로
'怒濤'였다. 4월 25일에 대학교수단이 시위를 벌이자 더는 버틸 수 없다고
생각한 이승만 대통령은 4월 26일에 하야를 발표한다. 대한민국의 학생과
시민이 맨주먹으로 독재정권을 무너뜨린 역사적인 날이었다. 마침내 이 땅에
서도 프랑스대혁명과 같은 '혁명'이 완수되는 것인가.

불길이여! 우리들의 대열이여!
그 피에 젖은 주검을 밟고 넘는
불의 노도, 불의 태풍, 혁명에의 전진이여!
우리들 아직도
스스로도 못 막는
우리들의 피 대열을 흩을 수가 없다.
혁명에의 전진을 멈출 수가 없다.

—박두진, 「우리들의 깃발을 내린 것이 아니다」 부분

시인의 말을 그대로 따른다면 '혁명에의 전진'은 멈추지 않고 진행되어야 했다. 아닌게아니라 내각책임제에 의한 제2공화국이 발족하여(6.15), 참의원·민의원 총선거가 다시 실시되고(7.29), 제4대 대통령에 윤보선이, 국무총리에 장면이 취임하는 등 정계의 변화는 즉각적으로 가시화된다. 그러나 민생치안은 그다지 안정되지 못한 상태로 이어진다. 각계각층의 연이은 데모와 각종 폭력사태, 공직자들의 부정에 민생고마저 겹쳐 사회의 혼란은 자유당 정권 시절에 비해 크게 나아진 것이 없었다. 이러한 것들이 몇 사람의 군인에게 거사의 빌미를 제공했으니, 그 거사가 바로 5·16쿠데타이다.

1961년 5월 16일, 쿠데타에 성공한 박정희는 4·19를 '학생의거'로 평가절하하고 5·16을 진정한 '혁명'으로 명명한다. 혁명위원회를 구성하여 혁명공약을 내세우고, 혁명재판을 열어 사형선고를 무더기로 한다. 신동문 시인은 다음과 같은 시를 발표하여 쿠데타 세력에 의해 하루아침에 뒤집어진 4·19혁명의 비극을, 그 역사의 아이러니를 애통해한다.

조용한 후방
따사로운 마을길을
전쟁도 적도 없이
한밤중을 짓밟듯 지나가는
군화의 발굽 소리가
너는 두렵지 않느냐
…(중략)…
탐욕한 政商輩가
헐벗은 국토에서
또다시 아귀다툼을
투전판을 벌이는데
너는 억울치도 않느냐
내 조국아
더더구나

　　노회한 매국의 무리들이
　　민의를 가장한 플래카드를
　　서울의 복판에서 내저으며
　　국민을 혼란으로 우롱하는데
　　너는 슬프지도 않느냐
　　내 조국아

―「아아 내 조국」 부분

　신동문이 비난과 공격의 대상으로 설정한 것은 "군화의 발굽 소리"로 상징되는, 나라를 통치하겠다고 나선 일군의 군인이다. 시인이 보건대 "전쟁도 적도 없이" 정권을 차지한 군인들은 정상배들과 동격이고, "민의를 가장한 플래카드를" 내젓는 노회한 매국의 무리와 다를 바 없다. 이 시가 발표된 때가 1963년 4월, 5·16쿠데타 발발 2년 뒤였다. 4·19혁명을 뒤집어엎은 5·16의 주체들에 대해 시인은 이렇게 분노를 터뜨렸던 것인데, 시인의 불길한 예감은 그대로 적중한다. 정치적 야심 따위는 추호도 없다고 몇 번이나 공언한 박정희 소장이 국가재건최고회의 의장을 거쳐 이 시 발표 6개월 뒤에 제5대 대통령으로 취임한 것이다. 선거에서 윤보선 후보와 불과 15만 표 차이를 기록, 아슬아슬하게 대통령에 당선된 박정희는 윤보선에 대한 감정이 좋을 리 없었고, 그리하여 두 사람은 영원히 평행선을 걸어가게 된다.

6. 6·3사태와 한일협정 체결

　1962년 1월에 국가재건최고회의는 연 성장률 7.1%의 제1차 경제개발5개년 계획을 발표하여 민심을 수습하려 했던 터라 자금 확보가 급선무였다. 박정희 휘하의 군인들은 거의 모든 대기업의 사주들을 부정축재자로 몰아 처벌하는 척하면서 뒤로는 은밀히 협박, 정치자금을 모으는 데 발 벗고 나선다. 하지만 그 정도의 금액으로 국가기간산업을 건설하고 대단위 공장을 세우는 등 계획된 경제개발을 추진할 수는 없는 노릇이었다. 제3공화국 출범 직후에 4대 의혹사건이니 삼분폭리사건이니 하는 것들이 연이어 터지자 국민은 부정부패 척결을 혁명공약의 하나로 내세웠던 이들마저 부패의 사슬을 끊지 못하는 게 아닌가 하는 의구심을 갖게 된다.

박 대통령은 일본의 도움 없이는 경제개발을 제대로 할 수 없다고 판단하고는 김종필 중앙정보부장을 일본에 보낸다. 이로써 굴욕적인 한일회담이 시작되는데, 그 당시 회담에 반대하는 학생 데모대의 열기는 대단하였다. 1만 2천여 명 대학생의 서울시내 시위는 유혈사태로 발전하고, 이것이 1964년에 발발한 6·3사태이다. 이 사태를 불러일으킨 다른 요인으로는 정보기관의 학원 사찰, 대학 교정에서 이뤄진 학생 린치 사건, 시위 학생들에 대한 영장 신청을 기각했다는 이유로 일부 군인이 법원에 난입한 사건, 영장 발부 담당판사의 자택을 심야에 침입하여 협박한 사건 등도 포함되어 있다. 경찰력으로는 데모를 제압하기 어렵다고 여긴 박 대통령은 비상계엄령을 선포하고 나서 육군 4개 사단을 서울에 진주시킨 뒤 학생 168명, 민간인 173명, 언론인 7명을 구속한다.

> 내 성, 내 도읍, 내 수도,
> 꽃핀 저자, 시름하는 섬이여!
> 네가 지샌 날 물 끓는 바다처럼
> 나의 수풀에 어지럽게도 설레는구나.
> 내 그리운 예지의 영토 위에,
> …(중략)…
> 오오, 수런대는 이데올로기의 물구비!
> 거기엔 산호와 먹조개와 거북
> 껍질과 소라와 수없는 무성한 암초들……

—신석정, 「물 끓는 城」 부분

목가적인 전원시의 대가 신석정마저도 현실을 직시하고 이런 시를 쓴 1964년의 6·3사태 전후의 우리나라는 "물 끓는 바다" 같은 상황이었다. 중앙정보부는 그해 8월, 인민혁명당사건 수사 결과를 발표하여 물 끓듯 끓어오르는 정국을 냉각시키려 발버둥친다. 혁신계 인사와 언론인·교수·학생 등으로 조직된 인민혁명당이 '북괴'의 노선에 동조하여 대한민국 전복을 음모했다고 41명을 국가보안법 위반 혐의로 구속한 것이 속칭 인혁당 사건이다. 하지만 3명의 검사는 조작된 이 사건을 수사하는 데 나서지 않고 사표를 낸다. 검사들의 단체 항명에 당황한 정부가 압력을 넣어 26명을 국가보안법 위반 혐의로 구속 기소케 한 이 사건은 1965년 5월 29일 피고인 전원에게 유죄 선고를 내리는 것으로 종결된다. 경제개발계획 완수를 위한 대통령의 집념과 집권 여당의 정체성이 흔들려서는 안 된다는 그의 판단은 1965년 1월의 베트남 파병 결정, 6월의 한일협정 정식 조인으로 연결된다.

이 일련의 어처구니없는 사태를 접한 신동문은 이상의 시 「烏瞰圖」를 패러디한 한 편의 시를 발표한다. 박정희 대통령을 미국 금주법 시대(1919~33년)의 유명한 갱 두목 알 카포네에 빗대어 신랄하게 풍자한 것이다.

선·글라스쓴사람을무서워하는사람이무서워서선·글라스를쓴사람은선·글라스를못벗으니까안쓴사람은더욱무서워하니까쓴사람은더욱짙은선·글라스를쓰게되고안쓴사람은더욱더무서워한다.안쓴사람이더욱무서워하면쓴사람도더욱무서워하면안쓴사람이더욱더무서워하면쓴사람도더욱더무서워하면영원히무서워하는天才만남는다.

—「模作 烏瞰圖」 부분

시인은 박정희 대통령이 쿠데타를 일으켰을 때나 국가재건최고회의 의장 시절, 그리고 대통령이 된 직후 미국을 방문했을 때를 비롯하여 꽤 오랜 기간에 걸쳐 선글라스를 쓰고 있었던 것에 착안하였다. 선글라스를 낀 지도자가 시인은 영 못마땅했던 것이고, 대통령이 속마음을 숨기는, 즉 겉과 속이 다른 사람이 아닌가 의심해보았던 것이다. 선글라스 안 쓴 사람이 쓴 사람을 무서워하면 영원히 쓴 사람을 무서워하는 천재로 남는다고 했으므로 시인의 용기는 몇 해 뒤에 등장하는 김지하에 못지 않은 것이었다.

어쨌거나 제3공화국 정권은 한일협정 조인과 서방세계로부터의 유·무상 차관 도입, 베트남 전 파병이 가져온 특수(特需)에 힘입어 경제개발에 박차를 가한다. 1967년의 외환은행 발족, 구로수출공단 준공, 한국비료공장 준공, 1968년의 쌍용시멘트 동해공장 준공, 신탁은행 개점, 한국투자개발공사 발족, 인천제철 화입식, 1969년의 금산위성통신국 설치, 경인고속도로 개통 등으로 경제발전은 점차 가시화되지만 파월 장병의 피의 대가와 무리한 외자 유치가 밑거름이 된 것이라 그 후유증도 결코 만만치 않았다.

7. 월남전 참전과 70년대의 서막

한국군 베트남 파병의 역사는 근 10년에 이른다. 1964년 첫 파병 이후 철수를 마친 1973년 3월까지 참전한 장병의 수는 총 34만 명, 전사자가 5천 명에 이르는 그 전쟁에서 살아남은 사람들도 상당수 지금까지 고엽제 후유증으로 고통받고 있다. 월남전 참전은 공산주의의 확산을 가로막고 세계 평화에 기여한다는 겉으로의 명분보다는 외화 획득과 더불어 군사기술과 군장비의 현대화란 실익을 노려 이루어진 것이다. 즉, 참전한 군인들이 열사의 남국에서 흘린 피가 한국경제의 발전을 위한 소중한 밑거름이 된 셈이다. 베트남 참전의 경험이 있는 김송철은 장병과 그들의 어머니를 위해 이런 시를 발표한다.

가슴구멍에 알맞게 들어와 떨고 있는
낯선 운명과 숲과 소나기와 진흙

그대의 잔과 접시에 고인 정신의 피

—「베트남의 7행시」 부분

그날
젊은이들은 모두 떠났다
조국으로부터 어머니로부터 운명으로부터
모두 떠났다
젊은이들의 믿음과 낯선 죽음과
부산 삼부두를 실은 업셔 호의 전함
수천의 빗방울이
바다를 가라앉히고
어머니는 나를 찾아 헤매었다

—「죽음의 遁走曲」 부분

시인이 보건대 파월 장병이란 남의 전쟁에 마지못해 뛰어든 용병에 지나지 않았으므로 피를 흘리며 죽어간 군인들을 가리켜 "낯선 운명" 혹은 "낯선 죽음"으로 표현했던 것이고, 이것은 시인 나름대로 부른 진혼가였다. 결국 수많은 한국 군인의 피는 훗날 통일 베트남의 붉은 깃발을 그리는 데 사용될 뿐, 세계의 평화를 위한 의로운 죽음이었다고 보기는 어렵다. 다시 한번 말하거니와 이국에서 죽어간 국군장병과, 부상과 고엽제 후유증으로 지금까지도 고통받으며 살아가고 있는 참전용사의 피땀이 70년대 경제발전의 밑거름이 되었다.

한편 6·3사태는 '서울대학교 한일굴욕회담 반대투쟁위원회'의 일원인 김영일 학생에게 투철한 민족의식을 심어준다. 일본과의 국교 정상화 이후 일본의 자본과 기술 및 제품이 음으로 양으로 대량 유입되고, 관료의 부정부패는 4·19 전이나 직후나 좀처럼 수그러들 기미를 보이지 않는다. 그리하여 데모 학생 김영일은 저항시인 김지하로 다시 태어나게 되는 것이다. 1970년, 그 전 해에 『시인』지로 막 등단했던 애송이 시인 김지하는 제3공화국의 실정을 통렬히 비판하는 풍자시 한 편을 발표한 뒤 전격 구속됨으로써 전세계의 이목을 집중시킨다.

　　혁명공약 모자 쓰고 혁명공약 배지 차고
　　가래를 퉤퉤, 골프채 번쩍, 깃발같이 높이 들고 대갈일성, 쪽 째진
배암 샛바닥에 구호가 와그르르
　　혁명이닷, 舊惡은 新惡으로! 改造닷, 부정축재는 축재부정으로!
　　근대화닷, 부정선거는 선거부정으로! 重農이닷, 貧農은 離農으로!
　　건설이닷, 모든 집은 臥牛式으로! 社會淨化닷, 鄭仁淑을, 鄭仁淑을
철두철미 본받아랏!

—「五賊」 부분

　　재벌·국회의원·고급공무원·장성·장차관을 나라에 팔아먹은 을사오적신에
비유했으니 무사할 턱이 없었다. 발표자 김지하는 물론 작품을 실어준『사상계』
와 신민당 기관지『민주전선』의 관계자들까지 투옥되는 '오적필화사건'을 유
발한 시「五賊」은 이렇듯 박정희 정권을 신랄하게 비판하고 있다. 인용 부분에
서 시인의 비판은 혁명공약 모자 쓰고 혁명공약 배지를 찬 군인정치가들이
골프채를 들고 다닌 것에서부터 시작된다. '구악 일소'를 외친 그들이 정권을
잡은 후 신악을 저지른 것, 때로는 축재를 위해 때로는 선거에서의 승리를
위해 부정을 일삼은 것, 중농정책이 결과적으로는 빈농을 만들고 이농으로
이어진 것 등 제3공화국의 실정을 사사건건 꼬집었으니 김지하의 구속과『사상
계』의 폐간은 박정희가 대통령인 이상 당연한 결과였다고 해야 할 것이다.
　　한편 1970년 3월에 일어난 정인숙 살해사건은 정치인들의 총체적인 타락상
을, 4월에 일어난 와우아파트 붕괴사건(30명 사망)은 공직사회의 비리 사슬을
단적으로 드러낸 것이었고, 시인은 이 점도 이 시에서 망설임 없이 공격한다.
이처럼「五賊」은 60년대 한국 사회의 어둠을 완벽하게 증언한 시였기에 박정
희는 김지하라면 이를 갈게 된다. 오적필화사건으로 맺게 된 시인과 대통령과
의 악연은 대통령이 세상을 뜰 때까지 끈질기게 이어진다.
　　60년대 10년 동안은 남북관계에 있어 별다른 진전이 없는 연대이다. 남한의
월남전 참전 때문이기도 했지만 남한의 반공 이데올로기가 북한의 반미 이데올

로기와 첨예하게 대립해 있던 시기인지라 서로 국방력을 키우는 데 여념이
없었다. 특히 1967년의 이수근 북한 중앙통신사 부사장의 귀순, 중앙정보부의
동백림 간첩단 사건 발표, 1968년의 김신조 등 북한 무장공비 31명 침입과
푸에블로호 납치사건, 1969년의 주문진 무장공비 출현, 대한항공 여객기 납치
사건 등은 분단 극복에 대한 문학적 논의를 좀처럼 할 수 없게 했고, 판문점에서
는 살벌한 분위기가 날이 갈수록 증폭될 따름이었다. 그래서 이인석의 「다리」
와 신동엽의 「껍데기는 가라」처럼 분단극복을 지향하는 시는 지극히 예외적인
작품에 속한다.

    너와 나의 마음에
    다리를 놓자.
    휴전선 위에
    서울과 평양에
    가로 세로 거미줄 얽히듯
    이렇게 다리를 놓아 나가면
    언젠가는 하나가 되리.
    主義가 공간을 갈라놓을 수 있나.
    가로막은 권력의 담장을 쳐부셔라.

—「다리」 부분

    껍데기는 가라.
    한라에서 백두까지
    향그러운 흙가슴만 남고
    그, 모오든 쇠붙이는 가라.

—「껍데기는 가라」 부분

8. 남북공동성명 발표와 유신시대의 개막

남북한 사이에 대화의 물꼬가 처음으로 트인 것은 1972년의 7·4남북공동성명 발표 때였다. 그때 박정희 대통령과 김일성 주석은 무슨 생각을 하고 있었던 것일까. 통일을 외부세력에 의존하지 않는다, 통일은 무력에 의하지 않고 평화적인 방법으로 실현한다, 사상과 제도를 초월하여 민족적 대단결을 도모한다는 '조국통일 3원칙'을 포함한 발표문 7개 항은 당시 냉전체제 속에 있던 전세계의 이목을 집중시켰을 정도로 획기적인 내용이었다. 그해 네 차례에 걸쳐 평양과 서울을 오가며 남북적십자 본회의가 개최되었고, 남북조절위 공동위원장 회의도 판문점에서 개최되어 상호 비난방송을 중지할 것을 합의하였다. 11월 30일의 남북조절위원회 제1차 본회의 때는 각 분야의 교류와 간사회의 설치 등이 발표되기도 했다.

하지만 그 당시 남과 북이 보조를 맞춰 행했던 일련의 화해 제스처는 그리 오래 가지 못한다. 박정희 대통령의 장기집권 의지 천명과 민주세력에 대한 초강수의 탄압이 화해 분위기에 찬물을 끼얹었기 때문이었다. 남쪽이 시월유신 선포와 긴급조치의 연이은 발표, 김대중 납치사건으로 냉각기를 조성한 데 반발하여 북쪽도 고려연방제를 제안하였고, 곧이어 남북대화의 중단을 선언하였다. 1972년 10월에 발표된 '시월유신'이란 것에 대해 좀더 알아보자.

70년대 초반은 국가기반시설이 확충되던 시기였다. 즉, 경제개발의 기치를 내건 제3공화국 정권의 가시적인 결과물들이 속속 착공·준공되던 시기로, 1970년의 경부·호남고속도로 개통, 마포대교 준공, 1971년의 서울~부산간 자동전화 개통, 통일로 준공, 1972년의 경인에너지 준공, 잠실대교 준공, 현대자동차 울산공장 완공 등이 이 시기의 대표적인 준공 사례이다. 박대통령의 포석에 의해 제3차 경제개발 5개년계획이 발표되었고(1971.2), 제7대 대통령 3선 당선(1971.4) → 국가비상사태 선언(1971.12) → 남북공동성명 발표(1972.

7) → 남북적십자 본회담 평양 개최(1972.8)가 착실히 진행되는 것과 때를 같이
하여 영동고속도로·지하철 1호선·충주비료공장·포항종합제철·구미전자공업
단지·호남고속도로·영동고속도로·울산조선소·고리원자력 발전소 1호기 건설
공사가 시작되었다. '북의 남침 야욕'을 꺾고 한국의 경제발전에 없어서는 안
될 유일한 '영도자'라는 생각에 사로잡혀 있던 박대통령은 1972년 10월 27일,
마침내 비상계엄령을 선포하고 '한국적 민주주의'를 실시하겠다고 천명하는데,
그것이 바로 시월유신이었다. 박정희는 새로이 마련된 유신헌법에 의해 그해
12월 23일, 통일주체국민회의 대의원들의 간접선거를 통해 1년 8개월 만에
또다시 대통령에 당선된다. 헌정 중단을 통해 마련된 유신헌법에 의해 장기집
권을 가능케 한 유신체제가 이렇게 하여 등장하는 것이다.

이런 일련의 과정을 보면 7·4남북공동성명이란 것조차도 박대통령이 장기집
권체제로 돌입하기 위해 남과 북의 이산가족을 포함한 수많은 사람을 이용한
것으로 평가할 수밖에 없다. 온 국민의 통일에 대한 열망을 교묘하게 이용하여
전세계를 깜짝 놀라게 하는 성명을 발표한 3개월 뒤에 시월유신을 선포함으로
써 종신 집권을 할 수 있는 토대를 마련했던 것이므로. 여기에 대해 분노한
시인도 김지하였다.

   쾅
   維新이닷!
   김가와 김가 부스러기는 모조리 잡아죽여랏!
   …(중략)…
   뻘건 것은 불이니 이놈들 모두 빨갱이로 몰아 반공법, 국가보안법에
그저 덜컥덜컥
   덜커덕 덜컥 신나게 잡아걸어 조지고 지지고 자치고 개키고
   잠 안 재우고 두들겨패다 심심타고 꼬치에 끼위
   불에 돌돌 돌리면서 굽다가는 차 죽이고
   꽉꽉 끓여 찬물에 식혔다 다시 끓였다 또다시 식혔다

끝내는 끓이고 끓여 수증기 된 놈 다시 식혀 한 방울 물로
만들어서 그것도 의심이 나 소독약 잔뜩 풀어 구덩이에
버리고 나서 두 발로 며칠간을 계속 비벼 짓이기고

—「五行」부분

김지하는 오적필화사건의 후유증에서 채 회복되지도 않은 상태에서 「五賊」에 못지 않은 강력한 저항시이자 현실풍자시인 「五行」을 쓴다. 1973년 12월에 쓴 「五行」은 박정희 정권의 몰락을 예언한 시로 알려져 있는데, 유신헌법에 반대의사를 표하는 자는 무조건 공산주의자로 몰아 갖은 방법으로 고문을 가하는 권력층에 대해 강도 높은 비판을 가한 장시이다. 이 시는 한 명 시인의 대통령에 대한 '펜으로 한 선전포고'였고, 당연히 김지하는 70년대의 대부분을 어두운 감옥에서 보내게 된다.

9. 70년대 우리 경제의 눈부신 발전

이른바 '개발연대'로 불리는 1970년대는 수치상으로는 놀라운 경제성장을 이룩한 연대이다. GNP의 상승률은 해마다 전 세계적으로도 거의 유례가 없을 정도로 높게 올라갔고, 여러 기업이 정부의 비호로 문어발식 성장을 해나가 재벌 그룹이 되었으며, 궁핍의 상징이었던 '보릿고개'가 사라졌다. 이러한 눈부신 경제성장을 이룩한 데는 몇 가지 선행조건이 필요했는데, 그중 대표적인 것이 싼 노임과 저 농산물가 정책이었다. 특히 노동자의 임금은 개발도상국 중에서도 아주 낮은 편에 속했다. 노동자의 근무 환경이나 처우는 형편없었으며, 노조 결성은 상상할 수도 없는 상황이었다. 법으로만 명시되어 있는 근로기준법을 시행하라고 외치며 죽어간 전태일은 이 나라 노동운동의 작은 불씨였다.

전태일은 법과 현실이 너무나 다르다고 세상을 향해 외치고 싶었던 것이리

라. 1970년, "근로기준법을 준수하라!", "우리는 기계가 아니다!"고 외치며 기름 젖은 몸에 불을 붙인 전태일의 죽음은 노동자보다는 오히려 지식인을 각성케 하는 역할을 하였다. 그의 자살은 허무주의적인 세계관에 입각하여 피안의 감성을 유려한 문체로 노래하던 시인 고은을 현실참여시인, 혹은 저항시인으로 거듭나게 한다. 하지만 노동자와 지식인이 공동의 목표를 향해 어깨동무를 하고 나아간다는 것은 아직은 시기상조요, 시인의 말대로 "우리들의 시작"일 뿐이었다.

> 그의 죽음은
> 너의 시작이었다
> 나의 시작이었다
> 하나 둘 모여들어
> 희뿌옇게
> 아침 바다의 시작이었다
>
> 그는 한밤중에도 우리들의 시작이었다
>
> —고은, 「전태일」 부분

싼 노임과 저 농산물가 정책과 아울러 월남전 특수를 밑거름으로 경제개발에 박차를 가하던 제3공화국 정부는 1973년에 큰 복병을 만난다. 제1차 석유파동이 온 것이다. OPEC(석유수출국기구)는 자원의 무기화를 선언, 원유가 40% 인상과 생산량 25% 감산을 발표함으로써 전 세계를 석유파동으로 몰아간다. 이에 국내 경제는 극심한 인플레이션과 경기침체, 국제수지 악화라는 3중고를 겪게 된다. 중동 산유국들은 선진국 앞에서 큰소리를 치게 된 이 기회를 틈타 사회간접자본 확충과 공장 건설에 발 벗고 나선다. 유가 폭등이 엉뚱하게도 세계 건설시장의 활성화를 가져온 것이다.

이에 고무된 국내 건설업체들이 중동 건설시장에서 새로운 활로를 찾기로

했다. 현대건설·삼환기업·공영토건 등이 발 빠르게 중동에 진출하였고, 삼성·
대우·쌍용이 뒤질세라 건설회사를 설립하였다. 70년대의 경제발전은 한국의
수많은 건설노동자들이 이국에서 흘린 땀방울 덕분이기도 했다.

뼈빠지게 농사만 지으면 무엇하나
이것저것 다 잊고
아주 큰 맘 먹고서
中東이나 가는 거야.
…(중략)…
까짓거
사막의 열기가 뜨거우면
얼마나 뜨거우랴
일이 년 꾹 참고 일하는 거야.
골백번 흙만 파먹어온 우리들인데
그 무슨 일인들 못하랴

―임홍재, 「中東 바람」 부분

중동 진출로 아슬아슬하게 위기를 넘기게 된 우리 경제는 이후 순풍에 돛을
달고서 쾌속 항진을 하게 된다. 포항종합제철과 여수 제7비료공장을 위시하여
인천화력발전소·지하철 1호선·담양댐·안동다목적댐을 준공하여 자신감을 얻
은 정부는 1976년 12월에 제4차 경제개발5개년 계획을 확대 조정하기까지
한다. 연이어 여천석유화학단지와 고리원자력발전소가 준공된다. 하지만 시인
들은 언론에서 연일 보도하는 '눈부신 경제발전'에 대해 쌍수를 들고 환영하지
않았다. 오히려 본격적인 산업화 시대로의 돌입을 근심어린 눈으로 바라보았
다. 개발을 빙자하여 전국 방방곡곡에서 진행된 생태환경에 대한 무분별한
파괴행위 때문이었다.

자궁도 오염되었다.

태아에게 생명을 대는 탯줄의 혈액에서
100㎖당 24.3㎖의 무서운 납이 검출되었다.
태아가 죽어서 태어나리라.
일본 동경에선 100엔짜리 동전을 받고
5ℓ의 공기와 산소를 팔고 있다.
하늘에서 별이 사라져간다.
…(중략)…
그래도 오늘 詩人은 외친다.
물질의 공해는 기실 정신의 공해에서 옮는 것이다.

—성찬경, 「공해시대와 詩人」 부분

등이 굽은 물고기들
한강에 산다
등이 굽은 새끼를 낳고
숨막혀 헐떡이며 그래도
서울의 시궁창 떠나지 못한다
바다로 가지 않는다
떠나갈 수 없는 곳
그리고 이젠 돌아갈 수 없는 곳
고향은 그런 곳인가

—김광규, 「고향」 부분

시인들은 이처럼 성장 일변도 경제정책의 이면을 들추어냈다. 아직은 생태계 파괴가 사회의 주요 문제로 대두되기 이전이었음에도 시인들은 선구자적인 목소리로 환경에 대한 국민의 관심을 촉구했던 것이다. 정부는 경제성장을 대대적으로 홍보하며 국민을 무마하려 들었지만 유신시대 정국은 줄곧 위기감이 감돌았다. 1974년 긴급조치가 1호부터 4호까지 선포되었고, 그해 8월 15일, 광복 제29주년 기념식장에서 영부인 육영수 여사가 피격 사망한 이후의 정국은 더욱 차가운 냉각기류에 휩싸이게 된다.

아아 비바람에 씻긴 바윗돌 같은 얼굴
모진 불행을 다 삼키고도 표정 없는 얼굴
그러한 얼굴로 서 있는 시대여
네 완강한 몸뚱이를 잇몸이 없는 시린 이빨로
물어뜯고 뜯어도 시대는 아파하지 않고
우리들의 분도 풀어지지 않네

─최하림, 「우리나라의 1975년」 부분

이런 시는 분노로 일그러진 얼굴로 시대에 대해 고뇌하는 지식인의 자화상이 아니고 무엇인가. 박정희는 1978년 7월, 통일주체국민회의 대의원들의 투표로 또다시 대통령에 당선된다. 때가 되면 통일주체국민회의를 소집하여 대통령 선거전 없이 대통령으로 당선이 되니 무소불위의 권력이었다. 하지만 1978년 당선 이후 국내외적으로 걷잡을 수 없는 혼란이 시작된다. 우선은 이란의 회교혁명이 불러일으킨 제2차 석유파동 때문이었다. 이란의 석유 생산 일시중단은 국제 원유가의 폭등을 가져왔고, 1980년에는 이란과 이라크가 전면전을 벌여 원유가는 계속 천정부지로 치솟았다.

다시 시작된 경제난국을 수습해야 할 박정희 대통령은 1979년 10월 26일, 서울 궁정동 안가에서 울린 몇 발의 총성으로 생을 마감한다. 믿었던 부하 김재규 정보부장의 총탄에 쓰러지고 만 것이었다. 그의 갑작스런 죽음은 역사의 물줄기를 그 누구도 예측하지 못한 방향으로 급선회시킨다. 박정희 대통령 암살→유신체제의 붕괴→권력의 공백→전두환 보안사령관 주도하의 쿠데타인 12·12사태 발발→광주민주화운동의 전개 등이 일어날 줄을 그 누가 예상할 수 있었을까.

그해 12월 12일, 전두환과 노태우 등 신군부 세력은 느닷없이 대통령직을 수행하게 된 최규하와 계엄사령관 정승화 장군을 협박하여 권력의 정점에 선다. 그들은 권력 기반을 순식간에 장악한 뒤 감격하여 기념사진 촬영을 하지만 곧바로 대책회의석상으로 발길을 돌리게 된다. 유신체제 아래 철저하게 탄압을 받아온 국민의 민주화 열망에 부딪혔기 때문이었다. 박정희가 죽었음에도 민주화를 위한 일정이 발표되지 않고 정국이 이상하게 돌아가자 대학생들이 들고일어난 것이다. 1980년 5월 15일, 서울역 앞에서 30개 대학 10만 명이 모여 시위를 함으로써 이른바 '서울의 봄'은 왔으나…….

이상에서 간략하게 정리해본 70년대 우리나라의 정치·경제상황은 분단 극복이니 동질성 회복이니 하는 말을 도무지 할 수 없게 한다. 50년대에는 그나마 조지훈의 「多富院에서」나 박봉우의 「休戰線」 같은 시가 있었고, 60년대에는 이인석의 「다리」와 신동엽의 「껍데기는 가라」 같은 시가 있었다. 이들 작품은 대개 6·25를 직접 체험한 세대의 것으로서, 이북을 적대시하지 않고 외세의 침탈로 인해 아픔을 함께 나눈, 즉 동병상련의 관점에서 다루었으므로 통일 지향의 문학이라 할 수 있다. 하지만 6·25를 아주 어릴 때 체험했거나 아무런 체험을 하지 않은 사람의 분단의식 극복은 80년대에 가서야 이루어질 수밖에 없었다. 70년대에는 고은 정도가 북녘을 향한 그리움을 거침없이 노래했을 뿐, 다른 시인을 찾기가 쉽지 않다. 60년대 말과 70년대를 통틀어 분단 극복의 의지를 강력하게 표현한 시인으로 고은을 꼽는 이유가 여기에 있다.

北韓女人아 내가 콜레라로
그대의 살 속에 들어가
그대와 함께 죽어서
무덤 하나로 우리나라의 흙을 이루리라.

—「南韓에서」 전문

會寧 南陽의 저문 강 기슭에
서러운 버드나무들은 잘 있는가.
누이여 버들 같은 누이여.
내가 누이라고 하면 百번 누이인 누이여.

—「豆滿江으로 부치는 편지」 부분

통일에 대한 시인의 열망이 무모할 정도의 격정을 불러일으켰다. 그만큼 분단의 골이 깊어지는 것이 안타깝고 통일에 대한 염원이 절박했던 것일까. 「南韓에서」를 보면 시인의 통일에 대한 의지가 얼마나 강한지, 통일이 안 되면 자살도 불사하겠다는 결심을 피력할 정도였다. 「豆滿江으로 부치는 편지」에서는 누이의 늙음을 거듭 애통해하는 남한 오라버니의 심정을 대변하여 이산가족의 심금을 울린 바가 있었다.

10. 광주민주화운동과 제5공화국의 탄생

서울역 앞 대학생 시위가 전국으로 확산되자 5월 17일, 신군부 세력은 비상계엄 전국확대 조치를 발표하고 강경 진압에 나선다. 우리가 얼마나 막강한 권력을 갖고 있는지 본때를 보여줌으로써 집권의 명분을 얻자는 의도에서였다. 특히 5월 18일 광주에서의 학생 데모 진압은 공수부대를 동원, 사상자가 날 만큼 무자비하게 전개되어 시민과 학생들은 그 다음날 목숨을 걸고 봉기 대열에 나선다. 이날부터 계엄군은 시민들을 향해 무차별 발포를 개시, 사상자가 속출한다. 시민들도 이에 맞서 자위적인 무장을 하여 '시민군'이 된다. 현대사의 자랑이며 수치요, 4·19혁명에 이은 또 하나의 학살극이며 유사 이래 초유의 '해방구 선언'이기도 한 광주민주화운동이 이렇게 시작되는 것이다.

밤 12시
거리는 용암처럼 흐르는 피의 강이었다
밤 12시
바람은 살해된 처녀의 피묻은 머리카락을 날리고
밤 12시
밤은 총알처럼 튀어나온 아이의 눈동자를 파먹고
밤 12시

학살자들은 끊임없이 어디론가 시체의 산을 옮기고 있었다.

―김남주, 「학살 1」 부분

김지하와 김남주, 그리고 박노해는 10년 가까운 긴 세월을 감옥에 갇혀 있었던 시인이다. 민주주의가 제대로 실현되었더라면 그들이 그런 고생을 했을 리 없다. 투옥 이전의 김지하와 박노해의 시, 그리고 옥중에서 쓴 김남주의 시는 대다수 거칠기 짝이 없는데, 감미로운 서정의 목소리를 그들이라고 왜 내고 싶지 않았을 까. 그들만이 아니라 이른바 '민중권 시인'으로 불려진 수많은 시인들도 마찬가 지이다. 몇 년씩 옥고를 치르고, 수배생활을 하고, 모처에 끌려가 매를 맞고, 거짓 진술서를 쓰고, 벗들과 더불어 폭음도 하고……. 시인이 술과 시로써밖에 울분을 터뜨릴 수 없는 시절은 저 일제시대에서부터 해방공간, 전쟁 수행기, 전후의 복구기를 거쳐야 했고, 제1공화국 시대에서 제6공화국 시대에 이르기까 지 길고도 길었다. 아마도 시절이 하 수상하지 않았더라면 우리 시의 모습은 많이 달라졌을 것이다. 시대를 반영한 대부분의 시는 시대적 소명을 다한 뒤 문학사의 뒤안길로 사라졌지만 시가 상황과 전혀 무관한 자리에서 독야청청할 수만은 없는 법이다. 시적인 형상화를 제대로 하지 못하고 단지 울분의 토로에 그치거나 정치적 목적에 매달린 시에 대해서 한없이 안타까운 마음을 갖는다. 더더욱 엄혹했던 일제시대 때, 한용운·이상화·심훈·이육사·윤동주가 썼던 시 가운데 몇몇 수작들을 생각하면 더욱 이런 마음을 갖게 되는 것이다.

이제 풀꽃이 산천에 돋아나
긴 침묵의 시절은 지나간다
그 사람 죽은 넋은 피젖 흘리면서
황사바람 노을지는 오월로 떠나기 전에
먼먼 이 길가에 진달래 피면
…(중략)…
지금은 그 사람 죽은 넋 따라가면서

한반도에 돋아난 꽃잎에 얼굴 묻자

—하종오, 「사월에는」 부분

1960년 4월에 200명에 가까운 학생과 시민이 목숨을 바쳐 이룩한 민주주의는 한 명 독재자 때문에 20년 동안 침묵을 지켜야 했다. 그 독재자가 죽고 난 뒤에 겨우 고개를 내민 민주주의의 싹이 불의의 무리에 의해 뿌리까지 뽑히게 되었으니, 하종오 시인은 이 끔찍한 사실 앞에 목이 메었다.

광주민주화운동은 20일 도시빈민과 노동자들이 투쟁의 선봉에 나서면서 무장항쟁으로 발전하고, 21일에는 인근지역 농민들도 가세한다. 그날의 사망자 중에는 중학생도 있었다고 한다. 겨우 10대 초반이었을 소년이 어찌하여 총을 들어야 했던 것일까.

역사여
1980년 5월 21일
광주 도청 앞에서 전사한 한 아이를 기억하라.
도청 앞 광장에 피어난
피의 철쭉을 기억하라.
우금치 고개 너머로 내디딘
죽음의 첫 발자국을 기억하라.

—김진경, 「광주 해방을 노래함」 부분

22일에는 시민들이 공수부대를 몰아내고 광주시내를 장악하여 해방구를 만든 기쁨을 누린다. 하지만 해방의 날은 불과 5일이었다. 광주시민은 불안감과 안도감이 교차하는 이 5일을 얻었기에 끔찍한 보복을 당한다. 계엄군이 27일 새벽 0시를 기해 엄청난 병력을 동원, 대대적인 진압작전을 편 것이다. 시민들의 마지막 결사항전의 장이었던 도청에서 민중운동가 윤상원 등이 장렬하게 전사한다.

나, 불화살 한 촉으로 저, 허공으로,
날아가는 동안도 온몸, 타지면서 날아,
날아가네, 날아가, 이 세상,
어느 들에 다시 떨어져,
나, 윤상원이, 글고, 자네, 자네,
우리, 들불로 번지세,
우리 번개 치세,
우리, 다시 하세, 다시 살세,

—황지우, 「윤상원」 부분

항쟁의 불길은 27일로 완전히 잡힌 것인가. 아니다. 그것은 시작일 뿐이었다. 수많은 시민이 죽고 행방불명되었지만 80년대 내내 전개될 민주화운동의 들불은 그때 비로소 지펴진 것이었다. 문제는 그때의 진상이 20년이 넘은 지금까지도 무엇 하나 제대로 밝혀진 것이 없다는 데에 있다.

계엄사령부는 1980년 5월 31일, '광주사태'의 사망자 수가 170명, 부상자 수가 380명이라고 축소 발표함과 동시에 김대중 씨가 항쟁 과정에서 중요한 역할을 했다고 책임을 전가하는 후안무치한 발표를 한다. 신군부의 역사에 대한 모독은 광주민주화운동을 무력으로 진압한 데서 끝난 것이 아니었다. 어찌 보면 그것은 공포정치의 서막이었다. 그 내용을 잠시 살펴보자.

광주민주화운동을 무력으로 제압한 신군부는 박정희 정권이 집권 초기에 구악 일소와 재건 등을 부르짖은 것을 흉내 내어 이 사회의 부정부패를 척결한다면서 '사회 정화'를 부르짖는다. 신군부는 그 첫 조치로 초법적인 기구인 국가보위비상대책위원회(국보위)를 가동하여 6월 17일, 부정축재와 국가기강 문란 혐의로 329명을 수배한다. 7월 15일에는 3급 이하 공무원 4760명을, 7월 22일에는 정부 산하 127개 기관의 1819명을 뇌물수수혐의로 몰아 강제로 퇴직시킨다. 7월 31일에는 정치인 37명을 내란혐의로 기소하고 9월 17일에는 김대중 씨에게 사형을 선고한다. 8월 15일에는 사회악사범을 일소한다는 명분으로

범법행위의 여부를 제대로 따지지도 않고 지역별로 인원을 할당, 1만 9000명이
나 되는 사람을 군부대에 집어넣어 가혹하기 짝이 없는 순화교육을 시킨다.
순화교육 대상자로 지목되어 삼청교육대에 잡혀 들어간 사람들은 영문도 모른
채 군사훈련을 받고 체벌을 당하는데, 그 정도가 너무 심해 사망자와 자살자가
속출한다.

> 단 한순간만이라도 인간이고자
> 일어서 울부짖던 사람들은
> 무자비한 구타 속에 의무실로 실려가고
> 장파열 뇌진탕 질식사로
> 하나 둘 죽어 나가
> 뜬눈으로 가슴 타는 초췌한 여인 앞에
> 돈 많이 벌어올 아빠를 기다리는 초롱한 아가 앞에
> 360만원짜리 재 한 상자로 던져진다
>
> —박노해, 「삼청교육대 1」 부분

　　이런 식으로 공포 분위기를 조성한 국보위는 국민의 눈과 귀를 막기 위해
8월 19일을 기해 전국 2597개의 출판사 중 617개를 등록 취소한다. 바로 그
8일 후에 대통령에 당선된 전두환은 '언론사 통폐합'이라는 20세기 초유의
분서갱유를 단행한다. 서울경제신문 등 8개 신문사와 시사통신 등 4개 통신사
의 간판을 내리게 하고 동아방송사와 동양방송사의 방송을 중단시킨다. 이런
조치를 취한 이유는 이제부터 국민 중 누구라도 제5공화국 정권에 비판을 가하
면 그 사람은 물론 그 말을 전한 방송사·신문사·출판사까지 즉시 엄벌에 처하
겠다는 서슬 푸른 협박조치를 하기 위해서였다. 하지만 시인들은 침묵을 지키
지 않고 이에 대항한다. 80년대 초의 해체시는 억압 일변도로 진행되는 정치상
황에 대한 우회적인 비판정신, 바로 풍자의 방법이 낳은 교묘한 대응책이었다.

이 좆만한 놈들이……
차렷, 열중쉬엇, 차렷, 열중쉬엇, 정신차렷, 차렷, ○○, 차렷, 헤쳐모엿!

—박남철, 「독자놈들 길들이기」 부분

여기는 초토입니다//
그 우에서 무얼 하겠습니까//
파리는 파리 목숨입니다//
이제 울음소리도 없습니다

—황지우, 「에프킬라를 뿌리며」 부분

　　오랜 군사문화에 젖어 수동적으로밖에 대응하지 못하는 많은 사람들에게 시인은 이와 같은 우스꽝스런 방법을 동원하여 반성적인 사유와 부단한 대결의식을 촉구하기도 했다. 전통적인 서정시 창작 기법으로는 체제의 합리화를 도와주기밖에 더하겠냐는 뼈아픈 자각에서 나온 실험이었기에 이들 시인이 행한 전통적인 담론 체계에 대한 파괴 양상은 자못 충격적이었다. 해체시가 보여준 충격은 1982년 3월 18일 부산미문화원 방화사건의 충격에 비하면 사실 아무것도 아니었다. 폭력에 의존한 것은 문제가 있었지만 광주민주화운동 당시 미군의 자세를 봐도 그렇고, 새로운 한미관계 정립이 필요한 시점이었다.

아메리카의 핵우산 아래
원치도 않는 메이드 인 유. 에스. 에이.
위대한 아메리카의 핵우산 아래
이 땅의 운명처럼 초라하기 짝이 없는
싸구려 코리아의 비닐우산이야
바람 불면 뒤집히기 십상인걸

—송제홍, 「아메리카의 핵우산 아래」 부분

　　6·25전쟁 이후 이 땅에 주둔해온 미군은 시혜를 베푸는 존재로 스스로를

인식, 온갖 범죄를 저지르고도 국내법의 적용을 전혀 받지 않고 있었다. 그런데다 광주민주화운동 당시 미군이 취한 애매한 태도는 많은 진보적 지식인과 대학생들의 분노를 샀다. 분노는 행동으로 이어져 1982년 3월 18일, 김현장과 문부식 등은 부산미문화원에 불을 지르고 "미국은 더 이상 한국을 속국으로 만들지 말고 이 땅에서 물러가라"는 내용의 유인물을 살포하여 사회일각의 반미감정에도 불을 지른다. 3년 뒤인 1985년 5월 23일에는 서울미문화원에 73명의 대학생이 들어가 농성을 한다. 72시간의 농성을 풀고 자진 해산하며 경찰에 연행되는 학생들의 머리띠에는 '독재 타도'가 씌어 있었다.

11. 80년대 우리 사회의 명암과 북한을 보는 시각의 변화

제5공화국 정권은 광주민주화운동 무력 진압과 언론사 통폐합이라는 초강경 노선을 채택함으로써 부산미문화원 방화사건이라는 큰 도전에 직면한다. 하지만 하늘은 이 정권을 돕기로 했는지 국민의 민주화 열망 분위기에 찬물을 끼얹는 일들이 꼬리를 물고 일어난다. 제24회 하계올림픽 서울 개최 결정, 프로야구 출범, 소련 전투기에 의한 KAL기 격추 사건, 미얀마 아웅산 폭발사건 발발 등이 그것이다. 선량한 다수의 국민은 '88올림픽에 대한 기대에 부풀어, 야구장에서 고향 연고지 팀을 응원하며, 민간항공기를 격추한 소련 전투기의 만행에 분노하며, 대통령 수행 장관들을 포함해 17명을 폭탄 테러로 암살한 북한의 공작에 치를 떨며 제5공화국의 전횡을 묵과하는 분위기에 편승한다.

한편 경제는 3저의 호황시대로 돌입한다. 1985년 가을 이후 달러 가치·금리·원유가 세 가지가 함께 떨어지면서 국가경쟁력이 급상승, 전두환 대통령은 밀어붙이기식 국가 경영에 자신감을 갖게 된다. 그는 서울지하철 2·3·4호선, 88올림픽 고속도로, 중부고속도로의 개통식에서 테이프를 끊고, 충주다목적댐과 고리

원전 5·6호의 준공식에서도 손을 흔든다. 하지만 개발논리로 정경유착의 비리를 감추는 수법은 이미 통하지 않게 된 시대임을 그는 모르고 있었다. 서울미문화원 점거농성사건이 일어난 다음해인 1986년에는 5·3인천 사태와 부천서 성고문사건, 건국대 애학투련사건, 박종철 고문치사사건 등이 계속 이어진다. 대학가에서는 민주화로 나아가는 제단 앞에서 분신 자살하는 학생이 속출한다.

> 건대 학생 데모 사건에 연루된 아들 소식이 궁금한 朴氏는 집으로
> 전화를 또 한다.
> …(중략)…
>
> 非情의 사랑이여 나의 세포
> 은하수여 체온계는 36도 4부에
> 턱걸이를 하다 쪼그라들고 있다
>
> —오규원, 「NO MERCY」 부분

군사정권의 불법성과 폭압성을 성토하며 시작된 인천사태와 건국대 농성사건은 경찰의 강경 진압으로 무마되지만 1987년 1월의 박종철 고문치사사건까지는 은폐하지 못한다.

> 그대
> 내 가슴 속 푸르딩딩한 피멍 위에 떠 밤새도록 울부짖는 악몽의 푸
> 른 별이여!
>
> —송제홍, 「박종철」 전문

서울대 언어학과 3학년 학생 박종철 군이 고문을 당하다 사망한 사건에 대한 경찰의 발표는 "경찰관이 '탁' 하고 책상을 쳤더니 '억' 하고 쓰러졌다"는 내용이었다. 이것은 그 전 해 7월 부천경찰서 성고문사건 은폐와 더불어 5공 정권의 도덕성에 치명타를 가하지만 이에 아랑곳하지 않고 전대통령은 4월 13일, 개헌

논의를 유보하고 현행 헌법으로 정부를 다음 정권에 이양하겠다고 발표한다. 정권 교체의 희망이 사라지자 국민의 분노에 극에 달하고, 데모 대열은 드넓은 서울 거리를 가득 메운다. 마침내 화이트칼라들까지 직장에서 빠져나와 데모 대열에 합류한 6·10항쟁이 일어난 것이다. 민주화를 외치는 시민의 함성에 놀란 노태우 민정당 대표는 직선제 개헌과 대통령선거법 개정을 약속한다. 이른바 6·29선언은 대다수 국민의 강한 저항에 직면한 두 군인정치가의 항복 선언이었다.

6·29선언을 한 덕분에 권력을 이양받은 노태우 대통령은 서울올림픽 개막을 선언한다. 올림픽 결과는 금메달 12개로 종합 4위를 기록했으니 경제력이 신장 된 것은 사실이었다. 하지만 우리가 올림픽만 치르면 선진국 대열에 서게 될 것이라고 연일 선전한 정부에 대해 올림픽이 끝난 뒤에 비아냥거린 시인이 있었다.

외인들이 저마다의 대륙으로 제 바퀴 하나씩 굴려 귀국한 후

서울의탄탄한대로로
12인의사내탈주하다
탈주하다12인의 사내
또다른감옥가정집에
자진하여투옥당하다
　　　　　　　—정남식, 「88 다섯 개의 동그라미 굴러간 후」 부분

시인은 올림픽이 끝난 엿새 뒤인 10월 8일, 미결수 12명이 서울 영등포교도 소에서 지방의 교도소로 이감되던 중 호송버스를 탈취하여 서울 북가좌동의 한 가정집에 침입하여 인질극을 벌인 사건을 다룸으로써 올림픽이 끝나고 나서 달라진 것이 고작 이런 것이냐고 비웃었던 것이다.

1988년은 올림픽이 열린 해이기도 했지만 월북작가 100여 명의 해방 전

작품이 해금된 해이다. 1989년에는 문익환 목사의 평양 방문, 서경원 의원의 밀입북사건, 임수경 양의 북한 방문 등으로 북한 바로 알기 운동이 전개되는 한편으로 공안의 분위기도 한껏 고조된다.

50~80년대 남한의 정치는 경직되기도 했었고 유화국면에 접어들었을 때도 있었지만 대체로 독재자의 권력 행사로 체제가 유지되었다고 해도 과언이 아닐 것이다. 북은 북대로 공산주의를 표방한 전제군주제에 가까웠으니, 남과 북이 모두 진정한 자유민주주의를 실현하지 못한 채 분단의 골만 깊어간 세월이었다. 남이 반공을, 북이 반미·반제국주의를 부르짖으며 휴전선을 사이에 두고 철천지원수인 양 대치하는 동안 수많은 이산가족은 갈 수 없는 고향 산천과 만날 수 없는 부모 형제를 그리워하며 죽어갔다. 남쪽의 자식이 북쪽의 부모를, 북쪽의 아내가 남쪽의 남편을 꿈에서나 만나며 늙어간 한 맺힌 세월을 누가 보상해줄 것인가. 가족이 죽었는지 살았는지 생사 여부도 확인할 수 없는 이산 가족은 이런 시를 평상심으로는 읽을 수 없었다.

<blockquote>
고성능 확성기로 흐르는
러시아풍의 장엄한 행진곡도
팝송조의 경쾌한 음악도
이제는 저희들의 나라로 돌아가고
남북으로 울긋불긋 꽃대궐 아름다운 산천
우리들의 옛 노래로 흐드러지게 피어나는
우리들의 봄을 목놓아 부르고 싶구나
</blockquote>

—김명환, 「고향의 봄」 부분

앞에서도 언급했지만 평행선으로만 치닫던 분단의 행로에 새로운 이정표가 세워진 것은 1972년의 7·4남북공동성명 때였다. 자주통일·평화통일·민족적 대단결에 의한 조국통일이라는 3대원칙이 천명되었을 때 이산가족치고 가족 상봉의 꿈에 가슴 부풀지 않은 사람은 아무도 없었다. 다음달 29일, 북으로 가는 대한적십자사 대표단을 환송하기 위해 판문점까지의 연도에 서서 태극기를 흔들었던 국민치고 통일의 꿈에 가슴 부풀지 않은 사람 또한 아무도 없었다. 그러나 이렇게 튼 남북한 교류의 물꼬는 그해 10월에 선포될 유신헌법을 위한 사전 정지작업의 일환이었다는 점에서 그 의의를 폄하할 수밖에 없다. 오히려 1975년부터 실시된 조총련계 교포 추석 성묘단 모국 방문이나 1983년 6월말부터 시작된 KBS의 이산가족 찾기 방송이 훨씬 더 통일의 당위성을 실감케 했다.

> 부모 성명 : 미상
> 오빠 : 안회덕
> 6·25 때 부산 광안리 동산고아원에
> 오빠가 데려다 주었음. 고아원에
> 맡겨질 때 기어나가니 오빠가 다시
> 업어다 주었음. 연락처 614-9248
> 찾는 사람 안인자
>
> —황지우, 「벽·1」 부분

마침내 1985년 9월, 남북고향방문단 상호 교류 및 예술단 교환이 성사되었다. 90년대에 들어서는 더 희망적인 일들이 이루어졌다. 하지만 흡수통일에 대한 북한의 우려, 북한의 NTP 탈퇴 선언, 국제원자력기구의 북한 핵사찰 요구, 탈북자의 급증 등은 통일에 대한 구체적인 논의에 걸림돌로 작용하였다. 가슴이 타는 것은 인생의 황혼기조차 넘어선 이산가족이었다. 고향에 뼈를 묻을 소원을 버린 지 오래되었지만 '한 번만이라도' 가족을 만나보고서 죽고 싶은 소망을 버리지 못해 눈감을 수 없는 사람들이었다. 시인은 상징과 은유를 버리고 36년 만에 편지를 쓴다.

> 아직 살아 계시리라 믿기에
> 헤어진 지 36년 만에 처음으로

아버지께 편지를 씁니다.
당신이 가신 후로 할머니는
보름에 한 번씩은 저를 데리고
먼 할아버지 산소에 가서 엎드려
끝도 없이 울곤 하였습니다.

—이성선, 「아버지께 드리는 편지」 부분

한편 반미감정을 거침없이 드러낸 시들이 80년대 우리 시단에 많이 발표되었고, 김남주의 시들은 그 대표작으로 거론할 수 있을 것이다. 미국의 잘못을 단죄하며 '양키 고 홈'이라는 주제를 배면에 깐 시는 90년대에도 적지 않게 발표되었다.

농민의 피땀이 녹아 있는 퇴비보다는
비료로 농사짓는 게 훨씬 편하다고
45년간이나 믿으며 살아온 놈들이
이젠 미국이 조국인 양 믿고 사는 놈들이
진짜배기 종자 알짜배기 종자를 알 턱이 있겠는가
지금이라도 늦지는 않았다

—홍일선, 「한 알의 종자가 조국을 바꾸리라」 부분

농사꾼 시인 홍일선은 조국을 이렇게 분단 상황으로 만든 것은 미국이며 주검의 농약을 쳐 남한 땅을 죽여놓는 것은 "매판 독점 재벌놈들"이라고 원색적으로 욕을 퍼부었다. 끊임없는 미군 범죄, 미군 부대의 환경 파괴, 미군 훈련장의 횡포에 대해서 침묵을 지키던 우리가 제 목소리를 내게 된 것도 통일에 대한 열망과 무관하지 않은 일이었다.

1988년 11월 12일은 국회에서 '5공 광주청문회'가 시작된 날이다. 청문회가 진행되는 과정에서 5공비리와 광주항쟁, 언론탄압 등이 생생하게 폭로되었다. 하지만 청문회장에 불려나온 증인들은 하나같이 무죄를 주장하였다. 국민들은 텔레비전 앞에서 증인들의 파렴치한 행동과 새롭게 알게 된 5공의 죄악과 비리에 분통을 터뜨렸다. 청문회를 통해 밝혀진 역사적 사실에는 도대체 어떤 것이 있을까. '그들'에게 면죄부를 준 청문회가 아니었던가.

> 국회 광주특위에서도 많은 말들이 있었지만
> 어머니는 말씀을 하지 않았다
> 증인으로 채택되지도 않았고
> 어머니는 어느 추모회에도 참석하지 않았다
> 물론 시위에도 가담한 적이 없었고
> 돌을 한번 들어 사람에게 던진 적도 없었다
> 아들 이름 석자는 비문에 새기지도 않고
> 어머니 가슴에 꼭꼭 새겨두었다
>
> —강세환, 「침묵」 부분

언론의 비판이 빗발치자 전두환 전대통령은 11월 23일, 연희동 자택에서 대국민 사과성명을 발표하고 스스로 택한 유배지 백담사로 떠난다. 전대통령 전두환은 겨울을 몇 번 백담사에서 나는 동안 자신의 모든 죄가 눈에 덮이리라 생각했을까. 그랬다면 그것은 오산이었다. 문민정부 시대인 1995년 12월, 그는 '5·18 특별법' 제정에 반대했다가 서울구치소로 연행되고, 사형을 선고받는다. 이 역사적인 재판 과정에서 그는 자신의 과오를 인정하거나 죄과를 참회하는 발언을 한마디도 하지 않는다. 광주민주화운동 당시의 일 등 자신의 행동이 정당한 것이었다고 일관되게 주장한다. 그런데도 두 전대통령은 1997년 12월 12일, 제15대 대통령선거가 끝난 직후 사면을 받아 풀려난다. 이것이 '역사 바로 세우기'의 결과였던 것이다. 해방 이후 반민특위의 친일파 단죄가 이승만 정권의 방해로 이루어지지 못한 것과 무엇이 다를까. 신동문이 박정희 대통령을 희화했던 것처럼 전두환 대통령을 희화한 시인이 있다.

환자 성명 : 전○환
나이 성별 : 58세/남자

　위 환자는 수개월 전부터 "이 나라가 누구의 것이냐" "내가 나서지
않으면 이 나라가 위태롭다"는 등의 과대망상적인 말을 하는가 하면,
때로 "빨갱이를 살려둬선 안 된다"면서 이웃집에 화염병을 던지는 일
이 발생하여 본 대학병원 신경정신과에 입원하게 되었습니다.
　…(중략)…
　치료는 과거의 경우 완치된 경우가 일례도 보고 된 바가 없기 때문
에 예후는 극히 불량할 것으로 보이며 치료보다는 예방이 중요하다는
것을 다시 한번 강조 드립니다. 감사합니다.

―서홍관, 「환자 증례 보고」 부분

　전두환 전 대통령을 아예 정신질환자로 다루고 있다. 한편 1989년 2월 5일,
도서출판 푸른숲에서는 『초록으로 북상하고 단풍으로 남하하는 우리들의 꿈―
젊은 북녘 시인에게』라는 긴 제목의 시집을 발간한다. 출판사 편집부에서 분단
극복의 의지를 담은 82명의 시 106편을 찾아내어 한 권의 시집에 재수록했던
것인데, 아마도 이런 취지로 나온 최초의 시집이 아닌가 한다. 책 서문에 담은
발간 의도가 아주 인상적이었다.

　젊은 시인이여!
　여기 작은 시집에 이곳에서 밥 먹고 사랑하고 살아가는 이야기를
담았습니다. 하나 된 겨레를 열망하는 시인 여든두 사람의 목소리가
소담스레 담겨 있습니다. 따뜻한 저녁 한 끼 받듯이 받아주십시오. 딱
히 시 쓰는 사람들의 작품이라 보지 마시고 남녘의 노동자, 농민, 교
사, 공무원, 기자 등 그리운 동포들이 북녘의 애틋한 이들에게 보내는
말이라고 여겨주십시오. 바라건대 여기 이 작은 시집이 우리 사이 말
의 물꼬를 트는 작은 계기가 되기를 간절히 바랍니다.

　이런 꿈을 담아 펴낸 시집에는 통일을 열망하는 시인의 작은 목소리들이 담겨 있었고, 그것이 한꺼번에 나왔기 때문에 함성이 될 수 있었다. 실험정신의 극대화와 내면세계로의 천착, 민중적 서정성의 재고가 80년대 시단의 주된 흐름이었고, 생태환경시·도시시·포스트모더니즘 시·페미니즘 시 등의 비평적 용어가 등장할 무렵에 나온 이 시집을 관심 깊게 읽은 사람은 모르긴 해도 북녘 사람들이 아니었을까. 아무튼 체험 세대 중 고은은 분단 극복의 의지를 강력히 표명했던 시인 중 한 사람이었다. 60년대 말과 70년대 초에 이미 북녘을 향한 그리움을 담아 「南韓에서」와 「豆滿江으로 부치는 편지」를 발표한 바 있는 그는 최근작 「한글」, 「그날이 오늘이라면」에 이르기까지 30년 이상 '분단 극복'이란 문제를 놓고 씨름했던 시인으로 기억될 것이다. 당연히 80년대에도 선구자는 고은이었다. 고은은 "이런 겨울 단절 몇 십년 묻어버리"자고 주장하였다. 상호 왕래를 못 해온 세월은 길었지만 북이 겨울이었을 때 남도 겨울이었고, 북에 봄이 왔을 때 남에도 봄이 왔다. 그리고 아무리 추운 겨울일지라도 서로 만나 추운 몸끼리 얼싸안으면 따뜻한 날이 이루어진다고 하면서 새해에는 남북한 간 대화가 재개될 것을 요망하였다. 단절의 극복은 동질성의 회복을 통하지 않고서는 가능할 수 없는 일이다.

압록강 굽이치는 중강진 땅 추우시겠지요
두만강 굽이치는 데도 추우시겠지요
삼천리 이 강산 그 어디메도
한겨울이라
이곳 남녘땅 해남 토말도
물 넘어 동지나해 모슬포도 쌀쌀맞습니다
이런 겨울 단절 몇 십년 묻어버리고
그 어디메 북이고
그 어디메 남이겠습니까
서로 만나 추운 몸끼리 얼싸안으면

거기 무럭무럭 따뜻한 날 이루어집니다

—고은, 「새해 편지」 부분

　이 시집에 실린 시들의 큰 주제는 이렇듯 '분단 극복'을 위한 구체적인 방안으로서 '동질성 회복'이었다. 고은을 비롯한 82명 남한 땅에 사는 시인들은 외세로 말미암아 분단이 된 것을 인식하고서 일단 만나서 대화를 갖고, 동족임을 확인하는 과정에서 통일의 방안도 모색하자고 간절히 소망하였다. 소박한 차원이기는 했지만 더없이 절실한 소망들이 실려 있었던 것이다.

여학교 시절, 내가 보낸 위문편지에
가슴만 설레이다가
반백이 된 오늘에야
비로소 답장 하나 보내왔어요.

40여 년 동안 윤내어 닦던 군화
날카롭게 갈던 무기로
현해탄이나 압록강 지키지 못하고
한 부모를 가진
우리가 우리 가슴 겨냥했던 것
그것이 부끄럽다고 고백해 왔어요
그것이 기막히다고 고백해 왔어요

—문정희, 「기다리던 답장」 부분

네가, 최초로, 내 입김 속에, 푸르게 돋아나올 때
내 속에 무슨 외침 같은 것이
새순처럼 터져나오지 않겠는가
내 안의 소리 결결이 울려
가없이 열려 있음으로 맑디맑은 겨울날
너와 나 사이 결빙을 뚫고
삼동에 쩌렁쩌렁 강물 소리를 끌어올리며

제1부 ‖ 한국 현대시에 나타난 '역사' 179

낙동강과 대동강에서 동시에 흰 돛배 뜨는 날
나는 옥합을 깨듯 네 모습 보겠는가
북녘의 어머니,
오 아리따운 나의 누이여.

　　　―김세윤, 「낙동강에서 대동강으로 띄우는 노래」 부분

　1947년생 문정희는 유년기 체험 세대이며, 1955년생 김세윤은 미체험 세대이다. 여학교 시절, 국군 아저씨한테 위문편지를 보냈다가 40년 만에 답장을 받는다면 이런 내용이 적힌 것을 받았으면 좋겠다고 말하는 문정희의 시에는 '동족의식'으로 이북 사람을 바라보자는 소망이 담겨 있다. 동족을 원수로 설정하여 총부리를 겨누고 있는 휴전선의 대치상황이 종식된다면 서로의 가슴을 향해 겨냥했던 것이 부끄럽지 않겠는가, 기막히지 않겠는가, 하고 시인은 '고백하고' 있다. 김세윤의 시는 남의 이산가족이 북으로 띄우는 편지투로 전개되고 있다. 그 역시 남북의 화해를 바라는 마음을 절절히 실어 통일에 대한 염원과 아울러 이산가족의 상봉을 간절히 소망하였다.

　제3국을 통하지 않고서는 편지조차 띄우고 받아볼 수 없는 상황이어서 그런지 이 시집에는 편지투의 시가 대단히 많다. 김창규의 「인민군 병사들에게」, 박선욱의 「북녘의 삼촌께」, 서원동의 「북녘 동포들에게」, 이성선의 「아버지께 드리는 편지」, 이재무의 「北女에게」, 하종오의 「北시인에게」 등 대부분이 그러하다. 심지어는 「젊은 북녘 시인에게」라는 같은 제목으로 강은교·문정희·박남철·김영춘·김영안이, 이와 비슷한 「젊은 북한 시인에게」라는 제목으로 안도현·박주택이 시를 썼다. 소재와 주제는 물론 표현 형식도 엇비슷하여 106편 시는 내용이 사실상 대동소이하다고 할 수 있다. 그런데 시집 『공친 날』을 낸 바 있는 김기홍의 2편 시에 시선이 오래 머문 이유는 무엇일까.

　지친 듯 고요한 밤이면 별을 부르고

어둔 산 가시덤불 낫질하며
살 도리는 눈보라
그대 어둔 방 불길로 가마.
검문하는 무기 밟아 잉게래불고
버러지 같은 삶을 매질하며
끊임없이 솟는 땀으로 가서
상처난 손 그대 손 덥석 잡고
아리아리랑 스리스리랑 아라리가 나서
상처 깊은 몸 다시 시도록 뛰기도 하리.

그대 부름이 아니라도
웃녘 아랫녘 함께 지칠 세상이라
그대 그리움이라면 그리움으로 가마.
사랑이라면 사랑으로 가마.
꿈이라면 꿈으로 가마.
오매, 이 맘 벅차 우리 함께
지글지글 끓는 불덩이로 몸 살라 가마.

—「동지여, 노동자 동지여」 부분

내 달려가겠네. 동지여, 노동자 동지어
함경도 평안도를 헤매다
마주칠 적마다 겨울나무 옷을 벗고
몰아치는 눈보라 그 그리움으로 어깨를 마주잡고
곁에는 가슴 부풀 백두산 아랫마을 아가씨도 태우고
막힌 설움 맘껏 풀어
가겠네. 단숨에, 헐떡이는 숨결로

—「동지여, 노동자 동지여—밥」 부분

2편의 시는 다 건강하고 힘차다. 이 시의 건강함은 남쪽의 노동자로서 북한 노동자에게 말을 건네는 식으로 전개되는 형식상의 특징뿐만 아니라 당당한 어투, 힘찬 시어 등에 힘입은 바 크다. 그러나 가장 중요한 것은 자신감의 표현이 아닐까. 다른 시인들이 통일을 향한 소박한 꿈을 드러낼 때 김기홍은 통일을 수동적으로 기다리지 않고 직접 나서서 통일을 앞당기기 위해 '일'을 하겠다고 당당하게 말하였다. 또한 다른 시인들이 통일을 앞당기고자 상대방이 받아볼지 알 수 없는 편지를 쓰고 있을 때, 게다가 익명의 대상에게 편지를 쓰고 있을 때, 김기홍 시인은 결심을 '확실히' 말하였다. 달려가겠다고. 이 버러지 같은 삶을 매질하겠다고. 지글지글 끓는 불덩이로 몸을 사르겠다고. 막힌 설움 맘껏 풀어 북으로 달려가겠다고. 김기홍의 시는 '분단 극복'의 의지가 비로소 '통일 준비'로 나아갈 조짐을 보여주었다.

12. 90년대, 통일로 가는 길목에서 일어난 일들

90년대 초에는 국내외적으로 역사의 강이 범람한다. 사건의 홍수는 80년대 말부터 시작된다. 1989년 11월에 베를린 장벽이 무너지자 곧바로 체코슬로바키아에서는 개혁 요구 시위에 10만 명이 참가하고 루마니아 차우셰스쿠 정권이 하루아침에 무너진다. 1989년 12월 2일, 미·소 정상이 몰타에서 만나 냉전 종식을 선언하였고 이는 곧 양극 이데올로기 대립의 시대가 끝났음을 의미하는 것이었다. 1990년에는 독일이 통일된 데 이어 폴란드에서는 자유노조의 바웬사가 대통령에 당선된다. 1991년에는 바르샤바조약기구가 해체된 뒤에 소련연방 정권이 무너지고, 11개 공화국의 독립국가연합의 창설에 합의한다.

이 시절에는 남북한 당국자간의 대화도 활발히 이루어진다. 1990년에는 제1차 남북고위급회담(서울), 제2차 남북고위급회담(평양), 범민족 통일음악회(평양)가 개최된다. 1991년 9월 17일에는 남북한이 유엔에 동시에 가입하는 감격적인 일이 성사된다. 소련과 국교를 수립한 지 1년 만의 일이었다. 6월 23일에는 남북 단일 '코리아팀'이 청소년 축구대회 8강에 진출한다.

다시는
남남처럼 마주설 수 없는 우리
이제 다시
서로 다른 국호를 달고 승부를 겨뤄야 한다면

겨레여, 차라리
우리는 통일을 바란 적 없다고 하자
세계 앞에서 더는
하나의 혈육이 둘로 갈라졌다고
눈물의 하소연도 하지 말자

아, 하나의 깃발 아래
하나의 팀으로 달리는 선수들과 함께
마음은 벌써
통일의 날에 살건만

—장혜명, 「박수를 치자」 부분

북한의 문예지 『조선문학』 1992년 3월호에 실린 이 시는 부제가 '＜코리아 유일팀＞ 축구경기를 보며'이다. 북의 시인이 축구경기를 보며 얼마나 감격했으면 "겨레여, 차라리/우리는 통일을 바란 적 없다고 하자"는 말까지 했을까. 그 박수는 의례적인 박수, 거수기의 박수가 아니다. 기쁨에 겨워서 치는 박수이며 웃으며 울며 치는 박수이다. 정부의 남북 기업간 물자 직교역 첫 승인, 제5차 남북고위급회담에서의 남북합의서 채택, 남북한 비핵화공동선언 합의도 1991년의 일이다.

90년대에 접어들어서는 남한의 시인들 다수가 통일을 위한 구체적인 방안을 강구한다. 역사의식을 강조하고 외세 배격의 각오를 다지며, 통일 조국의 꿈에 부풀기도 한다. 남한의 민주화가 자신감을 불어넣은 측면도 있고, 북한사회의 변화가 여러 경로를 통해 알려진 측면도 있다. 문익환·문규현·임수경·황석영

등의 방북으로 북한의 실상이 이전 시대보다는 구체적으로 남한에 알려졌고, 북한 또한 90년대 내내 계속된 식량난으로 말미암아 주체사상만을 고집할 수 없는 상황에 직면해 있었다. 남북한 간 상황의 변화로 시인의 시세계가 바뀌어지는 것은 당연한 일이었다.

> 이 겨레 십자가 언덕을 넘었을 뿐인데!
> 그렇다, 언덕 이쪽에서
> 가장 미워하던 사람, 저쪽 수령을
> 뜨겁게 반겨 안았기에 쇠고랑 찬
> 이 땅의 문 목사 이야기는 수난일수록
> 내 꿈과 내 삶의 뼈대로서
> 한겨레 샛별로서 청사에 길이 돋아 돋아난다고
> 오늘도 다시 이렇게 옛이야기가 된다.
>
> —최형, 「한겨레의 샛별」 부분

1989년 3월 평양에 가 김일성 주석을 만나고 온 문익환 목사는 10년 구형에 7년 선고를 받는다. 바로 그 사건의 역사적 의의를 노래한 시가 「한겨레의 샛별」이다. 이 시는 세월이 흘러 먼 훗날 국사시간에 '겨레 자랑'이라는 제목으로 선생님이 학생들에게 문 목사 방북 이야기를 들려주는 식으로 전개되는 긴 시의 마지막 부분이다. 그 당시의 사람들은 문 목사를 '미치광이' '소영웅주의'라며 비난했지만 조국의 통일을 이룩하는 일에 헌신한 문 목사야말로 이 겨레의 샛별 같은 존재가 아니겠는가 하며 시인은 문 목사를 높이 기린다. 임수경은 전대협 대표로서 북한 8·15해방 기념 행사에 참가하기 위해 7월에 독일을 통해 평양에 갔다가 판문점을 통해 돌아온다. 북한 주민들의 대대적인 환영를 받은 임수경의 방북은 방북 그 자체보다도 민간인으로서 판문점을 걸어서 내려왔다는 데 더 큰 의미를 두어야 하지 않을까.

우리가 못하는 일을 당당히 해냈구나
통일되는 그날
평양 모란봉 부벽루에 앉아
유유히 흘러갈 대동강을 바라보며
평양 먹걸리 마시는 일도
임수경 누이 같은 통일전사 덕분이라고

—김영욱, 「임수경 누이에게」 부분

　그런데 국민이 그토록 갈망하던 문민정부는 엉뚱한 사람들의 의기투합에 의해 출범하게 된다. 1990년 1월 22일, 노태우 대통령은 김영삼·김종필 총재와 함께 3당 합당을 발표하고, 이를 발판으로 삼아 김영삼 총재는 선거운동에 매진한다.

　마침내 1992년 12월 19일 새벽 5시 반, 김영삼 후보는 대통령 당선 확정 보도를 듣고 늘 하던 새벽 조깅에 나선다. 30년 만에 군사정권의 시대가 가고 문민정부로 탈바꿈하는 순간이었다. 김영삼 씨는 자신이 수십 년에 걸쳐 얻은 많은 것을 재임기간 내내 하나씩 둘씩 잃어버릴 것은 모른 채 대통령이 되었다는 기쁨에 겨워 뜀박질을 할 따름이었다. 이렇게 태어난 문민정부가 걷잡을 수 없이 추락하고, 5년 뒤에 역사적인 정권 교체가 이루어지기까지의 과정은 우리의 기억에 너무나 생생하므로 생략토록 한다.

　80년대에는 김기홍 같은 시인 정도가 그러했지만 90년대 시단에서는 통일이 막연히 올지도 모르겠다는 희망 피력에 멈추지 않고 내가 힘을 보태어 통일을 이루고 말겠다는 결심이 구체적으로 이야기된다.

그냥은 가지 않으리라
이대로, 분단의 사슬을 둔 채로
남의 땅으로 돌고 돌아
훔치듯

그렇게는 가지 않으리라

─김시천, 「백두산 사진을 보며 1」 부분

마음은 대구서 통일호 타고 압록강으로
올라가고
몸은 지리산 발바닥 남원 구례 곡성
─경축! 압록역 무궁화호 정차
플래카드 나붙은 압록 은어 먹으러 간다

─배창환, 「압록 은어」 부분

‘통일이여 오라’ 하고 막연한 희망을 갖고 노래 부르는 것과 ‘통일을 이루자’ 하며 확신에 차서 노래를 부르는 것은 노래의 톤이 다르다. 이런 시를 읽노라면 90년대의 시인은 통일에 대하여 막연히 소망하지 않고 확실한 믿음을 갖고 인식하고 있음을 알 수 있다. 김시천의 시에서는 ‘결심’이 느껴지며, 배창환의 시에서는 반드시 통일이 될 것이라는 ‘확신’이 느껴진다. 90년대의 변화된 상황은 장기수와 빨치산에 대한 인식을 바꾸고, 북한군에 대해서도 달리 생각하게 한다. 실로 엄청난 변화가 일어난 것이다.

조국이여
원통한 반역의 세월이여
오를 수 없는 산이여 갈 수 없는
고향이여
이제는 기다림조차 말조차 세월 속에
묻어버린 반백의 빨치산이여
당신들은 어찌
오늘도 조국의 운명을
당신들의 운명이라 믿어버릴 수 있는가
받아들일 수 있는가

─문부식, 「삼십 년」 부분

부산미문화원 방화사건의 주범으로서 오랜 세월 옥고를 치르는 동안 문부식은 '반백의 빨치산' 장기수를 보았나 보다. 냉전시대 때 그들은 잊혀진 존재였으나 역사의 문맥 속에 몸을 드러내게 된 데는 많은 사람의 노력이 있었기에 가능하였다. 그리고 판문점을 통해 장기수의 일부가 송환되기까지도 많은 사람의 통일에 대한 염원이 모여졌기에 가능하였다. 지리산 최후의 빨치산으로 알려져 있는 정순덕을 깊은 연민의 정을 갖고 민족의 일원으로 껴안은 시인도 있다.

<blockquote>
열여섯 어린 나이에 산에 들었다면
사상보다는 그리움의 키가 커져서
더 먼 데 하늘 바라보는
눈망울 착한 한 마리 짐승으로 쓸쓸할 뿐
그대 젊음 써리봉 기슭 철쭉이거나
드러난 나무뿌리로 뒤엉켜
지금 나를 자빠지게 하는 것은 아닌지

—이성부, 「정순덕에게 길을 묻다」 부분
</blockquote>

'내가 걷는 백두대간' 연작시 8번인 이 시에서 빨치산은 빨갱이가 아니다. 열여섯 어린 나이에 산에 들어가 숱한 전투를 치르는 동안 시체의 더미를 타넘으며 살아남은 한 박복한 여인의 가버린 젊음이 눈물겨울 따름이다. 그녀에게 죄를 묻는 대신 시인은 길을 묻는다. 북한을 적대적인 위치에 놓지 않고 그들의 시각에서 남한을 보려는 색다른 시도도 이루어진다.

<blockquote>
오라바지,
상구도 무어 두려운 것이 있어
그 작은 왕궁탑을 마저 쌓아올리지 못했습네까?
제가 뒷쎄이 근심하는 것은
쌓으면 끝내 허물어질 커다란 미륵탑이 아닙네다
</blockquote>

목마름과 비바람, 철책과 지뢰밭이 아닙네다
더 이상 버림받은 자식이 될 수 없다는
더 이상 이민족에게 손구락질 받으며 살 수 없다는
그 결심으로 목 울대가 뜨거워오는 별밤입네다
오라바지,
이남서두 저 별이 보일 거외다

—이승하, 「오뉘 힘내기 전설」 부분

날 점도록 문설주에 기대서 보던
당신의 뒷모습이며 저 앞산
리별의 사십 년 이 가을날의 저녁도
가랑잎 속으로 저무는 줄만 알았는데
연변의 한 동포가 전해준 서신과 사진
아, 당신이 남녘에 홀로 살아 계신다니
스무나문 꽃나이 청춘 한 로파로 시들어 있지만
이 녀인의 가슴은 기러기처럼 껴웁니다

—맹문재, 「로력하는 안해가」 부분

  시인이라면 언어의 동질성 회복을 위해 노력해야 할 것이다. 우리의 표준어는 그들의 문화어에 속하는데, 북한 말 바로 알기가 우리말 바로 알기라는 생각을 해야 한다. 스포츠 용어 등을 외래어 대신에 북한 말을 일부 쓴다면 욕먹을 짓일까? 일상 대화 속에 의사소통이 자유롭게끔 노력해야 할 것이다.

  또한 그가 시인이라면 공허한 통일론을 내세우는 것보다 지금 우리가 처한 현실 속에서 실체감 있게 통일의 당위성을 부각시켜야 할 것이다. 경제의 후퇴를 운위하며 통일이 될 때까지의 난제를 셈하고 있을 것이 아니라 이산가족의 아픔부터 달래야 한다.

  서로가 너무 모르므로 체험의 공유가 필요하다. 공동의 체험이 있어야 운명공동체임을 느낄 수 있으므로 북한 소식을 어떤 것은 여과 없이 알 수 있게 해야 할 것이다. 독자들이 북한문학 작품을 읽는 노력도 필요하다. 대학 같은 데서 북한문학작품 읽기 운동 같은 것이 벌어지기를 소망한다. 물론 비판적인 시각을 유지하는 것이 필요할 테지만. '체험의 공유' 하면 대뜸 영화『공동경비 구역 JSA』가 떠오르겠지만 다음과 같은 시도 있다. 북한군에 대한 달라진 시각 이란 이전 시대에는 상상도 못한 일이었다. 그들은 철조망 너머의 적일 뿐 아니라 1950년 이래의 원수였다. 육군 하사 출신의 시인 박윤규는 5년 동안 전방근무를 하고 전역한 뒤 군대 체험만을 다룬 시집『꽃과 제복』을 펴낸다.

우전방 70도로 돌리면 금강산이 보입니다.
맑은 날 옥녀봉 계곡엔
인민군 여군관들 목욕하는 것도 보이죠.
아주 쥑입니다.
장비 점검중
관측병 녀석의 너스레에 끌려
포대경에 눈을 박고
아무리 초점을 맞춰봐도
연보라색 형체만 아득할 뿐
금강산은 안개를 걷지 않았고,
천천히 포대경을 좌회전시키다가
낯익은 풍경에 초점을 잡았다.
우리와 똑같은 박박머리 졸병들이
몽둥이를 든 군관의 지시에 따라
지하 벙커를 토끼뜀으로 드나드는
얼차려를 받고 있었다.
선착순!

—「관측소에서」 전문

북한군이라고 해서 얼굴이 빨갈 리 없다. 시적 화자가 인민군 여군관들이 목욕하는 것도 보인다는 관측병의 너스레에 끌려 포대경에 눈을 대고 본 것은 우스꽝스럽게도 빡빡머리 졸병들이 얼차려를 받는 광경이었다. 몽둥이를 든

군관도 그렇거니와 지하 벙커를 드나들며 선착순을 하는 졸병들의 모습은 독자
의 입가에 미소를 머금게 한다. 그쪽 군관이 "이것들이 완전히 빠져 갖고는"
대신에 무슨 말을, 그쪽 졸병들이 "오늘도 한 딱까리 했네" 대신에 무슨 말을
할지 궁금하다. 이런 시각이 소설 『DMZ』(박상연)를 쓰게 하고, 영화『공동경
비구역 JSA』(박찬욱)를 만들게 한다. 두 작품 모두 90년대가 아니었다면 만들어
지기는커녕 상상하기도 어려웠을 것이다. 발상의 전환이 없이는 통일은 요원할
것이다. 통일에 대한 모든 구체적인 논의에서도 발상의 전환이 필요하다. 그
대표적인 것이 남북 정상의 만남이리라.

90년대 후반에 들어 걸림돌이면서 동시에 징검다리이기도 한 돌멩이 하나가
새롭게 돌출한다. 북한의 식량난 심화가 그것이다. 대한적십자사와 많은 민간
단체에서는 식량 보내기 운동을 전개하였고 정부도 이에 호응한다. 북한의
식량난은 남한측으로 봐서는 통일에 대한 당위성을 고취시킨 것이었지만 북한
으로 봐서는 위기의식을 고취하는 데 일조한 것이었으니, 참으로 아이러니컬한
'난'이었다.

고향이 이북인 현대그룹 명예회장 정주영 씨는 1989년 1월, 북한을 방문해
금강산개발 의향서에 사인을 한 바 있다. 그는 그로부터 10년 뒤에 북한의
식량난에 미온적인 당국을 대신해 민간차원에서 돕고자 소떼를 이북으로 보내
는 일과 금강산 관광을 성사시킨다. 이러한 민간 차원의 노력이 결실을 보아
1999년 6월 3일, 1985년 이후 중단되었던 이산가족 고향 방문을 빠른 시일
내에 다시 추진한다는 데 남북한이 합의한다.

13. 통일로 가는 길

7·4남북공동성명 이후 28년 만이었다. 이 동안에도 엄청난 수의 이산가족이

휴전선 이북 혹은 이남에 있는 가족의 이름을 부르며 죽어갔다. 그들의 눈물이 모이고 모여 역사의 물줄기를 바꾸는 날이 왔다. 2000년 6월 13일, 분단 이후 처음으로 남북 정상이 평양에서 만난 것이다. 김대중 대통령은 15일까지 평양에 머물면서 김정일 국방위원장과 두 차례 정상회담을 갖고 6·15공동선언을 발표, 남북간 화해와 협력의지를 전 세계에 알렸다. 이어 이 해 8월 15~18일과 11월 30~12월 2일 두 차례에 걸쳐 서울과 평양에서 실시된 이산가족 상봉 행사는 온 국민에게 남북 화해와 통일의 당위성을 심어주었다. 이미 그 전에 대 북한 식량 및 의약품 지원이 활발히 진행되고 있었고, 남한 사람의 금강산 관광 길도 열려 있었다. 경수로 사업도 남북한이 힘을 합쳐 진행하고 있던 중이었고, 정상회담 이후 곧바로 경의선 복원 사업마저 개시되었다. 여기다 2001년 1월에 있은 김정일 국방위원장의 중국 상해시 방문은 북한이 앞으로 중국을 모델로 하여 개혁·개방 정책을 본격적으로 펼 것이라는 예견을 가능케 했다. 통일까지는 많은 난제가 등장하겠지만 남북한 간 물적 교류는 지금 활발한 상태이고, 스포츠 교류도 더욱 활발해질 전망이다. 물꼬를 한 개 두 개 계속해서 터 나가다 보면 언젠가는 휴전선이라는 제방이 무너질 것이고, 민족의 소망인 통일의 날이 올 것이다.

> 잊혔던 그곳에 가기 위해
> 현금을 주고 차표를 산다
>
> 아득한 나라
> 내 떠나온 고향으로 가는
> 현실의 꿈
>
> —박이도, 「삼팔선을 넘으며」 부분

현금을 주고 차표를 사서 고향으로 가는 늙은 시인의 꿈이 생시에 실현될

수 있을까. '우리의 소원은 통일'이라고 노래 부르지 않아도 될 날이 언제나
올 것인가. 분단의 현대사를 통일의 현대사로 고쳐 쓸 수 있는 사람은 남이
아니라 바로 '우리들'이다. 북한 시인 오영재는 8월 16일, 서울 워커힐호텔에서
자작시를 한 수 낭송하였다. 부모의 영정을 앞에 놓고서 북에서 가져온 금강산
참나무 열매술을 올린 뒤에 읽은 시이니 그 슬픔과 감격이 오죽했으랴. 북녘
하늘을 바라보며 50년을 산 오 시인의 형과 누이동생의 슬픔과 감격은 또
오죽했으랴.

　　　만나니 눈물입니다
　　　다섯 번이나 강산을 갈아엎은
　　　50년 기나긴 세월이
　　　나에게 묻습니다
　　　너에게도 정녕 혈육이 있었던가

　　　아 혈육입니다
　　　다같이 한 어머니의 몸에서 태여난
　　　혈육입니다
　　　뒷동산 동백나무 우에 올라
　　　밀짚대로 꽃 속 꿀을 함께 빨아먹던
　　　추억 속에 떠오르는 어린 날의 그 얼굴들
　　　눈 오는 겨울밤
　　　한 이불 밑에서 서로 껴안고
　　　푸른 하늘 은하수를 부르던
　　　혈육입니다

　　　…(중략)…

　　　더 늙기 전, 더 늙기 전에
　　　우리가 어린 날의 그때처럼
　　　한 지붕 밑에서 리별없이 살아봅시다

우리 다시는 헤여지지 맙시다
다시는 헤여지지 맙시다

—오영재, 「다시는 헤여지지 맙시다」 부분

이런 시는 통일의 당위성과 문제점을 양쪽에 놓고 논리적으로 저울질을 하는 사람들을 부끄럽게 한다. 상대방을 이해하기 위해 애를 쓰고, 대화를 통해 거리를 좁히고, 조금씩 양보하는 과정 없이 하루아침에 통일이 이루어질 리 없다. 우리는 이제 통일을 위한 대장정의 첫걸음을 내디딘 것인지도 모른다.

그 오랜 지난날의 고통이
이끼처럼 쌓여 당신의 맺힌 한.
분단의 아픔
이산의 아픔이
산 하나의 무게로 밤마다 내려와
당신의 가슴을 누르는 것을.

어머니, 이제는
해빙의 밧줄처럼 분단의 치마끈을 푸셔요.
피맺힌 사연 담아
한 민족의 비원이 임진강 강물로 흘러가는데
어머니, 이제는
그 조여진 고통의 치마끈을 풀으셔요.

—가영심, 「어머니 분단의 치마끈을 풀으셔요」 부분

가영심의 시에는 50여 년 말도 못하고 속병을 앓아온 이산가족의 아픔이 차분하게 묘사되어 있다. 시인은 이산가족이 된 이 땅의 모든 어머니에게 통일에 대한 간절한 회구를 담아서 말한다. 해빙의 밧줄처럼 분단의 치마끈을 이제는 푸시라고. 조여진 고통의 치마끈을 이제는 푸시라고.

14. 끝머리에

　분단 55년 동안 한반도 남과 북에서 시인들은 헤아릴 수 없이 많은 시를 썼다. 글머리에서도 말했지만 이 글은 우리 시문학의 역사적 흐름을 살펴보는 문학사와는 거리가 멀다. 단지 해방 이후 남한에서 발표된 시 가운데 시대상을 반영한 시와 '통일 지향'의 시로 꼽을 수 있을 만한 것들을 살펴보고, 시대별로 달랐던 통일에 대한 시각의 변화를 살펴보는 데 목적을 두었을 뿐이다. 문학인의 한 사람으로서 통일을 준비하기 위해 작은 보탬이 되는 일을 하고 싶다는 열렬한 바람을 한 편의 글에 담아보았다. 남북한을 아우른 100년 우리 시사를 정리하는 작업을 누군가 해내기를 소망한다.

한국 현대시에 나타난 '사투리'

─김영랑·서정주·이상화·박목월의 시를 중심으로

1. 실마리

한국 현대시문학사를 일관하는 어떤 '법칙'이란 것이 있을까. 혹은 한국 시인 특유의 '정신'이란 것이 있을까. 이런 것들을 알아보기 위해서는 시문학사의 구체적인 전개라고 할 수 있는 시를 면밀히 분석하여 그 성과를 살펴보아야 할 것이다. 문학은 개개인의 체험과 상상력의 산물이고, 이 사회를 구성하고 있는 인간이란 존재에 대한 깊은 통찰이며, 인간의 심성을 최고로 고양시킬 수 있는 예술적 방법이다. 특히 시는 당대의 국민정신을 고도로 압축하여 보여주는 언어 예술의 정화(精華)이다. 우리의 국민정신을 고도로 압축하여 보여주기 위해서는 한자나 한자어, 일본식 한자나 외래어가 가급적 배제되어야 함은 두말할 나위가 없다. 한 나라의 언어에는 그 나라의 국민정신이 깃들어 있게 마련이다. 우리말의 폭넓은 구사는 바로 이 점에서 시인의 존재 이유이기도 하다.

한자문화권에 속해 있는 우리 민족은 오랫동안 중국과 지배·종속의 관계에 있으면서도 일찍이 '이두'라는 표기법을 만들어서 썼고,[1] 조선조 초기에는 한

---

1) 이두(吏讀)는 한자의 음과 뜻을 빌려 우리말을 적던 표기법으로, 신라 경덕왕 때의 학자 설총이 집대성하여 정리하였다. 훈민정음이 창제된 후 쇠퇴하긴 했으나 관용

글을 창제하여 상당수의 일반 백성들을 문맹에서 해방시켰다. 세종 28년(1446) 이래 한글은 우리 문학의 토양이 되어 여러 장르의 나무를 키웠고, 그 나무들한 테서 작품이라는 튼실한 과실을 수도 없이 수확하였다. 그 나무 가운데 하나가 시조인데, 시조는 정형성의 고수로 말미암아 근대의 자유정신을 제대로 담을 수가 없었다. 우리나라의 경우, 일본에 의해 국토가 강점되기 얼마 전인 1908년 에 이전의 개화가사와 창가와는 다른 형태의 신체시가 탄생하였고, 3·1운동의 좌절을 겪은 뒤에 비로소 자유시가 탄생하였다. 따라서 4000년을 넘게 이어온 한민족의 유구한 역사상 가장 큰 치욕이라고 할 수 있는 국권의 상실이라는 절망적인 상황 속에서 움튼 시인들의 자유에 대한 바람은 자유시 정신과 불가 분의 관계가 있다. 식민지 경험이 없었더라면 우리 문학사는 전혀 다른 작품을 갖고 있을 것이기 때문이다.

이런 이유로 식민지 시대에 씌어진 시는 외래어 거부와 우리말 지향에 얼마 만큼 충실했느냐에 따라 그 작품의 성공도가 달라질 수 있다. 이 점에 관해서는 유종호가 「시와 토착어 지향」에서 여러 시인들의 작품을 비교·분석하여 구체 적으로 논한 바 있다. 그는 김소월·김팔봉·한용운·이상화·정지용·서정주·유 치환·김광섭 등의 시와 황진이·박인로·이현보·이조년 등의 시조를 평가하는 데 있어 "외래어 및 외래 한자어의 무절제한 수용의 거부와 토착어 지향성이 한국 근대시의 자기발견과 자기동일성 성취에 결정적으로 기여하였음"[2]이라 는 평가 기준을 제시하는데, 이것은 설득력을 충분히 갖는 지적이다.

나는 한국 시문학사상 우리말을 가장 잘 구사했다고 평가받고 있는 네 시인 의 시가 왜 발표 당시에도 호평을 받고 후대에 와서도 회자되는지를, 그들이 사용한 시어를 통해 살펴보고자 한다. 토속적인 언어 구사에 있어 김영랑과 서정주가 전라도의 남과 북을 대표하는 시인이라면 이상화와 박목월은 경상도

문서에서는 조선 후기까지 사용되었다.
 2) 유종호, 「시와 토착어 지향」, 『세계의 문학』, 1981. 가을, 59쪽.

를 대표하는 시인이다. 평안북도가 낳은 시인인 소월과 백석도 사투리 구사와 토속적 정취 묘사에 있어 진경을 보여준 바 있지만 두 시인의 시어에 대한 연구는 충분히 되어 있다고 여겨 이 글에서는 제외시켰다.

2. 전라도 사투리의 시적 특성

1) 김영랑의 시어

김영랑은 '북도에는 소월이요 남도에는 영랑'으로 불리어질 만큼 향토성 짙은 작품을 남겨 김학동은 그를 가리켜 "외형상 구김새 없이 짜여진 시어를 하나하나 표상하는 이미지의 선명도는 물론, 그 율격조차도 곱게 다듬어지고 있다"[3]고 호평한 바 있다. 김영랑은 한자나 한자어를 거의 쓰지 않았는데, 특히 옛말을 되살려내는 데 있어 그 어느 시인도 따를 수 없을 정도로 완숙한 기교를 보였다.

> 내마음의 어 듯 한편에 끗업는 강물이 흐르네
> 도처오르는 아츰날빗이 빤질한 은결을 도도네
> 가슴엔듯 눈엔듯 또 핏줄엔듯
> 마음이 도른도른 숨어잇는 곳
> 내마음의 어 듯 한편에 끗업는 강물이 흐르네
>
> —「동백닙에 빗나는 마음」 전문

> '오-매 단풍들것네'
> 장광에 골불은 감닙 날러오아
> 누이는 놀란듯이 치어다보며
> '오-매 단풍들것네'

---

3) 김학동, 「영랑 김윤식론」, 『韓國現代詩人硏究』, 민음사, 1977, 22쪽.

추석이 내일모레 기둘리니
바람이 자지어서 걱정이리
누이의 마음아 나를 보아라
'오-매 단풍들것네'

—「누이의 마음아 나를 보아라」 전문

이 두 시는 1934년 시문학사에서 나온 『영랑시집』에는 표제가 없이 1번과 5번의 일련번호만 붙어 있다. 두 짧은 시에 얼마나 많은 우리말이 들어 있는지 살펴본다. '어ㄴ듯'의 '어듸'는 '어디'의 옛말이며, '도도네'의 원형 '도도다'는 '돋우다'의 옛말이다. 김영랑은 이렇듯 쓰이지 않고 있는 옛말을 자신의 시에 재생시키기도 했고, '햇빛'을 의도적으로 '날빛'으로, '銀波' 같은 한자어를 '은결'로 고쳐 쓰기도 했다. '빤질한', '도른도른' 같은 우리말도 시를 읽은 맛에 한결 풍미를 더해준다. '오-매'는 감탄사 '어머나'의 전라도 사투리이며, '골붉은'은 과일이나 고추가 반쯤 익은 상태를 나타내는 사투리이다. 이런 예는 『영랑시집』에 나오는 시 거의 전부에서 찾아볼 수 있다.

전라도 사투리는 이밖에도 '어덕'(언덕), '시악시'(색시), '흐렁흐렁'(허름허름), '찌금'(조금), '보실보실'(보슬보슬), '재우'(겨우), '히부얀'(희부연), '기둘리고'(기다리고), '하냥'(같이), '후젓한'(호젓한), '마조'(마주), '하마'(이미) 등 헤아릴 수 없이 많다. 옛말을 되살려 쓴 또 다른 예는 '묻고싸어'(모으고 쌓아), '어이'(어찌), '숫지는'(씻지는) 등이다. 김영랑은 옛말 이외에도 일상적으로 거의 쓰이지 않는 말을 나름대로 만들어 썼는데, '힌날'(흰날, 白日), '향맑은'(향기롭고 맑은), '희미론'(희미한), '홀히'(홀로), '정뜬'(맑게 뜬), '자랑한'(자랑스러운), '살풋'(살며시) 등의 조어(造語)가 그 예이다. 뜻이 훼손되지 않는 범위 내에서 이미 있는 말을 적절히 변형시켜 사용하는 것은 김영랑 시어 구사의 중요한 특징으로 지적할 수 있다. 김영랑의 시어 선택에 대한 고심은 여기서 그치지 않는다. 그는 '끼치나니', '가고지워라', '아니 죽엿슬나듸야' 같은 의고체(擬古體)까지 사용하여 언어의 조탁에 심혈을 기울였다. 이처럼 영랑은 전라도 사투리와 이미 사어(死語)가 된 옛말, 독특한 조어와 의고체를 적절히 구사하여 우리말의 가능성을 그 극단까지 시험해본 시인이다. 그래서 김영랑에 대한 평가에 있어 언어구사능력은 대단히 중요한 자리를 차지하고 있다.

> 한국어가 지닌 독특한 시어의 선택·발굴과 방언의 사용, 언어의 율조를 잘 다듬어 순수 서정시의 절정을 이루고 있다.[4]

> 일제의 문학적 탄압이 극도로 심해지고 있을 무렵, 외국의 서투른 모방보다 한국어의 재래적인 가치를 보존하고 그것을 예술적으로 다듬는 것이 시인의 중요한 임무라고 생각한 시인이다.[5]

시인의 역할 중 대단히 중요한 것이 모국어를 깊이 신뢰하고 보존하며 발전시켜 나가는 것일진대, 바로 이런 의미에서 김영랑은 모국어로서의 시어에 대한 투철한 자각으로, 끊임없이 우리말을 조탁하며 시를 썼다는 점에서 30년대를 대표할 수 있는 시인이다.

2) 서정주의 시어

전남 강진은 영랑 김윤식을, 전북 고창은 미당 서정주를 낳은 고장이다. 같은 전라도이지만 영랑과 미당은 몇 가지 점에서 대조를 이루는 시인이다. 앞에서도 언급했듯 김영랑은 옛말을 끌어오거나 조어까지 사용하여 시어를 조탁하였다. 그러나 서정주의 모국어 지향은 그렇게까지 두드러지지 않았다. 첫 시집 『花蛇集』을 비롯하여 『歸蜀途』『徐廷柱詩選』『新羅抄』『冬天』에 이르기까지의 시집에는 일상어와 현대어가 상용되고 있고, 한자도 많이 쓰이고 있음을

---

4) 홍희표, 「촉기의 공간」, 『현대문학』, 1981. 5, 315쪽.
5) 김현·김윤식, 「한국어의 훈련과 그 의미」, 『韓國文學史』, 민음사, 1973, 215쪽.

알 수 있다. 제목에서건 행간에서건 한글로 쓰지 않고 구태여 한자를 쓰는
경우도 왕왕 있다. 『花蛇集』의 2편을 예로 든다.

내 裸體의 엘레미아書
毘盧峰上의 强姦事件들.

미친 하늘에서는
미친 오필리아의 노래 소리 들리고,

원수여, 너를 찾아가는 길의
쬐끄만 이 休息.

나의 微熱을 가리우는 구름이 있어
새파라니 새파라니 흘러가다가
해와 함께 저물어서 네 집에 들러리라.

—「桃花 桃花」 부분

보지 마라, 너 눈물어린 눈으로는……
소란한 哄笑의 正午 天心에
다붙은 내 입술의 피 묻은 입맞춤과
無限 慾望의 그윽한 이 戰慄을……
…(중략)…

시악시야 나는 아름답구나.
내 살결은 樹皮의 검은빛,
黃金 太陽을 머리에 달고,
沒藥 麝香의 薰薰한 이 꽃자리
내 숫사슴의 춤 추며 뛰어가자.

—「정오의 언덕에서」 부분

이상은 한자를 필요 이상으로 씀으로써 의미 전달을 오히려 어렵게 하고 리듬감을 반감시킨 예인데, 그런 만큼 서정주의 대표작으로는 거의 언급되지 않았던 작품이다. 유종호는 「正午의 언덕에서」를 비롯해 「雄鷄」와 「門」도 한자어를 거의 의도적으로 무절제하게 사용하고 있어 시적 설득력을 잃고 있는 것이 역력하다고 지적한 바 있다.6) 서정주의 시 대부분이 이런 비율로 한자어가 동원되었더라면 "서정주는 政府다. 그가 그의 당대에 보여주고 있는 秘術的 카리스마와는 달리, 韓國詩文學史는 그를 언어의 정부로서 논술할 필요가 있다."7) 같은 후배 시인의 예찬은 나오지 않았을 것이다. 서정주가 이들 시에서 사용한 언어는 한자어의 남용만 제외하면 다른 어떤 시인의 언어보다 우리에게 낯익은 것이다. 좋지 않은 예로 든 상기의 시들도 별 무리 없이 읽힌다. 일상어를 구사했기 때문이다. 서정주 시어의 특징은 한마디로 말해 '자연스러움'이다. 김영랑처럼 의도적으로 시어를 조탁하지 않고서도 고도의 시적 기교를 보여주고 있는데, 이는 그가 타고난 시인임을 말해주는 것이겠지만 그 역시 치밀한 세공으로 작품을 쓴 시인임을 다음 예시에서 알 수 있다.

> 눈물 아롱아롱
> 피리 불고 가신 님의 밟으신 길은
> 진달래 꽃비 오는 西域 三萬里.
> 흰 옷깃 여며 여며 가옵신 님의
> 다시 오진 못하는 巴蜀 三萬里.
>
> 신이나 삼아 줄걸, 슬픈 사연의
> 올올이 아로새긴 육날메투리.
> 은장도 푸른 날로 이냥 베어서
> 부질없는 이 머리털 엮어 드릴걸.

---

6) 유종호, 앞의 글, 56쪽.
7) 고은, 「徐廷柱時代의 報告」, 『文學과 知性』, 1973. 봄, 181쪽.

초롱에 불빛 지친 밤하늘
굽이굽이 은핫물 목이 젖은 새
차마 아니 솟는 가락 눈이 감겨서
제 피에 취한 새가 귀촉도 운다.
그대 하늘 끝 호올로 가신 님아.

—「歸蜀途」 전문

내 마음 속 우리 님의 고운 눈썹을
즈믄 밤의 꿈으로 맑게 씻어서
하늘에다 옮기어 심어 놨더니
동지 섣달 날으는 매서운 새가
그걸 알고 시늉하며 비끼어 가네.

—「冬天」 전문

　서정주의 대표작으로 흔히 거론되는 이 두 편의 시에 어려운 낱말은 하나도 없다. 어려운 어구나 이해하기 힘든 문맥 또한 한 군데도 없다. 「歸蜀途」에는 '이냥'이라는 사투리가 하나 보인다. 이 밖에도 순 우리말이 몇 개 나오는데, '정성껏'이란 뜻으로 순 우리말 '올올이'를, 한자어 '은하수'를 한자와 한글의 조합어 '은핫물'로 바꿔 썼다. '홀로'는 운율을 맞추고 강조하기 위하여 '호올로'로 썼다. 도치법을 사용한 "차마 아니 솟는 가락 눈이 감겨서"라는 시행도 이 시를 살리고 있는 요소이다. 「歸蜀途」는 시어 선택에 있어서 우리말을 대단히 많이 구사한 축에 들어간다. 「冬天」은 '즈믄'이라는 옛말을 한 번 썼을 뿐 물 흐르듯 자연스럽게 전개된다. 초기 시 가운데 꽤 긴 작품인 「바다」에는 '저절로' 혹은 '제물로'란 뜻으로 쓴 '스스로이' 하나가 보일 뿐이다. 시의 내용을 살펴보면 「歸蜀途」는 망국의 한이 망부의 한으로 새롭게 변형되어 애절한 한의 깊이를 더한 가락이 7·5조의 운율로 드러나 있고[8], 「冬天」은 이성에 대한 그리움을 한 폭 동양화에 감정이입하는 고전적인 수법을 구사한 가작이다. 두 편 시의

---

8) 송희복, 『한국 서정시의 이해』, 예하, 1993(2판), 146쪽.

내용을 뒷받침해주는 것이 바로 시어, 그 중에서도 사투리와 순 우리말이다. 이 두 시뿐만이 아니라 서정주의 대부분의 시는 천부적인 시재(詩才)를 타고난 시인이 일필휘지하여 탄생시킨 시로 볼 수 있지만 시어의 치밀한 배치를 통해 행간에 숨어 있는 그 내용이 주는 감동은 그가 '시어의 조탁'보다는 '의미의 심화'에 힘쓴 시인임을 말해주고 있다. 이것은 서정주가 시어 선택의 문제를 놓고 고심한 시인이 아니라는 뜻이 아니다. 그것보다는 한 편의 시, 혹은 한 권의 시집에 흐르고 있는 정신세계의 고양에 더욱 주의를 기울였고, 그것이 전북 고창 지방에서 흔히 쓰는 우리말 구사에서 비롯되었다는 뜻이다. 순 우리말과 사투리가 제법 보이는 또 한 편의 시로 「무슨 꽃으로 문지르는 가슴이기에 나는 이리도 살고 싶은가」가 있다.

　　그러나 나에게는 잡히지 아니하는 것이었다. 발자취 소리를 아조 숨기고 가도, 나에게는 붙잡히지 아니하는 것이었다.
　　담담히도 오래가는 내음새를 풍기우며, 머슴둘레 꽃포기가 발길에 채일 뿐, 쌍긋한 찔레 덤풀이 앞을 가리울 뿐 나보다는 더 빨리 달아나는 것이었다. 나의 부르는 소리가 크면 클수록 더 멀리 더 멀리 달아나는 것이었다.

　　여긴 오지 마……여긴 오지 마……

　　애살포오시 웃음 지우며, 水流와 같이 네개의 水流와 같이 차라리 흘러가는 것이었다.

　　한줄기의 추억과 치여든 나의 두손, 역시 하늘에는 종다리새 한마리, 이런 것만 남기고는 조용히 흘러가며 속삭이는 것이었다. 여긴 오지 마……여긴 오지 마……
　　　　—「무슨 꽃으로 문지르는 가슴이기에 나는 이리도 살고 싶은가」 부분

'아조'는 '아주'라는 뜻인데, 서정주가 즐겨 쓰기는 하지만 시인이 독특하게

쓰는 시어라기보다는 남도 지방에서 널리 쓰는 사투리로 보아야 한다. 하지만 '향긋한' 대신에 쓴 '쌍긋한'과 '애처롭게' 대신에 쓴 '애살포오시', '치켜든' 대신에 쓴 '치여든'은 전라도 특유의 사투리로 여겨진다. 하지만 이 정도 숫자의 사투리와 순 우리말 구사는 서정주의 시에서는 빈도수가 높은 편이다. 서정주다운 시, 즉 언어 미학의 정점은 아무래도 『질마재 神話』가 아닌가 한다.

小者 李 생원네 무밭은요. 질마재 마을에서도 제일로 무성하고 밑둥거리가 굵다고 소문이 났었는데요. 그건 이 小者 李 생원네 집 식구들 가운데서도 이 집 마누라님의 오줌 기운이 아주 센 때문이라고 모두들 말했습니다.
옛날에 新羅 적에 智度路大王은 연장이 너무 커서 짝이 없다가 겨울 늙은 나무 밑에 長鼓만한 똥을 눈 색시를 만나서 같이 살았는데, 여기 이 마누라님의 오줌 속에도 長鼓만큼 무밭까지 鼓舞시키는 무슨 그런 신바람도 있었는지 모르지. 마을의 아이들이 길을 빨리 가려고 이 댁 무밭을 밟아 질러가다가 이 댁 마누라님한테 들키는 때는 그 오줌의 힘이 얼마나 센가를 아이들도 할 수 없이 알게 되었습니다. ──"네 이 놈 게 있거라. 저놈을 사타구니에 집어넣고 더운 오줌을 대가리에다 몽땅 깔기어 놀라!" 그러면 아이들은 꿩 새끼들같이 풍기어 달아나면서 그 오줌의 힘이 얼마나 더울까를 똑똑히 잘 알밖에 없었습니다.
─「小者 李 생원네 마누라님의 오줌 기운」 전문

거인여신(巨人女神) 신화의 일종인 제주도 설문대할망 이야기를 연상시키는 내용이다. 많은 신화와 전설이 그렇듯 이 시도 시골 사랑방에서나 오갈 법한 육담에 가깝다. 이 시의 독자는 시인의 어린 시절이 갈 데 없는 악동이었다는 것을 미소를 머금으며 알아차리게 된다. 이 시는 시인의 입에서 그냥 술술 풀려나오는 이야기이되 장년층에게는 유년시절에 대한 향수를 불러일으키는 묘한 매력이 있다. 그 이유는 ①시에 줄거리가 있으며, ②일상어로 썼기 때문이며, ③지금은 잊혀져가는 풍속이 담겨 있기 때문이다.

질마재 上歌手의 노랫소리는 답답하면 열두 발 상무를 젓고, 따분하
면 어깨에 고깔 쓴 중을 세우고, 또 喪輿면 喪輿머리에 뙤약볕 같은
놋쇠 요령 흔들며, 이승과 저승에 뻗쳤습니다.

그렇지만, 그 소리를 안 하는 어느 아침에 보니까 上歌手는 뒤깐 똥
오줌 항아리에서 똥오줌 거름을 옮겨 내고 있었는데요. 왜, 거, 있지
않아, 하늘의 별과 달도 언제나 잘 비치는 우리네 똥오줌 항아리, 비가
오나 눈이 오나 지붕도 앗세 작파해 버린 우리네 그 참 재미있는 똥오
줌 항아리, 거길 明鏡으로 해 망건 밑에 염발질을 열심히 하고 서 있
었습니다. 망건 밑으로 흘러내린 머리털들을 망건 속으로 보기 좋게
밀어넣어 올리는 쇠뿔 염발질을 점잖게 하고 있어요.

明鏡도 이만큼은 특별나고 기름져서 이승 저승에 두루 무성하던 그
노랫소리는 나온 것 아닐까요?

—「上歌手의 소리」 전문

동네 소리꾼의 소리가 어디서 나오는가를 말해주는 일종의 '이야기 시'이다.
이야기를 이야기답게 하는 것으로 "왜, 거, 있지 않아,"가 있다. 사투리로는
'아예'라는 뜻의 '앗세' 하나가 있다. 『질마재 神話』에 나오는 시 전부를 읽어봐
도 전라도 시인의 시답지 않게 특유의 방언을 거의 접할 수 없다. 또 김영랑의
경우처럼 잘 쓰지 않는 옛말이나 시인 스스로 창안한 조어가 나와 있지도 않다.
하지만 짙은 향토색을 느낄 수 있는 것은 이상 세 가지 방법을 잘 활용했기에
가능했다고 본다. 서정주의 경우 몇몇 한자어를 제한다면 우리 뇌리에 배어
있는 일상어를 그대로 시어로 썼다고 보는 것이 타당하다. 그가 사용한 시어들
은 이미 사어가 되었거나 현재 사어가 되어가고 있는 순 우리말이 아니라 할지
라도 우리의 진정한 모국어라고 해도 틀린 말이 아닐 것이다.

이상 살펴본 바에 의하면 김영랑과 서정주의 시 가운데 사투리와 순 우리말
을 잘 구사한 시의 공통적인 특징은 첫째, 토속적인 정서를 지니고 있다는
것이며, 둘째, 회고 지향적이라는 것이다. 사투리란 것이 원래 그 지방의 고유한
말이기에 토속적인 것은 당연하다. 하지만 공교롭게도 두 시인은 회고·복고·전

통 지향적이란 또 하나의 공통점을 갖는다. 이들은 사투리와 순 우리말을 구사한 시를 쓰면서 사회상을 담는다거나, 시대정신을 반영하거나 하지 않았다. 과거로의 회귀와 과거 세계의 복원을 위해 사투리와 순 우리말을 적절히 이용한 것으로 간주할 수 있다.

3. 경상도 사투리의 시적 특성

1) 이상화의 시어

이상화의 시에 대한 많은 연구 가운데 이성교는 이상화가 산문시를 쓴 배경에 대해, 김현은 주요한의 산문시와 다른 점에 대해 고찰하였다. 이선영은 정형에서 차츰 자유로운 시형으로 바꾸다가 「나의 침실로」에 가서 자유 산문시형을 획득한다고 보았으며, 정효구는 「빼앗긴 들에도 봄은 오는가」를 구조주의적 접근법으로 분석하였다. 언어적 측면에서 연구한 사람들 중 조동일·이기철·이기서는 전통적인 4음보 율격을 계승했다는 점을 들어 이상화를 높이 평가하였다.

여러 연구 가운데 특히 주목을 요하는 것은 김춘수와 김용직 및 이상규의 글이다. 김춘수가 쓴 「<나의 침실로>의 내용전개와 構造」에 대해 김용직은 「의도의 오류와 의도비평」를 통해 반론을 폈다. 김춘수는 「나의 침실로」에 나오는 사투리 "목거지"를 두고 의미가 통하지 않는 낱말로 간주하였고, 제2연 1행에 나오는 "네 집에서 눈으로 遺傳하던 眞珠"를 두고 값나가는 장식품, 즉 겉치레를 말한 것인 듯하지만 "눈으로 遺傳"한다는 표현은 적확한 것이 아니라고 지적하였다.9) 그러나 김용직은 "목거지"는 대구 지방의 사투리로, "여러 사람이 모여서 흥청대는 잔치 마당"이며, "눈으로 遺傳하던 眞珠"는

---

9) 김춘수, 「<나의 寢室로>의 내용전개와 構造」, 『李相和의 서정시와 그 아름다움』, 신동욱 편, 새문사, 1981.

눈물이라고 주장하였다.[10] 이것은 사투리의 뜻 파악 여부가 시인이 그 작품을 어떤 의도로 썼는지 이해하는 관건이 되는 실례이다. 이상규는 시중에 나와 있는 많은 이상화 시집들이 방언으로 된 시어를 잘못 해석하여 본래의 뜻과 전혀 다르게 현대어로 변형시켜놓은 오류를 범하고 있음을 밝힌 바 있다. 이상화의 많은 시를 다룬 가운데 「빼앗긴 들에도 봄은 오는가」에 대해서는 '답답워라'로 표기된 것은 잘못이며, '답답어라'로 고쳐야 한다고 주장하고 있다.[11] 이상 여러 연구자들의 글에는 이상하게도 「빼앗긴 들에도 봄은 오는가」가 사투리 구사에 있어 얼마나 뛰어난 작품이었나를 규명한 대목이 나와 있지 않다. 이성교 정도가 스쳐 지나가듯 이런 말을 해놓고 있다.

> 상화의 초기 시에는 한자로 된 추상적인 어휘가 많이 쓰였다. (…) 그러나 후기 시에 오게 되면 확실히 명작 「빼앗긴 들에도 봄은 오는가」 같은 작품에서는 비교적 순수한 우리말을 다루고 있음이 발견된다.[12]

이런 지적은 간혹 볼 수 있지만 토속적인 낱말과 사투리가 동원되어 어떤 효과를 불러일으키는가에 대한 깊이 있는 연구는 별로 행해지지 않았다고 본다. 시어 선택의 과정에서 겪었을 애로를 많은 연구자들이 간과했기 때문일 것이다. 「빼앗긴 들에도 봄은 오는가」가 이상화의 대표작이며 일제하 최고의 저항시라고 남과 북의 문학사가 공인하고 있음에도 불구하고[13] 우리말 쓰임의 효과에 대한 연구가 거의 없었음은 뜻밖의 일이 아닐 수 없다.

---

10) 김용직, 「의도의 오류와 의도비평」, 『한국문학의 비평적 성찰』, 민음사, 1974, 132~133쪽.
11) 이상규, 「멋대로 고쳐진 이상화의 시」, 『문학사상』, 1998. 9, 72~73쪽.
12) 이성교, 「이상화 연구」, 『연구논문집』 2집, 성신여대 인문과학연구소, 1969, 174쪽.
13) 북한에서 펴낸 『조선문학개관 1』(1986)에는 "서정시 「빼앗긴 들에도 봄은 오는가」는 풍부한 예술적 형상 수법과 세련된 시어, 아름다운 운율을 다양하고 적중하게 구사하여 땅을 빼앗겨 봄마저 빼앗긴 조선농민들의 비통한 심정과 애국적 지향을 시적으로 일반화한 우수한 작품의 하나이다."라고 평가해놓고 있다.

정재완이 이 점을 집중적으로 거론하지는 않았지만 이상화가 이 시에서 사용한 토속적인 낱말과 사투리를 조사한 적이 있다. 그는 토속적인 낱말로 '맨드라미', '도랑', '아주까리', '가르마', '삼단'을, 사투리로 '깝치지', '가쁘하다', '지심'을 들었는데 다른 한편으로 "다 보고 싶다", "쥐어다오", "땀조차 흘리고 싶다"가 농촌 사람이 농촌 생활을 말하는 어조가 아니며, 끝 부분 7행은 자조적 내지는 반어적 어조라고 지적하였다.[14]

고맙게 잘 자란 보리밭아,
간밤 자정이 넘어 나리든 곱은 비로
너는 삼단 같은 머리를 감았구나, 내 머리조차 가쁘하다.

혼자라도 가쁘게 나가자.
마른 논을 안고 도는 착한 도랑이
젖먹이 달래는 노래를 하고, 제 혼자 어깨춤만 추고 가네.

나비 제비야 깝치지 마라.
맨드라미 들마꽃에도 인사를 해야지.
아주까리 기름을 바른 이가 지심 매던 그 들이라 다 보고 싶다.

내 손에 호미를 쥐어다오.
살진 젖가슴과 같은 부드러운 이 흙을
발목이 시도록 밟아도 보고, 좋은 땀조차 흘리고 싶다.

강가에 나온 아이와 같이
짬도 모르고 끝도 없이 닫는 내 魂아
무엇을 찾느냐, 어데로 가느냐, 우스웁다, 답을 하려무나.

나는 온몸에 풋내를 띠고

---

14) 정재완, 「식민지 정치 현실과 시인의 페르소나」, 『省谷論叢』 12집, 성곡학술문화재단, 1981, 179쪽.

푸른 웃음 푸른 설움이 어우러진 사이로
다리를 절며 하루를 걷는다. 아마도 봄 신명이 접혔나 보다.

그러나, 지금은— 들을 빼앗겨 봄조차 빼앗기었네.

총 10연 29행 중 위에 인용한 6연 19행만 보아도 삼단·도랑·맨드라미·들마꽃·아주까리·짬·풋내 등의 토속적인 낱말과 아울러, 나리든·곱은·깝치지·지심·우스웁다 등의 사투리가 나와 있다. 토속적인 정감을 환기하는 낱말을 이렇게 많이 동원함으로써 이상화는 고향의 아름다운 봄 풍경을 성공적으로 묘사해낸 것이다. 이런 토속적인 낱말을 사용하지 않고서는 고향에 대한 향수와 동경, 겨레에 대한 사랑과 연민을 드러내기가 어려웠을 것이다. 이상화는 이 시에서 특히 직유법을 다섯 번 사용하는데, "자연 사물을 원어로 한 매개어가 사람이나 신체의 일부분, 생활적이고 토속적인 것으로 되어 있어"[15] 독자는 식민지 백성이 된 겨레에 대한 설움, 빼앗긴 산천에 대한 분노의 정서를 어렵지 않게 파악할 수 있다. 이와 아울러 이 시에서 사투리의 사용은 시의 주제를 살리는 데 필요불가결한 요소로 작용하고 있다. '답답워라'(답답해라), '나르든'(내리던), '곱은'(고운), '깝치지'(재촉하지), '지심'(김), '우서웁다'(우습다) 등은 틀림없는 경상도 사투리다. 이상화는 빼앗기고 만 국토에 대한 향수를 강조하기 위해 이러한 사투리를 구사한 것이 사실이지만, 나아가 우리말의 지역성, 즉 일본어와 변별되는 조선어의 특성을 부각시키기 위해 이 시에서만 거의 예외적으로 한자를 배격했으며, 또한 예외적으로 사투리를 구사한 것이라고 본다. 「빼앗긴 들에도 봄은 오는가」는 탁월한 민족적 저항시임에 틀림없는데, 바로 이 점에서 '저항시'라는 측면보다는 '한민족의 시'라는 측면이 강조될 필요가 있다. 하물며 당시는 땅만 빼앗긴 것이 아니라 '봄'조차 빼앗겼던 식민지 시대였으므로.

　이 시는 민요의 율격을 원용하고 있지 않지만 호격·감탄사·구어체·청유형

---

15) 정재완, 앞의 글, 178쪽.

어미·명령형 어미를 종횡무진 사용함으로써 현실감을 더욱 느끼게 해준다는
점도 지적할 수 있다. 시인과 독자 사이의 거리를 좁히는 데 기여한 "같지를
않구나", "말을 해다오", "깝치지 마라", "답을 하려무나" 등의 구어체 구사에
만족하지 않고 시인은 계속해서 자연에게 말을 건넨다. "입술을 다문 하늘아
들아", "고맙게 잘 자란 보리밭아", "나비 제비야" 하고 차례로 부른 후에야
비로소 "내 혼아" 하고 정신없이 산천을 헤매는 자기를 부른다. 찬찬히 읽어보
면 차례로 불려진 대상은 시인이 불러본 독자, 즉 희망을 잃지 말아야 될 조선의
인민임을 알 수 있다. 일인칭 화자를 취한 시인이 이렇게 독자를 불러 세워
다수가 되게 함으로써 지배 민족에 대한 저항과 몸부림을 보여준 것도 이 시의
뛰어난 언어적 기법에 기인한 것이다.

2) 박목월의 시어

시어로 변형을 시키기에는 왠지 어색한, 경상도 지방의 투박한 사투리를
시다운 참 맛의 경지에까지 이르게 또 한 사람의 시인으로 박목월이 있다.

> 장독 뒤 울 밑에
> 모란꽃 오무는 저녁답
> 裸木 새순 밭에
> 산 그늘이 내려왔다
> 워어어임아 워어어임
>
> 길 잃은 송아지
> 구름만 보며
> 밟고 갔나베
> 무찔레밭 藥草길
> 워어어임아 워어어임

휘휘휘 비탈길에
저녁놀 곱게 탄다
黃土 먼길이사
피 먹은 허리띠
워어어임아 워어어임

젊음도 안타까움도
흐르는 꿈일다.
애달픔처럼 애달픔처럼 아득히
상기 산그늘이 내려간다.
워어어임아 워어어임

―「산그늘」 전문

　　그의 두 번째 추천작 「산그늘」만 봐도 경상도 사투리를 적절히 구사하여 저녁 무렵의 농촌 풍경을 그야말로 토속적으로 그려놓고 있다. 박목월은 '저녁 무렵'을 '저녁답'으로, '갔나보다'를 '갔나베'로, '먼길이여'를 '먼길이사'로, '꿈이다'를 '꿈일다'로 씀으로써 시의 맛을 제대로 살리고 있다. 시의 후렴구인 '워어어임아 워어어임'은 경상도 지방에서 소를 부를 때 쓰는 의성어이다. 이 시는 전반적으로 슬픔의 정서에 사로잡혀 있다. 길 잃은 송아지도 그렇거니와 "피 먹은 허리띠"는 일제시대 말기, 우리 민족이 처해 있던 질곡의 상황을 암시하고 있는 것으로 판단된다. 바로 이어지는 마지막 연의 "젊음도 안타까움도/흐르는 꿈일다"와 "애달픔처럼 애달픔처럼 아득히"라는 강조 구문도 자연 친화에 머물지 않고 시대상을 담으려 노력한 흔적으로 간주할 수 있다. 이처럼 초기 시부터 경상도 출신의 시인이며, '한'의 정서를 지니고 있음을 분명히 하고서 시를 쓴 박목월은 『慶尚道의 가랑잎』에 오면 경상도 사투리의 결이 억센, 그러나 구수한 장맛 같은 우리말의 맛을 망자를 보내는 사람의 입을 통해서 보여준다.

아베요 아베요
내 눈이 티눈일 걸
아베도 알지러요.
등잔불도 없는 제사상에
축문이 당한기요.
눌러 눌러
소금에 밥이나마 많이 묵고 가이소.
윤사월 보릿고개
아베도 알지러요.
간고등어 한 손이믄
아베 소원 풀어 드리련만
저승길 배고플라요
소금에 밥이나마 많이 묵고 가이소.
여보게 萬述 아비
니 정승이 엄첩다.
이승 저승 다 다녀도
인정보다 귀한 것 있을락꼬,
亡靈도 應感하여, 되돌아가는 저승길에
니 정성 느껴 느껴 세상에는 굵은 밤이슬이 온다.

―「萬述 아비의 祝文」 전문

　이 시는 억센 경상도 사투리로 일관하면서 "한국인의 감정의 원형을 육성으로 승화"[16]시키고 있다. "등잔불도 없는 제사상"이므로 천민의 죽음이다. 그것도 보릿고개를 겪어야 했던 시절의 죽음이기에 만술 아비의 배고픔은 이 시의 중요한 모티브가 된다. 그래서 간고등어 한 손이면 만술 아비의 소원이 다 풀린다.

　이 시는 앞 13행과 뒤 6행의 화자가 다르다. 앞은 만술 아비가 제사상 앞에서 늘어놓는 넋두리이고 뒤는 시인이 비탄에 잠긴 만술 아비를 위로하는 말이다.

---

16) 박철석, 「박목월론」, 『한국현대시인론』, 학문사, 1982, 215쪽.

이 시에는 두 가지 마음의 기류가 통하는데, 그 한 가지는 망자인 아버지를 향한 만술 아비의 애틋한 정이다. 간고등어 한 손이라도 구워 드린 적이 없어 만술 아비는 애통해 하면서 제사상에나마 쌀밥을 차려 올렸으니 반찬이라곤 소금뿐이지만 많이 들고 가시라고 말한다. 또 하나의 마음은 시인의 측은지심이다. 자신의 집에서 부렸을 수도 있는 만술 아비가 저렇게 애통해 하니까 이를 달래기 위하여 말한다. 네 정성이 그토록 지극하니까 망령이 다 응하여 밤이슬이 되어 내린다고. 이 시가 주는 감동은 '가난-천민-죽음'이라는 내용 자체에 있기도 하지만 그보다는 "아베요", "알지러요", "당한기요", "많이 묵고 가이소", "한 손이믄", "배고플라요", "엄첩다"(엄청나다), "있을락꼬" 등 사투리가 형성하는 독특한 지방색 덕분이다. 「萬述 아비의 祝文」에는 경상도 오지 주민의 척박했던 삶이 투박하기 짝이 없는 경상도 사투리 구사에 힘입어 더욱 처절히 드러나 있다. 중기의 작품을 한 편 보자.

> 뭐락카노, 저편 강기슭에서
> 니 뭐락카노, 바람에 불려서
>
> 이승 아니믄 저승으로 떠나는 뱃머리에서
> 나의 목소리도 바람에 날려서
>
> 뭐락카노 뭐락카노
> 썩어서 동아 밧줄은 삭아 내리는데
>
> 하직을 말자, 하직을 말자
> 인연은 갈밭을 건느는 바람
>
> 뭐락카노 뭐락카노 뭐락카노
> 니 흰 옷자락만 펄럭거리고……
>
> —「이별가」 부분

화자는 죽음의 강 저편에서 아득히 들려오는 듯한 망자의 소리를 환청인 양 듣고 있다. 이 시에서 박목월은 생사를 초월하고자 하는 애절한 사연과 인연에의 애착, 육친에의 그리움 등을 보여주고 있는데, 모두 여덟 번에 걸쳐 나오는 "뭐락카노"라는 경상도 사투리가 주는 묘한 뉘앙스가 애절함을 고양시키고 있다. 혼잣말 같은 반복어법과 "아니믄"이나 "건느는" 같은 사투리도 효과적으로 쓰이고 있다. 이 시는 박목월이 초기 시에서 보여주던 향토적이고 여린 서정소곡조의 취향에서 벗어나, 인생을 깊이 있게 관조하는 원숙한 경지에 이르렀음을 증명한 작품이다. 이 시의 성공 역시 경상도 사투리 구사에 힘입은 바 크다.

사투리와 순 우리말을 잘 구사했다는 점에서 이상화와 박목월의 시는 김영랑과 서정주의 시와 별 다를 바가 없다. 하지만 경상도의 두 시인은 식민지 시대를 살면서 민족의 수난을 표현하기 위해 의도적으로 사투리와 순 우리말을 시어로 끌어썼음을 알 수 있다. 시인으로서 식민지 시대를 살면서 나랏말이 위축되는 현실을 이와 같은 방법으로 극복해보고자 노력한 결과물이 바로 이런 시들이었다. 이상화가 보다 적극적으로 저항의 의지를 표현하기는 했지만 박목월이 사투리를 적절히 구사하며 쓴 시 「산그늘」과 「萬述 아비의 祝文」을 보면 비참한 운명에서 벗어날 수 없게 된 우리 민족의 모습이 잘 반영되어 있음을 알 수 있다. 두 시인은 단지 토속적인 색깔만을 보여주기 위해서 사투리와 순 우리말을 구사한 것이 아니었다. 내지(內地)에 대척되는 의미의 조선반도, 거기서도 화려한 도회지에 대척되는 의미의 변방인 경상도의 오지를 제대로 그려내기 위해서 사투리와 순 우리말의 사용은 필요불가결한 일이었다.

4. 마무리

세계화의 명분을 내세우며 영어를 외국어가 아닌 상용어로 채택하자는 일각의 목소리에 조금씩 힘이 실리고 있다. 대학생들의 어학연수 붐에 이어 중학교에 들어가서 배우던 영어를 몇 년 전부터 초등학교에서부터 배우고 있다. 초등학교 때 1, 2년 휴학을 하고 해외에 나가 그쪽 학교에 다니면서 영어에 대한 두려움을 떨쳐버리고 오는 것도 중산층 가정의 호사가 아니라 일반화된 지가 오래되었다. 네티즌의 증가는 영어를 상용화하자는 주장에 힘을 보태고 있으며 개개인의 경쟁력이 영어 실력으로 판가름되고 있다. 이런 추세가 지속된다면 순 우리말과 사투리는 사전에 숨어 있는 말이 되고 일상어의 대부분을 외래어가 차지하게 될 것이다. 시인들까지 여기에 가세하여 외래어 구사에 나선다면 김기림 작 「氣象圖」의 실패 전례를 따르게 될 것이다.

시집 전부를 대상으로 하지 않은 탓에 논리 전개에 다소 무리가 있었지만 대표작 몇 편씩을 살펴본 바에 의하면 김영랑과 서정주, 이상화와 박목월은 사투리를 적절히 구사하여 우리말의 묘미를 맛보게 해준 시인이다. 국권을 잃고 모국어마저 잃어가는 상황에서 이 네 시인(박목월은 특히 초기의 시가 해당됨)의 사투리 지향 노력은 일제하 한글학자의 사전 편찬과 국문법 정리 작업에 못지 않은 것이었다.

김영랑은 전라도 사투리 이외에도 옛말·조어·의고체 등을 십분 활용하여 언어의 조탁에 힘썼다. 같은 전라도 시인으로서 서정주는 사투리를 잘 구사한 시인이라기보다는 자연스러운 구어체를 활용하여 우리 시의 품격을 가일층 높인 시인이었다.

경상도 사투리는 대단히 투박하기 때문에 경상도 태생의 시인일지라도 시어로 취하는 경우가 드문데, 이상화와 박목월은 이를 능숙하게 구사하였다. 이상화의 경우 경상도 토박이 선비의 저항정신을 구현하는 데 사투리를 적절히 사용하여 20년대 최고의 작품이라고 할 수 있는 「빼앗긴 들에도 봄은 오는가」를 탄생시켰다. 경상도 사람을 흔히 무뚝뚝하다고 표현하듯이, 박목월도 과묵한 경상도 시인답게 언어를 절제하면서도 사투리를 몇 편의 시에 절묘하게 구사하여 경상도 지방 토착어의 맛을 한껏 자랑하였다.

이 글은 「한국 현대시에 나타난 '사투리'」라는 제목 아래 씌어졌지만 평북 정주가 낳은 소월과 백석 및 함북 경성이 낳은 김동환을 언급하지 않은 것은 아쉬움으로 남는다. 그리고 경상도 사투리를 적절히 활용함으로써 서정성 짙은 일제하 저항시의 백미 「빼앗긴 들에도 봄은 오는가」를 남긴 이상화를 박목월과 비교하면서 다루지 못한 점도 아쉬운 부분이다. 앞으로 시와 시인을 평가하는 수다한 방법 가운데 모국어, 특히 사투리를 잘 보존하고 가꾸는 시인 본연의 임무에 초점을 맞추는 연구 작업이 문학 연구가들 사이에 보다 넓게 확산되기를 간절히 소망한다.

한국 현대시에 나타난 '외국 여행'

1. 외국 여행과 우리 시

여행 체험은 시인들로 하여금 눈을 뜨게 한다. 낯선 곳에 갔는데 문학적 감흥이 일어나지 않을 리 없고, 그것을 시로 쓰지 않으면 병이 된다. 미지의 세계로 날아가 낯선 사람을 만나고, 새로운 음식을 먹고, 이색적인 풍경을 보고, 색다른 체험을 한다는 것은 다시 태어나는 것과 마찬가지이다. 우리 현대문학사를 면밀히 살펴보면 전국 방방곡곡, 문학인의 펜이 가 닿지 않은 곳이 없다. 그러나 1950~70년대까지는 해외의 자연 풍광이 우리 시문학의 공간이 된 경우가 극히 드물었다. 광복 이후부터 1981년 8월 1일 해외여행자유화조치가 이루어지기 이전까지는 외국 여행을 해본 시인이 많지 않았고, 그렇기 때문에 이국의 풍광과 풍물이, 주거지와 유적지가, 인물과 인심이 시에 그려진 경우는 거의 없다시피 하였다. 외국 여행을 자유롭게 하게 되고 국민의 생활 수준이 향상된 80년대부터 우리 시문학에 있어 달라진 현상이 바로 외국 여행의 결과물로 시가 씌어지게 된 것이다.

지구본을 놓고 보면 대한민국은 참으로 작은 나라다. 하지만 대륙에 붙어 있고 삼면이 바다라는 지정학적 특성은 자고이래 우리 민족의 시야를 광활한 만주 벌판과 수평선 저 너머에 두게 하였다. 우리 고전문학을 살펴보아도 이국으로의 여행이 작품 창작의 모티브가 된 예가 드물지 않았다. 신라시대 때 당나라에 유학을 갔던 승려 혜초는 『往五天竺國傳』이라는 기행문을 남겼는데, 그 양피지 책자에 나타나 있는 여행의 경로는 인도 전역과 서역과 중국에 걸친 엄청난 거리였다. 『往五天竺國傳』의 가치가 기행문에서 끝나지 않았음은 거기에 실려 있는 자작시 5편에서 알 수 있다.[1] 여행의 산물은 아니었지만 헌강왕 5년(879) 작품인 「討黃巢檄文」은 최치원이 당나라 유학 당시 황소의 난을 평정해야 한다는 내용으로 쓴 격문으로서 당나라 사람들로부터 큰 평가를 받았다. 조선조 영조 40년(1764)에 나온 「日東壯遊歌」는 김인겸이 일본에 사신으로 가는 정사(正使) 조엄의 서장관으로 따라가 견문한 것을 바탕으로 쓴 장편 기행가사이다. 고종 3년(1866)에 나온 「燕行歌」는 홍순학이 청나라에 가는 사신의 서장관이 되어 북경에 다녀온 뒤에 쓴 기행가사이다. 시가 아닌 산문 기행문학은 숙종 39년(1713)에 김창업이 지은 「燕行日記」와 정조 22년 (1798)에 서유문이 지은 「戊午燕行錄」이 있다. 이들 작품은 한글로 씌어진 데 반해 기행문학 가운데 가장 유명한 박지원의 「熱河日記」는 한문으로 씌어져 아쉬운 바도 있지만 그 문학적 가치는 앞의 작품들을 단연 압도한다.

외국 여행의 결과가 문학 작품이 되는 전통은 개화기에 나온 창가 「세계일주가」로 이어지고, 일제시대의 시작품 가운데에도 작품의 무대가 이국인 것은 적지 않다. 이육사의 「절정」과 「꽃」, 백석의 「나와 나타샤와 흰당나귀」「故鄕」 「北關」 등은 북방(북만주)을 배경으로 하고 있다. 그리고 정지용의 「카페 프란스」, 안용만의 「강동의 봄」, 임화의 「우산 받은 요꼬하마의 부두」, 윤동주의 「쉽게 씌어진 시」 등은 일본을 배경으로 하고 있다. 그렇지만 전체 편수는 그리 많지 않았고, 나라도 중국과 일본에 치우쳐 있다. 그나마 이러한 전통은 해방 이후 그 명맥이 끊어지고 만다. 그러다 해외여행자유화조치 이후 다시

---

1) 혜초의 시에 대해서는 「한국 한시의 넓이와 중국 한시의 깊이」라는 글을 통해 논의한 바 있다. 『한국 현대시 비판』, 월인, 2000, 253~259쪽 참조.

외국 여행이 봇물처럼 이루어짐에 따라 그 경험이 수많은 시를 통해 형상화되고 있는 것이다.

2. 역사의 흔적을 찾아서

외국 여행의 목적은 대개의 경우 관광 내지는 답사이다. 그밖에 연구를 위한 여행일 수도 있고, 일정 기간 체류하면서 느낀 점을 시에 담을 수도 있다. 시인의 외국 여행 체험 가운데 한민족의 역사와 관련이 있는 것을 우선 살펴보도록 한다.

> 내가 누구냐고 자문하는 것은
> 노령 블라디보스토크나 하바로프스크쯤에서는
> 질문이 아닌지 모른다, 내가 누군지
> 알려고 부질없이 애쓰지 않아도 이곳에서의 삶은
> 저렇게 바닥이 드러나 있다, 사람들은
> 스스로의 길로 저물 뿐, 끝긴데 없는
> 지평을 바라보거나 하루 종일
> 말이 없다, 시장 귀퉁이에
> 몇 봉지 김치를 내놓은 저 동포 아낙네도!
> 동족이라는 이름으로 이제 누구에게도
> 말 건넬 필요가 없다, 일찍이
> 이곳이 하바로프스크의 지하 감옥이라도!
> 조명희는 소비에트 비밀 경찰에게 고문당하면서
> 끝끝내 신분을 감추고 무산자 계급으로 남았을까
> 영웅적인 파르티잔을 낳지 않아야 혁명이 혁명다웁고
> 안타깝게 쳐다보아도 이념의 푯대 때문에 차라리
> 믿음이 남던 시절은 행복했을지도 모른다

— 「연해주 詩篇 2」 부분

김명인은 러시아 영토인 연해주[2]에 교환교수로 가 있으면서 몇 편의 시를 쓴다. 그러므로 「연해주 詩篇」 연작시는 외국 여행의 산물이라기보다는 일정 기간 체류하면서 쓴 시라고 보아야 할 것이다. 우리 시사를 통틀어 연해주가 작품의 무대가 된 것은 극히 드문 일이었기에 이 자리에서 그 의의를 논하지 않을 수 없다.

시인은 연해주 어느 도시(이 시의 무대가 블라디보스토크인지 하바로프스크인지 확실하지 않다)의 거리와 시장통을 거닐면서 자신의 정체성 탐구에 골몰해 있다. 내가 누구냐고 자문하는 것이 부질없는 이유는, 시장 귀퉁이에서 봉지 김치를 팔며 살아가는 동포 아낙네를 만났기 때문이다. 동포일지언정 아낙네와 나는 국적이 다르다. 그래서 "동족이라는 이름으로 이제 누구에게도/말 건넬 필요가 없"는 것이다. 이국에서의 감회가 뼈저린 이유가 또 하나 있다. 소설가 조명희가 일본 스파이로 몰려 스탈린 통치 시대에 소비에트 비밀경찰의 고문을 받다 죽은 곳이 바로 하바로프스크이다. 조명희가 죽은 지하 감옥을 떠올려보며 시인은 우울해한다. 그래서 시의 후반부는 이렇게 전개된다.

> 팽개치고 싶은 절망 말고는 무엇 하나
> 남은 것 없이 변방까지 밀려와
> 철 지난 겨울이 온몸을 고문하는 바람 속에 서서
> 언제부터 내 생각의 結氷 이렇게 두터웠는지
> 다시 닿을 종착도 예 아니라는 듯이
> 저렇게 지구 끝쯤으로 떠나는 기차에게 물어보는 일도
> 이곳에서는 이미 부질없다.

세찬 바람이 온몸을 고문하듯이(!) 불어대고 있다. 바람 속에 북방의 풍경도 얼어붙어 버렸지만 그것을 바라보는 나의 마음도 조명희에 대한 생각으로 얼어

---

2) 러시아어로는 프리모르스키 지구(Primorsky Kray)이다. 러시아 극동 지방의 지구들 가운데 가장 작으며, 동해와 만주(현재는 '東北'으로 표기) 지구 사이에 있다.

붙어 있다. 이주를 했건 도망을 갔건 그곳은 이국 땅, 이민족의 땅이기에 받아온 설움이 오죽했으랴. 민족의 슬픔과 시인 자신의 외로움이라는 두 색깔의 물감을 풀어 쓴 이 시에는 우리 민족이 이국에서 당한 고초가 은은히 배어 있다. 그 연해주에서도 살지 못하고 화물 열차로 오래오래 실려와 카자흐 지방에 뿌리를 내리고 산 우리 조상의 슬픈 역사가 있다.

> 김씨임을 잊지 않는다는 그는 고뇌 끝에 음울한 모스크바 하늘 아래로 돌아갔다. 아름다운 러시아어를 등지고서 존재할 수 없다는 게 이유였다. 그 나라는 그에게 인자스럽지 못했다. 연해주에서 화물 열차에 실려와 뿌리내린 카자흐 구릉 마을의 아들, 다시 유랑민이 되어 캄차카와 시베리아, 그리고 변방 사할린에다 소년기를 묻어놓았다는 사내의 키는 작다. 이때의 눈물이 오늘에 이르러선 '초원, 내 푸른 영혼'이라고 노래하게끔 되었나보다. 그의 내면으로 우러나는 이미지를 통해서 나 또한 초원, 내 푸른 영혼이라고 화답한다.
>
> —「초원, 내 푸른 영혼」앞 연

신중신이 쓴 이 시의 제목은 재 러시아 동포 작가 아나톨리김의 자서전 제목이기도 하다. 스탈린은 연해주에 사는 조선족(그들은 고려인이라고 불렸다)을 러시아 민족에게 해를 끼칠 화근으로 간주하고는 대대적인 이주 작업을 전개하였다. 아무 영문도 모른 채 화물열차로 실려와 내린 곳이 시베리아의 한 귀퉁이, 카자흐 구릉지대였다. 그 황무지를 악착같이 일구어 농작물을 수확한 조선족의 후예가 바로 한민족 러시아 작가 아나톨리김이다. 이 시에는 한 사람의 성장기만 담겨 있는 것이 아니다. 일제의 탄압을 견디지 못해 연해주로 갔다가 거기서도 정착하지 못하고 카자흐, 캄차카 반도, 시베리아, 사할린 등지로 떠돌 수밖에 없었던 우리 민족의 처절한 수난사가 담겨 있다. 시인이 아나톨리김의 자서전을 읽고 이 시를 썼다면 여행 체험의 시화(詩化)라고 할 수 없을 것이다. 그러나 시집 『카프카의 집』에는 신중신 시인이 러시아와 동구권 일대를 여행했음을 알게 하는 시가 여러 편 있다. 예컨대 "동방정교회 구원의 표지가/목 없는 형체로 어렴풋이 드러나는/전람회장의 그림"(「전람회장의 그림」), "간절함을 퍼올리는 한낮 거리에/선연한 빛깔로 나선 우즈베크 처녀, 젖은 눈동자."(「우즈베크 옛 마을」), "古都의 빛은 책갈피에서 창연할 테지만/그것은 멀리 돌아앉아/안개만 자욱한 크라코프 역,"(「잿빛 안개」) 등이 그렇다. 문학적으로 거의 미지의 세계였던 연해주가 우리 시의 공간으로 들어온 것은 뜻깊은 일이고, 그런 점에서 또 하나의 미지의 세계인 사할린3)이 우리 시에서 다루어지기를 소망해본다.

고구려의 유민이었던 대조영이 세운 발해는 남아 있는 기록이 부실하여 한민족이 세운 국가가 아니라고 하는 중국과 한민족이 세운 국가라고 하는 우리 쪽 의견이 팽팽히 맞서 있다. 문자로 적힌 기록은 별반 남아 있지 않지만 지금까지 계속 출토되고 있는 유물과 통치 지역의 유적으로 미루어보건대 한민족이 세운 국가라고 여겨진다. '여겨진다'가 아니라 확신을 갖고 발해 지역에 가서 자료 조사를 하고, 수많은 관련 사적을 뒤적이며 시를 써온 시인이 있다. 상희구의 시집 『발해기행』과 『요하의 달—발해기행·2』는 역사의 흔적을 문학적으로 복원하려는 원대한 꿈을 펼친 시집이다.

그쪽에서 출토되었다는 깨어진 발해 銅鏡을 닦다가 이가 빠진 때문은 발[簾] 사이로 새어 들어오는 아카시아 향기에 취하여 펀듯 낮잠에 든 지도 꽤 오래다.
느닷없이 朱雀大路에 들었다. 글자 그대로 가로변의 집들은 호화스러웠고 지붕들은 붉었다. 山勢는 민화투의 그림처럼 끝의 선들이 매끄

---

3) 소련은 제2차 세계대전이 끝날 무렵 쿠릴 열도와 함께 사할린 섬의 남반부를 얻었다. 1956년 일본이 소련과 국교를 회복하면서 사할린에 있는 일본인은 다 귀국했지만 한인은 일본인이 아니라는 일본 정부의 주장으로 귀환 대상에서 제외되었다. 1930~40년대 초반에 일본은 노동력 부족을 해결하기 위해 조선인을 무더기로 사할린에 징용으로 끌고 갔는데, 전쟁이 끝났을 때 그 수가 6만 명이었다. 후손들 4만 3000명이 아직 그곳에 살고 있고, 최근에 들어서야 영구 귀국이 가능해졌다. 그러나 이미 1세대는 거의 다 죽었고, 2~3세대는 삶의 뿌리를 그곳에 내려 귀국이 어려운 상태이다.

럽지 못하였으나 신비로웠다.

—「발해기행·1」첫 부분

발해에 대한 시인의 무한한 동경은 한낮의 꿈속에 발해의 주작대로가 펼쳐지게 한다. 발해 영토에서 출토된 구리거울을 보다가 잠에 들어 그 시대의 거리를 거닐어본 시인은 아예 발해 현지 답사에 나선다. 첫 번째 시집에는 「발해기행」이 10편 실려 있지만 두 번째 시집에는 무려 56편이 실려 있다. 발해의 유적지를 답사하고 연구를 한 결과물이 한 권의 시집이 된 것이다. 시인은 요하의 강둑을 거닐며 시상을 떠올린다.

동짓날 열사흘렛날 자정, 같은 날 같은 時에
나는 꽁꽁 얼어붙은 요하의 강둑에서,
아내는 잠실 본동 310번지 우리 집 베란다에서,
달 표면 중 「고요의 바다」쪽을
동시에 바라보기로 약조했다.

—「발해기행 20」앞부분

발해 기행이 본격적으로 시작된 것이다. 동묘(東廟)를 관람하고, 돈화(敦化) 육정산에 있는 정혜공주의 무덤을 돌아보고, 월희(越喜, 발해에 있던 도시 이름) 번화가를 거닐어보기도 한다. 한편으로는 발해의 설화를 수집하고, 문자를 연구하고, 당시의 영토를 상상하여 지도를 그린다. 시인의 발해 기행은 잊혀진 고대사의 현대적 복원 및 시적 상상이라는 점에서 우리 문학사에 있어 새로운 이정표 역할을 했다고 본다.

무덤 속에서도 만나보고 싶은 사람이 있다
무덤 속에서도 바라보고 싶은 별들이 있다

잎새에 이는 바람은 잠이 들고
바다는 조용히 땅에 눕는다

그 얼마나 어둠이 깊어갔기에
아침도 없이 또 밤은 오는가

무덤 속에서도 열어보고 싶은 창문이 있다
무덤 속에서도 불러보고 싶은 노래가 있다

―정호승, 「詩人 尹東柱之墓」 전문

사람이 묻혀 있는 곳이라고
꽃밭 아니랴
그 무덤에 더더욱 시인이 산다면
꽃밭보다 더 황홀한
새벽江 아니랴

청천대낮에도 별들은
내려와 서럽도록
따뜻한 꽃밭을 이루나니
잎새에 이는 바람도
여기서만큼은 벌 나비 되었으라
아아, 천지가 북망산천이래도
그곳에 시인이 산다면
시퍼런 빛살로 드러눕는
새벽江도 이리 황홀한 것을

―허형만, 「윤동주의 무덤」 전문

　　윤동주의 묘는 북간도 용정의 교회 묘지 터에 자리잡고 있다. 정호승이 그곳에 가보고 와서 이 시를 썼는지는 알 수 없다. 하지만 무덤의 소재지가 중국 땅임이 분명하므로 외국 여행의 산물이라고 보아도 무방할 것이다. 해방을 불과 6개월 앞두고 일본의 후쿠오카 형무소에서 운명한 윤동주의 묘를 소재로 했다는 것 자체가 역사의 흔적을 찾으려는 노력의 일환이다. 또한 나라 바깥으로 나가서 직접 보고, 듣고, 느낀 바를 시로 써 현장감을 전하는 시적 경향을 대변한다고 보아야 할 것이다. 허형만 시인은 윤동주의 무덤 앞에서 애도의 뜻을 표하는 한편 부러움도 느낀다. 시인의 생애는 짧고 불행했음에 틀림없지만 그 무덤은 시퍼런 빛살로 드러눕는 "황홀한 새벽江"이다. 그 강이 황홀한 이유는 시인의 생애가 너무나 청청했기 때문이며, 그의 시가 위대했기 때문이다. 시인은 고작 27년을 살다 일제의 인체 실험에 희생양이 되어 죽고 말았지만 그의 시는 위대하기 때문에 영원하리라고 허형만은 윤동주의 무덤 앞에서 생각해본 것이다. 백두산을 한참 돌아서 갈 수밖에 없는 것도 국토의 허리가 동강난 우리 역사의 슬픈 질곡 때문이다.

다음날엔 장춘(長春)으로
두 시간 반의 비행.
양자강 하구가 바다나 다름없데.
가도가도 끝없는
대해(大海) 아니면 대평원이로구나.
길림성(吉林省)에 들어서자
마치 낯익은 고향에 돌아온 듯,
산들이 여기저기 엎디어 있고,
구석구석 가꾸어진 기름진 농토……
하기야 저 고구려 옛적부터
우리의 조상들이 살았던 곳 아니던가.
녹음 우거진 장춘에서 만난
총각 가이드는 그곳 길림대학생,
석별의 정을
한국 유행가로 멋지게 달래더라.

—박희진, 「백두산 가는 길」 부분

나도 돌아서 갔다

돌아서 가는 길이 생생하고 가쁘다
長春에서 밤도와 延吉로 가는
열차도 숨이 차 열이 나는지
어둠을 한 켜씩 벗고 달린다
서서히 본색을 드러내는 산과 들
조붓조붓 웅크린 마을이며
낯익은 옥수수밭 호박밭이 환하다
하! 이곳에도 혈육이……
아무튼 살아줘서 고맙다

―임영조, 「백두산 가는 길」 부분

두 시인이 쓴 시는 제목도 같지만 느낌도 비슷하다. 아마 다른 시인이 썼어도 마찬가지일 것이다. 남한 사람이 백두산 구경을 하기 위해서는 비행기를 타고 장춘까지 가야 하고, 장춘에서 열차를 타고 밤을 넘겨 연길로 달려가야 하고, 연길에서는 또 버스를 타고 한참을 가야 한다. 두 시인은 백두산 가는 길에 한인을 만나 몹시 반가워한다. 총각 가이드와 옥수수와 호박밭을 일구며 살아가는 조선족을 만나 반가워하지만 여기에도 일제의 모진 압제를 피해 만주로 연해주로 사할린으로 남부여대하여 떠났던 우리 민족의 수난사가 얼비친다. 박희진은 2001년에 『박희진 세계기행시집』을 펴내 랭보처럼 자유인으로 살아온 생의 이력을 총정리한 바 있다.

3. 문명의 화려함을 찾아서

서방세계 물질문명과 첨단 문화산업의 심장부라고 할 수 있는 미국은 우리와 불가분의 관계를 맺고 있는 나라이다. 한일합방 이전 서구 열강의 침탈에 시달리던 시절, 제너럴셔먼호 사건이니 하는 것은 차치하고라도 해방 이후 미국이라는 나라가 우리에게 끼친 영향은 다른 모든 나라를 합친 것보다 클 것이다. 우리는 미군정의 통치를 받았고, 6·25전쟁 당시 미군이 절대다수인 유엔군의 참전으로 공산화가 되지 않았으며, 휴전협정 조인 이래 미군이 주둔하게 됨에 따라 정치적·군사적·경제적·문화적으로 밀접한 관계를 유지하고 있다. 그런데 미국은 최강대국이고 우리는 약소국이다. 두 나라 관계가 국가 대 국가로서 대등하지 않아 수다한 문제가 발생하였고, 지금도 그것이 여전하지만 그에 대한 고찰이 이 글의 목적이 아니므로 생략한다. 미국을 여행하거나 미국에 체류했던 우리나라 시인들은 미국을 어떻게 그렸던 것일까.

> 아무 데나 국기를 꽂는구나.
> 모텔 울타리에, 여염집 정원에, 술집 지붕에, 빌딩 옥상에,
> 지하철 매표소에, 주유소 출납창구에, 카지노 선전탑에, 농장의 축사에,
> …(중략)…
> 이 땅이 미국임은 분명한데,
> 이 나라가 미국임은 분명한데,
> 무슨 불안이 상기 남아 있어서 이처럼
> 재확인을 해두어야 하는 것이냐.
> 초등학교 학생들이 자신의 소지품에 이름을 새겨 넣듯
> 자기 땅에 이름을 새겨 넣어야 비로소 안심이 되는
> 아메리카 나의 땅 혹은 인디언의 땅?
>
> —「성조기」 부분

오세영의 눈에 비친 미국이란 나라의 모습은 이해할 수 없는 부분이 많고, 그 정도가 지나쳐 아니꼽기만 하다. 자기 나라의 국기인 성조기를 자국 영토 내에 마구 꽂아놓는 행위에 대해 시인은 비판한다. 원래 그 땅은 인디언의 땅이 아니었냐고 하면서. 미국인들은 애국심을 들먹일지 모르지만 한국에서 간 시인의 눈에 너무나 자주 뜨이는 성조기는 자화자찬이요 자존심 과잉이다.

때와 장소를 가리지 않는 자기 자랑 자체가 불안감의 표현이 아니냐고 의심스런 눈길로 쳐다보는 것이다.

> 이곳 아메리카에서는
> 도시 더운 물을 찾을 수가 없구나.
> 냉수 한 컵을 들고 테이블에 와서
> 무턱대고 얼음을 처넣는 웨이터에게
> 불현듯 외치는
> '노 아이스!'
> 식수로 찬물을 드는 것은
> 인간이 물질로 환원되어 가는 시대의 한
> 증거일 것이다.

―「아이스 워터」 부분

미국에 갔더니 너나없이 찬물을 마시고 음식점에서는 어떤 손님에게나 물을 차게 해서 준다. 기가 차서 시인은 말한다. "생명은 따뜻한 사랑의 존재"이기 때문에, "그 따뜻함을 지키기 위하여 항상 따뜻한 물을 먹어왔거니"라고. "아, 여기서는 이제부터 나도 기계처럼/냉각수를 먹게 되었구나." 하는 탄식 속에는 자신이 이방인이란 뼈저린 자각도 들어 있지만 현대문명에 대한 예리한 비판이 숨어 있다. 시인은 사람이 공장의 기계처럼 냉각수만을 마시게 되면 언젠가 물질로 환원되어 갈 것이라고 미국이 이끌어가는 물질문명에 대해 따끔하게 경고하고 있다. 끝없이 편리함을 추구하는 인간이 거듭 발달시켜온 문명이란 것이 결국 인간을 잡아먹을 것이란 시각이 이 시를 낳은 것이다. 이와 같이 오세영의 시집 『아메리카 시편』은 미국을 비판하는 입장을 한결같이 고수하고 있다. 또한 미국의 과거와 현재와 미래를 어둡게 그리고 있다.

이뿐만이 아니다. 시인이 가서 보니 수많은 미국인이 "감각의 아이스크림"이고 "정신의 시뮬레이션"인 마리화나를 피우고 있다. 또 미국에서는 뚱보가 되는 것에 대한 공포감에서 음식 먹기를 혐오하여 스스로 굶주리는 병(에너랙시아)으로 연간 수만 명이 죽고 있다. 샌프란시스코를 출발하여 미대륙을 횡단, 뉴욕으로 연결되는 '80번 프리웨이'에서 지나가는 자동차에 대한 무작위적인 총격사건이 수시로 일어나고 있고, 유나봄머(Unabomber, 얼굴 없는 범죄자라는 뜻)라는 별명이 붙은 사나이는 우편물 폭탄 테러를 27회나 자행하였다. 미국은 미식축구 스타 출신인 오 제이 심슨이란 자가 아내와 정부를 살해한 혐의로 구속되었으나 무죄 판결을 얻어내고 베스트셀러 작가가 되는 나라이며, 흑인이나 황인종이 백인 동네 비벌리 힐스를 산책하다간 빨리 사라지라고 지청구를 듣는 나라이다. 시인은 미국적 삶의 이모저모를 예리하게 관찰하고 은근 슬쩍, 때로는 강력하게 비판한다. 혹자는 미국을 우방이라고 부를지 모르지만 시인의 시야에 비친 미국은 무엇 하나 본받고 싶지 않은 아니꼬운 나라이다.

심호택도 교환교수로 미국에 가 있으면서 체험한 것을 갖고 시로 썼고, 그것이 모여 한 권의 시집이 되었다. 심호택의 경우 오세영에 비해 문명과 미국에 대한 비판의 강도가 훨씬 약하다. 그는 주로 미국에서의 한국인의 삶을 그리고 있고, 비교적 편안한 마음으로 미국의 풍광을 완상하기도 한다. 그곳에 사는 한국인을 비판하기도 하지만 그런 시는 많지 않다. 그래도 미국 이민자와 이민 2~3세, 유학생 등이 나오는 시에서는 미국적 삶의 양식을 은근히 비꼬고 있다.

> 피닉스 이용수 교수는
> 다니던 교회가 싫어졌다고 한다
> 웬 까닭인가
>
> 유학생 패거리가 온다
> 오자마자 베엠베(BMW) 한 대씩 산다
>
> 요란한 몸치장에
> 쌍쌍으로 나타나

헌금은 까짓것 백 달러짜리
사정없이 끄집어낸다

—「쓸 만한 학교는」 뒷부분

미주리 강변 카지노 세인트찰스
각 종목 기술을 보여주며
그는 말한다, 마누라는
여기다 이삼만 불 내쏜 줄 알지만
사실은 십만 불이 넘어요

—「빈잔」 앞부분

남일리노이 대학 철학과
김 교수 댁 술자리는, 청산유수
…(중략)…
그의 생각엔 박정희가
전 세계의 존경을 받을 날이 가까웠다
그런가, 인혁당 얘기를 꺼내면
그는 역시 웃으면서
다른 독재자들이 저지른 데 비하면
박은 아무것도 아니라고 한다

—「김 교수 댁에서」 부분

심호택의 시는 건조하기 짝이 없다. 모든 시적 기교를 물리치고 단순하고
담백하게, 혹은 무미건조하게 시를 쓰고 있다. 미국에서 사는 우리 동포들의
일상적 삶을 그리고 있는 그의 시집 『미주리의 봄』은 시적 형상화의 면에서는
낙제점에 가까운 시들이 대부분이다. 하지만 한인이 아메리칸 드림의 땅 미국
에 가서 무사 안일하게 혹은 흥청망청하게 살아가고 있음을 이야기해준 면에서
는 주목을 요하는 시집이다. 낭비벽과 도박벽과 비판력 상실이 재 미국 한인의
진면목은 아닐지라도 상당수의 사람이 자본주의의 세례를 잘못 받아 비틀거리

고 있음을 다룬 점에서는 외국 여행 체험의 정직한 기록이라 할 수 있을 것이다. 심호택은 블랙잭이라는 도박으로 미화 몇천 불을 순식간에 거덜내는 후배가 등장하는 시를 쓴 바 있는데(「사나운 강물이」), 박희진도 도박의 도시 라스베가스에 갔던 경험을 갖고 시를 썼다.

> 돈을 물 쓰듯 쓰고 싶은 사람들,
> 먹고 마시고 노는 일말고는
> 할 일이 바이 없는 사람들에겐
> 스물 네 시간 오픈된 지상낙원.
> 호텔 이름 그대로
> 권태를 날려버릴
> 서커스, 서커스,
> 보물섬, 보물섬,
> 아니 차라리 '미라지'가 어떨까.
>
> —「라스베가스」 부분

온갖 환락을 다 맛볼 수 있는 도박의 도시 라스베가스에 가서 시인이 본 것은 "사막의 신기루"이다. 시인은 라스베가스를 지상낙원이라고 했지만 그것은 역설적인 표현이다. 놀이(혹은 여흥)란 노동을 끝낸 뒤에 휴식 시간을 가지면서, 혹은 휴식한 뒤에 해야 의미가 있는데 자본주의 사회는 노동과 놀이의 가치를 인정해주지 않는다. 노동하지도 않으면서 놀기만 하는 곳이 바로 라스베가스이다. 있는 대로 흥청망청 써버리게 하는 거대한 도시를 본 뒤에 시인은 환멸감에 사로잡혀 이곳이야말로 사막의 신기루라고 비판한다. 이 또한 외국 여행의 값진 소득이라고 할 수 있을 것이다.

김광림은 예술의 도시 파리에 갔다가 개 같지 않은 개들을 보고 놀라고, 귀엽게 생긴 파리장들이 외국인한테 해코지를 하는 것을 보고 더욱 놀란다.

말귀를 알아듣는
巴里의 개야
네가 버린 짐승티를
누가 가져갔는지
지금 巴里는
코제트나 말세리노만한 귀엽게 생긴 애들이
떼지어 다니며 들개처럼 길손을 습격하고 있다
다가오면
밀어붙이거나
발길로 걷어차도 무방한
누가 버린지도 모르는 악의 종자들이 있다

―「巴里의 개」 뒷부분

파리의 개만도 못한 파리 사람들에 대한 통렬한 비판의식이 담겨 있다. 외국인에 대한 적개심은 독일과 러시아가 특히 강하다고 하는데 시인은 파리를 여행하면서 무슨 일을 목격한 것 같다. 그렇지 않고서야 "누가 버린지도 모르는 악의 종자들"이라고 개에 빗대어 파리 사람을 이렇게 욕할 수가 있겠는가. 이런 시들을 보면 우리나라 1930년대의 모더니즘 시나 전후 후반기(後半紀) 동인의 모더니즘 시에서 흔하게 볼 수 있는 '이국 취미'란 것이 현대시에 와서는 거의 자취를 감추었음을 알 수 있다. 이국 취미가 아니라 이국 혐오를 느끼게 된다.

4. 시원의 목소리를 듣기 위하여

나는 지금껏 외국에 갔다가 우리 역사의 한 페이지를 읽고 오거나 우리보다 문명이 앞선 나라에 가서 자본주의의 어두운 면을 확인하고 오는 여행에 초점을 맞추어 썼다. 이런 여행을 값진 여행이라고 할 수 있겠지만 모든 여행이

꼭 그렇게 진지하고 비판적이어야 할 이유는 없다. 약간의 여유가 있어 비행기 표를 손에 쥐었고, 여러 날 이 땅을 떠나 미지의 세계에 갔다 오면 재충전을 할 수 있다. 가장 손쉽고 순수한 여행은 마음 맞는 사람끼리 가서 하는 문화유적 답사가 아닐까. 근년에 중국으로의 여행이 붐을 이루어서 그런지 중국 소재의 시가 눈에 자주 뜨인다. 특히 황량한 고비사막과 톈산산맥, 진시황제 능묘의 병마용갱(兵馬俑坑), 1200년 만에 발견된 둔황 석굴의 벽화가 시의 소재가 되는 경우가 많고, 우루무치·시안·화염산·명사산·월아천 같은 지명도 종종 보인다. 고창고성·서역·실크로드·사막 등의 낱말도 이제는 전혀 낯설지 않다. 중국 외에도 인도·티베트·베트남·캄보디아의 여러 지명을 시에서 드물지 않게 만날 수 있는데 시인은 이런 나라에 가서 무엇을 보는 것일까. 시원(始原) 그대로의 자연, 세월의 무상함, 예술의 유구함, 다양한 삶의 방식, 이 네 가지를 생각해볼 수 있겠다.

> 보이는 무덤과 보이지 않는 무덤
> 꿈결인 듯 어른거리는 낙타의 그림자
> 저 침묵의 망망함
> 참으로 인간의 시간은 무의미하다고
> 둔황행 기적 소리가 깨우쳐 준다
>
> —「西域行」 끝 부분

허형만 시인이 둔황 막고굴의 천불동 벽화를 보기 위해 열차를 타고 가면서 느낀 이것은 거의 모든 외국 여행객, 특히 고색창연한 문화유적을 보게 된 여행객의 심사를 대변한 것이 아닐까. 그 문화유적을 만든 수많은 건축가와 인부, 군주와 노예, 석공과 화가는 흔적도 없이 사라졌지만 유적은 남아서 관광 객을 모으고 있다. 세월의 무상함과 예술의 유구함을 한꺼번에 느끼는 것은 당연한 일일 터이다. 그리고 이국의 번화가와 야시장을 돌며 문명과 자연이 공존하는 모습을 볼 수도 있을 테고, 세상 어디를 가나 사람이 살아가는 방식은 별로 다를 바 없음을 느낄 수도 있을 것이다.

아무튼 여행은 이 지구가 참으로 넓음을 알게 하고 내 사고의 폭이 지독히 좁았음을 깨닫게 한다. 2002년 봄에 문예지에서 본 외국 여행 시편만 해도 다음과 같이 많다. 문예지 전권을 찾아보지 않았으므로 이 수는 사실 일부에 지나지 않는다.

고　은, 「사하라」(『시안』, 2002. 봄) : 재수록
김혜순, 「캄보디아」(『현대시학』, 2002. 3)
박진성, 「론강의 별밤, 테오에게」(『시와 사람』, 2002. 봄)
손종호, 「아이트호벤에서」 「몽블랑」(『정신과 표현』, 2002. 1·2)
송재학, 「투르판의 포도」(『시안』, 2002. 봄) : 재수록
이수영, 「봄, 다시 나이아가라」(『문학과 창작』, 2002. 2)
이하석, 「돈황」(『문학사상』, 2002. 4)
임영조, 「사막·4—우루무치 가는 길」(『시와 시학』, 2002. 봄)
조정권, 「주검 노래·4」(『우이시』, 2002. 4)…폴란드 오이쉥비츠
추명희, 「카스카르에서」(『우이시』, 2002. 2)…신장위구르자치구 카슈
　　　　가르

앞으로도 계속해서 이 땅의 시인들은 외국 여행을 할 것이고, 그 여행의 결과물로 시를 써 발표할 것이다. 상상과 체험의 정교한 교직이 시라고 했을 때, 상상력을 더욱 풍성하게 키워주는 일이 바로 체험일 것이다. 의도적인 체험으로 책 읽기와 영화 보기 등이 있지만 이것은 간접체험이고 여행은 직접체험이다. 여행을 해본 적이 없는 칸트의 철학에는 향기가 없지만 이탈리아 여행을 한 뒤의 괴테 작품이 이전 작품에 비해 사상적 품격과 시적 향취를 얼마나 풍부하게 갖추게 되었는가를 생각해보아야 한다. 떠난다는 것, 미지의 세계에 몸을 던진다는 것, 그것 이상의 행복이 있을 수 있겠는가. 시인은 여행지에서 눈을 뜨고 견자(見者)가 된다. 떠나야 한다, 바람을 데리고. 열려진 세계의 끝을 찾아서!

한국 현대시에 나타난 '폭력'과 '광기'

1. 문학 속의 폭력과 광기

폭력과 광기에 대한 사전적인 정의는 너무도 간단하다. 3086페이지에 이르는 중간 크기의 사전 『民衆 엣센스 국어사전』을 찾아보니 폭력을 "난폭한 힘"이라고 설명하고 있고, 광기는 "미친 증세" 혹은 "사소한 일에 화내고 소리치는 사람의 기질"이라고 설명하고 있다. 하지만 이 두 낱말은 한두 마디로 정의 내릴 수 있는 성질의 것이 아니다. 더군다나 우리 문학은 일제 강점기에서 벗어난 이후로도 정치적 질곡이 끊이지 않은 한국 현대사의 제 문제를 부단히 형상화해왔는데, '폭력'과 '광기'로부터 완전히 자유로웠던 적은 없었다. 문학이 다루었던 폭력과 광기는 시대에 따라 그 질과 양이 달랐고, 작가에 따라 무게와 부피가 달랐다. 하지만 많은 문인에게 이 두 가지는 버릴 수 없는 화두로 작용해왔다. 전후문학·분단문학·참여문학·민중문학 같은 비평적 용어 속에는 폭력의 힘과 광기의 증세가 은밀히 내재해 있었다. 자크 엘룰이 "폭력은 오만이요, 분노요, 광기이다. 폭력에는 대 폭력이니 소 폭력이니 하는 것이 없다. 폭력은 단일체이며, 항상 동일한 것이다"[1]고 말한 바 있듯이 이 둘은 뗄래야 뗄 수 없는 관계에 있다.

---

1) 자크 엘룰, 『폭력』, 최종고 옮김, 현대사상사, 1974, 117쪽.

우리 문학에서 폭력과 광기는 어떻게 다루어져왔던 것일까? 김동인의 「광화사」와 「광염 소나타」를 읽으면서 우리는 탐미주의의 한 극단에 서 있는 인간의 광기에 찬 부르짖음을 들은 바 있다. 또한 폭력의 총화라고 할 수 있는 6·25전쟁을 겪은 뒤에 나온 이범선의 「오발탄」과 장용학의 「요한 시집」은 극한상황이 초래한 인간의 광기를 다루고 있다. 그 뒤로도 폭력과 광기는 강용준의 소설 「狂人日記」에서부터 임철우의 「붉은 방」에 이르기까지 수많은 작가의 작품에서 찾아볼 수 있다.[2] 하지만 우리 현대시에서는 이상하게도 폭력과 광기를 발견하기가 그리 쉽지 않다.

폭력은 문학작품 속에서 전쟁, 고문, 데모, 테러, 공권력 행사, 인간성 파괴 등으로 형상화되어왔다. 특히 우리 민족은 가혹한 고문과 테러가 행해진 식민지 지배체제에서 해방된 이후부터 6·25전쟁 발발 사이에도 대구 10·1사건, 여수순천반란사건, 제주도 4·3사태 등을 치르면서 극한적인 폭력사태를 체험하였다. 6·25전쟁 중에는 남북한이 상호 대량학살을 자행하였고, 거제도 포로수용소에서의 학살은 장용학의 소설 「요한 시집」에서 은유적으로 형상화되기도 했다.

광기, 달리 말해 정신병은 인류의 역사와 더불어 내려오고 있는 것이다. 미셸 푸꼬는 『광기의 역사』에서 중세나 르네상스 시기까지만 해도 유럽 사회는 광기에 대해 관용을 보였지만 절대왕권의 시대로 접어들면서 '非理性'의 침묵화로 인해 광기가 '정신의학'이라는 이성의 검열에 의해서만 파악할 수 있게 되었다

---

2) 김동인·이범선·강용준·임철우의 상기 소설 외에 인간의 광기를 다룬 작품으로는 다음과 같은 것들이 있다. 「天痴? 天才?」(전영택), 「未解決의 章」/「神의 戱作」(손창섭), 「하늘의 다리」/「웃음 소리」(최인훈), 「파편」/「폭력 요법」(이동하), 「後送」/「蛇谷」(서정인), 「퇴원」/「병신과 머저리」/「빈 방」/「소문의 壁」/「황홀한 실종」/「조만득씨」(이청준), 「失禁」(박태순), 「고려장」(전상국), 「飼育」(노명석), 「위대한 미치광이」(조성기), 「붉은 단추」(김성동), 「구평목 씨의 바퀴벌레」(이승우), 「저기 소리 없이 한 점 꽃잎이 지고」(최윤), 「늑대의 바다」/「직선과 독가스」(임철우), 「그해 겨울로 날아간 종이비행기」(김영현), 「죽음잔치」(김형경), 「가면 지우기」(채영주), 「미쳐버리고 싶은, 미쳐지지 않는」(이인성), 「어느 날의 빛」(권도옥), 「별들의 냄새」(정찬), 『폐쇄병동』(김태연), 『태를 기른 형제들』(엄창석)……

고 했다. 또한 르네상스 시기만 해도 용인되던 광기 표현의 자유가 17세기 고전주의 시대를 맞이하면서 '大監禁'이 이루어져 이성이 광기를 배제하는 무서운 역사가 시작되었다고 했다. 더욱이 18세기에 이르러서는 광기가 비이성의 다른 형태, 혹은 범죄와 구별되면서 순수한 정신병으로 제도화되어 결국 광인은 자신의 광기로부터 차단되고 말았다는 것이 그 책의 핵심 내용이다.[3]

피에르 쟉세름은 여기서 몇 걸음을 건너뛴다. 그는 『광기 없는 사회가 존재하는가?』에서 그리스 로마 시대의 광기에서부터 20세기의 광기에 이르기까지 서구 사회가 온통 광기의 역사로 이어져왔음을 다음과 같이 설득력 있게 이야기한다.

> 고대에는 광기를 외부적 힘에 의해 어떤 존재로부터 '홀림 당한 것'으로 생각했다. 기독교에서 '마귀 들린 사람'은 '악마'가 화신한 자이다. 르네상스 이후에는 홀림(광기의 소유)이 더 이상 육체의 타락이 아니라 영혼의 자유를 취소한 것으로 생각했다. 18세기에는 광기를 결여, 실수, 무지 등으로 보았다. 19세기에는 시민으로서의 자유와 법률상의 권리를 결여한 사람을 광인이라 했다. 19세기에 정신병 환자는 유산자 계급의 혁명이 자신들에게 부과한 자유의 행사와는 대조적으로 그 권한을 갖지 못한 자들이다. 그래서 미친 사람은 소외되었고, 다른 사람들은 그 정신병자(또는 그 가족들)와 다르게 시민으로서 권리를 행사했다. 프로이트가 다양한 연구 업적을 남긴 후, 20세기에 와서 정신의학자들은 환자를 모든 것과 격리하여 치료하려고 하지 않고 다른 것들과 공존한 상태에서 치료하려고 애쓴다. 그렇다면 국가는 어떤 기준을 세워야만 할까? 많은 보고서들은 여전히 상당수의 의사들이 정신병 환자를 위험스럽고 얼빠진 사람으로 취급하고 있다고 밝힌다. 이들 보고서에 따르면 광인은 계속해서 감시를 받아야 하며, 병세가 악화될 조짐을 보이면 사회로부터 제거해야 한다.[4]

---

3) 미셸 푸꼬, 『광기의 역사』, 김부용 옮김, 도서출판 인간사랑, 1991, 참조.
4) 피에르 쟉세름, 『광기 없는 사회가 존재하는가?』, 박치완 옮김, 동화문화사, 1992, 29~30쪽.

　문학에 대해 조예가 깊은 저자는 소포클레스의 『아작스』, 에라스무스의 『광기에 대한 찬사』, 몽테뉴의 『수상록』, 셰익스피어의 『맥베드』, 세르반테스의 『돈 키호테』, 디드로의 『라모의 조카』, 로트레아몽의 『말도로르의 노래』 같은 작품 외에도, 네르발·니체·스트린트버크·게오르그 트라클·앙드레 브르통·모리스 블랑쇼·미셸 푸꼬 등에 대해 언급하면서 각 시대마다 문학인이 광기를 어떤 식으로 인식하여 형상화했던가를 설명하고, 각 민족과 문화, 또 대부분의 집단들이 광기와 광인에 대해 어떤 개념을 지니고 있었던가를 밝히고 있다.

　서구에서는 이처럼 광기에 대한 연구가 폭넓게, 체계적으로 이루어져왔다. 오늘날에는 광기가 일종의 현대병으로 치부되고 있다. 정도의 차이가 있을 뿐 너나없이 앓고 있는 병으로, 산업화·문명화·정보화가 진전되면 될수록 더욱 만연될 병이다. 하지만 폭력과 광기 두 가지 측면을 함께 아우르면서 한국 현대시를 고찰해볼 때, 마땅히 거론되어야 할 시인의 수는 그리 많지 않다. 경제개발과 자주국방을 내세우며 국민의 말할 권리를 빼앗아갔던 박정희 정권 시대의 희생양이었던 박봉우 시인과 천상병 시인5)을 꼽아볼 수 있지만 본고에서는 우리 현대사에 있어 또 하나의 격동기라고 할 수 있는 5, 6공화국 시대의 네 시인을 살펴보고자 한다. 해방 이후 우리 시에 나타난, 폭력과 광기와 관련이 있는 시들을 이 자리에 전부 모아놓고 논할 수는 없는 노릇이다. 거기다 개인적인 질환으로서의 정신병 혹은 광기에 대해서까지 논한다고 하면 이연주·박서원·김언희 등까지 다루어야 하므로 그 폭이 아주 광범위해질 것이다. 하지만 폭력과 광기가 정치와 밀접한 관계가 있다고 예단하고서 논할 때, 김남주·박남철·박노해·김영승 네 시인의 작품이 가장 적합하다고 생각되어 이들 네 시인의 작품을 다뤄볼까 한다.

---

5) 천상병 시인(1930~1993)은 동백림사건(1967)에 연루되어 심한 고문을 당한 후 넋이 거의 나간 상태로 살았다. 박봉우 시인(1934~1990)은 깡패한테 심하게 맞아 정신병을 얻은 이후 병원에 입원과 퇴원을 되풀이하며 고생하는 과정에서도 시작(詩作)을 멈추지 않았다.

2. 시대가 주는 분노와 광기—김남주

　문학작품에 나타나 있는 병, 특히 정신병은 시대적인 고통의 상징으로서, 그 작품의 시대적인 배경에 따라 양상을 달리한다. 이범선·손창섭·최인훈 등 전후 작가들의 작품에서 보게 되는 광기는 전쟁이 준 충격이나 공포로 인한 것이었다. 시에 광기가 본격적으로 나타나는 것은 광주민주화운동이 신군부 세력의 대량학살로 끝이 난 이후부터였다. 전시대의 천상병과 박봉우는 시인 자신이 광기에 사로잡혀 살았지만 80년대의 광기는 시대적인 책무와 고민, 고문과 저항의지가 낳은 것들이라 앞선 시대와는 그 양상이 많이 달랐다. 5, 6공화국 군사독재정권 아래서 정치범으로 교도소에 갇힌 상태로 쓴 그의 시 세계는 한마디로 광기의 세계였다. 그리고 그가 그려낸 세계는 도저히 어떻게 해볼 수 없는 '미친 세계'였다.

　　　밤 12시
　　　도시는 벌집처럼 쑤셔놓은 붉은 심장이었다
　　　밤 12시
　　　거리는 용암처럼 흐르는 피의 강이었다
　　　밤 12시
　　　바람은 살해된 처녀의 피묻은 머리카락을 날리고
　　　밤 12시
　　　밤은 총알처럼 튀어나온 아이의 눈동자를 파먹고
　　　밤 12시
　　　학살자들은 끊임없이 어디론가 시체의 산을 옮기고 있었다
　　　　　　　　　　　　　　　　　　　　　　　—「학살 1」 부분

　　　학살의 원흉이 지금
　　　옥좌에 앉아 있다
　　　학살에 치를 떨며 들고 일어선 시민들은 지금

죽어 잿더미로 쌓여 있거나
감옥에서 철창에서 피를 흘리고 있다
그리고 바다 건너 저편 아메리카에는
학살의 원격 조종자들이 회심의 미소를 짓고 있다

―「학살 3」 부분

　2편 시에서 김남주는 광주민주화운동을 무력으로 진압한 이들에 대한 분노를 억누를 길 없어 솟구치는 감정을 그대로 분출하고 있다. 시를 보면 학살자들(진압군)은 어디론가 시체의 산을 옮기고 있다. 학살의 원격 조종자들인 미군은 학살자들이 시민의 항쟁을 무력으로 진압하자 멀찍이 물러서서 회심의 미소를 짓고 있다. 시인은 시적 형상화니 언어의 조탁이니 주제의 심화니 하는 것에는 별다른 관심이 없다. 인간 광기의 폭발이었던 그날을 증언하고, 그날의 폭력을 연출한 범죄 집단을 고발하겠다는 의지가 워낙 강해, 원색적이고 단순하기까지 한 증언시 내지 고발시를 쓴 것이다. 시대가 하 수상하지 않았더라면 김남주가 어찌 다음과 같은, 유사 이래 그 많은 시론을 몽땅 거부하는 시를 썼을 것인가.

미군이 없으면
삼팔선이 터지나요
삼팔선이 터지면
대창에 찔린 깨구락지처럼
든든하던 부자들 배도 터지고요.

―「다 쓴 시」 전문

총칼 한번 휘둘러
수천 시민을 살해한 놈은
대통령이 되어 청와대로 가고

주먹 한번 휘둘러
뺨 한 대 때린 놈은

폭력배가 되어 가막소로 가고.

—「깡패들」 전문

낫 놓고 ㄱ자도 모른다고
주인이 종을 깔보자
종이 주인의 목을 베어버리더라
바로 그 낫으로.

—「종과 주인」 전문

해방 직후 이북의 감옥은
친일한 사람들로 우글우글했지
미처 남으로 도망치지 못해서겠지

해방 직후 이남의 감옥은
항일한 사람들로 빽빽했지
미처 북으로 넘어가지 못해서겠지.

—「남과 북」 전문

　이런 직설적인 시들은 시라기보다는 감옥에서 내뱉은 탄식이요 외침이었다. 9년여 긴 세월 동안 영어(囹圄)의 몸이었던 김남주가 아닌 다른 시인이 썼더라면 시집에 수록되지도 않았을 것이다. 시인이 보기에 남북 분단의 원흉은 북한도 이데올로기도 아니고 미국이다(「다 쓴 시」). 광주에서 수천 시민을 살해한 깡패 같은 놈이 대통령이 되어 청와대로 가니 참을 수가 없다(「깡패들」). 시대가 바뀌어 종이 낫을 들어 주인의 목을 베듯이 민중은 이제 위정자에게 피를 보는 복수를 해야 한다(「종과 주인」). 농민 봉기를 예로 들면서 폭력에 대한 대응 양식은 폭력밖에 없다고 한 프란츠 파농 식의 논리[6]가 그대로 적용될 수 있는 시들이다. 「남과 북」에서는 남한과 북한이 어떻게 다른가를 이야기하

---

6) 프란츠 파농, 『대지의 저주받은 자들』, 구자익 옮김, 언어문화사, 1986, 105~117쪽 참조.

고 있다. 시인에 따르면 친일파들이 득세한 '잘못된' 세상이 남한이며, 친일파들을 처단한 '올바른' 세상이 북한이다. 아무리 폭력과 광기에 대한 비판의식이 충만해 있다고 한들 이런 시들을 이성적 성찰의 시로 볼 수는 없다.

시인은 이런 과격한 시들을, 감방에서 못 같은 것으로 썼다고 한다. 잘못된 역사와 현실, 정치와 경제 상황에 대해 울분을 이기지 못해 시를 쓰다보니 시인 자신이 제어할 수 없는 광기에 사로잡혀 있다. 짧은 시 몇 편만 예시했지만 난폭한 현실에 대해서 난폭한 대응 양식으로 시를 썼기에 이성은 약화되고 감성은 충만하다. 김남주의 시가 시 같지 않다고 하여 비난할 수 없는 이유는 바로 상황이다. 상황도 인간을 광기로 몰아갔고 시인도 광기에 사로잡혀 있던 시대가 바로 80년대였다.

3. 폭력으로 충만해 있는 이 세상―박남철

1979년에 등단한 박남철은 1984년에 첫 시집 『地上의 人間』을 출간한다. 이 시집에는 「첫사랑」이라는 시가 있다.

> 고등학교 다닐 때
> 버스 안에서 늘 새침하던
> 어떻게든 사귀고 싶었던
> 포항여고 그 계집애
> 어느 날 누이동생이
> 그저 철없는 표정으로
> 내 일기장 속에서도 늘 새침하던
> 계집애의 심각한 편지를
> 가져왔다.
>
> 그날 밤 달은 뜨고

그 탱자나무 울타리 옆 빈터
그 빈터엔 정말 계집애가
교복 차림으로 검은 운동화로
작은 그림자를 밟고 여우처럼
꿈처럼 서 있었다 나를
허연 달빛 아래서
기다리고 있었다.

―「첫사랑」 앞 2연

시의 앞 2연은 제목에 걸맞게 첫사랑에 얽힌 추억담이다. 고교시절, 시적 화자에게 있어 첫사랑의 대상은 짝사랑이었다. 그 첫사랑의 대상이 놀랍게도 어느 날부터인가 나를 사랑하게 된 것인지, 심각한 편지를 나의 누이동생을 통해 내게 보내온 것이었다. 그 편지에는 만나고 싶은 시각과 장소가 적혀 있었다. 시각은 달이 뜬 어느 밤이요, 장소는 공터였다. 그런데 풋풋한 로맨스가 전개되어야 할 제3연에 가서 시적 화자는 눈앞에 나타난 첫사랑의 대상을 죽도록 때린다.

그날 밤 얻어맞았다
그 탱자나무 울타리 옆 빈터
그 빈터에서 정말 계집애는
죽도록 얻어맞았다 처음엔
눈만 동그랗게 뜨면서 나중엔
눈물도 안 흘리고 왜
때리느냐고 묻지도 않고
그날 달빛 아래서 죽도록
얻어맞았다.

그날 밤 달은 지고
그 또 다른 허연 분노가

> 면도칼로 책상 모서리를
> 나를 함부로 깎으면서
> 나는 왜 나인가
> 나는 왜 나인가
> 나는 자꾸 책상 모서리를
> 눈물을 흘리며 책상 모서리를
> 깎아댔다.

─「첫사랑」 뒤 2연

　　언제까지나 간절한 그리움의 대상으로만 있어야 할 '그 계집애'는 나의 환상을 깨뜨려버렸다. 나로서는 용납할 수도, 용서할 수도 없는 일인 것이다. 그래서 나는 '그 계집애'에게 무자비하게 폭력을 가한다. 이 시에서 인상적인 부분으로 두 군데를 꼽을 수 있다. '그 계집애'가 엄청나게 맞으면서도 왜 때리느냐고 묻지 않았다는 것과, 그날 이후 나는 학교 책상의 모서리를 면도칼로 깎아내며 눈물을 흘렸다는 것이다. 첫사랑의 대상이 맞으면서도 눈물을 흘리지 않은 것은 화자의 절망감을 이해했기 때문이 아닐까. 마지막 연을 이렇게 쓴 것은 첫사랑이 그런 식으로 허망하게 끝나버린 일이 몹시도 한스러웠기 때문일 것이다. "나는 왜 나인가/나는 왜 나인가" 하는 자문 속에는 '나는 이런 놈일 수밖에 없다'는 자탄과 '나의 첫사랑이 이 정도밖에 안 된단 말인가' 하는 회한이 담겨 있다.

　　박남철은 이 시에서 지극히 개인적인 체험의 영역 내에서 일어날 수 있는 폭력의 양상을 그려 보인 셈이다. 두 번째 시집 『반시대적 고찰』에 가면 폭력사태에 대한 묘사를 도처에서 볼 수 있는데, 간혹 역사적·정치적 함의를 지니기도 한다. 하지만 시의 주류는 여전히 일상적 체험 가운데에서 겪는 폭력이다.

> 17개월, 제 엄마는 버릇을 가르친다고
> 애를 자꾸 찰싹찰싹 때린다.

아이는 세상에서 처음으로 당하는
폭력에 눈물을 뚝뚝 흘리며 내 쪽으로 걸어오며
서럽게 서럽게 울어댄다.

―「아버지」 제1연

사랑했던 제자가 졸업 후에 찾아왔습니다.
문학평론가 한 분과 새로운 젊은 聖者 시인 한 분과 같이 만나게
되었습니다.
새로운 젊은 聖者 시인께서는 엄지손가락을 둘째손가락과 셋째손가
락 사이에 끼워넣으며 "많이 하라!"고 하셨습니다.

나는 빈 맥주병을 들어 그 젊은 聖者의 대가리를 박살내버렸습니다.

―「그 젊은 聖者의 대가리를」 앞부분

공터에 가서 얻어터진다, 공터에 가서 얻어터진다, 태양빛은 더욱
뜨겁, 고 나는 내가 왜 태어났는가를 저주한다
입술에 묻은 피를 닦고, 교복을 털 생각도 못하며 짓밟힌 가방은 주
워 들고 집으로 돌아온다

―「모범생(1967년~1987년)」 부분

박남철은 자기고백적인 시를 많아 쓰는 시인으로 알려져 있다. 예로 든 3편의
시에 나오는 폭력은 모두 시인 자신이 겪은 폭력이라고 여겨진다. 「아버지」에
서 시인은 어린 자식을 향한 어머니의 폭력을 가로막는 중재자의 역할을 한다.
「그 젊은 聖者의 대가리를」에서는 시적 화자와 그의 제자를 향해 몸짓 욕을
한 '젊은 聖者 시인'이란 자에게 빈 맥주병으로 "대가리를 박살내버리는" 폭력
을 가한다. 폭력의 행위 주체자, 즉 가해자가 된 것이다. 「모범생(1967년~1987
년)」에서는 반대로 폭력의 피해자가 된다. 교복을 입은 화자는 어느 날 공터에
서 "야, 임마, 니 일로 쫌 온나 보자!"고 말한 자가 우두머리인 불량배 네댓
명에게 얻어터지고 나서 세상에 태어난 것을 저주한다. 시적 화자는, 아니 시인

은 때로 폭력의 가해자가 되고 때로 피해자가 된다. 때로는 폭력을 말리는 중재자도 된다. 공권력에 의한 폭력이나 정치적·역사적 의미를 지닌 폭력도 이 시집에서 볼 수 없는 것은 아니지만 시인 자신이 직접 겪은 폭력보다는 강하지 않다. 박종철 군 고문치사사건을 연상하지 않을 수 없는 「박해미르 XI-2 [試稿]」에는 "왜 죽였니!", "왜 죽였나!", "왜 죽였나? 탕 하고 치니 억 하고 죽었나?" 등의 구절이 되풀이해서 나온다. 하지만 시의 주된 내용은 해미르란 이름의 자기 아들이 태어난 기나긴 내력이다. 황동규의 시 「아이들 놀이」를 패러디한 다음과 같은 시도 소재와 주제가 모두 폭력이지만 직접적인 체험 영역 내에서의 폭력이다. 폭력은 아무나, 어느 때나 행할 수 있는 것이며, 누구라도 당할 수 있는 것이다. 폭력은 우리의 일상적 삶 가운데 만연해 있지만 우리 사회에도 만연해 있다.

> 아빠, 나도 진짜 총 갖고 싶어
> 아빠 허리에 걸려 있는,
>
> 이 골목에서
> 한 눔만 죽일 테야
>
> 늘 술래만 되려 하는
> 도망도 잘 못 치는
> 아빠 없는 돌이를 죽일 테야
>
> 그 눔 흠씬 패기만 해도
> 다들 설설 기는데,
> 아빠.

—「묵상 ; 예수와 술래」 본문 전문

이런 시는 제5공화국 시절, 이른바 '시범 케이스'로 걸려 심한 고문을 당한

몇 사람을 연상케 한다.7) 나아가 광주 시민을 폭도로 몰아 학살극을 자행한
뒤에 제5공화국의 문을 연 신군부세력도 연상해볼 수 있다. 하지만 시인은
이 시의 폭력을 정치적·사회적 폭력 양상과 연계시켜 이해하라고 하지 않고
넌지시 암시만 하고 있을 뿐이다.

> 누이야. 미안하다. 오빠를 미워해다오. 그리고 김서방이 한번만 더
> 때리면, 한번만 더 애기들에게 칼 들이대면 말해다오. 제발 때리지 말
> 라고, 나는 오빠에게도 너무나 많이 맞은 사람이라고. 그리고 그 칼은
> 제발 나의 오빠에게나 들고 가라고. 원수 같은 오빠에게나 들고 가버
> 리라고.
>
> ―「정신병동 시화전 4」 부분

> 이튿날 베란다에 고여 있던 내 오줌에는 똥파리, 파리, 날파리 들이
> 모여들어 한마당 큰 잔치를 벌여대고……
>
> 2
>
> 흐이유우우우……
> 그래, 그래, 그래, 이젠 모든 생명을 다 존중하리라.
> 어찌 인간에게만 생명이 있다 하랴……
>
> ―「1991년 7월 30일, 새벽」 부분

박남철 시 속에서의 폭력은 이처럼 대부분 개인적인 의미망을 지니고 있다.
폭력 없는 세상에 대한 희망을 시인은 이런 시를 쓸 때 갖고 있었을 것이다.
이 두 편의 시가 실려 있는 『자본에 살으리랏다』는 앞서 낸 시집들과는 많이
다르다. 폭력을 자행하던 시적 화자가 여기서도 피해자가 되어 있고 어느덧
생명 옹호의 사상을 펴고 있다.

---

7) 정규웅, 「무늬와 얼룩―한수산에 관한 기억들」, 『글동네 사람들』, 작가정신, 1991,
288~313쪽.

4. 정치와 노동현실에 대한 원색적인 비판—박노해

『노동의 새벽』(1984)과 『참된 시작』(1993) 사이의 10년 세월 동안 박노해는 서울노동운동연합(서노련) 가입, 5·3인천사태 배후인물로서 받은 지명수배, 남한사회주의노동자동맹(사노맹) 결성과 구속·수감 등 파란만장한 생을 살게 된다. 그리고 그 사이에 시인 박노해에게는 1989년 4월에 창간된 월간지 『노동해방문학』(1989. 4~12, 1990. 6, 1991. 1)의 시대가 가로놓인다. 수배생활 도중 박노해는 『노동해방문학』에 주로 장문의 논설문을 발표하며 집권세력과 재벌기업을 강도 높게 비판한다. 그러나 그는 시인이었기에 창간호에 12편의 시를, 제4호(1989. 9)에 '시사시' 13편을 발표한다. 이 시기 박노해가 얼마나 끔찍한 광기에 사로잡혀 있었는지 살펴보도록 하자.

조선의 거리에서 조선사람의 껍질이
미군의 대검에 꿰어 걸려 있다
조선인의 자존심이, 조선인의 주권이,
미군의 대검에 꿰어 걸려 있다
팀 스피리트로, 한미 행정협정으로,
이 땅 미군기지 곳곳마다에서 6천만의 등골을
호시탐탐 겨냥하고 있는 가공할 핵무기로,
수도 복판 미8군 기지로, TV 전파 채널로,
람보로, 패스트푸드로, 영어와 팝송으로,
조선사람 껍질이 미군의 대검에 꿰어져 빙빙 돌려지듯
미제의 발톱에 조선의 모든 것이 꿰어져
빙글빙글 돌려지며 파르르르 떨고 있다

—「조선사람 껍질」 부분

쳐라 쳐라 폭력테러로
좌경용공 구속조치 탄압의 쇠망치로
네놈들이 미쳐 날뛰어 치면 칠수록

나는 시퍼런 칼날로 일어설 것이다
이제 무너져야 할 것은 네놈들의
자본의 황금탑이다

네놈들이 짓밟고 치면 칠수록
시퍼런 칼날 되어 내가 일어서고
내 아내가 일어서고 우리 동지가 일어서고
이 공장 저 공단 전국의 노동자가
우뚝우뚝 일떠서 손을 치켜드는 날
공고한 자본가 세상은 모래성처럼 무너져
피 비린 총칼은 수수깡처럼 흩어져
끝내 한줌 먼지로 화하고 말 것이다

—「무너진 탑」 부분

　박노해의 이런 시 역시도 김남주의 시처럼 분노의 직설적인 토로요, 세상의 잘못된 질서에 대한 구토 같은 발언이다. 미군이 이 땅에서 행해온 온갖 범죄에 대해서 자못 흥분한 어조로, 또한 무척이나 과장된 표현법으로 들려준 시가 「조선사람 껍질」이다. 현실이 광기 어린 상황이기 때문에 시인도 광기에 사로잡혀 이런 시를 썼다고 볼 수도 있다. 하지만 너무 과격하고 거칠어 이런 시는 얻는 것보다 놓치는 것이 더 많다. 그는 시를 버려서라도 공분(公憤)을 얻고자 했던 것이리라. 노동자들이 노동운동을 전개해 자본가 계급을 무찌르고 노동해방의 천국을 이룩해야 한다는 주장이 들어 있는 시 「무너진 탑」 역시 과격함에 있어 앞의 시에 못지 않다. 노동운동을 좌경 용공으로 몰아붙여 탄압하던 그 암담했던 시대를 반추해보더라도 이 시는 구호의 차원에 머물고 있다. 그래서 『노동의 새벽』의 진실함과 절실함에 미치지 못하고 만다.

　잡지사에서 이름을 붙였는지 시인 자신이 이름을 붙였는지 모르겠으나 『노동해방문학』 제4호에는 '시사시'라는 이름의 시가 13편 발표된다. 시사성이 강한 문제를 다루되 내용은 다분히 현실풍자적이고 형식은 입체적인 시들인데,

하나같이 길어 13편 시의 원고지 매수가 300매에 달한다. 마지막 시 「'노동자 후보'가 나가신다」는 24쪽에 걸쳐 전개되는 장시이다. 13편의 시에 한 컷짜리 그림이 3개, 사진이 4장, 게다가 <최근 10년간의 '산재보신탕' 현황표>라는 재해발생 현황표도 들어간다. 다수의 시가 연극 대본의 형식을 취하고 있으며, 연설문과 기사문의 형식을 취하기도 한다. 호소문이나 약장수의 너스레 형식을 취한 시도 있다. 창간호의 시에 비해 재미의 측면을 향상시키되 전통적인 시의 외양으로부터 많이 벗어나는 시도를 이 시기에 들어 집중적으로 해보게 된다.

문교부 차관 원래 저 화끈하게 밀어붙여온 놈이니 화끈하게 한 가지만 얘기하겠습니다. '교원노조'에서 요즘 내세우는 아주 아주 싹수없는 말이 있습니다.
'아이들의 해맑은 웃음을 위해!'
이거 절대로 안 됩니다! 장차 이 나라를 걸머지고 나갈 어린 학생들에게 해맑은 웃음을 띠게 한다는 것은 교육의 포기올시다. 이것은 학생들을 무능력하고 비경쟁적으로 만들어 사회 적응력을 제거하는 망국적 행위인 것입니다.

—「 '교원노조' 타도하고 '성자조합' 결성하자!」 부분

아나운서 시청자 여러분 안녕하십니까? 저희 KBS에서는 최근 중요한 사회문제로 대두되고 있는 성범죄와 인신매매를 척결하기 위하여 특별생방송—'성범죄 대책 시리즈'를 기획하였습니다. …(하략)…
아나운서 존경하는 국민 여러분!
그 동안 얼마나 잠 못 이루는 밤을 보냈습니까?
…(중략)…
이를 보다 못한 청와대의 물태우 각하께서, (아차!) 아니 노태우 대통령 각하께서, 아 제가 목이 말라 물컵을 찾다가 실수하였습니다. 으흠—, 노태우 대통령 각하께서는 7월 12일 "날로 흉포화, 광역화, 기동화하고 있는 조직폭력배와 인신매매범을 척결하기 위하여 치안본부와 각 시·도 경찰국에 '특별수사 기동대'를 신설하라"고 특별 지시하셨습니다. 이를 계기로 인신매매범을 완전 소탕하고자 오늘 이 자리를 마

련한 것입니다.…(하략)…

─「인신매매범의 화끈한 TV 신상발언」부분

존경하는 내무부장관님, 치안본부장님, 아니 더 높은 공안합수부장님, 보다 더 높으신 안기부장님, 아니 아니 최고통치권자이신 노태우 대통령 각하!

저는 ○○공단의 ××공장에 근무하고 있는 노동자 정꺼벙입니다.

저는 며칠 밤을 심사숙고한 끝에 이렇게 직접 편지를 보내기로 작정하였습니다. 저의 판단이 옳은지 그른지도 헷갈리고 지금 뭐가 뭔지 잘 모르겠습니다.

─「'공작금을 받겠다'는 내 아내를 고발합니다」부분

노동자1 고저 고저 요렇게 무더운 여름철엔 보신탕이 제일이야. 우리 조선사람은 예나 지금이나 몸보신에는 개고기가 최고지 뭐.

노동자2 그려 그려. 세월 따라 시대 따라 이름은 단고기에서 보신탕으로, 영양탕에서 사철탕으로 변하고 바뀌어도 영양보충엔 개고기가 끝내주제 잉.

노동자3 자, 한잔 듭시다. 그나저나 이번 여름휴가 보너스 쟁취투쟁을 승리로 마치고 나서 잡수시는 보신탕이라선지 더 맛나네그랴. 김형도 투쟁하느라 고생 많이 했습니다. 자 듭시다. 크아~ 술맛 쭈타.

─「하루 일곱 마리의 '산재보신탕'」부분

자, 요것이 무엇이냐? 요것이 무엇이냐?

요것이 바로 구세주여! 요것이 바로 천국행 티켓이여!

일단 한 방 꽂아만 봐, 잘 봤다 못 봤다 말씀 마시고 일단 한 방 찔러만 봐.

자, 히로뽕 한 방에 단돈 1만5천원!

싸다 싸. 단 한 방으로 기쁨이 와. 싸정없이 행복이 몰려와.

…(중략)…

'히로뽕 당' 결성하여 민중에게 기쁨을!

전민중의 당원화! 보수대연합의 주도자! 차기의 확실한 대권주자! 일단 한 방 찔러만 봐, 일단 한 방 꽂아만 봐, 희로뽕, 뽕, 뽕!

자본주의의 꽃!
자유민주주의의 안전판!!
체제수호의 필수품!!!.

―「 '히로뽕 당' 결성하여 민중에게 기쁨을」부분

　예시한 5편의 시가 다룬 시사적인 내용은 교원노조 탄압, 인신매매범 소탕에 따른 '특별수사 기동대'의 신설, 서경원 의원 방북사건, 하루 7명에 달하는 산업재해 사망자 발생, 3당 합당이다. 그 당시의 온갖 시사적인 문제를 시의 소재로 끌어온 이유는 명백하다. 잘못된 현실을 비판하기 위해서이다. 비판의 강도는 여전히 높되 사뭇 비장하고 엄숙하던 4개월 전의 시 창작 방법론에서 벗어나 새롭게 시도해본 우스꽝스런 풍자(satire)요, 기상천외한 해학(humor)이다. 그렇다고 해서 광기 어린 현실에 대한 예리한 비판의식이 무뎌져 있는가 하면 결코 그렇지 않다. 웃음 속에 눈물이, 우스갯소리 속에 욕설이, 환호 속에 탄식이 숨어 있다. 이런 시들을 '시적 형상화'의 측면에서 논한다면 낙제점을 주지 않을 수 없을 것이다. 하지만 당시의 박노해는 시를 공감이나 감동의 차원에서 쓴 것이 아니라 현실고발과 선전-선동의 측면에서 썼으므로 그 효과는 합격점 근처에 다다라 있다고 본다. 박노해의 말투를 흉내낸다면 그의 시에 그려진 정치상황은 '미치광이들의 개판 놀음'이요, 경제상황은 '돈벌레들의 한 판 도박판'일 것이다. 이렇듯 과격하기 이를 데 없는 정치 비판과 노동현실 비판이 '시'의 이름으로 발표될 만큼 80년대는 억압 일변도의 시대였다. 박노해는 지명수배자로서 쫓겨다니며 절박한 심정으로 이런 반시(反詩)를 쓰다 사노맹을 결성했던 것이리라. 80년대는 박노해의 '시사시'가 증명해주듯 광기가 충만해 있는 시대였다.

5. 반성과 권태, 섹스와 광기의 나날—김영승

　김남주와 박노해가 분기탱천하여 정치풍자시를 쓸 시점에 김영승은 자기 자신을 풍자의 대상으로 내세운 기상천외한 시집 『반성』(1987)을 준비하고 있었다. 김영승의 시에서 정치적 함의도 어느 정도는 읽어낼 수 있지만 그는 선배들과는 달리 미쳐 날뛰는 우리 사회 인간 군상의 이모저모를 관찰하여 재미있게 비꼬고 거리낌없이 비판하였다.

넋 없이 초점 없이 한 곳을 응시하고 있으면
두 개로 보일 때가 있다

…(중략)…

서 있는 내 앞에 앉은
두 명의 아가씨의 네 개의 무릎 위에 놓인 두 권의 여성 잡지엔
두 개의 입으로 두 개의 음경을 여기저기 잘 빨아줘야 한다는
fellatio 얘기
신문엔
두 명의 대통령 얘기

—「반성 788」 부분

두더지잡이 놀이의 두더지처럼
망치로 한 대 맞고 찌익 들어갔다 나왔다
혓바닥이나 음경이나 대가리나
들락날락 집이나 감옥이나 병원이나
가장 예민한 성감대 너의 핵무기
그 음핵은 어디냐 버스야 전철아 교회야
찍 쌀 때까진 열심히 문질러야 하나 우리는
대오각성하여 쩝쩝쩝 여자
똥구멍에나 사정하고 나온 놈이

들어가면서 굽실굽실 실례합니다 실례합니다
사무실로 관공서로 재판소로 괜찮습니다
괜찮습니다 여관으로 호텔로 섹스 천국으로

—「반성 844」 부분

　김영승의 시에는 금기가 없다. 특히 인간의 치부에 대해 추호의 망설임도 없이 이야기한다. 대수롭지 않게 이야기하면서 그는 인간의 의식 깊숙한 곳에 잠재해 있는 성은 물론이고 생활 일반에 널리 편재해 있는 성 윤리와 성 본능을 까발린다. 또한 성에 몰입하는 자신과 타인을 비웃는다. 내 앞에 앉아 있는 아가씨(숙취로 말미암아 두 사람으로 보인다)가 보고 있는 여성지에는 "음경을 여기저기 잘 빨아줘야 한다는/fellatio 얘기"가 나온다. 「반성 844」에서 시인은 동네 꼬마 두 아이에게 재미난 동화 얘기를 해주고 돌려보낸 뒤 두더지잡이 놀이를 생각하고, 어디를 가나 여관과 호텔이 있는 섹스 천국으로 우리 사회를 간주한다. 우리 나라에서 '실례합니다'나 '괜찮습니다'란 말을 입에 달고 사는 사무원이나 공무원이 많은데, 그들 중 어떤 이를 "여자/똥구멍에나 사정하고 나온 놈"으로 생각하니, 시인의 성에 대한 생각은 집요하기까지 하다. "생각나시면/늘 하시던 대로/여가를 선용해 딸딸이라도 치시고/제발/제 항문에만은……"(「반성 659」), "생각해보았는가/아무도 몰래 묵묵히/'보지'를 발음해보며/고개를 끄떡거리고 있는/불타나 예수의 모습을"(「반성 563」), "아름다운 여인이여 그대는/재림한다고 하지 말고 해결한다고 하라/재혼한다고 하지 말고 해결한다고 하라"(「반성 745」), "결혼 안 하세요?/여자가 묻는다.//킥킥, 결혼?/나는 딸딸이에 도가 튼 놈이요."(「반성 699」) 등 시인의 성 담론을 예로 들자면 한이 없다. 김영승의 시집을 읽고 있으면 시적 화자이건 풍자의 대상이건 세상 사람이건 '성도착자' 아니면 '섹스 중독자' 같다. 성에 미쳐 있는 이 세상 사람들—이 또한 광기가 아니고 무엇인가.

이 피
어디서 묻었어?

너어 이 상처 이거
이거 어디서 났어 새꺄?
깊은 밤
히히
자다 말고 곰곰 생각하다가 벌떡 일어나
제 마누라 음부를 보고
너어 이거
이거 어디서 찢어졌어,
갓난아기를 보고
이거 어디서 났어!

—「반성 722」 끝 부분

────WXY 그려진 W.C 入口
非常□ 같은 膣口
都市는, 아 고녀석 자지도 굵다
까만 데만 25㎝네, 이젠, 凱旋門도
疥癬, 改善, 개, 個個, 砲門도 이젠
이젠 揷入 以前에 끝난단다, 少女야
찢어지지 않아서 좋겠다, 좃 컸다
美童들아

脚뜬 유방과 히프 한 사라
※ 사라 : dish·皿·접시
200₩어치는 안 판다고요?

—「반성 784」 부분

이런 시를 보면 시인 특유의 유머 센스가 고소를 머금게 한다. 우리 사회의
성에 대한 통념은 대개 개방이 아니라 억압인데 이런 통념이 여지없이 파괴되

고 있어 재미를 만끽하게 된다. 하지만 『반성』의 시대에 시인의 성에 대한 집착은 폭넓은 사회 풍자로 나아가는 것을 계속해서 방해하고 있다. 자다가 벌떡 일어나 아내의 음부를 들여다보곤 "너어 이거/이거 어디서 찢어졌어" 하고 외치는 시적 화자를 시인이 상상해볼 수는 있지만 그런 상상이 말초적인 재미의 차원에 머문다면 곤란한 일이다. 공중화장실에 그려진 낙서를 보고 쓴 시 「반성 784」를 읽고 혹자는 성의 상품화 현상에 대한 시인의 비판적 시각을 읽어낼 수도 있겠지만 이어지는 "싱싱한 '대음순·소음순·음핵' 모듬膾 /1,000원어치도 안 판다고요?//그럼 陰毛 딱 한 개/그것도 안 팝니까?/그럼 코딱 지는 팝니까?"에 이르면 풍자의 수준이 형편없이 저급해져 눈살을 찌푸리게 된다.

자본주의 사회에서 '성'과 '엽기'와 '돈'은 서로 맞물려 돌아가는 톱니바퀴와 도 같은 것이다. 상업적인 의도로 만들어진 광고의 상당수가 성(sex)과 여성의 몸을 교묘하게 이용한다. 인터넷 포르노 사이트를 예로 들지 않더라도 한쪽에 서는 성의 자유를 마음껏 누리고 있고 다른 쪽에서는 성이 인간을 억압하는 기제가 되고 있다. 한쪽에서는 성을 이용해 돈을 벌고 있고 다른 쪽에서는 성이 여전히 금기의 세계이다. 성과 광기와의 상관관계에 대한 연구를 제대로 해보았다면 의미 있는 결과물이 나올 수 있었을 텐데 80년대의 김영승은 그 경지까지 나아가지 못했다. 풍자성은 1994년에 낸 시집 『권태』를 통해 어느 정도 획득하게 된다.

> 도라무깡 반을 쪼개 돌에 걸고, 아아, 내일은 감자 썽둥썽둥 썰어 넣고 수제비를 하나 가득 끓여서 또 세숫대야에 바가지로 퍼주어야지, 저 개새끼들은, 저 푸른 초원 위에 그림 같은 집을 짓고, 저 새끼들은, 한겨울에도 핫팬츠 입은 비키니 차림의 찢어질 듯한 글래머들과 씹두 덩이 젖통만한 사랑하는 쌍년들과 함께 골프나 치고 있으니, 가마솥, 도라무깡, 다 엎자, 엎자, 실내 풀장에서 수영이나 하고 있으니 다 엎 자, 엎어서 섞자.

오줌, 똥, 精液, 다 섞어서
마요네즈 만들자.

―「권태·594」 부분

내 나이가 몇 살이냐, 서른 하고도 다섯이다. 서른 다섯. 그런데 아
직도 지나가는 여자들을 보면 하고 싶을 때가 있으니, 헛살았다.

옛날, 한참 꼿꼿할 시절, 영문으로 된 미국의 어느 의서를 보니, 섹
스 파트너와 함께 아파트에서 맥주를 잔뜩 마시고 괴로워하며 신음하
며 참을 때까지 참았다가 욕실에 가서 69를 하며 서로의 오줌을 마시
는, 오줌이 콸콸 나오는 성기를 핥는 그런 섹스를 했다는 어떤 놈의
글을 읽은 적이 있는데, 원색 사진과 함께…… 삼일절이나 현충일이나
광복절 그 모든 위령제 여하튼 그런 엄숙한 기념식에서 국기에 대한
경례를 하고 애국가를 부르는 놈들을 보면 킥, 웃음이 나온다. 게다가
꼭 무슨 기념사까지 하는 놈들을 보면

―「권태·73」 부분

앞의 시에서 비판의 대상이 된 부류는 누구일까. 부유층 같기도 하고 잘사는
나라 사람들 같기도 하고 국내 거주 서양인들 같기도 하다. 나는 고작 실내
풀장에서 수영을 하는데 '저 개새끼들'은 한겨울에도 "사랑하는 쌍년들과 함께
골프나 치고 있으니" 세상은 얼마나 불공평한가. 시인은 눈꼴신 그들을 마음껏
욕해주고자 이런 시를 썼던 것이다. 그런데 육담과 욕설의 정도가 도를 넘어서
있다. 뒤의 시 1연에서 시인은 영 점잖지 못한 자신을 비난하지만 중반 이후에
는 천하의 위선자를 정치지도자들로 간주하여 모욕을 준다. 이렇듯 나를 권태
롭게 하는 것들에 대한 원색적인 비판은 시집 『권태』에 차고 넘친다. 성에
대한 집착에서 벗어난 상태에서 우리 사회의 광기를 비판한 시를 좀더 찾아서
읽어보자.

TV를 켜니, 禪趣의 무용수들, 가수들, 개그맨들, 탤런트들, 영화배우들, 모델들, 운동선수들…… 노래하며 춤추며 재미난 얘기하며 謹賀新年이다.

바로 어제는 그 모습 그대로 送舊迎新이었고 메리 크리스마스였다.

…(중략)…

그들이 아무리 혀를 내밀고 까불어도 나는 毅然하다.

버릇없게 저희들끼리 맛있는 것 먹고 비싼 것 입고 까르르 웃고 멋있게 왔다갔다해도 나는 그냥 그러나 보다 한다.

—「권태·998」 부분

이런 국회의원만도 못한 새끼가 다 있나. 어휴, 저 갖다붙이는 새끼들, 어디서 머저리 밥통 같은 놈을 신인이라고 낯짝 내밀어주면서 무슨 말 같지도 않은 개소리를 그렇게 갖다붙이는지, 신인을 추천하려면 그 신인의 시에 완전 굴복 경탄 경악하지 않으면 안 되는 건데, 내심 이 자식 이거 안 되겠는데 하면서도 그냥 주저리주저리 갖다붙이는 새끼들

—「권태·71」 앞부분

보디발의 아내—이하 '보디발의 아내'를 그냥 '보지발'로 약함—들이여, 이 땅의 그 모든 크고 작은 보지발들이여, 신문사 문화센터에 나가 별의별 것 다 배우고 자빠진, 그리하여 끝내는 '문인'으로 데뷔하고야 마는, 위대한 보지발들이여, 마침내 노벨 문학상을 타게 된 보지발들이여, 노벨 문학상 공동 수상한 대한민국의 5만 명 보지발들이여,

—「권태·642」 부분

시인이 보기에 영 못마땅한 부류가 셋 있으니, 텔레비전에 나와서 설쳐대는 소위 인기가 있다는 연예인들, 문학적 역량이 전무한 신인과 그들을 추천해주는 기성문인들, 신문사 문화센터에 나가 시를 공부하는 아주머니들이다. 「권

태·71」에서 시인은 말도 안 되는 등단에 추천사를 "그냥 주저리주저리 갖다붙이는 새끼들"을 "국회의원만도 못한 새끼"라며 국회의원까지 싸잡아 욕을 퍼붓는다. 성경에 나오는 인물 보디발을 '보지발'로 이름을 바꿔 뒤늦게 문학 공부에 매진하는 뭇 여성을 무지막지하게 비하한 시 「권태·642」에는 시인의 평소의 여성관이 잘 드러나 있다. 정자를 시적 화자로 삼아 "나는 또 궐녀(厥女)의 음문(陰門)을 적면(覿面)한다."로 시작하는 「권태·9」도 그렇거니와 스스로 여자에 대한 박애주의자라고 하면서도 "아내는 무섭다. 아내는, 거안(擧案), 제미(諸未), 십(十)이다."로 끝나는 「권태·7」을 보면 시인의 여성관에 문제가 있음을 알 수 있다. 어쨌거나 김영승은 『권태』를 통해 역사가, 인간이, 지금 이 세상이 다 미쳐 있다고 역설하였다. 그리고 시인도 광기에 사로잡혀 이 세상과 싸우고 있음을 독자는 깨닫게 된다. 온전한 정신으로 어찌 다음과 같은 시를 쓸 수 있으랴.

> 그는, 설움에 겨워, 설움이 복받쳐, 까무러칠 듯 슬퍼, 가슴에 와락 안겨 흐느끼는, 처음 보는 아름다운, 젊은, 오열하는 여인을 가슴에 안고 엉덩이를 쓰다듬으면서 엉덩이 들썩들썩 푹푹 부드럽게, 박는 시늉을 했을 그런 놈이다.
> 어깨 움츠리고 히히, 혓바닥 메롱 하면서.
> 광주의 대학살에서도, 부겐바르트 수용소 인체 소각로 앞에서도.
>
> 그는 김삿갓 저리 가라며 앙리 뒤낭 나이팅게일 저리 가라의 사랑의 사나이였다.
>
> 그는…… 나다.
>
> ―「권태·888」 전문

한 여인이 나온다. 그녀는 설움에 겨워 눈물을 흘리고 있다. 진심으로 위로해주어야 할 시점에 그녀를 부둥켜안은 그는 음심이 발동한다. 울면서 매달리는 그녀가 광주 대학살의 현장에 있건 유태인이 대량 학살된 부겐바르트 수용소의 인체 소각로 앞에 있건 마찬가지이다. "엉덩이 들썩들썩 푹푹 부드럽게, 박는 시늉을 했을 그런 놈"은 시적 화자가 아니라 시인 자신일 것이다. 이런 것도 시가 될 수 있느냐고 질문하는 대신 이런 것이야말로 광기라고 단정짓고 싶다. 시인이 '인간은 모두 성에 미쳐 있는 호색한 내지는 화냥년이 아닌가'라고 말한다면 부인할 수 있는 사람은 몇몇 성직자 정도가 아닐까. 김영승의 시에 있어서 광기는 이처럼 철저하게 '성'과 연관되어 있다.

5. 폭력과 광기 없는 사회가 올 것인가

이상 살펴본 바에 따르면 김남주와 박노해는 잘못된 역사와 잘못된 정치에 대한 비판의 강도를 한껏 높인, 광기 어린 시를 쓴 시인으로 간주할 수 있다. 박남철은 앞의 두 시인에 비해 개인이 개인에게 가하는 폭력을 자주 시의 소재로 다루었던 시인이다. 한편 김영승은 성에 대한 집중적인 탐구를 하고 있는데, 그 정도가 너무 지나쳐 풍자의 경지에까지는 나아가지 못하고 저급한 외설의 수준에 머물고 말았다.

2001년 10월 6일자 <한겨레신문> 12면에는 '세계인구 4분의1 정신질환 앓아'라는 큰 제목 아래 고딕체의 작은 제목 'WHO 보고서 지적…매년 1천만~2천만 명 자살 시도'가 달린 기사가 났다. 기사는 "세계 인구 4명 가운데 1명이 일생 동안 정신·신경 질환을 앓지만 제대로 치료를 받지 못하고 있는 것으로 나타났다."는 말로 시작되는 제네바/AP 연합으로 들어온 외신이었다.[8]

---

8) 기사를 좀더 인용한다. "세계보건기구(WHO)는 4일 발표한 '정신건강―새로운 이해, 새로운 희망'이라는 제목의 연례보고서에서, 현재 세계적으로 4억5천만여 명이 우울증이나 정신분열증·간질·치매·알코올중독증 등의 정신·신경 질환에 시달리고 있다고 밝혔다. 하지만 대부분의 환자들이 창피하다고 생각하거나 구체적인 방법을 몰라 전문의 상담을 받지 않아 매년 1천만~2천만 명의 환자가 자살을 시도하고

이토록 많은 사람이 정신질환을 앓고 있으며, 이토록 많은 사람이 자살을 시도하고 있는 것이 21세기이다.

지난 세기에 그러했듯이 21세기에도 아들이 아버지를 죽이고, 아버지가 아들을 죽일 것이다. 동생이 형을 죽이고, 형이 동생을 죽일 것이다. 21세기에 이 땅에서 태어날 수많은 시 가운데 인간의 폭력과 광기를 다루는 시가 적지 않을 것이라는 예감이 든다. 오늘날 시인의 위상이 땅에 떨어져 있지만, 시인은 늘 그 시대의 피뢰침이었다. 광기 어린 눈빛으로 처방전을 쓰고 있을 시인의 초상을 떠올려본다. 하지만 아무리 정신의학이 발달해도 광기를 치료할 수 있는 특효약은 나오지 않을 것이다.

있으며, 이 가운데 100만 명 정도가 목숨을 잃고 있다고 분석했다. …(하략)…"

한국 현대시에 나타난 '이라크전쟁'

이라크의 항복과 미국 부시 대통령의 종전 선언(2003년 5월 1일)으로 표면적으로야 전쟁이 끝났지만 실상은 끝난 것이 아니다. 이 글을 쓰고 있는 7월 28일까지 미국의 의도인 '후세인 제거'는 성공하지 못하고 있다. 대량으로 숨겨져 있다는 화학무기를 종내 찾지 못했을 뿐 아니라 이라크 곳곳에 후세인의 추종세력이 남아 게릴라전을 벌이고 있다. 이라크에 주둔하고 있는 미군 병사들은 이라크 군인과 민간인의 지속적인 게릴라전으로 계속해서 죽어가고 있다. 미군 사망자 수가 7월 27일자로 163명을 기록했다고 한다. (사고로 죽은 군인의 수를 합치면 243명.) 부시의 종전 선언 뒤에 이라크군의 공격으로 49명이 죽고 사고 등으로 57명이 죽어 합계 106명의 희생자가 나왔다고 하니, 미국은 지금도 전쟁을 하고 있는 셈이다. 더군다나 무정부상태에 빠진 이라크를 수습할 방안이 마련되지 않고 있으며 과도정부도 수립되지 않고 있기에 종전 선언은 아무런 의미가 없다.

이라크에는 지금 한국 군인이 가 있다. 전투병을 보낸 것은 아니지만 엄연히 참전을 한 것이고, 미국은 자기네가 일으킨 전쟁에 한국을 또다시 끌어들인 것이다. 베트남전쟁에도 한국군을 끌어들여(관점에 따라서는 미국의 의견을 따라 우리가 자발적으로 파병했다고 볼 수도 있지만) 5천 명의 젊은이가 이국의 하늘 밑에서 목숨을 잃었다. 지금껏 끝나지 않고 있는 이라크전쟁에 국군장병

희생자가 나오지 않기를 바라는 마음이 간절하다. 이라크전쟁의 양상이 신문과 텔레비전 뉴스에 계속해서 보도되자 이 땅의 시인들은 그 전쟁을 소재로 하여 상당한 양의 시를 썼다. 그 시들 가운데 거론하고 싶은 시를 골라 내 나름대로 소감을 말해보고자 한다.

> 아무개야
> 열세 살 이라크 소녀야
> 겁에 질린 검은 눈동자
> 핏물 든 치마폭
> 어른거려 힘든 이 며칠
>
> …(중략)…
>
> 어른들의 전쟁놀이에
> 열세 살 네 꿈은 결박당하고
> 그래도 힘내!
> 이런 말로 너를 위로할 수밖에 없는
> 나도 암호명도 모른다
> 화학무기의 기호도 모른다
> 승자의 상처도 저 지는 꽃잎 같을 거라고
> 짐작할 뿐이다
>
> ―「면죄부」 일부

이충희 시인이 이라크 소녀를 "겁에 질린 검은 눈동자"와 "핏물 든 치마폭"으로 묘사한 것으로 보아 소녀는 미사일 등 포탄으로 인해 중상을 입은 것이 아닌가 싶다. 시인은 유니세프에서 보낸 '이라크 어린이 긴급구조' 앞으로 돈 몇 푼을 보내고 면죄부를 받고 싶어한다. 그 아이를 위해 해줄 것이 별달리 없는 자신에 대한 탄식이 시의 문맥에 절절이 담겨 있다. 그런데 이 시는 그런 사실을 일차원적 차원에서 전달하고 있을 뿐이며, 뉴스를 접하고 느낀 것을 그대로 기술했을 따름이다. 느낀 것에 대한 직접적인 전달과 직설적인 토로로만 시가 이루어져 있어 많이 아쉽다. 어느 날 외신 보도를 접하고 충격을 받아 착잡한 마음에 사로잡혀 시를 쓰고자 했을지라도 시는 역시 시여야 한다. 시란 체험(간접체험까지 포함하여)의 넓이와 사고의 깊이가 없으면 감동을 주기 어렵다. 너무나 밋밋한 시적 전개로 말미암아 시인이 느낀 감동과 충격이 독자에게 전달되지 않았음에, 「면죄부」는 좋은 시라고 하기 어렵다.

> 소리가 죽었다 살았다 하는 TV 화면 속
> 머리를 다친 부상병이
> 다리를 다친 부상병을 부축하고 간다
> 절뚝절뚝 비틀비틀 번쩍번쩍 휘황찬란
> 사방에서 터지는 포화
> 밤낮없이 불꽃놀이가 한창이다
> 무어라고 외치는 듯 병사의 입이 벙긋벙긋한다
> 살려달라는 말인가
> 들리지 않는다
> 이 또한 곧 지나가리라
> 라고 나도 외치려다가 그만둔다
> 느닷없이 나타난 야전군 지휘관이 소리친다
> 잠잘 때도, 목욕할 때도, 혹시라도 기회가 있다면
> 사랑할 때도 방독면을 쓰라고
> 꼭 써야 한다고 소리치고 다닌다, 사방에
> 쓰러진 병사의 얼굴 위로 떨어지는 빗방울
>
> ─「내세─오늘의 명화」 앞 연

16행에 달하는 정채원의 시 제1연의 내용 역시도 앞의 시와 마찬가지로 텔레비전 뉴스 속보 속의 내용을 본 그대로 독자에게 전달하고 있을 뿐이다. 앞 연 뒷부분에 가서는 상상력이 다소간 발휘된 것도 같고 아닌 것도 같고……. 9개의 문장이 하나같이 상황 설명에 그쳐 시다운 맛이 느껴지지 않는다. 더구나 전쟁을 극도로 냉소적으로 바라보고 있다. 미국이 화학무기와 후세인 제거를 표면적 이유로 내세워 전쟁을 일으켰지만 실상은 군산복합체와 석유회사의 이익을 챙기고자 일으킨 전쟁임은 식견이 있는 사람이라면 누구나 알고 있는 사실이다. 부시 대통령, 라이스 외교안보보좌관, 파월 국무장관, 럼스펠드 국방 장관 등이 모두 석유회사나 군산복합체의 과거 임원이었던 경력이 있다. 그래서 이라크전쟁을 부도덕한 전쟁으로 여긴 시인이 이에 대해 분개할 수는 있지만 시의 어디에도 그런 내용은 안 나온다. 단지 "이 또한 곧 지나가리라"는 솔로몬의 말을 인용하며 전쟁에 대한 혐오감을 표시하고 있다. 시의 뒷연을 보자.

찬반 논란 속에 내세가 방영되고 있다
내가 나오는 TV를 내 손으로 끄기는 쉽지 않다
창밖엔 봄비 속에 다투어 터지는 꽃불, 꽃불
밤낮없이 불꽃놀이가 한창이다
이 또한 곧 지나가리라

—「내세―오늘의 명화」 뒷연

여기서는 시적 화자가 죽은 자인가? 뒷연 제2행의 앞에 나오는 '내'는 사자인 것 같고 뒤에 나오는 '내'는 생자인 것 같다. 또한 "밤낮없이 불꽃놀이가 한창"인 세계는 이라크이고 "봄비 속에 다투어 터지는 꽃불"의 세계는 한국이리라. 그런데 이런 상황을 바라보는 화자의 심정은 "이 또한 곧 지나가리라"로 대변된다. 머나먼 곳에서의 전쟁을 먼 산 불 보듯이 하는 우리들을 향해 자성을 촉구한 것이 이 시의 주제일 수도 있다. 그런 뜻도 조금은 들어 있겠지만 그것을 느끼기에는 역부족이다. 먼 이역에서 아무런 죄도 없이 수많은 사람이 죽어가는데 우리 국민은 텔레비전의 전쟁 장면을 무심히 보고 있다고 시인은 개탄하며 이 시를 썼을 것이다. 그렇다 하더라도 이렇게 무미건조하게 시를 써서는 곤란하다. 무심을 가장한 유심이라 할지라도 독자는 숨겨진 유심을 읽어낼 만큼 현명하다. 그 나라 국민들이 당하는 고통을 가슴아파한 흔적을 이렇게까지 숨길 필요가 있었을까.

티그리스 강에 모래바람이 불어오는 이른 봄
하얀 목련이 무더기로 피어날 조짐이 보이는 날
허름한 선술집 한쪽 귀퉁이에서
손아귀에 멱살 잡힌 북어는
단조음이다

몇 놈들이 도마 위에 올라가고
쭉쭉 뻗은 양놈들을 칼질하기 시작할 때
질겅질겅 씹히는 북어는
일곱 살 바그다드 소년의 눈에
안단테 곡조로 흘러내린다

—「북어는」 1, 2연

김삼환의 시 「북어는」에서의 북어는 허름한 선술집 한 귀퉁이에서 화자가 뜯어먹는 안주이다. 그런데 북어는 화자의 손아귀에 멱살 잡혀 있고, 질겅질겅 씹히고 있다. 다시 말해 이라크인의 운명을 대변하고 있기도 하다. 왜 북어가 단조음을 내고 안단테 곡조로 흘러내릴까. 강대국 미국의 일방적인 공격에 이라크인이 무자비하게 당한 고통을 그렇게 표현한 것은 아닐까? 이라크인은 자국의 처지를 세계만방에 호소할 수도 없다. 이라크 내에는 오사마 빈 라덴처럼 미국 본토에 들어가 자살테러를 감행할 조직도 없는 듯하다. 시는 이렇게 이어진다.

궁합이 맞지 않는
알코올 도수가 열을 받아 올라갈 때

부글부글 속이 끓는 것을 아는지
북어는 온몸을 풀어헤쳐
진국을 우려낸다

칼은……
칼로……
총알은……
총알로……
횡설수설 젖어가는 북어는
앙상한 머리만 남은 채
끝끝내
단조음이다

―「북어는」 3, 4연

　　북어는 온몸을 풀어헤쳐 진국을 우려내고는 앙상한 머리만 남은 채 끝내 단조음을 내고 목숨을 거둔다. 아마도 화자는 선술집에서 북어 안주를 먹으며 텔레비전 뉴스를 시청했었나 보다. 북어 안주의 신세나 이라크 국민의 신세나 다를 바 없다는 생각이 이 시를 쓰게 했을 것이다. 그런데 시에 몇 가지 약점이 보인다. 행과 행 사이, 연과 연 사이의 건너뜀이 심하다. 그래서 의미가 이어지지 않고 자꾸만 끊긴다. "쭉쭉 뻗은 양놈들을 칼질하기 시작할 때", "횡설수설 젖어가는 북어", "궁합이 맞지 않는 알코올 도수가 열을 받아 올라갈 때" 등 문맥이 모호한 부분도 적지 않다. 그러나 시가 전반적으로 의인화·은유화·상징화되어 있는 것은 좋다.

오 젖비린내 자욱한 그 방에서 울고 싶습니다

우리나라에서는
아기가 태어나자마자
벌써 한 살입니다

다른 나라에서는
아기가 태어난 지
1년 뒤에야
한 살입니다

우리나라에서는
아기가 태어나기 전
어머니 몸 안에 계실 때부터
이 세상을 온전히 시작하고 계십니다

몇 살이냐구요?
내 나이 스무 살입니다
다른 나라에서는
아직 열아홉입니다

서해 낙조였습니다
동해 총석정 해가 떠올랐습니다
내 나이 열아홉
우리나라에서는 스무 살입니다

─「스무 살」 1~6연

제6연에 이르기까지 고은은 나이타령을 하고 있다. 열아홉 살이건 스무 살이건 도대체 그것이 어떻다는 것일까. 시를 잘 보면 한 한국인의 한국식 나이는 스무 살이다. 다른 나라 나이로 치면 열아홉이라는 것인데,

지금 이라크 바스라에서는
열화 우라늄탄이 퍼붓고 있습니다
눈썹 진한
스무 살 처녀가 될
두 살짜리 아이가 죽었습니다
열아홉 총각일

한 살짜리 갓난이가 죽어가고 있습니다

나는 분노의 스무 살입니다

―「스무 살」 7~8연

을 보면 알 수 있듯 시인은 제7연에 와서야 왜 나이타령을 한참 동안 했는지
를 밝힌다. 미군이 이라크에다 열화 우라늄탄을 퍼부었기 때문에 스무 살 처녀
가 될 두 살짜리 아이가 죽었고, 열아홉 총각이 될 한 살짜리 갓난이가 죽어가고
있다. 미군의 폭격이 없었다면 멀쩡하게 장성하여 사랑하고 결혼했을 두 사람
은 아기일 때 죽고 말았다. 그래서 한국 나이로 스무 살인 화자는 분노에 사로잡
혀 있는 것이다. 제6연에 이르기까지 이야기의 진행 속도가 너무 느린 점은
불만스럽지만 이라크의 비극을 스무 살이란 나이를 갖고 끌어나간 점은 참신한
시도라 아니할 수 없다.

까마귀 떼가 날아가다가
전깃줄에 걸려
땅바닥에 떨어졌다
집단 감전사.

'총격'과 '공포'라는
이 불행한 파멸행진곡
지구는 깜깜한 밤에만
포성이 울렸다. 융단폭격.
아침이 밝아오자
평화로운 마을처럼
장바닥에는
엄마의 손을 잡고 따라나온 아이들
아이들의 눈동자가 겁에 질렸다.

지하 벙커 깊은 곳엔
적의가 가득한 고양이의 눈빛
까마귀 떼가 집단 자살을 했다.

—「전쟁 3」 전문

1938년 생으로 6·25전쟁 체험 세대인 신협은 이라크전쟁 보도를 접하고는 6·25전쟁을 떠올린다. '충격'과 '공포'라는 '파멸행진곡'을 유년시절에 들었는데 지구 저편에서 또다시 그 행진곡이 울려퍼지고 있다는 것이다. 까마귀 떼의 집단 감전사와 집단 자살을 선명히 대조한 이유는 무엇일까. 아이들의 눈동자가 겁에 질렸듯이 전쟁은 충격과 공포를 가져다주었고, 급기야 집단 자살까지도 이끌 수 있다. 그만큼 충격적이고 공포스러운 것이 전쟁이다. 그 전쟁을 일으킨 이는 아마도 "지하 벙커 깊은 곳에" 있는 "적의가 가득한 고양이"일 것이다. 동시다발로 미국의 심장부를 테러한 오사마 빈 라덴의 추종자들을 생각해본다면 이 시가 지향하는 주제는 '반전'임에 틀림없다. 생략을 너무 과감하게 해 함축적인 부분이 넓어진 것이 흠이지만 앙상한 몇 개의 가지로 무성한 잎까지 상상할 수 있게 한다.

이라크전쟁을 인류의 운명과 문명의 극한 및 구원의 목소리와 연결시킨 시가 있어 눈길을 끈다. 앞의 시들이 언론에 도보된 이라크전쟁의 참상에 집착하고 있는 반면 강태열의 시는 전쟁을 발발한 미국을 힘찬 어조로 비판하면서도 인류사 혹은 문명사적인 측면에서 이번 전쟁의 실상을 예리한 눈길로 진단하고 있다.

새 빛의 아기, 새 빛의 문명과
성모 지구마저 학살당하는 말세라야 하느냐.
자본의 힘, 기술의 힘, 술수의 힘
오만한 즉물의 머리에 야만의 뿔이 솟는
힘의 명분만 내세운 웃기는 침략이 아니냐!

청빈한 기도, 청정한 지구촌, 청명의 인류를
말살한 뒤엔, 지구까지 독점하려 그러느냐!
단 하나뿐인 지구촌
오직 인류의 양심이 피고 지는 고향인데,
신무기도 일상의 도구와 식기로 아는 야만의 힘은
이라크를 마치 가상 공간에 뜬
전쟁 놀이터로 본 모양이다.
천진난만하게 팔 다리 잘린 귀머거리로
멍텅구리로, 성모 지구가 울고
죽은 아기 이라크를 안고 성모 지구가 울고.

ㅡ「聖母 지구가 울고」 제2연

죽은 예수를 안고 성모 마리아가 울었듯이 죽은 이라크를 안고 성모 지구가 울고 있다. 그런데 이라크는 "죽은 아기 이라크"이므로 '아기'이다. 회교 국가인 이라크가 신의 어린양이라는 뜻이 아니라 미국에 비해 약한 나라라는 뜻이 숨겨져 있으며, 이라크에서는 어린아이와 아기가 아주 많이 죽고 다쳤다는 뜻이 담겨 있기도 하다. "자본의 힘, 기술의 힘, 술수의 힘"은 이라크에 미사일을 퍼부었다. 오폭도 많았기에 노인·아기·임산부·부녀자 등 억울한 희생자가 속출하였다. "야만의 힘"은 단 하나뿐인 지구촌을 전쟁 놀이터로 삼아 마구 날뛰었던 것이다. 부상을 당하거나 병에 걸렸지만 치료를 못 받아 죽은 이라크인은 또 얼마나 많았으랴. 인용한 부분의 제 3~7행을 보면 주제가 확연히 드러나 있다. 주제 자체가 다소 뻔한 측면이 있어 아쉽지만, 그렇다고 하여 이 시의 주제를 외면할 수는 없다. 뭇 생명의 일터이며 쉼터인 지구, 자궁이며 안식처인 지구가 "천진난만하게 팔 다리 잘린 귀머거리로/멍텅구리로" 울고 있다고 시인은 보았으니, 시인의 평화에 대한 갈망을 십분 느끼게 된다. 그와 아울러, 시인의 분노와 절망에 동감하지 않을 수 없다.

이라크전쟁을 소재로 하되 엉뚱하게 함무라비 법전을 동원한 시가 있다.

홍완기는 미국의 다음 목표가 북한이 될지 모른다고 불안해하고 있다.

<blockquote>

다음은 북한 차례로 북한 패하다.
무모한 자, 무법자 김정일 망하다.
핵 만들려다 저주받다.
그 저주로 초강대한 미국이 득달같이 달려들어
다른 선택의 여지가 없다고 말하고
천둥처럼 으르렁거리고 번개처럼 들이치니
말의 진위(眞僞)가 어디 있든 간에
드디어 올 것이 와
이 봄 어느 하루 흐린 날
평양 함락으로 망하다 패하다.
그리하여 많은 사람이 硝煙 속에서 죽어갔고
어린애가 어른 틈에 끼여
잿더미 속에서 피를 흘리고 있다.
아, 함무라비 법전 떠나다.
아, 함무라비 법전 어찌할꼬?

</blockquote>

—「함무라비 법전」 부분

　인용한 부분은 15행으로 총 48행 시의 1/3밖에 되지 않는다. 시는 시종일관 시적 화자의 횡설수설로 진행된다. 이라크가 패한 것을 함무라비 법전이 떠난 것으로 간주한 화자는 이라크처럼 핵을 만들려다 저주받을지 모를 북한을 떠올린다. 말의 진위가 상관없다고 한 것은 이런 뜻이 아닐까……이라크가 대량살상무기가 없다고 했지만 미국은 그 말에 아랑곳하지 않고 이라크를 공격하였다. 북한은 공공연히 핵무기를 보유하고 있다고 큰소리를 치고 있으므로 미국은 또 어떤 돌발사태를 일으킬지 모른다고 시인은 생각한 것이리라. 패권주의에 사로잡힌 미국이 다음 목표로 북한을 삼아서 공격을 하는 상상은 "어린애가 어른 틈에 끼어/잿더미 속에서 피를 흘리고 있"는 상상으로 이어진다. 즉, 현재의 이라크에 대한 진지한 걱정과 미래의 한국전쟁에 대한 불길한 예감을 교묘하게 뒤섞어 이 시를 썼다고 본다. 그런데 왜 하필이면 함무라비 법전인가.
법전은 "정신의 금"인데 미국이 그것을 약탈해간 것으로 보았기 때문이다.
이런 점들이 있기에 나는 이 시를 반전을 주제로 한 현실풍자시로 본다. 이라크
전쟁을 직접 다룬 시는 아니지만 최근에 많이 발표되는 반전·반미 시들이 시사
해주는 점이 있다.

> 2002년 3월 6일 절기로는 경칩
> 동면하는 생물들이
> 기지개를 켜려는 순간
> 꽃샘추위가 부시한파와 더불어
> 전국을 영하의 날씨로
> 꽁꽁 묶어버리는구나
> 부시는 정권을 잡음과 동시
> 강경발언을 일삼더니
> 아프가니스탄 침공에 이어
> 자국 철강업계 보호를 내세워
> 수입 철강제품에
> 8%에서 30%까지 고율관세를 부과
> 지구촌을 강타하고 있구나
>
> ―임수생, 「부시한파」 전반부

총 36행 시의 앞 13행이다. 미국의 대통령 부시가 자국의 이익을 위해 남의
나라 사정을 전혀 개의치 않는 망나니로 그려져 있다. 부시에 대한 시인의
분노는 합당한 것이다. 강대국의 대통령이라고 미국보다 약한 세계 여러 나라
한테 무소불위의 권력을 휘두르는 부시에 대해 비판을 해본 시인의 의도에는
십분 동조하지만 시를 꼭 이런 식으로 써야 했느냐 하는 생각에 안타까움을
느낀다.

미국의 강타가
각국의 역강타에 부딪히자
무지막지한 부시
무식쟁이 개망나니 부시
강대국 값도 못하는 부시
나오는 대로 씨부렁거리다
내뱉은 언사 주워담지 못해
쩔쩔매는 꼬락서니라니

―「부시한파」 중반부

이어지는 몇 행을 읽다 저는 이건 시가 아니라는 생각에 사로잡혔는데, 내 생각이 잘못된 것일까? 시인은 비·속어까지 동원하며 부시를 마구 성토하고 있다. 자신의 주의-주장을 직설적으로 토로하면 구호의 차원으로 떨어진다는 것을 임수생은 모르고 있는 것일까, 알고서 이렇게 한 것일까? 시가 논설문이나 연설문과는 다른 것이, '문학적 형상화'가 되어 있지 않으면 일단 감동이 오지 않는다. 부시에 대해 시인이 너무나 격렬하게 분노하고 있으므로 그 분노의 강도에 압도될 뿐 우리 감정의 혓바닥을 적실 시의 맛이 느껴지지 않는다. 이렇게 시작되는 시가 있다.

관광호텔 스카이 라운지
고급 양식집에서
핏기 덜 가신 비프스틱 살코기 한 점
젓가락 대신 미제 포크로 찍어
배추김치로 감싸서 넘길 때

문병란 시인의 「골빈녀의 모더니즘 옐로우 니그로송」 제1연이다. 관광지에 있든 그렇지 않든 호텔 스카이 라운지가 어디 한두 군데인가. 그곳의 고급 양식집에서는 다들 미제 포크(미제가 아닐지라도 포크가 서양에서 온 것임은 분명합니다) 비프스틱을 먹을 것이다. 우리나라 사람들은 그 음식이 느끼하니까 배추김치에 싸서 먹을 수도 있다. 아무튼 시인은 미국이란 나라를 대놓고 추종하는 우리의 의식과, 자기도 모르는 사이에 흠모하는 우리의 무의식을 비꼬고 있다. 일종의 풍자시인 것이다.

> 그대는 미국에 대하여
> 지금도 소심증 짝사랑, 북한 불량국가 규정
> 胃大한 腐屍 대통령
> 테러 응징 연설을 들어셨나요.
> 나는 개띠—빈달 보고 짖는 똥개는 외로운데
> 이 시대의 마지막 犬儒主義,
> 그대 누우런 이빨 몇 개나 성한가
> 꼬리는 잘라내 되도록 없는 것이 낫겠다.
>
> 그 사이 포스트모던 보이는
> 골빈녀 유방 언저리에서 흐르는
> 신자유주의 새 물결에 접속중
> 인터넷 속에 조국은 흐느껴 우는데
> 骨貧女와 美親男은 열애중
> 오늘 된장국 메뉴는 휴업한다
> 루루루 루루루 콩나물 해장국도 사절한다.

　같은 시의 제3, 4연이다. 글쎄, 풍자시의 재미는 느낄 수 있지만 문병란 시인의 예전의 좋은 시에는 한참 못 미치는 작품이 아닐까. 조기유학이다 영어교육 열풍이다 해외 어학연수다 온 나라가 영어 못 배워 난리법석을 치고 있는 꼴이 한심스러워 이런 시를 썼을 수도 있다. ‘골빈녀 유방’을 갖고 있는 사람은 자식을 외국에 못 내보내 안달하는 이 땅의 어머니들일까? 아니면 민족 주체성을 망각한 여대생 중 일부? 아무튼 유학과 학원 공부와 과외 등을 통해 우리나라 사람들이 영어를 공부하는 데 들이는 비용은 GNP의 5%는 족히 될 것이다.

시인은 이런 것들을 미국에 대한 짝사랑 때문이라고 보고 있다. 아닌게아니라 많은 대학에서 우리 대학을 졸업하려면 토익 점수가 얼마 이상이어야 한다고 학생들에게 영어 공부를 강권하고 있다. 우리 회사는 영어회화가 가능한 사람을 뽑습니다, 전공 점수는 상관치 않고 영어 실력만 갖고 당신을 평가하겠습니다……. 그러다 보니 대학 교양과목 시간에 뒤에 앉은 학생들은 영어 단어를 외우고 있다. 외국에 1, 2년씩 가서 공부하고 온 이 땅의 초중고 학생들의 국어시험 성적이 50점대를 밑돌아도 부모님들은 '영어만 잘 하면 돼' 하며 개의치 않는다니 나라꼴이 말이 아니다. 문 시인의 세대라면 젊은이들의 머리 물들이기, 각종 패스트푸드 가게의 성업, 미제 물건 즐겨 쓰기 등도 못마땅하게 생각할 수 있을 것이다. 그리고 부시 대통령을 부시(부패한 시체)라고 놀래댈 수도 있다. 이것은 시인의 자유다. 하지만 시가 시답지 않고 비아냥거림의 수준에 머물러 있을 때, 그 시가 동시대인의 가슴을 어찌 전율케 할 것이며 후세 사람들을 공감케 할 수 있을까. 시인은 시대적 소명감과 반미의식을 앞세우다가 시를 잃어버린 것이 아닐까? 시는 소명감이나 이념에 앞서서 시가 되어야 하거늘.

청바지에 노란 머리라고
핏줄까지 감출 수 있겠느냐
조기유학으로 망쳤으면
정신 차려야지
걸핏하면 미시민권까지
사다 재고 있으니
미쳐도 보통 미친 짓이 아니다
언제부터인지 이 땅에서
에이즈보다 더 고약한 미국병이
창궐하였다
젖만 떼면 어린것들은
영어 배운다고 아우성이구나

—정규화, 「미국병」 부분

나는 이 시의 주제에 대해서는 공감하는 바가 있지만 전혀 감동 받을 수 없다. 시인이 시로 쓰지 않아도 충분히 알고 있는 것이다. 이 시에는 시대상에 대한 시인의 고민이 담겨 있기는 하되 시 한 편을 쓰기 위한 시인의 고민은 담겨 있지 않다. 시인은 너무 쉽게 한 편의 시를 탈고하고 있는 것이 아닌지 모른다. 『참깨를 털면서』와 『칼과 흙』의 시인 김준태의 시를 읽어보자.

　　강원도 홍천에서
　　일어난 일이었다
　　한국전쟁이 한창이던
　　그해 여름 달밤이었다

　　송아지 한 마리
　　엠원(M1) 총으로 쓰러뜨려 놓고
　　몇 명의 미군 병사가 번갈아 가며
　　아랫도리옷을 벗은 얘기는 뜬소문이 아니었다

　　강원도 홍천에서 광주로 시집온
　　개똥이 엄마한테 들으니 정말이었다

―「수간(獸姦)」 전문

　한국전쟁 당시 미군 병사 몇 사람이 송아지 한 마리를 죽여 놓고 죽은 그 짐승한테다 정액을 배설한 이야기를 개똥이 엄마한테 듣고 시인은 시를 썼다. 마지막 연을 보니 실화인 모양이다. 수간의 역사는 아주 길다. 창세기 18장 19절 소돔 편에 이미 나와 있다. 세계 정벌에 나선 징기즈칸의 군대는 오랜 세월 외지에 나가 있는 바람에 정욕을 채울 수 없었다. 그래서 양을 마차에 싣고 다니면서 욕망을 해결했다는 것은 유명한 이야기다. '수간'을 제목으로 삼아서 시인은 자신이 들은 정보를 그대로 시로 썼다. 시란 묘사하거나, 은유하거나, 상징화하거나, 이미지를 제시하거나…… 어떤 사실을 직설적으로 설명하는 것이 아니라 그 어떤 여과정치가 필요하다. 이 작품은 시인이 알게 된 정보를 곧이곧대로 기술한 것이지 시가 아니다. 한국전쟁 때 참전했던 미군의 일부가 짐승만도 못하다는 사실을 알려 시인이 얻을 수 있는 효과로 어떤 것이 있을까? 미군은 그때도 그랬고 지금도 그렇다? 그러니 그런 짐승 같은 미군을 이 땅에서 몰아내야 된다? 이런 주제를 지닌 시를 쓰려 했다손 치더라도 좀 다른 방식을 취할 수는 없었을까.

정말 뛰어난 시를 썼던 시인들이 지금 '반미'라는 하나의 이념을 관철하고자 시를 쓰면서, 이렇게 수준 미달의 작품을 쓰고 있다. 우리나라를 식민지 내지 속국 취급하는 미국에 대해 시인은 응당 비판을 할 수 있다. 문제는 왜 '시적 형상화'라는 시인 본연의 자세를 버리고 직설적인 비판에 그치느냐는 것이다. 이런 시들이 과연 이 시대를 증언하고 후세에 길이 남을 시일까? 이런 시를 읽고 동시대인의 일부가 함께 분노하고, 공감하고, 개심하고, 감동을 받을까? 나는 솔직히 같은 지면에 실린 이해인 시인의 시를 읽으며 훨씬 더 많이 공감했다. 『민들레의 영토』등 감상적인 시를 써 모은 시집으로 낙양의 지가를 엄청나게 올려 베스트셀러 시인으로 취급받고 있는 그 수녀 시인의 시를 읽고 말이다.

평화의 꽃물이 들어야 할 봄에
전쟁의 핏물이 고이는
이 참혹한 슬픔을 어쩌지요?
'그들은 무슨 짓을 하는지 알지 못한다'고
십자가 위에서 고백하신 주님

…(중략)…

하늘 두려운 줄 모르고
욕심의 포로가 된 이들을
가엾이 여겨 주십시오
더 이상 기도할 수 없는

우리의 절망과 탄식 속에 들어와
당신이 직접 기도해 주십시오
평화를 위해 당신은 더 많이 울어주십시오
오오, 주님! 이 피묻은 슬픔을 어쩌지요?

―「슬픈 기도」 1, 3연

　시인은 "서로가 형제인 이 땅에서/사랑 대신 미움의 총을/용서 대신 복수의
칼을 든/눈먼 사람들"을 안타깝게 생각하고 있다. 그래서 우리의 일상엔 곰팡이
가 가득하고, 우리의 얼굴엔 그늘만 짙어간다고 한다. 기도를 해보지만 주님의
응답은 없고 계속해서 수많은 이들이 죄도 없이 죽어간다. 기도를 하다보니
주님(이 시에서는 예수 그리스도이다)이 문득 원망스러워진다. 당신은 왜 이런
떼죽음을, 어린아이들의 죽음을 방관하고 계십니까. 미움의 총과 복수의 칼을
들고 싸우는, 욕심의 포로가 된 이들을 위해 당신이 직접 기도해주라고 시인은
따지듯이 말한다. 하지만 그런 원망도 잠시, 다시금 손을 모으고 이 피묻은
슬픔을 어떻게 하냐고 애통해한다. 나는 이 시의 시적 완성도가 앞의 시편보다
더 높다고 생각한다. 앞의 시편이 분노를 터뜨리기만 해 독자를 설득하는 힘이
부족한 반면, 이해인의 기도의 시편에는 평화에 대한 갈망과 반전에 대한 신념
이 오히려 더 강하게 담겨 있다. 시가 "타는 목마름이여 (…) 민주주의여 만세"
하고 외쳐야만 힘을 갖는 것은 아니다. 시가 구호나 선언, 강요나 선동의 차원에
머물면 생명력을 잃는 것이 확실하다. 우리 문학사에서 1925~35년은 프로
문학이 맹위를 떨친 시기이다. 그런데 그 당시의 수많은 시작품 가운데 지금까
지 남아 있는 것이 몇 편이나 되는가. 시란 '울림'과 '떨림'이 있어야 진정성을
확보할 수 있다. 이번에는 한 시인의 시 2편을 읽어본다.

　우리 행복하지 말자
　우리집 아내와 딸 혜림이 아들 승옥이 네 식구

비록 가난하지만 지금 누리는 행복이
오래된 인류의 빛
메소포타미아 문명을 도륙하고 온
미제의 무자비한 살육 위에서 얻은 행복이라면
피묻은 한미동맹의 더러운 국익 위에서
얻은 행복이라면 거부하자
벗들이여 결단코 거부하자
그리고 반대하자
단호히 단호히 반대하자

—홍일선, 「聖반미론」 부분

　총 17연으로 된 긴 시의 제3연이다. 우리 집 네 식구가 누리는 소시민적인 행복이 미제의 무자비한 살육 위에서 얻은 행복이라면, 피묻은 한미동맹의 더러운 국익 위에서 얻은 행복이라면, 그것을 결단코 거부하자고 한다. 그런데 어떻게 거부해야 하며 어떻게 반대해야 한다는 것일까. 하다못해 미국영화를 보지 말자, 코카콜라를 마시지 말자, 미제 물건을 절대로 사 쓰지 말자, 아이들을 미국에 유학 보내지 말자는 구체적인 대안 중 한 가지라도 나와야 하는 것이 아닌가. 행복을 거부하고 불행을 감수하겠다면 어떤 방편을 내놓아야 하는 것이 아닌가. 왜 시력 20년이 넘는 중견시인이 이렇게 공허한 말을 하는 것일까? ~하자고 독자에게 권유한다고 하여 그 권유에 동조할 사람은 없을 것이다. 어떻게 거부하고 반대하자는 구체적인 대안이 이 시에는 없기 때문이다. 확고한 이념 내지는 미국에 대한 지독한 환멸감이 시를 시답게 쓰는 것을 방해하고 있어서 그런 것은 아닐까. 같은 시의 좀 뒤에 가서 시인은 미국을 이런 식으로 성토한다.

나 이제
존 스타인벡도 헤밍웨이도 휘트먼도 에머슨도
다 거부한다

그들이 내세운 박애 평등 따위
모두 다 거짓이다
그 나라 문학이 정녕 참되었다면
어떻게 미국인들 칠십육 프로나
저 추악한 침략전쟁을 지지한다는 말인가
에머슨의 시를 반대한다
휘트먼의 일체의 노래를 반대한다
헤밍웨이도 스타인벡도 나는 반대한다

월트 휘트먼은 인간과 미래사회, 인류 공통의 선에 대한 신뢰를 노래하여 미국적 이상주의를 구현한 시인이다. 시집 『풀잎』에는 범신론적 사상에 바탕을 둔 평등주의와 민주주의, 사해동포사상과 육체찬미사상이 담겨 있다. 미국 시인 가운데 가장 미국인다운 시를 쓴 휘트먼을 반대한다면 거기에는 나도 동조할 수 있다. 하지만 『무기여 잘 있거라』와 『누구를 위하여 종은 울리나』를 쓴 헤밍웨이와 『생쥐와 인간』과 『분노의 포도』를 쓴 존 스타인벡을 '반대'한 홍 시인을 나는 반대할 수밖에 없다. 두 사람이 노벨문학상을 수상한 위대한 작가라고 홍 시인의 "반대한다"는 선언에 반대하는 것이 아니다. 노벨문학상이야 철저히 서구인의 시각에서 주는 상이 아닌가. 두 작가는 한때 미국의 양심을 대변했던 그 시대의 피뢰침 같은 존재였다. 두 작가의 문학마저도 "모두 다 거짓이다"고 외치는 홍 시인의 목소리는 잘못된 것이다. 독일의 히틀러가 『분노의 포도』를 읽고 미국과 전쟁을 해도 이길 수 있으리라는 자신감을 갖게 되었다는 유명한 일화가 있다. 앞서 제목을 들먹인 헤밍웨이의 작품은 세계문학사에 길이 남을 '반전문학'이다. 내 생각이 옳다고 믿는 것은 좋지만 그렇다고 해서 죄 없는 사람한테 돌멩이를 던져서는 안 된다. 그것은 시인의 태도가 아니다. 홍 시인의 다른 작품을 보자.

그대 오랫동안

칠흑 어둠 속에 갇혀 있었기에
세상의 고운 빛
다 그대의 것이다.

그대 추운 곳에
홀로 있어야 했기에
지상의 따스운 시간들
이제 다 그대의 것이 될 것이다.

그대 또 아주 오랜 시간
두려운 곳에 고립되어 있었기에
외로운 곳에 유폐되어 있었기에
無門關 다 놓아주어서 아름다운 적멸들
오직 그대의 것이다.

그리하여 세속의 온갖 결핍이
미제국주의 추악한 총알이
그대의 야윈 육신에 이르러
바그다드 붉은 모래밭에 이르러
염화미소 환하게 이루었을 것이다.

—홍일선, 「아기를 안고 죽은 어머니에게」 전문

'蓮花說'이란 부제가 붙어 있는 이 시를 읽고 큰 감명을 받았다. "미제국주의 추악한 총알"이란 과격한 표현도 조금도 어색하지 않게 다가와 폐부를 찌른다. 더할 나위 없이 처절한 비극적 상황을 목격한 시인이 지금 붓을 쥐고 있는데, 힘만 들어가 있는 아니라 안타까움에 부들부들 떨고 있다. 떨림은 연민의 정 내지는 측은지심으로 말미암은 것이다. 아기는 살아난 것인가. 정말 아무 죄 없이, 아기를 안고 죽은 어머니가 홍 시인은 너무 가련했던가 보다. 한 어머니의 주검이 바그다드의 모래를 붉게 물들였을지라도 그 죽음의 의미는 염화미소를 환하게 이루었을 것이라는 마지막 행에 이르러 말문을 잃고 만다. 머나먼 이국

대한민국에서 그녀 영혼의 천도(薦度)를 위해 쓴 이 시는 절창이 틀림없음에, 오래 기억되어야 한다. 이 시야말로 진정한 참여시다. 덧없는 죽음을 영원한 삶으로 승화시키고자 한 시인의 뜨거운 마음과 언어의 연금술사적인 노력이 있었기에 이런 작품이 탄생한 것이 아니랴. 시대에 대한 고민이 아무리 심각하다고 한들 시다운 시를 쓰기 위한 고민이 함께 이뤄지지 않을 때, 훌륭한 저항의 시는 탄생하지 않음을 홍일선 시인의 2편의 시는 잘 보여주고 있다.

현실참여의 시가 이념에만 사로잡혀 문학적 향기를 풍기지 않을 때, 그것은 시로써 실패하기 십상이다. 현실의 제 문제에 저항을 했다고 하여 그 시가 훌륭한 시가 되는 것은 아니다. 나는 안록산의 난이라는 전란의 시대에 씌어진 이백과 두보의 시를 읽으며 감격해한다. 그 난은 사사명의 난으로 이어졌는데, 근 10년 세월 '안사의 난'을 겪는 동안 기근까지 겹쳐 당시 중국 인구의 30%인 3600만이 죽었다고 한다. 이백의 시는 '여유와 달관'의 시요, 두보의 시는 '서정과 잠언'의 시라고 해도 크게 틀린 말은 아닐 것이다. 그렇지만 두 시인의 시에 현실에 대한 고민이 하나도 없었느냐 하면, 결코 그렇지 않다. 그 누구보다 심각하게 고민하고 좌절했지만 두 사람은 진실로 '마음의 먹'을 갈아서 시를 썼다. 그랬기에 그들의 시는 천 몇 백 년이 지난 지금도 읽히고 있는 것이다. 우리나라에서는 '저항의 시'라면 이육사와 윤동주를 빠뜨릴 수 없는데, 그들의 시는 오히려 문학적 향기가 더 짙게 풍긴다.

한국 현대사는 네 번의 전쟁 체험담을 갖게 되었다. 이 땅의 젊은이들은 태평양전쟁과 6·25전쟁과 베트남전쟁과 이라크전쟁에 참전하여 피를 흘렸다. 태평양전쟁은 식민지의 주민으로서 끌려가서 한 전쟁이었고 베트남전쟁과 이라크전쟁은 미국의 주도로 자의반타의반으로 참전한 전쟁이었다. 6·25전쟁은 동족상잔의 전쟁이라 같은 민족끼리 총부리를 겨누고 피를 흘렸다. 이런 전쟁이 작품의 소재가 될 때, 참전 당사자가 아닐지라도 동시대의 상황으로 다룰 때 작품을 객관화하여 쓰기가 몹시 어려움을 알 수 있다. 지금까지 검토해본 시 가운데 특별히 우수한 작품을 찾기 어려웠다는 것은 무엇을 얘기하는가. 전쟁을 일종의 작품 소재로 끌어올 때, 그것이 인류 공통의 문제로 연결시킬 수 있느냐 없느냐가 관건이 된다. 그런 점에서 전쟁 소재의 시는 성공작을 내기가 어려움을 알 수 있다. 특히 이번 이라크전쟁에 대해서는 대체적으로 '지긋지긋하다', '미국이 나쁘다'는 식으로 이해하고 있을 뿐, 이라크 국민이 당한 고통에 대해서는 관심을 그다지 표하지 않은 것은 아쉬운 점이다. 전쟁의 희생양인 것은 미군도 마찬가지이다. 이라크에 한국군 전투병이 파병되고 다소라도 피해를 입게 될 때는 또 다른 관점에서 시가 씌어질 것이다. 그 작품이 인류 보편의 문제, 혹은 인간 구원의 문제와 연계되지 않는다면 또다시 범작에 머물지도 모른다. 이 땅의 시인들이 이라크전쟁의 실체나 실제적인 이유를 알 필요는 없을 것이다. 하지만 멀고먼 이라크에까지 가서 한국인이 피를 흘려야 하는 것은 고민의 대상이 될 법도 하다. 그 고민이 '반전'의 진정한 의미를 지닐 때, 한국시의 위상은 높아질 수 있지 않을까. 멀고먼 곳에서 하는 전쟁이라고 하여 먼 산 불 보듯이 해서는 안 된다. 짜증스럽다는 식으로 그 전쟁의 의미를 외면해서는 더더욱 안 된다. 그래서 군사독재 시절의 초등학교 반공 포스터에 종종 등장했던 '상기하자 6·25'라는 캐치프레이즈를 우리는 오늘 이 시점에서 그야말로 다시금 상기해야 할 필요가 있는 것이다. 전쟁은 몇몇 사람의 정치적 이유와 몇몇 회사의 경제적 이유로 일어나기도 하는데 그로 인한 희생자는 민간인이다. 부녀자와 아이들, 노인네와 병자들이다. 명분 없는 전쟁에 민간인이 떼죽음을 하고, 외국 군인들이 가서 대리전쟁을 한다.

이라크전쟁을 통해 미국은 별다른 실리를 얻지 못했을까, 중동에서의 패권을 확실히 잡았을까. 나는 전문가가 아니므로 잘 모른다. 하지만 이번 전쟁을 통해 엉뚱한 자신감을 갖지 말았으면 좋겠다. 남북한의 평화통일을 위해 미국이 힘을 보태주지는 않더라도 방해만은 하지 말아야 할 텐데……. 이라크에서 다치고 죽은 사람들 목숨의 값어치가 9·11테러의 희생자들보다 못하지 않으리

라. 사해동포의 일원인 이라크인들의 대량죽음이 가슴 아프다. 마구 부수고 죽이고 나서 어떻게 복구해주겠다는 것인지. 국민의 여론을 무마한 뒤에 한국군 전투병을 이라크로 보낼 것이라고 한다. 명분 없는 전쟁에 껴들어 목숨을 잃는 장병이 나오지 말아야 할 텐데……. 이라크전쟁은 미국의, 인류에 대한 범죄행위로 기록될 것이다.

·마침내, 이라크에 한국 전투병 참가가 결정되었다.
·이 글은 2003년 7월 28일에 쓴 것이다.
·사담 후세인 이라크 대통령이 체포된 것은 2003년 12월 14일이다.

제2부

少年著歌詞　　소년 시절에는 가사를 지어서
下筆元無疑　　붓을 잡으면 멈출 줄 몰랐었지
自謂如美玉　　스스로 아름다운 구슬처럼 여겼으니
誰敢論瑕疵　　누가 감히 하자를 논하겠는가
後日復尋繹　　뒷날에 다시 검열해보니
每篇無好辭　　편편마다 좋은 글귀 하나도 없네
不忍汚箱衍　　차마 (글 모은) 상자를 더럽힐 수 없어
焚之付晨炊　　불살라서 밥 짓는 데 버렸다네
明年視今年　　작년의 글들을 금년에 살펴보니
棄擲一如斯　　한결같이 버릴 것밖에 없네
所以高常侍　　고상시(사람 이름)는 이런 까닭으로
五十始爲詩　　오십이 되어서야 비로소 시를 지었겠지

이규보의 「焚藁」 전문
본문 인용시 中에서

시로 쓴 이규보의 시론 읽기

1. 시인이란 이름의 영욕

생전에 부와 영예를 누릴 만큼 누리고 간 시인이 있다. 고려 무신정권 후반기의 학자이자 시인이었던 이규보(1168~1241)는 74세의 나이로 죽을 때까지 귀양을 두 차례 간 적이 있었지만 큰 죄가 아니어서 1년 3개월과 50여일 만에 돌아왔고, 돌아와서는 전화위복이 되어 더 높은 벼슬을 했다. 70세의 나이로 정계를 물러날 때 그는 '金紫光祿大夫守大保門下侍郎平章事修文殿大學士監修國史判禮部事翰林院事太子大保'라는 긴 이름만큼 높은 벼슬을 갖고 있었다. 조선조 성종 때『東文選』을 편한 서거정은 이규보의 작품을 무려 428편이나 실으면서 "동방의 시호(詩豪)는 오직 이규보 한 사람일 뿐"이라며 높이 평가하였다. 그만큼 복 받은 시인이었지만 1970년대에 들어서면서부터 이규보 격하 운동이 거세게 일어났다. 고려조를 대표할 만한 문인이었으면서 입신양명과 영달에 연연하였기 때문일 것이다. 이규보를 "정치인적인 생리"를 지닌 사람으로 본 장덕순은 다음과 같이 격렬하게 비판한 바 있다.

> 그는 벼슬에 악착스러웠다. 또 용케 문학과 벼슬을 병행시키기도 했다. 아니 나쁘게 말해서 벼슬을 위해 문학을 이용하기까지도 했다.

보라! 최충헌의 「茅亭記」를 쓰고 한림(翰林)이란 벼슬을 얻었고, 최
충헌 앞에서 「孔雀」을 써서 사재승(司宰丞)이란 벼슬을 땄다. 그뿐인가.
이젠 노골적으로 「求參職階梯」란 시를 지어서 충헌에게 바치어 정말
우정언지제고(右正言知制誥)라는 벼슬을 얻었다. 벼슬을 얻기 위해서만
문학을 한 것이 아니고 벼슬을 얻는 다음에도 감사하다고 또 문학을
앞세웠으니, 처음 한림이 되었을 때에도 「初入翰林詩」와 「再入玉堂詩」
를 지어서 만족했고, 정언이 된 다음에도 「初拜正言詩」를 지어서 이를
기념했던 것이다.[1]

이처럼 이규보는 시를 출세의 수단으로 삼았던 인물임에 틀림없었다. 같은
맥락에서 김현은 "신라·고려를 통틀어서 가장 강력한 권력체계를 구축한 무신
정권하에서 이규보로 대표될 수 있는 지식층은 지배층에 시를 써 바쳐 관직을
얻고, 지식인의 자기비하를 君臣이라는 유교적 이념에 의해서 충실히 미화한
다"[2]고 비판하였다. 여증동은 "한국 시가 풍류로 타락하게 이끈 이의 대표"로
이규보를 꼽았다.[3]

객관적인 입장에서 기술되었을 법한 『한국민족문화대백과사전』에서조차도
외국어대학교 한국사학과 박창희 교수는 다음 세 가지 이유로 이규보의 업적과
인품을 비판하였다. "몽고의 침략에 대하여 괴로워하였으나 결국 불평 이상의
것이 못 되었다." "학식은 풍부하나 그 작품들은 깊이 생각한 끝에 나타낸
자기표현은 아니었으며 그때그때 의식에 떠오르는 바가 그대로 표출되는 것을
특징으로 하고 있었다." "그는 본질상 입신출세주의자이며 보신주의자였다.
그가 이러한 사람이 된 근본이유는 그의 가문을 올려세우고 그의 고유의 문명
을 크게 떨치고자 하는 명예심에서였다."[4] 박창희 교수는 평가절하 정도가

---

1) 장덕순, 「이규보와 영웅서사시 <동명왕>」, 『한국 고전문학의 이해』, 일지사, 1973,
   116쪽.
2) 김현, 「중세 지성과 권력」, 『지성』 창간호, 지성사, 1971, 184쪽.
3) 여증동, 『한국문학사』, 형설출판사, 1973, 52쪽.
4) 『한국민족문화대백과사전 17』, 한국정신문화연구원, 1996(11쇄), 721쪽.

아니라 이와 같이 가치관과 역사의식, 문학관과 문학작품, 인생관과 성품 등 거의 모든 면에서 이규보를 형편없는 사람으로 매도하였다.

이상에서 살펴본 바에 따르면 이규보는 생시에 매문을 하며 영화를 누린 벼슬아치에 지나지 않았다. 시인에게서 시대적인 양심은 물론 부귀와 영화와 초연한 삶을 살기를 요망하는 현대인에게 이런 면은 못마땅하게 생각되었던 것이고, 우리가 헤쳐 온 정치적 격랑은 순풍에 돛을 올리고 나아간 이규보의 생애에 대해 시선을 더더욱 곱지 않게 했다. 이규보에 대한 그간의 격하운동은 과연 바람직한 것이었을까. 여기서 그의 생애를 좀더 자세하게 살펴볼 필요가 있다.

이규보는 스물두 살 때 사마시(司馬試)에, 스물세 살 때 예부시(禮部試)에 급제하였다. 하지만 집안이 그다지 좋은 편이 아니었고 후원자도 없어 벼슬길에 오랫동안 오르지 못하였다. 예부시에 급제한 이듬해에는 부친상을 당해 오랫동안 궁핍함을 벗어나지 못하였다. 그래서 좌절감에 사로잡혀 천마산에 들어가 스스로 '白雲居士'라 이름짓고는 세상과 등지고 살기도 했다. 그는 서른두 살이 되어서야 최충헌이 초청한 시회에서 그를 칭송하는 시를 쓰고서야 '司錄兼掌書記'라는 말직 하나를 얻게 되었다. 그나마도 동료의 비방으로 1년 4개월 만에 면직되었다. 마흔 살에 이르러 역시 최충헌을 칭송하는 시회에서 「茅亭記」를 써 '直翰林'이란 벼슬을 얻게 되었다. 이규보의 관운이 트인 것은 1215년 '右正言知制誥'가 된 이후부터였는데 그때 그의 나이 마흔여덟 살이었다. 따라서 이규보가 생애 내내 부귀와 영화를 누렸다는 식의 평가는 재고되어야 한다. 생의 후반기라고 할 수 있는 50~60대 20년 동안 그는 경제적인 어려움 없이 평온한 가운데 시를 쓸 수 있었다. 시인의 작품과 그 작품에 나타난 시정신을 도외시하고 '생애가 별로 불행하지 않았다', 혹은 '관직을 얻기 위해 글을 썼다'는 이유로 비판을 받는 것은 지양되어야 한다. 과거제도가 행해지던 시대에는 글쓰기가 곧 입신양명과 직결되어 있었는데, 그것을 두고 그렇게까지 타박할 필요가 있는 것일까. 특히 시로 쓴 이규보의 시론은 다시금 논의될 필요가 있다.

2. 시로 쓴 시론

우리나라에서 본격적인 시론은 고려조의 세 사람으로부터 출발한다. 이인로의 『破閑集』과 이규보의 『白雲小說』 및 『東國李相國集』, 최자의 『補閑集』에 나오는 시론은 절대로 구태의연한 것이 아니다.[5] 이 가운데 이규보는 신의론(新意論)에 근거한 '설의(說意)'를 주장했는데 「論詩」는 시로 쓴 그의 시론이다. 전문을 내 나름대로 번역해본다.

作詩尤所難　　시 짓기가 무엇보다도 어려우니
語意得雙美　　말과 뜻이 함께 아름다워야 하네.
含蓄意苟深　　함축된 뜻이 진실로 깊어야
咀嚼味愈粹　　음미할수록 맛이 더욱 알차네.
意立語不圓　　뜻이 서도 말이 원만하지 못하면
澁莫行其意　　난삽하여 뜻을 전하기 어렵다네.
就中所可後　　그 중 뒤로 미뤄도 될 것은
雕刻華艷耳　　문장을 화려하게 꾸미는 것이라네.
華艷豈必排　　화려한 문장을 굳이 배제하겠는가마는
頗亦費精思　　모름지기 정신을 쏟아야 마땅하네.
攬華遺其實　　꽃만 붙잡고 그 열매를 버린다면
所以失詩旨　　시의 본질을 잃어버리는 이유가 되네.
邇來作者輩　　요즈음의 글 짓는 무리들은
不思風雅義　　풍아의 뜻은 생각하지 않고
外飾假丹靑　　겉꾸미기로 미사여구 늘어놓아

---

5) 여기에 대해서는 졸고 「'시란 무엇인가'의 역사」(『시작』 창간호, 2001. 여름), 236 ～237쪽 참조.

求中一時嗜　한때의 기호에만 맞추려 드네.
意本得於天　뜻이란 본래 하늘에서 얻느니
難可率爾致　쉽게 이루어지기가 어렵다네.
自揣得之難　스스로 어려운 줄 알고 있기에
因之事綺靡　그리하여 더욱 화려하게만 하여
以此眩諸人　이것으로 여러 사람을 현혹시켜
欲掩意所實　깊은 뜻 없는 것을 엄폐하려 하네.
此俗寖已成　이런 풍속이 점차 일반화되어
斯文垂墮之　문화가 땅에 떨어지게 되었네.
李杜不復生　이백 두보가 다시 나지 않으니
誰與辨眞僞　누구와 더불어 참과 거짓 구별하랴.
我欲築頹基　나는 무너진 터전을 다시 쌓으려 하나
無人助一簣　조금이라도 도와주는 이 없네
誦詩三百篇　시 삼백 편을 외운다 해도
何處補諷刺　어느 곳을 풍자하여 보충하겠는가.
自行亦云可　스스로 행하는 것이야 가능하겠지만
孤唱人必戲　사람들은 반드시 비웃을 것을.

『東國李相國後集』卷第一에 나오는 이 시에는 오늘날 이 땅의 시인이 새겨들을 만한 말들이 나온다. 내 나름대로 시의 뜻을 현대적인 의미로 재해석해본다.

1~4행…시에 있어서 가장 먼저 중요한 것은 함축된 뜻이다. 즉 형식보다 내용이 우선한다.

5~8행…문장을 화려하게 꾸미려 하지도 말고 미사여구는 더더구나 동원하지 말아야 한다.

9~12행…기교의 시 대신 정신의 시를 써야 한다.

13~16행…시류에 영합하려 들지 말고 그런 무리를 본받지도 말아야 한다.

17~22행…시의 뜻은 자연에서 얻는 것이어서 쉽게 이루기 어려운데 사람들은 이를 속이려 한다.

23~26행…이런 풍속이 널리 퍼졌으니 이백과 두보 같은 이가 언제 다시

와 시의 진실과 허위를 밝혀내랴.

27~32행…나는 시의 기강이 무너진 이 시대에 꿋꿋이 나의 길을 가려 한다. 세상사람들이 아무리 비웃을지라도.

이동철은 이 시의 요지를 세 가지로 정리하였다. 1)시는 표현과 의미가 모두 아름다워야 하지만, 중점을 두어야 할 것은 어디까지나 의미이다. 2)작금의 시인들은 표현에만 치우쳐서 깊은 뜻을 저버리는 폐단이 많다. 3)이러한 그릇된 문단의 풍토를 시정하려고 노력해도 아무도 동조해주지 않는다.[6] 한편 정요일은 제24행에 나오는 '斯文'에 대해 이렇게 설명하였다.

> 여기서의 '斯文'이란 유교 철학의 精髓가 담긴 글로서의 '斯文'이 아니라 잠깐 시의 '참된 시의 전통'을 뜻하여 한 말이다. 그러므로 이규보는, 근본을 중히 여겨 시의 本旨를 잃지 않고서 風雅의 전통을 참되게 계승했던 시인으로서 그 시대의 詩壇을 바로잡는 데 거울삼을 만한 李太白과 杜甫를 그리워하지 않을 수 없었다.[7]

두 사람의 말을 토대로 「論詩」의 내용을 다시 한번 정리한다. 시는 내용(의미)과 형식(표현)이 모두 아름다워야 하지만 중점을 두어야 할 것은 역시 내용이다. 고상하고 멋있는 시는 환골탈태하거나 미사여구를 그럴듯하게 늘어놓은 시가 아니라 하늘의 '뜻을 설하는'(說意) 시이다. 이를 현대적인 의미로 확대 해석해보면 감각의 시가 아닌 혼신의 시를, 수사(修辭)의 시가 아닌 천품(天稟)의 시를 써야 한다는 뜻으로 새길 수 있다. 시류에 따르거나 남의 시를 흉내내지 않는 한편 풍아의 전통에서도 벗어나지 않는 시작법을 내놓은 이규보의 시론에 나는 대체로 동의한다. 특히 기교의 시를 쓰지 말고 정신의 시를 써야 한다는 말은 새겨들어야 할 필요가 있다.

---

6) 이동철, 『白雲 李奎報 詩의 研究』, 국학자료원, 1994, 362쪽.
7) 정요일, 「李奎報의 文學思想」, 『漢文學의 研究와 解釋』, 일조각, 2000, 157쪽.

3. 시 쓰기의 어려움

이틀에 한 편 꼴로 시를 썼다고 하는 이규보도 시 쓰기의 어려움을 절감하면서, 시를 쓸 때마다 고심을 적지 않게 했음을 몇 차례나 시를 통해 토로하였다.

少年著歌詞　소년 시절에는 가사를 지어서
下筆元無疑　붓을 잡으면 멈출 줄 몰랐었지
自謂如美玉　스스로 아름다운 구슬처럼 여겼으니
誰敢論瑕疵　누가 감히 하자를 논하겠는가
後日復尋繹　뒷날에 다시 검열해보니
每篇無好辭　편편마다 좋은 글귀 하나도 없네
不忍汚箱衍　차마 (글 모은) 상자를 더럽힐 수 없어
焚之付晨炊　불살라서 밥 짓는 데 버렸다네
明年視今年　작년의 글들을 금년에 살펴보니
棄擲一如斯　한결같이 버릴 것밖에 없네
所以高常侍　고상시(사람 이름)는 이런 까닭으로
五十始爲詩　오십이 되어서야 비로소 시를 지었겠지[8]

「焚藁」라는 시로, 자신이 쓴 시문이 너무나 신통치 않아 불살라버리곤 했다는 내용이다. 그가 시를 써둔 종이를 정말 밥 짓는 불쏘시개로 썼는지는 확인할 길 없지만 엄정한 시작 태도를 밝힌 시임에는 틀림없다. "작년의 글들을 금년에 살펴보니/한결같이 버릴 것밖에 없네"라는 말은 이 땅의 시인이라면 가슴 깊이 새겨야 할 금언이 아닐까. 자화자찬이 횡행하는 우리 시대에 이규보와 같은 엄격한 자기 점검은 귀감이 되고도 남는다. 자신의 시에 대한 비판을 이규보는 몇 번 더 하였다.

問君何事索吾詩　그대는 무슨 일로 나의 시를 구하는가

---

8) 이동철 번역, 앞의 책, 378쪽.

多是編萛拙速詩　거의 다 거적을 엮듯 졸속으로 지은 시일세
假若因風落中土　만약 바람결에라도 중국 땅에 떨어지면
牛童馬卒尙應欺　목동과 마졸 정도나 속일 수 있을까9)

―「又以別韻贈歐陽二十九」 부분

老病與詩病　늙음의 병과 시의 병이
云何一時至　어째서 한꺼번에 이르렀을까
蓬頭臥掩衾　헝클어진 머리로 이불 뒤집어쓰고 누웠다가
禿筆起書字　무디어진 붓끝으로 일어나 글을 쓰네
一聲挾啾虫　한 소리는 벌레 우는 소리이고
一聲誤鬪蟻　한 소리는 개미 싸우는 소리라네
詩初若可觀　처음에는 시가 볼 만하더니
覆視堪唾棄　다시 보니 찢어버리고 싶네
畢竟無巧詞　끝내 교묘한 글귀가 없으니
此癖拙所邃　이 버릇은 옹졸한 데서 나온 것이라네10)

―「答客問詩」 부분

　　앞의 시에서 이규보는 자신이 쓴 시들을 두고 "거의 다 거적을 엮듯 졸속으로 지은 시"라고 자괴감에 빠져 깊이 반성하고 있다. 높은 벼슬을 하면서 안위의 나날을 살아가던 이규보였건만 자신의 시에 대해서는 이렇게 만족하지 못하고 절차탁마, 퇴고에 퇴고를 거듭했음을 알 수 있다. 그는 이백과 두보 외에도 중국의 백거이·소식·도연명 같은 이를 동경했는데, 만약 중국에 자기 시가 알려지면 삼척동자는 속일 수 있을지라도 시문을 조금이라도 아는 사람이라면 졸작으로 평하리라고 한탄하기도 한다. 이것이 진심이라면 보통 겸손이 아닐 수 없다. 그런 벼슬에 그만한 문명을 얻은 사람이 이런 말을 한다는 것이 결코 쉬운 일은 아니었으리라.

---

9) 필자 번역
10) 이동철 번역, 앞의 책, 376쪽.

뒤의 시는 네 번째 행에 나오는 '禿筆'이라는 낱말에 주목할 필요가 있다. 닳고 닳아 끝이 무디어진 붓을 가리키기도 하지만 여기서는 잘 짓지 못한 자신의 시문을 가리키는 겸양의 말이다. 생의 말년에 병이 들어 기동이 불편한 가운데에도 시에 대한 열정은 여전하여 헝클어진 머리를 하고 이불을 뒤집어쓰고 누웠다가 일어나 무디어진 붓끝으로 시를 쓰는 모습은 「離騷」의 시인 굴원을 연상시킨다. 이규보는 또 '벌레 우는 소리처럼 처량하고 개미 싸우는 소리처럼 미미한 나의 시여!' 하고는 한탄하고 있다. 처음에는 시가 볼 만하더니 다시 보니 찢어버리고 싶다는 시구는 자신과의 싸움을 처절하게 해본 시인에게서만 나올 수 있는 것이다.

4. 「詩癖」에서 「詩魔」로

이규보는 벼슬을 그만두기 직전에 한 편의 시를 써 어느덧 시를 짓는 버릇이 불치의 병이 되었음을 고백한 바 있다. 바로 「詩癖」이다. 시인은 모름지기 언제 어디서나, 무슨 지위에 있든지 간에 시를 쓰는 사람이다. 바로 이 점을 누구보다 잘 알고 있었기에 자신의 이런 간절한 심정을 담아 한 편의 시를 썼던 것이리라. 예컨대 멘델스존 같은 음악가의 생애가 고난으로 점철되지 않았다고 하여 그를 비난해서 안 되는 것처럼, 비교적 평탄한 생을 살았다는 이유로 이규보를 일언지하에 매도해서는 안 된다. 「詩癖」을 읽으면서 이런 생각을 더욱 확실히 하게 된다.

年已涉縱心	나이는 벌써 七十을 지났고
位亦登台司	지위 또한 태사가 되었으니
始可放雕篆	이제는 문필을 버릴 만도 하건만
胡爲不能辭	어째서 아직도 그만두지 못하는가

朝吟類蟋蟀　아침에는 귀뚜라미처럼 노래하고
暮嘯如鳶鵂　저녁에는 솔개와 올빼미처럼 읊는다네
無奈有魔者　떼어버릴 수 없는 마귀가 있어서
夙夜潛相隨　朝夕으로 남몰래 따른다네
一着不暫捨　한번 붙어서는 잠시도 떠나지 않아
使我至於斯　나로 하여금 이 지경에 이르게 했네
日日剝心肝　나날이 심장과 간을 깎아서
汁出幾篇詩　몇 편의 시를 짜내자니
滋膏與脂液　기름기와 진액이
不復留膚肌　다시는 몸에 남아 있지 않네
骨立苦吟哦　앙상한 뼈에 괴롭게 읊조리는
此狀良可嗤　이 모습이 진실로 우습구나
亦無驚人語　또한 남을 경악케 할 언어로
足爲千載胎　천년 후에 남길 만한 것 못 지었으니
撫掌自大笑　스스로 손뼉치고 크게 웃다가는
笑罷復吟之　문득 웃음을 멈추고 다시 읊조리네
生死必由是　살거나 죽거나 오직 시를 짓는
此病醫難醫　이 병은 의원도 고치기 어려우리[11]

―「詩癖」 전문

　　문필로 일세를 풍미했고 문사로서도 최고의 위치에 올랐으면 자만심에 차서 세상의 칭송을 받으려 했을 법도 하다. 하지만 이규보는 결코 그런 사람이 아니었다. 적어도 시에 관한 한 그는 시종일관 순교자적 자세를 잃지 않았다. 나날이 심장과 간을 깎아서 몇 편의 시를 짜내는 자, 뼈만 남은 앙상한 몸으로도 괴롭게 시를 읊조리는 자, 천년 후에 남길 만한 시를 못 쓴 것을 한스러워하는 자, 살거나 죽거나 오직 시를 짓는 병에 걸려 괴로워하는 자, 그의 이름은 시인이다. 시인은 마땅히 이러해야 함을 이규보는 시로써 이야기하였다. 그는 다른 시에서도 천석고황과도 비슷한 '詩癖'을 다루었다.

---

11) 이동철의 번역을 참고하여 필자가 수정 번역

掩被欲黙已　　이불 쓰고 가만히 있으려 해도
嘯忽來吻邊　　나도 몰래 입가에 맴돌곤 하니
天耶必鬼耶　　하늘의 조화인지 귀신의 장난인지
似有崇所牽　　마치 무슨 빌미에 지핀 것만 같구나
或欲移他事　　취미를 딴 데 붙여보려 했지만
驅之心不前　　마음이 말을 들어주지 않네
嗟嗟竟莫理　　아 끝내 고칠 수 없으니
終以此死焉　　끝내 이대로 죽을 수밖에

—「復自傷詩癖」 부분(전형대 번역)

　전형대는 이 시에 대해 "결국 詩癖이란 시를 쓰려고 하지 않았는데 性情이 感發하여 '나도 몰래 입가에 맴도는' 寓興의 경지를 말하는 것"12)이라고 평가하였다. 아마도 이규보는 이 시를 쓸 때 이런 심사에 사로잡혀 있었을 것이다. '허구한 날 정감이 흘러넘치기 때문에 시를 쓰지 않을 수는 없다. 하지만 이놈의 시가 나를 기쁘게 하기는커녕 슬프게 하고, 뿌듯한 마음을 갖게 하기는커녕 핍박한다. 딱지를 떼어내면 다시금 흐르는 고름 같은, 끝내 고칠 수 없는 시벽이고 보니 무덤에까지 갖고 갈 도리밖에 없다…….'

　흥이 나서 시를 짓고 또 지었으나 마음에 차는 시는 끝끝내 한 편도 못 쓰고 무덤에 가는 것이 나를 포함한 이 세상 시인의 운명이리라. 이규보는 산문 「驅詩魔文」13)을 통해 시마에 대해 보다 구체적으로 이야기한다. 「詩癖」

---

12) 전형대, 「李奎報의 詩 硏究」, 『한국고전비평연구』, 도서출판 책세상, 1987, 155쪽.
13) 『東國李相國集』 卷十一. 전형대의 책에 따르면 이규보는 이 글에서 시의 죄를 다섯 가지로 나누어 시에 대해 원망하였다고 한다. ①사람에게 가혹하게 군다. ②사람의 생활을 각박하게 한다. ③검소하지 못하다.돈을 헤프게 쓰게 한다.) ④허풍떨고 잘난 척한다. ⑤환란을 매개하고 화평을 깨뜨린다.
　시의 속성이 이렇게 사람을 나쁘게 한다는 것이다. 이어서 시마가 나타나 작자(이규보)를 심하게 꾸짖는다. "……자네에게 기개가 웅장하게 하였고 자네에게 修辭의 법을 가르쳤네. 과거장에서 문예를 겨룰 때에는 해마다 합격하게 하여, 하늘과 땅을 놀라게 하였으며, 고귀한 사람들이 모두 자네의 모습을 우러러보게 하였네. 이것은 내가 자네를 적지 않게 도운 것이며 하늘이 자네를 한량없이 후하게 대우한 것이네……" 하면서. 시가 인간에게 다섯 가지 죄를 범하게 하지만, 「驅詩

에서는 '魔'로, 「復自傷詩癖」에서는 '鬼'로 표현하다가 마침내 시마를 등장시키는 것이다. 시마에 들리게 되면 사람은 도대체 어떻게 되는 것일까.

> 네가 온 뒤로는 모든 것이 어렵게 되어, 멍멍하게 잊은 듯하고 멍청하여 바보가 된 듯하며, 벙어리인 듯 귀머거리인 듯 형체는 꼼짝도 않고 자취는 잡아맨 듯하니, 배부름이나 목마름이 몸에 닥친 것도 모르고 추위와 더위가 살갗을 핍박하는 것도 깨닫지 못한다. 계집종이 게을러도 꾸짖지 않고 남자종이 어리석어도 대책을 세우지 않는다. 동산이 우거져도 풀을 베지 않고 집이 쓰러져도 받치지를 않는다. 가난 귀신이 온 것도 네가 부른 것이다. 귀인에게 오만하게 대하고 부자를 능멸하며 방자하고도 게으르며, 큰소리를 치면서 불손하고 얼굴은 억지로 아첨하지 않으며 여색에는 쉽게 미혹하고 술을 마시게 되면 더욱 거칠어지니, 이것은 사실 네가 시켜서 그런 것이지 어찌 내 본심이겠느냐? 괴상한 것을 보고 마구 짖어대는 개처럼 그렇게 비난하는 무리들이 진실로 많으니, 그 때문에 나는 너를 미워하여 저주하고 쫓아내는 것이다.[14]

사람을 이렇게 만드는 것이 시마이다. 시마는 사람을 비정상적으로 만들지만, 시마의 꼬임에 빠져서 살아가리라는 대단히 역설적인 결심을 하고 있고, 이것이 이 글의 결론이다. 흡사 메피스토펠레스에게 영혼을 판 파우스트와 같다. 마귀 들린 듯이 시에 들린 시인의 운명이 기막히지만, 그것을 마다하지 않겠노라는 결심이 오롯이 담겨 있는 말이 바로 '시마'이다. 이규보야말로 시의 역사가 전개된 이래 시에 철저하고자 했던 가장 시인다운 시인이 아니었을까. 그는 임종을 앞둔 시점에 마침내 시 「詩魔」를 쓴다.

魔文」은 결국 "그(시마)를 스승으로 맞았다"고 끝맺음으로써 이규보 자신이 한평생 죄인으로 살아가겠다는 결심을 피력한 글이 된다. ─전형대, 앞의 책, 154쪽 참조.

14) 김풍기, 『시마, 저주받은 시인들의 벗』, 아침이슬, 2002, 238~239쪽. 김풍기의 번역을 전재.

語不飛從天上降　　시가 하늘에서 내려온 것이 아닐진대
勞神搜得竟如何　　애태우며 찾아낸들 필경은 무엇하리
好風明月初相諭　　산들바람 밝은 달은 처음에야 좋겠지만
着久成淫卽詩魔　　오래되면 빠지게 되느니, 곧 시마라네[15]

　이규보는 홀연히 자유로워진다. 시를 짓는 습관이 불치의 병이었으나 죽음을 앞두고 보니 그 시마로부터 놓여나게 된다. 좋은 구절을 얻고자 애태우며 찾아낸들 그것은 집착에 지나지 않는다. 시마는 시를 오래, 집중해서 쓰면 빠지게 되는 존재이다. 즉, 시인은 시 쓰기에 얽매이게 되고, 그럼으로써 당연히 괴로워하게 된다. 죽음이 시시각각 다가오자 어차피 죽을 목숨, 즐기면서 시를 써보자는 도통한 경지에 오르게 된 것인가. 시마와 더불어 노는 경지에 이르렀을 때, 이규보에게는 죽음이 찾아온다. 이규보는 아마도 죽어서 그토록 본인이 되기를 원했던 시마가 되었으리라.

　이규보의 시 가운데 남아 있는 것은 2,088수이다. 『東國李相國集』 전집에 1,239수, 후집에 849수가 실려 있다. 하지만 1223년 유승단에게 보낸 편지에 의하면 그때까지 그가 쓴 시는 무려 8천여 수나 되었는데, 모두 없어지고 1천 수 가량이 모아져 있었다고 한다.[16] 아무튼 이규보는 생애 내내 줄기차게 시상을 떠올렸고 틈만 나면 시를 쓴 생래적인 시인이었다. 매문을 몇 번 했던 것도 시를 쓸 공간과 시간 확보를 위한 방편이었다고 이해해줄 수 있는 문제이다. 그는 생애 내내 당쟁에 휘말려 반대파를 모함하는 일에 가담하는 오점을 남기지 않았고, 치부에 신경 쓰며 매관 매직을 일삼았던 관리도 아니었다. 행정관료로서 국가를 위해 꾸준히 봉사했던 일, 중국으로 가는 외교문서를 거의 전담 집필하면서 필력을 드날렸던 일, 26세의 젊은 나이에 4,000자에

---

15) 정민, 「시마 이야기」, 『한시미학산책』, 솔출판사, 2001(12쇄), 203쪽. 정민의 번역을 일부 고침.
16) 박종기, 「『東國李相國集』에 나타난 高麗時代相과 李奎報」, 진단학회 편, 『東國李相國集』, 일조각, 2000, 10~11쪽.

달하는 영웅서사시 「동명왕편」을 써 한국 서사시의 효시를 이루었던 업적까지
도 소홀히 취급되어서는 안 될 것들이다. 그리고 그 무엇보다 그는 시와 산문을
통해 전세계 어느 나라의 그 누구와 견주어도 뒤지지 않을 시론을 전개한
문학이론가였다. 시 「論詩」 「焚藁」 「詩癖」 「復自傷詩癖」 「詩魔」와 산문 「驅
詩魔文」을 통해 전개한 이규보의 시론은 케케묵은 고문서 속의 이론이 아니다.
지금 이 땅에서 시를 쓰고 있는 나를 무참하게 하는 멋진 시론, 찬란한 문학론
이다.

한용운이 옥중에서 쓴 한시 읽기

1. 옥중 한시 탄생의 배경

만해 한용운이 1926년에 자비로 펴낸 시집 『님의 침묵』이 없었더라면 20년 대의 우리 문단은, 아니 일제시대를 통틀어 우리 시문학은 아주 공허해지고 말았을 것이다. 일백 년 한국 근·현대 시문학사 전체를 조감해보아도 그의 업적은 그 어떤 시인보다 밝고 크다. 우리 시에 불교적 상상력이나 형이상학적 고뇌는 한용운을 빼고 거론할 수 없다. 한용운은 시인으로서의 업적만을 거론 하는 데서 펜을 거두게 하지 않는다. 민족대표 한용운 선생이 없었더라면 민족 자결을 내세운 3·1운동의 정신이 제대로 발아하고 개화하기 어려웠을 것이다. 또한 한용운 선사가 없었더라면 일제 36년 동안 한국 불교계는 만신창이가 되었을 것이다. 만해는 이 땅의 위대한 시인 혹은 민족정신의 사표로 일컬어질 수 있으며, 독립투사나 종교지도자, 아니 조직운동가나 혁명가로 불리어도 크 게 틀린 표현은 아닐 것이다.

선생이 가신 지도 어언 57년이 되었다. 시인 한용운의 업적을 기려 만해문학 상이 제정되어 다년간 시상을 해오고 있고, 해마다 여름이 되면 만해시인학교 가 열리고 있으며, 선생의 사상과 문학을 연구한 글을 모은 『만해새얼』이라는 간행물이 정기적으로 나오고 있다. 만해는 예순여섯이라는 그리 길지 않은 생애를 사는 동안 시는 물론 장편소설·단편소설·시조·수필·한시 등 많은 문학 작품과 그에 못지않게 많은 논문·논설·雜俎(잡조, 각종 일을 써 모은 기록)를 남겼다. 논저『朝鮮佛教維新論』과 편저『佛教大典』『精選講義 菜根譚』, 그리고 일제를 향한 선언서「朝鮮獨立의 書」를 작품 연보에서 뺄 수는 없다.

만해가 남긴 한시는 총 163수로 알려져 있다. 그간 몇 사람 국문학자가 만해의 한시를 연구한 바 있는데, 김종균의「한용운의 한시와 시조」(『어문연구』제21호, 1979), 이병주의「만해 선사의 한시와 그 특성」(『동국대 한국문학 학술회의』, 1980), 송명희의「한용운의 한시론」(『한용운연구』, 새문사, 1982)이 그것이다. 이 가운데 만해가 옥중에서 쓴 한시를 중심으로 해서 쓴 논문은 없는 것으로 안다. 그간 만해의 문학세계와 불교사상을 연구한 글은 헤아리기 어려울 정도로 많이 나왔고, 앞으로도 계속해서 씌어질 것이다. 백 편이 넘는 한용운론 가운데 옥중에서 쓴 한시가 전혀 논의된 적이 없는 이 땅의 문학연구와 문학사는 나를 오래 안타깝게 하였다. 만해의 한시에 담겨 있는 시정신을 탐색하여 고전적 가치를 논해보는 것이 이 글을 쓰는 작은 목적이다.

만해는 1919년 정월부터 가회동에 있는 손병희의 집을 수차례 방문하여 그로 하여금 3·1운동 민족대표 발기인의 서두에 서명하게 한다. 그는 또 최남선이 작성한「독립선언서」를 수정하고 행동강령이라고 할 수 있는「공약삼장」을 첨가한다. 거사일인 3월 1일 경성 명월관 지점에서 33인을 대표하여 독립선언 연설을 하고 곧바로 체포되어 서대문 감옥에 감금된 만해는 해를 넘겨 1920년 8월 9일에야 경성지방법원 제1형사부에서 3년형을 선고받는다. 3년의 옥살이를 마치고 1922년에 출감했으니 만해의 옥중시는 전부『님의 침묵』을 펴내기 전에 썼던 작품임에 틀림없다. 투옥되고 재판을 받고 석방되는 과정에서 만해에 관한 일화가 몇 개 전해지고 있다.

왜경에 끌려갈 때 그는 이른바 '옥중투쟁 삼대원칙'을 제시했으니 ①변호사를 대지 말 것, ②私食을 취하지 말 것, ③보석을 신청하지 말

것 등이 그것이다.

　　법정의 심문에서 "조선인이 조선의 독립운동을 하는데 왜 일인의 재판을 받느냐"고 대답을 거부, 그 대신에 쓴 것이 명논설 「三·一 獨立宣言理由書」였다.

　　같이 수감된 독립운동의 동료들이 극형을 받으리란 소식을 듣고 안색이 파래지자 "독립만세를 부르고도 살아날 생각들을 했단 말이야?"고 외치며 옆에 있던 변기를 던지기도 했다. 그들이 출옥할 때 얼싸안고 환호, 위로하는 영접 인사들에게 만해는 침을 뱉으며 일갈했다.

　　"더러운 자식들, 오죽 못났으면 영접을 해? 너희들은 왜 영접을 받지 못하니!"

──김병익, 『韓國 文壇史』(일지사, 1973)에서

다소 과장된 부분이 있을지라도 생애 단 한 번도 훼절한 적이 없이 일제의 강압통치에 불굴의 기개로 맞서 싸웠던 만해로서는 충분히 하고도 남았을 말이요 행동이다. 그런 만해가 옥중에서 쓴 한시에는 선생의 애국애족사상과 일제에 맞서 싸우려는 불퇴전의 용기가 충만해 있다. 그와 아울러, 옥중생활에서 느끼는 쓸쓸한 감회 같은 것도 담겨 있다.

2. 옥중 한시 감상

만해는 3년의 옥살이 가운데 적지 않은 한시를 썼으나 시의 내용으로 미루어 보건대 옥중에서 쓴 것이 확실한 것은 다음의 아홉 수가 아닌가 한다. 각 시편을 국역한 뒤에 해설을 해보면 다음과 같다.

獄中吟(옥중에서 읊는다)

隴山鸚鵡能言語　　농산의 앵무새는 언변도 좋네그려

愧我不及彼鳥多　　내 그 새에 못 미치는 걸 많이 부끄러워했지
雄辯銀兮沈黙金　　웅변은 은이라지만 침묵은 금
此金買盡自由花　　이 금이라야 자유의 꽃 다 살 수 있네.

　이 시에 나오는 '농산'은 중국 섬서성 농현 서북쪽에 있는 산 이름이다. '농산의 앵무새'가 어떤 고사에 나오는지는 알 수 없지만 사람이 하는 말을 흉내 잘 내기로 이름난 새였던 모양이다. 만해가 과거에는 그 새의 언변에 못 미치는 것을 많이 부끄러워했지만 옥에 갇혀 침묵이 금이라는 것을 새삼스레 깨닫고는 자경록을 쓰듯이 이 시를 쓴 것이리라. 3·1운동 때 민족대표 33인 중 불교계의 대표였으니 일제가 만해를 회유·포섭하기 위해 어떤 노력을 기울였을 것인지는 짐작이 가고도 남는다. 옥중에서 쓴 한시였으니 옥리의 눈에 띄어 고초를 겪을 수도 있었을 텐데 만해는 이곳에서 침묵을 지켜야 종국에는 자유의 꽃을 몽땅 사게 될 것이라고 자신을 경계했던 것이다.

見櫻花有感―獄中作(벚꽃을 보고 느낌이 일어―옥중작)

昨冬雪如花　　지난 겨울 꽃 같던 눈
今春花如雪　　올 봄 눈 같은 꽃
雪花共非眞　　눈도 꽃도 참이 아닌 점에서는 같은 것을
如何心欲裂　　어찌하여 마음의 욕구 이리 찢어지는지.

　이 시에서 만해는 자신의 눈을 현혹했던 꽃 같았던 눈과, 눈 같았던 꽃을 참이 아닌 점에서는 같은 것이라고 한다. 눈은 산천을 백색으로 수놓지만 며칠 지나지 않아 녹아버리고, 일본의 국화 벚꽃은 피었다가 금방 난분분 흩날리며 떨어진다. 감옥 창살 밖으로 떨어지는 벚꽃을 보며 생각하니 이 나라는 완전히 일본인의 식민지가 되어 있고 해방이 될 희망은 완전히 사라진 상태이다. 만해는 어느 봄날 '心欲裂'이라며 자신의 비통한 심정을 이 시에다 토로해보았던 것이리라.

寄學生—獄中作(학생에게 부친다—옥중작)

瓦全生爲恥　헛된 삶 이어가며 부끄러워하느니
玉碎死亦佳　충절 위해 깨끗이 죽는 것이 아름답지 않은가
滿天斬荊棘　하늘 가득 가시 자르는 고통으로
長嘯月明多　길게 부르짖지만 저 달은 많이 밝다.

　　제목으로 보아 면회를 온 학승에게 전해준 시가 아닌가 여겨진다. '瓦全'과 '玉碎'는 정반대의 뜻이다. 아무 보람도 없이 헛된 삶을 이어가는 '瓦全'과 명예와 충절을 지켜 기꺼이 목숨을 바친다는 '玉碎'를 시에다 써 감옥 바깥으로 전하는 일 자체가 큰 모험이었을 것이다. 목숨을 보전코자 기개를 굽히고 사느니 차라리 깨끗이 죽는 것이 아름다운 일이라고 옥중에서 시로 썼으니 만해의 용기는 실로 대단한 것이었다. "하늘 가득 가시 자르는 고통으로/ 길게 부르짖지만 저 달은 많이 밝다"라는 뒤의 두 행이 제대로 번역이 된 것 같지는 않은데, 만해가 현재의 고통을 이겨내면 언젠가 이 옥문을 나서게 될 것이라고 달에 빗대어 다짐하고 있음을 어렴풋하게나마 알 수 있다.

雪夜(눈 오는 밤)

四山圍獄雪如海　감옥 둘레 사방으로 산뿐인데 해일처럼 눈은 오고
衾寒如鐵夢如灰　무쇠처럼 찬 이불 속에서 재가 되는 꿈을 꾸네
鐵窓猶有鎖不得　철창의 쇠사슬 풀릴 기미 보이지 않는데
夜聞鐵聲何處來　심야에 어디서 쇳소리는 자꾸 들려오는지.

　　눈 내리는 밤의 감회를 읊조린 시이다. "무쇠처럼 찬 이불 속"이니 그 겨울 만해의 옥고는 인간 인내의 한계점에 다다를 정도였나 보다. "재가 되는 꿈"(아니면 재 같은 꿈?)은 자신이 죽는 장면을 꿈에서 보았기에 표현하게 되었을 것이다. 하지만 철창의 쇠창살은 풀릴 기미가 보이지 않고 눈은 해일처럼 엄청나

게 내리고 있다. 심야에 들려오는 쇳소리가 다른 방 옥문을 여는 소리인지는
잘 모르겠으나 아무튼 눈에 보이는 것과 귀에 들리는 것 모두가 만해를 비감한
심사에 휩싸이게 해 이런 시를 썼을 것이다.

秋懷(가을 감회)

十年報國劍全空　십년 세월 보국하다 칼집 완전히 비고
只許一身在獄中　한 몸 다만 옥중에 있는 것이 허용되었네
捷使不來虫語急　이겼다는 기별 오지 않는데 벌레는 울어대고
數莖白髮又秋風　또다시 부는 가을바람에 늘어나는 백발이여.

　이 시에서 중요한 것은 마지막 행이 아니다. 옥에서야 머리를 기를 수밖에
없었을 테지만 사십대 초반의 나이였으니 백발 운운은 과장법을 동원한 것일
듯. 그런데 "捷使不來"라는 대목이 있다. '捷報'는 싸움에 이겼다는 보고나
소식이다. 만해는 고통스런 영어의 나날을 살면서도 '捷使'가 오지 않음을 못내
애통해하고 있었다. 죽음과 절망의 그림자에 휩싸여, 탄식과 눈물로 시를 수놓
던 옥문 바깥의 시인들과는 사고의 기본 틀이 이토록 달랐던 것이다.

贈別(이별 노래)

天下逢未易　하늘 아래 만나기 쉽지 않은데
獄中別亦奇　옥중에서 하는 이별 기이할 밖에
舊盟猶未冷　옛 맹세 아직 안 식었으니
莫負黃花期　국화 피면 다시금 부담 없이 보세.

　「贈別」은 먼저 출옥하는 사람에게 정표로 써서 건네준 시이다. 옥중에서
하는 이별이라 기이하다고 한 뒤 만해는 "舊盟猶未冷"이라고 썼다. 우리가
들어오기 전에 했던 맹세가 아직 안 식었으니 국화 만발한 바깥 세상에서 다시

만나되, 누가 먼저 나가고 누가 늦게 나갔는가에 대한 부담감을 피차 갖지 말고 만나자고 상대방을 오히려 위로한다. 해석의 여지가 있는 마지막 행이지만 나는 이런 뜻으로 받아들이고 싶다.

砧聲(다듬이 소리)

何處砧聲至　어디서 나는 다듬이 소리인가
滿獄自生寒　감옥 속을 냉기로 가득 채우네
莫道天衣煖　천자의 옷 따뜻하다 하나 도가 아니다
孰如徹骨寒　뼛속까지 냉기가 스며드는 것을.

감옥에까지 들려온 다듬이 소리를 소재로 해서 쓴 시이다. '天衣'는 天子의 옷, 仙人의 옷, 飛天(신선이나 선녀)의 옷 중 어느 것을 택해도 무방하겠지만 일제치하라는 시대적 배경을 감안하여 "천자의 옷"으로 해석해보았다. 즉, 천자는 천황의 다른 말로 쓴 듯하다. 천의가 제아무리 따뜻하다고 한들 그것은 도가 아니며, 나는 지금 뼛속까지 냉기를 느끼고 있을 뿐이라며 일제의 침탈을 은근히 비판하고 있다.

咏燈影(등불 그림자를 보며)

夜冷窓如水　추운 밤 창에 물이 어리면
臥看第二燈　두 개의 등불 누워서 보게 되지
雙光不到處　두 불빛 못 미치는 이 자리에 있으니
依舊愧禪僧　선승인 것 못내 부끄럽기만 하다.

만해는 이 시에서 천장에 매달려 있는 등과, 물 어린 창이 반사하고 있는 두 개의 등을 제시하고 있다. 그런데 자신이 누워 있는 자리는 두 개의 불빛이 다 못 미치는 곳이다. 자유롭게 몸을 움직이기가 쉽지 않은 감옥이라는 공간을 생각해보면 이 시를 쓴 이유를 알 수 있을 것 같다. 선승이므로 구도의 길을 걸어가야 하거늘 지금 자신은 완전히 다른 세계, 곧 감옥에 갇혀 있는 신세인 것이다. 그것을 애통해한 시가 바로 「詠燈影」이다.

詠雁二首—獄中作(기러기 노래 두 수—옥중작)

一雁秋聲遠　가을 기러기 한 마리 멀리서 울고
數星夜色多　밤에 헤아리는 별 색도 다양해
燈深猶未宿　등불 깊어지니 잠도 오지 않는데
獄吏問歸家　옥리는 집에 가고 싶지 않는가 묻는다.

天涯一雁叫　하늘 끝 기러기 한 마리 울며 지나가니
滿獄秋聲長　감옥에도 가득히 가을 바람소리 뻗치는구나
道破蘆月外　갈대가 쓰러지는 길 저 밖의 달이여
有何圓舌椎　어찌하여 너는 둥근 쇠몽치 혀를 내미는 거냐.

　문학적 향기가 가장 짙은 작품이다. 앞쪽 시에서 만해는 가을 밤의 스산한 심사를 절묘하게 노래하는데, 그것으로는 무언가 미진했던 모양이다. 뒤쪽 시의 마지막 두 행에 주제가 담겨 있는 듯한데 번역하기가 쉽지 않다. 달에 견주어 만해는 '圓舌椎'라고 표현하였고, 나는 그것을 "둥근 쇠몽치 혀"로 해석하였다. 달은 차면 기우는 속성을 갖고 있으므로 만해는 말을 아끼자는 결심을 해본 것이 아닐까. 달이 내 신세를 알고 혀를 차고 있다고 생각해본 것일 수도 있다. 달은 밤길을 밝혀주므로 길 잃은 자를 안내하는 이로 상정해본 것일지도 모른다. 기러기와 갈대는 부화뇌동하는 존재로, 달을 은인자중하는 존재로 그려본 것일까. 해석은 여러 가지로 해볼 수 있다. 아무튼 만해는 자연 상관물 몇 가지를 시의 소재로 끌어들여 깊어가는 가을 밤에 자신의 처연한 심사를 읊어보았던 것이다.

3. 옥중 한시의 의의

1879년생이므로 만해는 마흔한 살부터 마흔세 살까지 옥살이를 하였다. 만해가 투옥되어 있던 시기에 동인지 『폐허』와 『백조』가 창간되었고, 바로 전에 나온 『창조』도 계속 간행되어 우리 문단에서는 3·1운동을 기점으로 본격적으로 근대시가 등장하고 활발히 발표되기 시작한다. 하지만 이 시기에 작품활동을 한 남궁벽·오상순·황석우·변영로(이상 『폐허』 동인)와 홍사용·박종화·박영희·이상화(이상 『백조』 동인)의 작품을 보면 거의 예외 없이 비탄과 절망, 감상과 회한의 정조에 사로잡혀 있다. 『폐허』 창간호에서 오상순이 한 "우리 조선은 황량한 폐허의 조선이요, 우리 시대는 비통한 번민의 시대이다"라는 말은 그 무렵 대다수 지식인과 문학인의 심정을 대변하는 것이었다. 당시 시인들의 작품을 읽어보면 시인의 몸과 마음이 모두 '밀실'과 '동굴'과 '관' 속에 갇혀 있었음을 알 수 있다. 시대는 '말세'요, 계절은 '가을'이 아니면 '겨울'이었고, 시간은 늘 '밤'이었다. 같은 시기 '감옥'에 갇혀 있던 만해는 그러나 한겨울의 추위에도 정신의 칼을 날카롭게 벼리고 있었다. 그 시기에 만해가 쓴 시가 한글로 쓴 것이 아니라고 하여 문학적 가치를 무시하거나 폄하해서는 안 될 일이다. 옥중에서 쓴 것이 확실한 이들 작품 외에도 수많은 한시가 새로운 해석과 연구를 기다리고 있다. 다음과 같은 시를 보자.

黃梅泉

就義從容永報國	의로운 그대 나라 위해 영면했으나
一瞑萬古刦花新	눈 부릅떠 억겁 세월 새 꽃으로 피어나리
莫留不盡泉坮恨	황매천 엄청난 한을 다하지 말고 남겨둡시다
大慰苦忠自有人	사람됨을 스스로 괴로워했던 것 크게 위로하고프니.

매천 황현은 한일합병조약 체결 소식을 듣고 며칠 동안 식음을 전폐하다

「절명시」를 남기고 자결한 한말의 문장가요 역사가이다. 만해는 황현의 엄청난 한을 늘 생각하며 시를 썼음을 알 수 있다. 다수 문인이 비탄에 잠겨 슬픔과 좌절을 노래하고 있을 때 만해는 흔들리지 않는 자존심으로 자신을 성찰하고 미래를 내다보고 있음을 증명하는 시가 바로 「黃梅泉」이다.

만해의 민족운동은 석방 후에 본격적으로 전개된다. 일제의 극심한 탄압 속에서도 국산품을 애용하여 민족기업을 일으키려는 물산장려운동과 민족운동의 결집체인 신간회 결성 운동에 참여하였다. 청년 법려(法侶) 비밀결사인 만당(卍黨)의 당수로 추대되었으며, 신채호의 묘비를 건립하기도 했다. 창씨개명 반대운동과 조선인 학병 출정 반대운동을 목숨을 내놓고 전개하였고, 조선 총독부와 마주보게 된다고 성북동에 집을 지을 때 북향으로 지었다. 만해의 항일정신은 이 정도에서 그치지 않는다. 일제가 창씨개명과 징병을 강요하면서 불교계를 대표하는 만해의 찬성을 얻고자 회유책을 쓴 적이 있었다. 성북동 일대의 넓은 국유지를 한용운의 이름으로 불하하려 하자 만해는 일언지하에 이를 거절하였다. 친일의 족적을 한 발자국도 남기지 않은 진정한 지식인 한용운이 옥중에서 쓴 한시 아홉 수가 오늘 내 가슴을 치는 것은 내 나이가 투옥 당시 만해의 나이와 비슷한 마흔둘이기 때문일까. 나는 만해가 쓴 한시 중 옥중에서 쓴 것이 확실한 아홉 수를 우리 문학의 빛나는 고전으로 자리매김하고 싶다. (2001)

서정주의 시 「바다」 다르게 읽기

귀기우려도 있는것은 역시 바다와 나뿐.
밀려왔다 밀려가는 무수한 물결우에 무수한 밤이 往來하나
길은 恒時 어데나 있고, 길은 결국 아무데도 없다.

아— 반딧불만한 등불 하나도 없이
울음에 젖은얼굴을 온전한 어둠 속에 숨기어가지고…… 너는,
無言의 海心에 홀로 타오르는
한낫 꽃같은 心臟으로 沈沒하라.

아— 스스로히 푸르른 情熱에 넘쳐
둥그란 하눌을 이고 웅얼거리는 바다,
바다의깊이우에
네 구멍 뚫린 피리를 불고…… 청년아.
애비를 잊어버려,
에미를 잊어버려,
兄弟와 親戚과 동모를 잊어버려,
마지막 네 게집을 잊어버려,

아라스카로 가라, 아니 아라비아로 가라,
아니 아메리카로 가라, 아니 아푸리카로
가라 아니 沈沒하라. 沈沒하라. 沈沒하라!
오— 어지러운 心臟의 무게우에 풀닢처럼 훗날리는 머리칼을 달고

이리도 괴로운나는 어찌 끝끝내 바다에 그득해야 하는가.
눈뜨라. 사랑하는 눈을뜨라…… 청년아,
산 바다의 어느 東西南北으로도
밤과 피에젖은 國土가있다.

아라스카로 가라!
아라비아로 가라!
아메리카로 가라!
아푸리카로 가라!

—「바다」 전문

『花蛇集』은 미당(未堂) 서정주가 시인 오장환이 발행인으로 있던 남만서고(南蠻書庫)를 통해 1941년에 펴낸 첫 시집이다. 이 시집에는 그의 대표작으로 지금까지 거론되고 있는 「自畵像」 「문둥이」 「花蛇」 「水帶洞詩」 「壁」 「西風賦」 「復活」 등 주옥같은 시 24편이 실려 있다. 이 시집 제5부에 실려 있는 「바다」는 그의 초기 대표작으로 좀처럼 거론되지 않았던 작품이다. 아니, 다음과 같이 비판의 대상이 되곤 했던 작품이다.

따라서 우리는 불완전한 미화작용을 의심케 하는 이런 구절(제2연 3~4행—필자)에서 의미를 파악할 수 있는 것은 "沈沒하라"는 네 글자 뿐이 아닌가 하고 느끼게 된다.[1]

이와 같이 이 시인의 내면적인 허무의식은 "海心에 홀로 타오르는" 정열에 넘쳐 "바다에 그득한" 심장의 고통을 안고 부모·형제·처자·친구·친척·이웃 등 그 모든 것과 결별하고 "길은 항시 어데나 있고/길은 결국 아무데도 없었던" "등불 하나도 없는" 검은 공허를 방황하게 된 것이다.[2]

---

1) 송욱, 「서정주론」, 『문예』, 1949.
2) 김학동, 「서정주 시인론」, 『동양문고』, 1966. 6.

송욱이 「바다」를 무척 난해한 시로 매도한 것도 그렇지만 김학동이 허무의식에 사로잡힌 시인의 "검은 공허"의 시로 치부한 것은 납득하기가 어렵다. 김시태도 「바다」의 제4연을 인용한 뒤 "이 시인 특유의 저항과 반역과 통곡과 절규의 목소리"라고 했을 뿐 작품에 대한 논의는 한마디도 하지 않고 넘어가 버린다.3)

심지어 김학동은 미당이 이 시에서 외국 지명을 나열한 데 대해 "서구적인 하늘" 운운하면서 이국취미로 몰아붙이는 발언을 하고 있다. 「바다」에 대해 가장 온당하게 평가한 이는 천이두이다.

> 1930년대의 그 암담한 상황 속에서 앞뒤가 꽉 막혀버린 한국 지식인의 절망적인 정신풍경을 이 작품에서처럼 뼈저리게 느낄 수 있는 작품은 거의 없으리라고 필자는 생각한다. (…) 사실 이 작품에서 우리는 하나의 '죽음'을 목격하게 되는 것이다. 애비와 에미와 형제와 친척과 동무와 그리고 마지막으로 자기 계집까지도 잊어버려야 하는 철두철미한 고독에 도달하는 것, 그것은 하나의 죽음에 해당하는 행위이기 때문이다.4)

천이두 정도가 「바다」의 가치를 인정해준 평론가이지만 그의 평가는 미당 개인의 절망적인 내면세계와 죽음의식에 국한되어 있기에 많은 아쉬움이 남는다. 아무튼 나는 「바다」가 미당의 초기 대표작일 뿐만 아니라 그 당시 최고의 작품으로 꼽아도 별 손색이 없다고 생각한다. 개인적인 얘기를 좀 한다.

내가 이 시를 처음 접한 것은 고교 시절을 2개월 재학으로 접고 검정고시를 준비할 때였다. 일일계획표를 짜놓고 참고서를 선생님 삼아 고등학교 교과서에 실려 있는 시들을 공부하면서 나도 언젠가는 이런 감동적인 시를 써보리라 다짐도 했었지만 약간의 의아심도 생겨나는 것이었다. 우리 시인들은 왜 여성

---

3) 김시태, 「서정주의 역설적 의미」, 『현대문학』, 1975. 4.
4) 천이두, 「지옥과 열반」, 『시문학』, 1972. 7.

화자를 이렇게 많이 등장시켰을까. 왜 시에 이다지 이별과 눈물과 기다림이 많을까. 왜 우리 나라 서정시는 유약하고 단아하기만 할까. 소월의 「진달래꽃」은 애이불비(哀而不悲)를, 영랑의 「모란이 피기까지는」은 일편단심(一片丹心)을 만해의 「님의 침묵」은 회자정리(會者定離)를 노래한 시라고 참고서에 설명이 되어 있었는데, 내가 보건대 이들 시에 스며 있는 감상(感傷)과 회한은 20~30년대 우리 시의 가장 흔한 정서였다. 애상(哀傷)과 비애의 정서를 지닌 시가 일제시대 내내 참으로 많이 씌어진 것이 이해는 되었지만 아쉬움도 느껴졌다. 일제의 의해 목숨을 잃었으며, 저항의 의지가 뚜렷한 시를 남긴 이육사와 윤동주의 시에도 감상과 회한은 조금씩이라도 배어 있었고, 상화의 「빼앗긴 들에도 봄은 오는가」나 소월의 「招魂」, 영랑의 「毒을 차고」 같은 절창도 그의 전 작품을 통해서 볼 때는 예외적인 작품에 속했다.

유치환의 「生命의 書」와 김춘수의 「부다페스트에서의 소녀의 죽음」을 줄줄 외울 수 있었던 나는 그런 힘찬 시가 마음에 들었다. 그러니 자연히 「국화 옆에서」, 「春香遺文」「歸蜀道」 등 서정주의 여러 시를 애송하면서도 이들 작품이 지나치게 고색 창연하거나 유약하게 느껴져 썩 만족스럽게 생각되지 않는 것이었다. 일제시대 시인들의 나라 잃은 슬픔이 오죽했으랴만 때때로 고구려 사람들의 웅혼한 기백의 정서, 백제 사람들의 진취적 기상의 정서를 보여줄 수는 없었던 것일까. 향가의 박진감, 사설시조와 판소리의 비판정신, 민요의 민중정서, 무가의 상상력, 한시의 선비정신, 선시의 불교정신 중 우리 현대시는 한 가지도 배울 수 없었단 말인가. 도대체 시에서 강인함이란 것을 찾아보기 어려웠으니, 서구 낭만주의를 우리는 완전히 왜곡해서 받아들였던 셈이었다.

그러나 「바다」는 그렇지 않았다. 성장기 소년이었던 내게 언어가 갖고 있는 역동성, 그 힘찬 기운에 전율케 한 시가 바로 「바다」이다. 이러한 남성 화자의 힘이 넘쳐나는 시, '웅혼한 기백의 정서'와 '진취적 기상의 정서'를 노래한 시는 우리 문학사에서 얼마나 드물게 발견할 수 있는 것인가. 여성 화자가 등장하여 애상의 정서를 노래한 시가 일제하 우리 시의 한 정점을 이루고 있음을 나는 부정하지 않는다. 그러나 우리 인생에서 젊은 시절은 그 어느 때보다 많은 고뇌와 방황의 나날을 보내는 시기가 아닌가. 「바다」가 10대 후반의 내게 준 용기를 이 자리에서 다 말할 수는 없다.

  일제치하 36년 동안 우리 민족은 조국에서는 도저히 살아갈 방도가 없어 이국 땅으로 남부여대(男負女戴)하여 줄줄이 이주한다. 징용과 징병, 식량 공출과 놋그릇 공출, 독립운동가 고문과 제암리 학살……. 특히 이 시가 씌어졌을 30년대 말부터 40년대 초에 걸쳐 신사참배와 일본어 상용과 창씨개명이 차례차례 강압적으로 이루어지기 시작해 한국인으로서의 기본적인 권리를 거의 전부 박탈당한 암담한 시대를 맞이하게 된다.

　　귀기우려도 있는것은 역시 바다와 나뿐.
　　밀려왔다 밀려가는 무수한 물결우에 무수한 밤이 往來하나
　　길은 恒時 어데나 있고, 길은 결국 아무데도 없다.

  무수한 밤이 왕래하는 바다는 어둡기만 한 나라의 운명을 말해주고 있다. 태풍인지 장마인지 해가 뜨지 않는데 시인은 바다를 떠나지 못한다. 밀려왔다 밀려가는 물결 소리만 들리는 바다, 반딧불만한 등불 하나 보이지 않는 바다, 둥그런 하늘을 이고 웅얼거리는 바다. 미당은 캄캄한, 아니 암담한 바다를 보며 탄식한다. 길은 항시 어디로나 나 있는데 길은 결국 아무데도 없다고 하면서. 발길을 옮기면 다 길이건만 발길을 옮길 수가 없으니 길은 없는 것이나 마찬가지라는 뜻이다. 저 바다 넘어 어디로든 가고 싶어도 갈 수 없는 상황, 바로 식민지 원주민의 한계상황에 대한 처절한 인식이 아니고 무엇이랴.

　　아― 반딧불만한 등불 하나도 없이
　　울음에 젖은얼굴을 온전한 어둠 속에 숨기어가지고…… 너는,

無言의 海心에 홀로 타오르는
한낫 꽃같은 心臟으로 沈沒하라.

　제2연은 상징주의의 영향이 짙게 배어 있어 이 시의 무게중심을 흔들리게
하는데, 「바다」가 지닌 가장 큰 약점이라고 생각한다. 인용한 부분의 뒤 2행은
보들레르의 영향을 받지 않았다면 탄생키 어려운 표현이 아니었을까. 그렇다고
하여 윤리와 도덕과 죄의식의 제약을 뿌리치고 욕정과 부정과 생명력의 기치를
내건 보들레르의 시정신까지 본받아 이 시가 씌어졌다고는 여겨지지 않는다.
보들레르의 고뇌가 내면세계에 국한된 것이라면 「바다」에 표출된 미당의 고뇌
는 우리 민족의 고뇌를 대변한 것이라고 생각한다.
　‘海心’은 바다 한가운데이다. 그러니까 “無言의 海心”은 파도가 잠자는 고요
한 바다 한가운데가 아니면, 침묵으로 일관하는 무심한 바다 한가운데이다.
“無言의 海心에 홀로 타오르는/한낫 꽃같은 心臟으로 沈沒하라.”는 모험의 길
을 일단 떠나는 것이 중요함을 강조한 부분으로 이해된다. 항해 도중 어떤
천재지변을 만나 죽게 되면 죽을 수밖에 없는 것. 한창 때, 펄떡거리는 심장으로
죽는 것이야말로 얼마나 아름다운 일인가.

아— 스스로히 푸르른 情熱에 넘쳐
둥그란 하눌을 이고 웅얼거리는 바다,
바다의깊이우에
네 구멍 뚫린 피리를 불고…… 청년아.

　바다도 청년만큼이나 젊다. 푸르른 정열에 넘쳐 둥그런 하늘을 이고 웅얼거
리는 바다는 청년과 동격이다. 그리고 바다의 기상은 곧 청년의 기상이다. 바다
의 깊이 위에 네 구멍 뚫린 피리를 불고 있다는 것은 이제 청년이 배를 탔음을
뜻한다. 배를 탄 이상 눈물 글썽이며 감상에 젖거나 뭍을 돌아보며 회한에

젖지 말아야 한다. 눈떠라, 사랑하는 눈을 떠라…… 지혜의 눈을 떠라, 희망의 눈을 떠라…… 너희들은 등불 하나 보이지 않는 이 밤에 새벽을, 미래를 꿈꾸어야 할 젊은 세대이다.

"길은 恒時 어데나 있고,/길은 결국 아무데도 없다."와 "이리도 괴로운 나는 어찌 끝끝내 바다에 그득해야 하는가."를 나는 제국주의 지배체제라는 절망적인 상황과 결부시키지 않을 수 없다. 나와 같은 고민을 하고 있는 청년은 이 땅에 무수히 많다. 이 시는 계속해서 '청년'에게 말을 건네는 식으로 전개된다. 식민지 원주민의 질곡에서 벗어날 길이 없던 그 시대의 청년들에게 시인은 조국을 등지는 용기가 필요함을 역설하고자 이런 시를 썼다고 나는 생각한다.

> 애비를 잊어버려,
> 애미를 잊어버려,
> 兄弟와 親戚과 동모를 잊어버려,
> 마지막 네 계집을 잊어버려,

떠나는 마당에 잊어버릴 것은 몽땅 잊어버려라. 혈혈단신으로 떠나는 거다. 그래, 너희들의 괴로움을 내 조금은 알지. 이 조국을 등지고 어디론가 떠나려는 너희들의 불안한 심사도 내 다 알아. 심사숙고해서 네가 정말 옳다고 생각한다면 너의 길을 가는 거야. 떳떳하다고 생각되면 언제나 당당해야 된다. 너는 젊기 때문에 시행착오도 할 수 있겠지만, 기왕 떠나려거든 젊음의 힘을 온 세계를 향해 뻗쳐라. 네 젊은 기상을 불사를 곳은 이 비좁은 한반도가 아니다. 노예의 삶을 살아갈 수밖에 없는 조선 땅이 아니다. 삼면 바다를 넘어 펼쳐져 있는 저 먼 세계의 곳곳, 알래스카와 아라비아와 아메리카와 아프리카이다. 가는 도중에 침몰할지언정 너는 안주할 생각을 버리고 이제 정말 떠나야 한다. 밤과 피에 젖은 국토, 빼앗긴 조국이 등뒤에 있다는 것만은 잊지 말아다오.

이처럼 미당은 1930년대의 지식인 청년들에게 식민지 원주민으로서의 절망감을 어쩌지 못해 어둠 속에 숨어서 고뇌하지만 말고 어디론가 떠나라고 충동질하고 있다. 또한 세속적인 인연의 끈을 끊고서라도 대의를 위해 살아가야 한다고 충고하고 있다. 특히 마지막 네 계집을 잊어버리라는 구절은 왜 그렇게 매력적으로 여겨지던지. 페미니즘 관점에서 보면 문제가 될 수도 있는 구절이겠지만.

　나의 이런 해석은 지나치게 자의적인 것인지도 모른다. 그 시대의 미당은 「松井 伍長 頌歌」 등의 친일시 외에도 「崔遞夫의 軍屬志望」 같은 소설도 쓰는 등 친일행위를 했는데 때아니게 조국애가 발동해 이런 시를 썼겠는가 하고 반론을 제기할 수도 있다. 그러나 나는 미당이 이 시를 쓴 1938년경에는 조국의 앞날을 걱정하는 우국지사의 마음을 갖고 있었을 것이라 믿고 싶다.

　해석이야 어쨌거나 입시에 대한 중압감, 자아실현의 어려움, 사춘기적인 고민 등으로 내면세계에만 침잠할 수밖에 없는 지금 이 땅의 청소년들이 이 시를 읽는다면 바다 건너의 세계로 눈길을 돌릴 법도 하다. 그런 의미에서도 이 시는 한 세기를 넘어 21세기에도 널리 읽혀져야 할 미당의 대표작 중 하나임에 틀림없다.

새미비평칼럼선 9

한국 현대시의 10대 명제

인쇄일 초판 1쇄 2004년 02월 17일
       2쇄 2016년 03월 23일
발행일 초판 1쇄 2004년 02월 27일
       2쇄 2016년 03월 25일

지은이 이 승 하
발행인 정 진 이
발행처 새미
등록일 1994.03.10, 제17-271호

서울시 강동구 성내동 447-11 현영빌딩 2층
Tel : 442-4623~4 Fax : 442-4625
www. kookhak.co.kr
E- mail : kookhak2001@hanmail.net
ISBN 978-89-5628-103-2 *93800
가 격 19,000원

★ 새미는 국학자료원 의 자매회사입니다.
★저자와의 협의 하에 인지는 생략합니다.